SARAH ADLER

Maybe this is how it starts

SARAH ADLER

MAYBE this is how it STARTS

ROMAN

Übersetzung aus dem amerikanischen Englisch von
Antonia Zauner

Lübbe

NACHHALTIG PRODUZIERT

Die Bastei Lübbe AG verfolgt eine nachhaltige Buchproduktion. Wir verwenden Papiere aus nachhaltiger Forstwirtschaft und verzichten darauf, Bücher einzeln in Folie zu verpacken. Wir stellen unsere Bücher in Deutschland und Europa (EU) her und arbeiten mit den Druckereien kontinuierlich an einer positiven Ökobilanz.

FSC www.fsc.org MIX Papier | Fördert gute Waldnutzung FSC® C014496

Titel der englischen Originalausgabe:
»Mrs. Nash's Ashes«

Bei Fragen zur Produktsicherheit wenden Sie sich bitte an:
produktsicherheit@bastei-luebbe.de

Textredaktion: Sarah Christoph, Lektorat Blattgold, Essen
Umschlaggestaltung: Christin Wilhelm, www.grafic4u.de
unter Verwendung eines Motivs von © shutterstock: Ildar Galeev
Satz: hanseatenSatz-bremen, Bremen
Gesetzt aus der Adobe Garamond Pro
Druck und Verarbeitung: GGP Media GmbH, Pößneck

Printed in Germany
ISBN 978-3-404-19465-0

5 4 3 2 1

Sie finden uns im Internet unter luebbe.de
Bitte beachten Sie auch: lesejury.de

Für Houston.
Du hattest recht, das hier war es.

Obwohl dieses Buch ein Happy End hat und es auf dem Weg dorthin hoffentlich viel zu lachen gibt, werden die folgenden Dinge erwähnt, besprochen oder angedeutet: ableistische Sprache, Tod, einschließlich dem Tod von Elternteilen (in der Vergangenheit, und nur kurz erwähnt), historische Homophobie, die Objektifizierung von Mädchen und Frauen, toxische Beziehungen. Sollte irgendetwas davon ein möglicherweise sensibles Thema für euch sein, lest dieses Buch bitte mit Vorsicht.

1

Rose McIntyre Nash starb im Alter von achtundneunzig Jahren friedlich im Schlaf, und nun trage ich stets einen Teil von ihr bei mir, wo immer ich auch hingehe. Ich meine das nicht im übertragenen Sinne. Sie befindet sich in einer kleinen Holzschatulle, die ich gerade in diesem Moment in meinem Rucksack mit mir herumschleppe. Natürlich nicht *alles* von ihr. Geoffrey Nash hätte niemals seine ganze Großmutter an das seltsame Mädchen abgetreten, das in ihrem Gästezimmer wohnte. Aber Geoffrey war so freundlich, mir drei Teelöffel ihrer Asche zu überlassen (auch hier: nicht im übertragenen Sinne, er portionierte sie mit einem Messlöffel aus der Küche). Es war vermutlich nicht die Bitte, die er erwartet hatte, als er mich fragte, ob ich gerne ein Erinnerungsstück hätte, aber es schien ihm nichts auszumachen. Ich glaube, er war vor allem erleichtert, dass ich nichts von ihrem radioaktiven Fiesta-Geschirr mit hohem Sammlerwert wollte.

Oje, ich muss wie eine Verrückte klingen. Das bin ich nicht, versprochen. Ich weiß, das ist exakt, was eine Verrückte sagen würde, aber ich bin wirklich nur ein ziemlich normaler Mensch, der zufällig mit einer kleinen Menge menschlicher Überreste in der Tasche nach Key West reist.

Ich gehe das alles völlig falsch an. Ich sollte lieber am Anfang beginnen.

Als mein Freund Josh und ich in das Appartement 1A zogen, lebte Mrs. Nash bereits seit beinahe siebzig Jahren in Appartement 1B. Mieterschutz sei Dank bezahlte sie deshalb so um die fünf Dollar für ihre Zweizimmerwohnung zwischen Dupont und Logan Circles. Und wir freundeten uns schnell an, weil ich einfach entzückend bin, und sie auch. Und als dann Geoffrey und der Rest seiner erweiterten Familie begannen, Theater zu machen, weil sie allein lebte, während zur gleichen Zeit meine Beziehung mit Josh in die Brüche ging, zog ich bei Mrs. Nash ein. Es war perfekt: Geoffrey ließ mich praktisch für umsonst dort wohnen, und im Gegenzug putzte ich, machte Besorgungen, begleitete Mrs. Nash zu ihren Arztterminen und kümmerte mich ganz allgemein um die Bedürfnisse seiner Großmutter. Was Mrs. Nash jedoch vor allem brauchte, war eine Freundin, und diese Rolle übernahm ich nur zu gerne, denn das war, was auch ich in erster Linie brauchte.

Eines schönen Tages vor etwa drei Monaten lag ich im Wohnzimmer auf dem Perserteppich mit einem Buch über den Krieg 1812, das ich für die Arbeit lesen musste, und Mrs. Nash saß mit geschlossenen Augen in ihrem abgewetzten Lieblingssessel, während das Sonnenlicht auf ihren pummeligen kleinen Körper fiel wie eine Decke. Es sah aus, als würde sie ein Nickerchen machen, doch mit einem Mal öffneten sich ihre kornblumenblauen Augen, und sie setzte sich auf.

Millie, sagte sie mit einer Dringlichkeit in der Stimme, die mir kurz Angst machte. Ich war erleichtert – wenn auch vorübergehend verwirrt –, als sie fortfuhr: *Ich würde dir gerne von der Liebe meines Lebens erzählen. Wir haben uns während des Kriegs kennengelernt. Sie hieß Elsie.*

Wie dem auch sei, dies ist die ultrakurze Version der Ereignisse, die dazu geführt haben, dass ich jetzt mit ein paar Gramm von Mrs. Nash in meinem Rucksack im Schneidersitz auf dem

Fußboden des National Airport sitze und darauf warte, einen Flieger nach Miami zu besteigen. Natürlich gehört noch etwas mehr zu der Geschichte, aber im Moment bin ich ein wenig zu abgelenkt, um sie ordentlich zu erzählen – ein Mann auf der anderen Seite des Wartebereichs schaut ständig in meine Richtung, wenn er denkt, dass ich nicht gucke. Als würde er überlegen, ob er mich vielleicht von irgendwoher kennt. Das ist nichts Neues. Manchmal werde ich immer noch erkannt, obwohl ich seit meinem vierzehnten Lebensjahr nicht mehr im TV zu sehen war. Und es ist auch nicht schlimm, wenn es passiert, denn ich bin so extrovertiert, wie man nur sein kann.

In der Regel spielt sich das folgendermaßen ab: Sie kommen auf mich zu und sagen »Hey, bist du nicht das Mädchen aus dieser Show?« Und dann antworte ich: »Wenn Sie diese geringfügig problematische Kindersendung aus den frühen 2000ern meinen, in der es um eine zeitreisende Rothaarige und ihren mies gerenderten CGI-Echsen-Begleiter ging, dann ja. Das bin ich. Millicent Watts-Cohen, auch bekannt als Penelope Stuart aus *Penelope in die Vergangenheit.*« Dann sagen sie ein wenig verlegen: »Ah ja, stimmt. Die Sendung war super, und Sie waren toll.« Aber ich weiß, dass sie lügen, denn die Sendung war *fürchterlich.* Das Geschichtswissen, das sie vermittelte, war im besten Fall ungenau, oft aber einfach nur haarsträubend, die Spezialeffekte waren kacke, und mein Talent für die Schauspielerei beschränkte sich auf ein hübsches Gesicht und ein gutes Gedächtnis. Manchmal erwähnen sie eine *Penelope*-Folge, die angeblich ihre Lieblingsfolge war, aber es ist entweder eine Kombination aus zweien oder mehreren, oder gleich eine ganz andere Show. Und in der Regel stimme ich einem Selfie zu, wenn sie sagen »O mein Gott, mein Freund/Bruder/Partner/Wellensittich glaubt mir das nie!«, weil sie dann wenigstens nicht ein paar Minuten später heimlich unvorteilhafte Fotos von mir schießen, wie ich in einen Corn Dog beiße. Und es hält mir die Klatschzeitungen vom Leib, die zweimal im Jahr mutmaßen, ich sei gestorben, weil ich zu viel Klebstoff geschnüffelt hätte.

Möglicherweise ist der Typ wirklich ein Fan. Er scheint etwa in meinem Alter zu sein, und Leute in ihren Dreißigern sind genau die richtige demografische Gruppe dafür. Aber irgendetwas an der Art, wie er mich ansieht, fühlt sich vertraut an. Als würde er mich vielleicht doch aus dem echten Leben kennen.

Und vielleicht kenne ich ihn auch? Aber mir fällt nicht ein, woher. Waren wir an der gleichen Schule? Nicht aus meinem Master-Studiengang – ich habe so ein lächerlich kleines Orchideenfach studiert –, aber vielleicht sind wir uns während des Bachelors über den Weg gelaufen? Ich gehe gerade im Kopf die diversen Unterrichtsräume durch, in denen ich über die Jahre gesessen habe, in der Hoffnung, dass meine Erinnerung ihn in einem davon verortet, als die Stimme eines Mannes mich beim Kramen in meinem Gehirn unterbricht.

»Hey, bist du nicht …?«

Ich drehe mich um und sehe mich einem fast schon pervers muskelbepackten Typen in einem Tanktop gegenüber, eine gewagte Wahl an einem bewölkten Tag, an dem die Temperaturen in und um DC nur etwas über 15 Grad liegen. Sein zerzaustes, sonnengebleichtes Haar ragt unter den Rändern eines Nationals-Caps mit flachem Schirm hervor, auf dem immer noch der metallisch schimmernde Sticker klebt. Seine Bizepse haben die Größe und Farbe von Honigschinken. Er trägt eine Sonnenbrille – in einem geschlossenen Raum. So stelle ich mir das Resultat vor, wenn ein Beach Bum und ein Lax Bro ein dreißigjähriges Baby hätten.

Schon als ich mich erhebe, klebt sich mein Fantreffen-Lächeln wie von selbst auf mein Gesicht. »Penelope Stuart aus *Penelope in die Vergangenheit*«, sage ich. »Das bin ich. Millicent Watts-Cohen.«

»Woah, ja, dachte ich's mir doch. Das ist so krass. Ich kann es gar nicht erwarten, meinem Kumpel Todd davon zu erzählen. Das glaubt der mir nie.« Er zieht sein Handy raus und hebt es hoch. »Kann ich ein Selfie haben?«

»Ja, klar«, antworte ich.

Wir lehnen uns aneinander, und er hält das Handy in einem abwärts geneigten Winkel, damit wir beide auf das Bild passen. Bei so viel Nähe macht meine Nase die unangenehme Bekanntschaft mit einem Geruch nach Bier und viel zu viel Körperspray mit Moschusnoten. Selbst als er nach ein paar Bildern das Handy zurück in die Tasche seiner Shorts schiebt, grinst er noch. »Todd und ich haben uns damals jede Folge von *Penelope in die Vergangenheit* ungefähr eine Million Mal angesehen.«

»Das ist toll. Es freut mich immer zu hören, dass jemandem die Show gefallen hat«, sage ich.

»Ha, nein, die Show war ziemlicher Müll, sorry.«

Mein Lächeln ermattet angesichts dieser überraschenden Wende. Nicht, dass ich beleidigt wäre (ich bin schließlich ganz seiner Meinung), aber diese Worte sind nicht Teil des üblichen Skripts für diese Interaktion.

»Du warst das heißeste Mädchen in unserem Alter, das wir je gesehen hatten. Vor allem in der Folge, als deine Familie Urlaub in Mexiko gemacht hat. Du weißt schon, die, in der du zurück zu den Azteken gereist bist? Du hattest diesen winzigen gelben Bikini an, und deine, du weißt schon …« *Tu es nicht,* denke ich. *Tu es nicht.* Aber er hebt die Hände an seinen Oberkörper, legt sie auf nicht vorhandene Brüste und imitiert dann mit Gesten, wie sie in Zeitlupe wippen. »… als du wegrennen musstest, um nicht als Menschenopfer zu enden.« Er lacht und stößt mich mit einem Ellenbogen an. »Ha, ja. Du weißt, was ich meine. Du weißt es.«

O Gott.

Es ist nicht so, dass mir bislang nicht klar gewesen wäre, dass mein ungelenker vierzehnjähriger Körper die Hauptrolle in den sexuellen Fantasien einiger Teenager spielte. Aber die meisten lassen diesen Mist im Internet, wo man anonym die ekligsten Sachen sagen kann, ohne die betreffende Person direkt damit zu konfrontieren. Das ist einer der Hauptgründe, warum ich keine Social-Media-Accounts habe. Ich habe bereits vor sehr langer Zeit gelernt, dass ich die Welt nicht daran hindern kann, mich zu objektifizieren, aber ich kann mich bewusst entscheiden, mein Gehirn vor dem Schlimmsten abzuschirmen. Zum Glück (und vielleicht überraschenderweise) ist dies das erste Mal seit Jahren, dass jemand so direkt ist. Aber so sehr ich diesem Arschloch die Meinung sagen will, ich bin mit offenem Mund erstarrt, was er leider als Einladung versteht.

»Wow. Du kannst dir gar nicht vorstellen, wie oft ich damals von dir in diesem gelben Bikini geträumt habe.« Er lacht erneut. Mein ganzes Gesicht wird heiß in einer schrecklichen Kombination aus Scham und Wut. »Du siehst übrigens immer noch gut aus.« Er hebt die Sonnenbrille und lässt den Blick über meinen Körper schweifen, wie es der Juror einer Hunde-Show bei einem stinknormalen Pudel tun würde, kurz bevor er sich sein Gebiss ansieht. »Echt gut.«

Eine warme Hand legt sich auf meine Schulter, und ich zucke zusammen, ehe mir klar wird, dass diese Berührung von hinten kommt. Von jemandem, der bislang weder den vergangenen noch den gegenwärtigen Zustand meiner Titten kommentiert hat, und der mir daher in dieser Unterhaltung sehr willkommen ist.

»Da bist du ja«, sagt eine Stimme, während die Hand von meiner Schulter meinen Arm hinuntergleitet und dabei eine seltsam tröstliche Hitze auf meiner Haut zurücklässt. »Ich weiß, du meintest, du hättest die Details unseres Hotels in meine

Tasche gepackt, aber ich kann sie nicht finden, und ich brauche die Telefonnummer. Kannst du mitkommen und nachschauen?«

Ich sehe meinen Retter an, der mir jetzt meinen kleinen Lederrucksack reicht und die Hand auf den Griff meines Rollkoffers legt. Es ist der Typ von vorhin, den ich irgendwie kenne, ohne zu wissen, woher. Aber jetzt, aus der Nähe, kann ich ihn genauer erkennen: dunkles, schokoladenbraunes Haar, das auf diese modische Weise zerzaust ist, bei der man nicht sagen kann, ob es sich dabei um Absicht handelt oder ob er wirklich gerade erst aus dem Bett gefallen ist, leicht gebräunte Haut und volle Lippen, die mit diesen Stoppeln umgeben sind, die immer da zu sein scheinen, jedoch keinerlei Anstalten machen, sich zum Bart zu entwickeln. Und diese Augen würde ich in einer Million Jahren nicht vergessen – eines blaugrau, das andere cognacbraun, beide hinter einer runden Hornbrille. Den Blick dieser verschiedenfarbigen Augen habe ich definitiv schon einmal auf mir gespürt.

»Ja, klar.« Ich presse meinen Rucksack – und Mrs. Nash – an meine Brust und murmle dem Fan ein schnelles »War schön, dich kennenzulernen« zu, obwohl es ganz und gar nicht schön war.

»Hey Mann, tut mir leid, dass ich euch unterbrochen habe«, ruft mein neuer Freund noch, während er mich wegführt. Dann, als könnte er sich nicht helfen, schiebt er noch schnell nach: »Und vielleicht könntest du dir auch etwas Anstand zulegen.«

Die Erinnerung fügt sich zusammen wie die Aufnahme eines Puzzles im Zeitraffer. Der frische Lufthauch des späten Septembers in meinem Gesicht, der die Tränen kühlt, die mir über die Wangen kullern. Das Stimmengewirr im Inneren eines Restaurants, das dem Rauschen des Stadtverkehrs weicht, als ich hinaus in die Nacht eile. Die Stimme eines Mannes – die Stimme *dieses* Mannes –, die sich aus der Dunkelheit meldet: *Hey, alles in Ordnung?*

Hollis Hollenbeck. Einer von Joshs schicken Literatenfreunden vom College, über die mein Ex zwar ständig sprach und mit denen er sich andauernd verglich, ohne sie mir jedoch jemals richtig vorzustellen und mich mehr als ein kurzes Hallo auf einer Party mit ihnen wechseln zu lassen. Hollis lehnte in jener schrecklichen Nacht vor acht Monaten an der Mauer neben dem Eingang des Restaurants, und das Licht der altmodischen Laterne über ihm betonte die unterschiedlichen Augenfarben.

Jetzt führt Hollis mich zu einer Stuhlreihe vor einer Glaswand, hinter der gerade in der Ferne ein Flugzeug die Startbahn entlangschießt. Seine blaue Reisetasche wartet vor dem Sitz, den er verlassen hat, um mich zu retten. Ich überlege, ob ich einen Witz reißen soll, dass er wohl die ganzen Warnungen der letzten zwanzig Jahre nicht gehört hat, sein Gepäck nicht unbeaufsichtigt zu lassen, doch stattdessen sage ich: »Danke. Das wurde langsam ziemlich … widerlich.« Natürlich bin ich ihm dankbar für sein Eingreifen. Aber gleichzeitig ist da dieses winzige schamvolle Ziehen in meinem Bauch, als hätte ein Teil von mir das Gefühl, dass es irgendwie meine Schuld ist, was der Typ gesagt hat. Dass ich es irgendwie unterbinden oder verhindern oder in der Lage hätte sein sollen, mich ohne Hollis' Hilfe aus der Situation zu befreien.

»Langsam? Der Typ ist weit über widerlich hinausgeschossen und war auf direktem Weg zu abstoßend.« Sein Gesichtsausdruck ist beinahe komisch, wie seine Mundwinkel sich zu einem perfekt symmetrischen Bogen nach unten ziehen. Wie auf einer Postkarte von St. Louis mit dem Gateway Arch.

»Hey, wir kennen uns, oder?«, sage ich.

Er hebt fragend die buschigen Augenbrauen. »Tun wir das?«

»Du kennst doch Josh Yaeger, oder?« Irgendwie bleibt mein

Lächeln munter und unberührt von dem Namen, der gerade aus meinem Mund kommt.

»Ja. Und du … kennst Josh auch.«

Es klingt nicht wie »Wow, unangenehme Situation. Du warst drei Jahre mit meinem Kumpel zusammen und wärst mittlerweile vermutlich mit ihm verlobt, wenn er nicht dein Vertrauen gebrochen hätte.« Es ist mehr ein: »Ich kann nur raten, dass du mich über ihn kennst, aber ich habe wirklich keinen Schimmer, wer du bist.« Vielleicht hat er mich also gar nicht angestarrt, weil er sich an mich erinnerte.

»Äh ja. Wir waren eine Weile zusammen«, sage ich.

»Okay.«

»Letztes Jahr im September … auf der Release Party für Joshs Buch, in diesem Restaurant in Georgetown. Du hast mich nach Hause gefahren«, erkläre ich, in der Hoffnung, dass das seiner Erinnerung auf die Sprünge hilft. »Also schulde ich dir vermutlich auch dafür ein Dankeschön.«

»Oh. Haben wir …?« Er wackelt mit dem Finger zwischen uns hin und her.

»Was? Nein. Du bist nicht mal mit nach oben gekommen. Du hast nur gewartet, bis ich sicher in meiner Wohnung war.«

»Dann irrst du dich. Das klingt nicht nach mir.«

Ich habe keine Ahnung, was für ein Spielchen er hier gerade treibt, warum er sich so gegen meinen positiven Eindruck von ihm wehrt. »Also wenn man nach dem Bisschen geht, das ich über dich weiß, dann klingt, einer Frau aus einer unangenehmen Situation zu helfen, verdammt nach dir.«

»Auf keinen Fall.« Er schüttelt den Kopf. »Ich tue nie etwas aus der Güte meines Herzens heraus.«

»Was war das vor einer Minute dann?«

»Purer Opportunismus. Wenn ich mir die feuchten Träume von diesem Typen noch eine Minute länger hätte anhören müssen, dann hätte ich im Strahl gekotzt und das ganze Terminal überschwemmt.«

Bei dem Bild muss ich lachen, aber sein Ausdruck bleibt ernst. »Egal«, sage ich. »Wie dem auch sei, ich möchte dir irgendwie danken, sowohl für heute als auch für jene Nacht.«

Augenblicklich bereue ich, wie offen dieses Angebot ist, denn seine Augenbrauen wandern schon wieder nach oben, doch schließlich schüttelt er den Kopf. »Das ist nicht nötig. Wie gesagt, ich habe das für mich getan. Und ich will ja nicht unhöflich sein, aber ich habe das gemacht, um eine Unterhaltung zu beenden, nicht um in eine neue hineingezogen zu werden. Wenn du mich also entschuldigen würdest ...«

Hollis navigiert um seine Tasche herum und lässt sich in seinen Sitz sinken. Er zieht einen schwarzen Kugelschreiber und ein kleines rotes Spiralnotizbuch aus dem vordersten Fach seines Gepäcks. Die Art, wie er sich auf das konzentriert, was er jetzt auf die Seiten kritzelt, sagt mir, dass er nicht die Absicht hat, mir weiter seine Aufmerksamkeit zu schenken. Und das ist okay für mich, weil er doch irgendwie ein Arschloch ist.

Ich stehe da und sehe mich nach einem Ort um, an den ich mich verziehen und Hollis in Ruhe lassen kann, ohne dass der gruselige Typ es als Einladung versteht, unsere Unterhaltung fortzusetzen. Um den kleinen Tresen scharen sich gut zwölf Mitarbeiter der Airline (was mir ehrlich gesagt etwas übertrieben vorkommt, aber was weiß ich schon?). Wenn ich mich in ihre Nähe setze, gehe ich vielleicht im Getümmel unter ...

Hollis seufzt tief und blickt zu mir auf. Ich blicke zurück. Er bewegt seine Augen wiederholt von mir zu dem Sitzplatz neben ihm und gibt mir wortlos zu verstehen, dass ich mich hinsetzen und ihm nicht weiter auf die Nerven gehen soll.

Ich muss zugeben, dass es kein wirklicher Verlust ist, weiterhin in Hollis' genervter kleiner Schutzblase zu verweilen. Vor allem jetzt, da ich neben ihm sitze und feststelle, dass er wirklich gut riecht. Beruhigend. Als würde man mit seinem Lieblingsbuch und einer Tasse Earl Grey in einem abgewetzten Ledersessel sitzen, während Regen gegen die Fensterscheiben prasselt. Aber als Geruch.

»Wobei, Zimtschnecken«, sagt er plötzlich.

»Was?«

Ich will ihm gerade mitteilen, dass Zimtschnecken zwar sehr lecker sind, aber nicht ganz zu der Stimmung dieser Szene passen, als er sagt: »Ich akzeptiere deinen Dank in Form von Zimtschnecken.« Hollis nickt in Richtung des Cinnabon-Stands bei unserem Gate.

»Du willst, dass ich dir eine Zimtschnecke kaufe?«

»Ja. Nein – zwei Zimtschnecken.« Als ich die Augenbraue hebe, sagt er: »Hey, du hast gesagt, ich hätte dir zweimal geholfen. Also: Zwei Zimtschnecken, und wir sind quitt.«

Ich verdrehe die Augen, doch da ist wieder ein Lächeln auf meinen Lippen. Ich weiß nicht, ob ein Dessert pro guter Tat der korrekte Wechselkurs ist, aber wenn Hollis sich auf diese Weise gewürdigt fühlt, dann soll er Zimtschnecken bekommen. Außerdem kaufe ich ihm diese Opportunisten-Nummer nicht ab. Ich möchte wetten, insgeheim ist er selbst eine Zimtschnecke, er verbirgt es merkwürdigerweise nur unter einer dicken Schicht aus … verbranntem Toast.

Nachdem ich meinen Einkauf getätigt und den Verkäufer nach dem Namen des Künstlers gefragt habe, der ihm sein extrem cooles Meerjungfrauen-Tattoo gestochen hat – für den Fall, dass ich irgendwann über meine Furcht vor Nadeln hinwegkomme –, kehre ich mit einem Riesenstapel Servietten und einer Cinnabon-Schachtel in jeder Hand zurück. Er sitzt immer noch vor den Glaswänden und hat den Gesichtsausdruck von jemandem, der niemals *Hmpf* sagen würde, es aber ständig denkt. »Hier, bitte schön«, sage ich und halte ihm die beiden Boxen hin. »Danke noch mal.«

Aber er nimmt lediglich die Gabel und eine Zimtschnecke entgegen, sodass die andere bei mir verbleibt.

»Was ist mit der …«

»Ich esse nicht gern allein«, sagt er und winkt träge mit der Gabel in Richtung des Sitzplatzes neben ihm. »Setz dich.«

»Ähm. Danke.« Ich lasse mich in den Stuhl sinken, dann springe ich wieder auf. »Oh, aber ich habe nur eine …«

Hollis reicht mir die schwarze Plastikgabel, steht auf und stellt die Schachtel auf seinem Sitz ab. Eine Minute später kommt er mit einer zweiten Gabel zurück und lässt sich wieder nieder.

Erneut bin ich vollkommen fasziniert von den Gegensätzen seiner Persönlichkeit. Er ist nicht sehr freundlich, und gleichzeitig ist er verdammt *nett*.

»Ich bin Millicent«, sage ich, weil mir klar wird, dass er sich vermutlich nicht an meinen Namen erinnert. »Die meisten nennen mich Millie.«

»Millicent. Okay.« Er versenkt die Gabel in seiner Zimtschnecke. »Ich bin Hollis. Hollis Hollenbeck.«

»Ich weiß.«

Er hebt die Gabel mit einem riesigen Bissen, der hauptsächlich aus Zuckerguss besteht. »Prost«, sagt er und sucht kaum Blickkontakt, ehe er ihn sich in den Mund schiebt. Für jemanden, der so mürrisch ist, ist er unheimlich niedlich.

Wir schweigen, während wir essen. Wenn man das gelegentliche zufriedene Summen von Hollis nicht mitrechnet. Dann bittet er mich um eine Serviette, und ich nehme das zum Anlass, eine Unterhaltung anzustoßen.

»Du bist also unterwegs nach Miami?«, frage ich.

»Jep«, antwortet er um einen Mundvoll Zimtschnecke.

»Geschäftlich oder zum Vergnügen?«

»Beides.« Ich denke, dass ich wohl nicht mehr aus ihm herausbekommen werde, aber nachdem er aufgehört hat zu kauen, fährt er fort: »Ich habe meinem Agenten versprochen, ihm bis zum Ende des kommenden Monats eine fertige Rohfassung meines neuen Projekts zu liefern, aber, äh, in letzter Zeit scheine ich nicht wirklich Worte aufs Papier bringen zu können. Also hoffe ich, dass eine Woche … Entspannung mit einer, äh, Freundin mir helfen wird, aus dem Loch zu kommen. Sie hat mir in der Vergangenheit schon sehr … beim Entspannen geholfen.«

Ich entschlüssle seine »Äh«s und Sprechpausen, bis sie einen Sinn ergeben. »Du hast eine Verabredung zum Sex in Miami?«

»So würde ich es nicht ausdrücken.« Er sieht mich kurz an, ehe er sich wieder seiner Zimtschnecke widmet. »Aber ja.«

»Und du denkst, dass du so deine Schreibblockade loswirst?«

Er lässt die Gabel sinken und schenkt mir jetzt zum ersten Mal, seit wir uns gesetzt haben, seine volle Aufmerksamkeit. Ich komme in den Genuss eines Blickkontakts, der lange genug andauert, um festzustellen, dass das cognacfarbene Auge nicht ganz braun ist, sondern nur so um die 80 Prozent. Ganz oben rechts ist etwas Blau, wie Meer, das auf Sand trifft.

»Es ist keine Blockade«, sagt Hollis. »Nur … eine kleine Verstopfung. Nichts, was eine Woche mit einer atemberaubenden Frau in einem Häuschen am Meer nicht lockern könnte.«

»Dann hoffe ich, es ist … zufriedenstellend?«

»Danke«, sagt er und nimmt einen weiteren Bissen. Er hält inne, schließt die Augen und genießt mehr, als irgendjemand Flughafen-Essen genießen sollte. Dann öffnen sich seine Augen hinter der Brille. Der Moment der Ekstase ist scheinbar vorbei. »Was ist mit dir? Was hast du in Miami vor?«

»Nicht viel. Ich bleibe nur eine Nacht und fahre dann gleich am Morgen weiter nach Key West.«

»Urlaub?«

»Nicht wirklich. Ich bin mit einer Freundin unterwegs«, sage ich.

Hollis sieht sich im Terminal um, als suchte er nach meiner Reisegefährtin. »Trefft ihr euch dort?«

»Nein, nein, Mrs. Nash ist tot und in meinem Rucksack.« Der Teil von mir, dem hätte klar sein sollen, wie seltsam das klingt, hat wohl gerade Mittagspause. Na ja, was soll's, jetzt ist es raus.

Er erstickt beinahe an seinem nächsten Bissen. Vielleicht hätte ich ihm eine Flasche Wasser dazukaufen sollen. »Äh. Mein … Beileid?«

»Danke. Ich bringe drei Teelöffel ihrer Asche nach Key West, um sie mit ihrer großen Liebe wiederzuvereinigen. Damit sie das Happy End bekommt, das sie verdient.«

»Klar. Ich verlasse mein Haus auch nie ohne meine Geldbörse, meinen Schlüssel, mein Handy und ein Beutelchen Leichenbrand.« Ich blicke zu ihm hinüber und sehe, dass sein Ausdruck so trocken ist wie sein Tonfall.

»Das lässt mich in keinem guten Licht erscheinen, oder? Ich bin mir sicher, dass Josh alle möglichen Geschichten darüber erzählt hat, wie verschroben ich bin.«

»Oh, definitiv. Und er meinte, dass er deshalb Schluss gemacht hat.«

Josh behauptet also, dass er die Beziehung beendet hat. Ich wusste schon damals, als ich die Party verlassen habe, dass er das tun würde. Dass er derjenige war, der verletzt wurde, der arme Unschuldige, den ich vertrieben habe, weil ich zu schwierig und seltsam war. Aber zu wissen, dass jemand vermutlich hinter deinem Rücken Geschichten über dich erzählt, und zu hören, dass er es *definitiv tut*, sind zwei verschiedene Dinge. Dass Josh das Scheitern unserer Beziehung auf meine Persönlichkeit schiebt, statt zu seiner Tat zu stehen, sollte nicht wehtun, aber das tut es.

»Nicht, dass ich viel Wert auf irgendetwas lege, das Josh Yaeger von sich gibt«, fährt Hollis fort. »Nie ein größeres Arschloch kennengelernt. Er würde die Katze eines kleinen Mädchens überfahren und die Geschichte hinterher so erzählen, dass er als das wahre Opfer erscheint.«

»Das ist eine seltsame Art, über einen Freund zu reden«, sage ich, obwohl seine Worte mich mit der Hoffnung erfüllen, dass er mich durch seine eigene Brille und nicht die von Josh gefärbte sieht.

»Ich würde uns nicht unbedingt als Freunde bezeichnen. Wir sind eher …«

Ich erinnere mich, wie Josh immer über Hollis und seine Texte gesprochen hat. *Nichts als ein überschätzter Gonzo-Journalist. Er wäre nicht mal in das MFA-Programm aufgenommen worden, wenn sein Vater kein bekannter Literaturwissenschaftler wäre.*

»Frenemies?«

»Konkurrierende Bekannte«, gibt er zurück.

»Hmm. Hate Mates?«

Hollis zeigt mir erneut einen perfekt symmetrischen finsteren Gesichtsausdruck. Sein Mund sieht aus wie ein betrunkenes C, das vornübergekippt ist. »Was immer das Gegenteil von Redegewandtheit ist, Millicent, ich glaube, du bist es.«

Das war vermutlich als Beleidigung gedacht, aber aus irgendeinem Grund fühlt es sich an wie ein Kompliment. Etwas sagt mir, dass Hollis Hollenbeck mich wider Willen amüsant findet, und das ist meine liebste Art von Macht über einen anderen Menschen. Wie wäre es wohl, ihn zum Lächeln zu bringen? Wie würde das auf diesem attraktiven, aber versteinerten Gesicht überhaupt aussehen? Ich würde nur zu gerne herausfinden, was nötig ist, um dieses C auf seinen Rücken zu rollen, und zwar noch bevor wir diesen Flieger besteigen und getrennter Wege gehen.

Vielleicht sollte ich ihm einen Witz erzählen?

Ich versuche gerade, mich an die Pointe zu erinnern, die mir jemand letzte Woche im Bus erzählt hat, als mich plötzliche Unruhe ablenkt. Und sie herrscht nicht nur an einer Stelle. Überall im Terminal verleihen Menschen ihrem Unmut Ausdruck.

»Was ist los?«, frage ich Hollis.

»Ich bin mir nicht sicher«, sagt er und reckt den Hals, um besser sehen zu können. »Oh, verdammt. Der Flug wurde gestrichen.«

Warum sind die Leute, die auf andere Flüge warten, sauer, weil unser Flug gestrichen wurde? Oder wurde ihrer vielleicht auch gestrichen? Ich blicke über meine Schulter durch die Scheibe, ob draußen plötzlich das Wetter umgeschlagen hat, aber abgesehen von ein paar Pfützen von dem Gewitter letzte Nacht ist es ein trockener Maitag. »Warum?«, frage ich, als könnte Hollis mehr als ich wissen.

»Keine Ahnung«, antwortet er etwas gereizt, ohne den Blick von der Tafel mit Ankunfts- und Abflugzeiten zu lösen. »Aber es sieht aus, als … wären die meisten von ihnen gestrichen.«

Die Mitarbeiter, die sich zuvor um den Schalter bei unserem Gate versammelt hatten, haben sich jetzt verteilt und stehen wie Wachposten im Terminal, bereit für die Schlacht gegen eine Horde verärgerter Kunden – kein gutes Zeichen. »Guten Abend«, sagt eine Frau über die Lautsprecheranlage, gerade so hörbar über das Lärmen. »Das Passagier-Servicesystem, das von zahlreichen Airlines genutzt wird, ist gerade landesweit ausgefallen. Ihrer Sicherheit zuliebe setzen wir die betroffenen Flüge aus, bis das System wiederhergestellt ist. Für Erstattungen und Neubuchungen wenden Sie sich bitte an den Kundenservice Ihrer Fluggesellschaft.«

Ein weiterer Schwall verärgertes Raunen erfüllt den Terminal, während die Durchsage noch einmal wiederholt wird.

Ohne von seinem Handy aufzublicken, wirft Hollis die leere Cinnabon-Schachtel in einen Abfalleimer neben seinem Sitz.

Mein Herz pocht nervös, während ich meine Optionen durchgehe. Eins: Hier bleiben und hoffen, dass sie das Problem entweder bald gelöst haben oder ich einen Platz bei einer Airline finde, die nicht betroffen ist. Unwahrscheinlich, angesichts der Tatsache, dass es sich um das Memorial-Day-Wochenende handelt. Es war schwer genug, diesen Flug so kurzfristig zu bekommen. Okay, also Nummer zwei: Mit der Bahn fahren? Könnte das Problem irgendwie auch deren Buchungssystem betreffen? Und wie lange braucht man von hier nach Florida überhaupt? Drei: Ich könnte versuchen, mit dem Bus zu fahren. Ich weiß nicht, ob es eine direkte Route von DC nach Miami gibt, aber es muss eine geben, die wenigstens ein Stück nach Süden führt, und das wäre ein Fortschritt. Vier …«

»Mist«, sagt Hollis, klatscht sich auf die Oberschenkel und steht dann auf. »Ich gehe dann mal und sehe, dass ich losfahre, bevor die Massenabwanderung beginnt.« Er wirft einen Blick auf die schwarze Uhr an seinem Handgelenk. »Vielleicht schaffe ich es bis Mittag durch Virginia. War nett, dich wiedergesehen zu haben, Millicent. Viel Glück bei der Lieferung der toten Lady.«

Er und seine Reisetasche sind schon unterwegs, bevor mein Gehirn seine Worte ganz verarbeitet hat.

»Warte!« Ich schnappe mir meinen Rucksack und meinen Rollkoffer. Meine kleineren Schritte und der wackelige Koffer behindern mich, aber irgendwie hole ich ihn ein paar Gates später ein. »Du hast ein Auto?«, stoße ich zwischen beschämend schweren Atemzügen hervor.

»Das habe ich.«

»Und du fährst nach Miami?« Ich halte nur mit Mühe Schritt. Er ist vermutlich gute eins zweiundachtzig groß, ich dagegen bestenfalls eins fünfundfünfzig. Meine kleinen Stummelbeinchen müssen zwei Schritte machen, wenn er nur einen braucht, und mein Körper hasst Cardio.

»Ich sehe nicht, welche Wahl mir sonst bleibt«, sagt er. »Ich werde nicht meinen kostbaren Urlaub mit Warten verschwenden, bis die Fluggesellschaft den Mist wieder in Ordnung gebracht hat. Wenn man den Leuten auf Twitter glaubt, die in der Branche arbeiten, könnte das Stunden, wenn nicht Tage, dauern. Und dann der ganze Papierkrieg, der nötig ist, um auf einen anderen Flug gebucht zu werden? Während der Feiertage, wenn alle sich ohnehin schon um die wenigen Plätze prügeln? Nein, Fahren ist definitiv angenehmer. Und ich habe Zeit zum Nachdenken.«

»Nimm mich mit.«

»Was?«

»Nimm mich mit«, bitte ich ihn. »Bitte. Wir können uns mit dem Fahren abwechseln.«

Hollis schüttelt den Kopf. »Niemand außer mir darf meinen Wagen fahren.«

Wenn ich mich richtig erinnere, dann ist Hollis Englischlehrer. Oder vielleicht gibt er auch Vorlesungen an einem der Community Colleges in der Gegend? Es war irgendetwas, das Josh verächtlich kommentiert hat, während er gleichzeitig enorm eifersüchtig war. Wie dem auch sei, ich bezweifle, dass er im Geld schwimmt. »Ich bezahle dich auch. Nenn mir deinen Preis. Ernsthaft. Ich will dringend so schnell wie möglich nach Florida.«

»Tut mir leid. So viele Zimtschnecken gibt es auf der ganzen Welt nicht.«

»Wow. *Wow.*« Ich bleibe stehen und stemme die Hände in die Hüften.

Halb erwarte ich, dass Hollis einfach weitergeht und mich

ungerührt zurücklässt, doch dann bleibt auch er stehen. Er dreht sich mit einem hörbaren Seufzen zu mir um. »Schau mal, Millicent, nimm es nicht persönlich. Du bist bestimmt ganz nette Gesellschaft. Aber bei diesem Trip geht es für mich um zwei Dinge: richtig schmutzigen Sex und Inspiration. Und solange du mir nicht eines oder sogar beides liefern kannst, sind die Vorzüge deiner Gesellschaft den Ärger sehr wahrscheinlich nicht wert.« Er tätschelt mir den Kopf. »Sorry, Kleine. Gute Reise noch.«

Das ist so verdammt herablassend, dass ich mich auf seine sich entfernende Gestalt stürzen will, um mich an ihr festzusaugen wie eine Seepocke, bis er einwilligt, mich mitzunehmen. Aber das mit Rucksack und Koffer zuwege zu bringen, ist einfach zu kompliziert, also hebe ich den Blick zu dem Schild über mir und folge dem Pfeil, der mir den Weg zu den Autovermietungen weist.

2

Mark wirkt nett. Ich weiß natürlich, dass viele Leute nett *wirken*, es aber nicht sind. Vermutlich gibt es da draußen ein paar wirklich nett wirkende Serienmörder. Aber wie wahrscheinlich ist es bitte, dass ich mir aus der Warteschlange vor einer Autovermietung am DCA zufällig einen nett wirkenden Serienmörder herauspicke? Ich bin keine Statistikerin oder so, aber die Datenlage ist hier eindeutig auf meiner Seite. Außerdem kennen wir uns mittlerweile volle zehn Minuten, und Mike hat mir bereits um die hundert Bilder seiner Frau gezeigt, mit der er seit zwanzig Jahren verheiratet ist, und von seinen drei alten Hunden: Rockem, Sockem und Robot. Er ist groß und wirkt knuddelig. Extreme Teddybär-Vibes, vorausgesetzt Teddys tragen graubeige Nadelstreifen-Anzüge von Men's Warehouse. Er ist vermutlich Ende fünfzig und hat definitiv keine Ahnung, dass ich mal im Fernsehen war. Meine Instinkte sagen mir, dass Mike so harmlos ist, wie man nur sein kann. Und noch viel wichtiger: Er hat eines der letzten Mietautos ergattert und ist bereit, mich für 400 Dollar mit nach Charlotte in North Carolina zu nehmen.

Während wir darauf warten, dass die gestressten Mitarbeiter die Schlüssel zu unserem Hyundai Sonata auftreiben, bedenkt mich mein neuer Freund mit einem ernsthaft besorgten Blick. »Und Sie sind wirklich nicht auf der Flucht vor dem Gesetz oder so? Nichts, was mich in Schwierigkeiten bringen könnte?«

»Nein, nein. Ich bin nur auf einer sehr wichtigen Mission.«

»Eine ›göttliche Mission‹, hm? Ich liebe die *Blues Brothers.*« Er lacht leise in sich hinein. »›Es sind 106 Meilen bis Chicago, wir haben einen vollen Tank, ein halbes Päckchen Zigaretten, es ist dunkel … und wir tragen Sonnenbrillen.‹ Scherz, wir fahren nach Charlotte, keine Sorge. Obwohl es in Chicago richtig gute Hot Dogs gibt. Hey, habe ich Ihnen schon das Video von Rockem und Robot gezeigt, in dem sie sich um einen Hot Dog streiten?«

Seht ihr? Harmlos.

Aber nur für den Fall sollte ich vermutlich jemanden wissen lassen, was ich tue. Ich will meinen Eltern keine Angst machen. Sie wissen nicht einmal, dass ich diesen Trip überhaupt mache. Jedes Mal, wenn ich allein reise, verwandeln sie sich in Nervenbündel und rufen mich jede halbe Stunde an, um sich zu vergewissern, dass ich noch am Leben bin und es mir gut geht – *Ruf an, Millie, nicht dieser SMS-Quatsch. Wir wollen deine Stimme hören.* Außerdem würde mein Vater jeden in unserem weiteren Familienkreis informieren, und dazu noch einen alten Freund, der in Florida lebt, um ihm zu sagen, dass ich »in der Gegend« bin, was mich dann schlecht aussehen lässt, wenn ich nicht die zusätzlichen fünf Stunden Fahrt auf mich nehme, um ihn zu besuchen. Mein kleiner Bruder studiert gerade in Dänemark, und ich bin mir ziemlich sicher, dass ich für ihn aus den Augen, aus dem Sinn bin. Nicht unbedingt jemand, dem ich zutrauen würde, dass ihm mein Verschwinden sofort auffällt. Und obwohl ich eine Reihe von Leuten habe, die meine Gesellschaft in kleinen Dosen genießen (oder vielleicht auch nur Zeit mit mir verbringen, um sagen zu können, dass sie jemanden kennen, der mal berühmt war), habe ich nicht wirklich Freunde. Nur Mrs. Nash, und sie lebt nicht mehr.

Also hole ich mein Handy raus und schreibe meiner Lieblingscousine Dani, von der ich mir relativ sicher bin, dass sie mich nicht dafür verurteilen wird: Wollte nach FL fliegen, aber Flug fällt aus, deshalb werde ich von jemandem nach NC mitgenommen. Wenn du bis Mitternacht nichts von mir hörst, sag der Polizei, dass ich zuletzt mit Mike Burton aus Charlotte gesehen wurde. Ende 50, Schwarz, Glatze, ziemlich groß und sehr knuddelig.

Innerhalb von Sekunden antwortet Dani mit einem Daumen-hoch-Emoji.

Mike sucht in seinem Handy immer noch nach dem Video von Rockem und Robot mit dem Hot Dog, als die Mitarbeiterin des Autoverleihs mit den Schlüsseln zurückkommt. Doch als wir uns dem Ausgang zuwenden, durch den wir in das Parkhaus Nummer 1 gelangen sollen, taucht plötzlich Hollis mit vor der Brust verschränkten Armen vor uns auf.

»Hallo noch mal«, sage ich.

»Hi.« Hollis zeigt mit dem Kinn auf Mike. »Wer ist das?«

»Hollis, das ist Mike. Mike arbeitet in der Führungsetage eines Krankenhauses und war gerade auf einer Konferenz. Er wohnt in North Carolina und ist auf dem Weg nach Hause. Mike, das ist Hollis, ein übellauniger Autor mit Schreibblockade, der auf dem Weg nach Miami ist, wo er eine Verabredung zum Sex hat.«

Mike sieht Hollis verwirrt an und sagt: »Schön, Sie kennenzulernen.«

»Ebenso«, antwortet Hollis.

»Mike hat mir freundlicherweise angeboten, mich mit nach Charlotte zu nehmen.«

»Aber du willst nach Key West. Charlotte ist nicht mal die halbe Distanz.«

»Danke, du Blitzmerker«, sage ich. »Das weiß ich. Aber in der Not frisst der Teufel Fliegen. Ich bin mir sicher, ich finde einen Weg. Vielleicht läuft der Flugverkehr wieder, bis ich dort bin, oder ich finde selbst einen Mietwagen oder einen Bus oder einen anderen freundlichen Fremden …«

Hollis fährt sich durchs Haar und gibt ein Geräusch von sich, das irgendwo zwischen Seufzen und Stöhnen liegt. »Also gut. Schnapp dir dein Gepäck, Millicent.«

»Was?«

»Schnapp dir dein Gepäck. Ich nehme dich mit nach Miami.«

Meine Hände landen wie von selbst auf meinen Hüften. Vermutlich sollte ich froh sein, dass er seine Meinung geändert hat, aber im Moment bin ich vor allem sauer. Wenn Hollis nachgeben und mich mitfahren lassen will, warum konnte er das nicht früher sagen? Wir haben schon so viel Zeit verschwendet – Zeit, die ich nicht unbedingt habe. »Ich dachte, du sagtest, dass du mich nicht bei dir haben willst, solange ich dir nicht Sex oder Inspiration liefere.«

Mikes Blick huscht zwischen uns beiden hin und her. Es ist wie auf dem Video von Sockem, das er mir gezeigt hat, in dem der Hund einem Tennis-Match im Park zusieht. Scheinbar sind die Hunde auf TikTok sehr beliebt.

»Verzeihung, nur einen Moment bitte«, sagt Hollis zu Mike und führt mich ein Stück zur Seite, damit wir in einer etwas privateren Umgebung weiterdiskutieren können. »Wenn ich die Wahl habe zwischen deinem Gepäck in meinem Kofferraum oder deiner zerstückelten Leiche in dem von jemand anderem, dann ziehe ich Ersteres vor.«

»Entschuldige mal. Mike ist äußerst freundlich und nicht sehr mörderhaft.«

Hollis wirft einen Blick zurück zu Mike, der lächelnd auf sein Handy starrt und »Soul Man« summt. »Ich mache mir keine Gedanken wegen Mike. Mike ist vermutlich okay. Es ist die lange Reise von Charlotte nach Miami und die Tatsache, dass du scheinbar keine Hemmungen hast, Fremde zu bitten, dich mitzunehmen. Also entschuldige mich bitte, wenn ich lieber die Gewissheit hätte, dass du sicher und unversehrt in Florida ankommst.«

»Ooooh, geh niemals mit einem Fremden mit«, sage ich, hebe die Hände und wackle unheilvoll mit den Fingern. »Hast du vergessen, dass du auch ein Fremder bist, Hollis?«

»Ich bin kein Fremder. Wir haben uns schon mal getroffen.«

»Du erinnerst dich nicht mal an mich.«

Seine finstere Miene vertieft sich noch. »Also, *ich* weiß, dass du bei mir sicher bist. Und da ich das hier für meinen Seelenfrieden tue, spielt alles andere keine Rolle.«

»Oh, stimmt ja. Weil alles, was du tust, egoistisch motiviert ist.«

»Warum sagst du das so?«, fragt er.

»Wie? Wie sage ich es?« Ich lächle zu ihm auf und sehe den Puls an seinem Hals zucken. Ja, es ist toll, wenn er mich amüsant findet, aber ich muss zugeben, dass es auch seinen Reiz hat, wenn er mich frustrierend findet.

»Äh. Ich will ja nicht stören«, sagt Mike, der jetzt neben uns steht. Ich laufe rot an, als mir klar wird, dass Hollis und ich uns die letzten eineinhalb Minuten nur herausfordernd angestarrt haben. »Ich muss in die Gänge kommen, wenn ich heute noch nach Hause will. Millie, wollen Sie weiterhin mitfahren, oder …?«

»Oh, Verzeihung, Mike. So gerne ich auch der Joliet Jake zu Ihrem Elwood gewesen wäre, ist es vermutlich sinnvoller, wenn ich mit Hollis fahre, weil er weiter nach Süden unterwegs ist. Es tut mir wirklich leid, dass ich Sie aufgehalten habe. Deshalb, hier.« Ich wühle meine Börse aus meinem Rucksack und reiche ihm zwei Fünfziger. »Hier ist ein Viertel der versprochenen Summe, um Sie für die Umstände zu entschädigen.«

»Oh, das ist nicht nötig.« Aber nachdem ich darauf bestehe, steckt Mike die Scheine in eine Geldscheinklammer und lässt sie in seiner Hosentasche verschwinden. »Danke, Millie. Und nur fürs Protokoll: Ich wäre Jake gewesen. Belushi hatte die bessere Stimme.« Er lacht bellend und lächelt dann breit. »Passen Sie gut auf sich auf.«

»Ebenfalls«, antworte ich. »Richten Sie Carla und den Hunden meine besten Grüße aus.«

»Den Hunden?«, fragt Hollis, als wir uns auf den Weg zum Ausgang machen.

»Mike und seine Frau sind stolze Hundeeltern.«

Hollis seufzt und verdreht die Augen, sagt jedoch nichts und geht voraus. Nach einem kurzen und schweigsamen Marsch kommen wir bei seinem Wagen in Parkhaus 2 an. Angesichts meines Zustands an jenem Abend – heulend und plötzlich single – habe ich seinem Wagen damals keine Aufmerksamkeit geschenkt, aber ich nehme mal an, dass er den dunkelblauen Volvo Sedan schon vor ein paar Monaten gefahren hat. Er wirft meinen Koffer neben seine Reisetasche in den Kofferraum. Ich lasse mich auf dem Beifahrersitz nieder, den Rucksack zwischen meinen Füßen am Boden. Als Hollis den Motor startet, stößt er ein kleines, verärgertes Schnauben aus, das an mich gerichtet sein könnte oder auch an die Welt ganz allgemein.

»Danke, dass du deine Meinung geändert hast«, sage ich.

»Mir blieb kaum eine Wahl.«

»Versuch es nicht mal. Ich hätte problemlos auch mit Mike fahren können.«

Er umklammert das Lenkrad so heftig, dass seine Knöchel ganz weiß werden. Kurz herrscht Stille, und plötzlich wird mir etwas klar.

»Hmm«, sage ich.

»Was?«

Ich warte, bis er uns sicher aus dem Parkplatz manövriert hat. Wie erwartet ist wegen des Massenausfalls eine Menge zusätzlicher Betrieb im Parkhaus. »Ich dachte mir nur gerade ... da ist etwas, das ich nicht verstehe.«

»Oh, mir scheint, dass du eine Menge Dinge nicht verstehst. Zum Beispiel ganz grundsätzliche Selbsterhaltung.«

»Warum warst du dort, Hollis? Bei der Autovermietung, meine ich. Dort befindet sich Parkhaus Eins, und dein Wagen stand hier, in der Zwei.« Ich sehe ihn von der Seite an und warte auf eine Antwort. Als er nicht reagiert, fahre ich fort: »Und du hattest einen Vorsprung. Nachdem du mich stehen gelassen hattest, sind etwa zwanzig Minuten vergangen, bis du wieder aufgetaucht bist. Wenn du auf direktem Weg zu deinem Auto gegangen wärst, dann wärst du, als ich Mark kennenlernte, längst auf der 95 gewesen. Und doch warst du dort und hast dich bei der Autovermietung herumgedrückt.«

»Ich habe mich nicht herumgedrückt.«

»Was hast du dann gemacht?«

Er antwortet nicht.

»Ich glaube«, sage ich, »dass du schon auf halbem Weg zum Parkhaus warst, als dir eingefallen ist, dass es einen Ansturm auf die Mietwagen geben würde. Und dein Gewissen ließ es nicht zu, dass ich möglicherweise hier strande, also bist du hin, um nach mir zu sehen.«

»Du solltest froh sein, dass ich das gemacht habe«, sagt Hollis. »Wer weiß, in welche Schwierigkeiten du dich gebracht hättest, weil du einfach so zu fremden Männern ins Auto steigst.«

Ein charmanterer Mensch hätte das mit einem kleinen Grinsen gesagt. Doch Hollis' Miene ist vollkommen ernst, als würde er die Ironie seiner Worte gar nicht sehen.

»Gib es zu«, sage ich. »In Wirklichkeit bist du eine Zimtschnecke unter deiner Verbrannter-Toast-Tarnung.«

»Was? Wenn du versuchst, anzudeuten, dass ich insgeheim nett bin, nein, das bin ich nicht. Auch das war nur eigennützig. Denkst du etwa, ich will die Cops vor der Tür stehen haben? ›Mr. Hollenbeck, wir würden Ihnen gerne einige Fragen stellen. Es scheint, als wären Sie die letzte Person gewesen, die Millicent Watts-Cohen lebendig gesehen hat.‹«

»Natürlich. Es hat nichts damit zu tun, dass du ein guter Mensch bist. Vergib mir, dass ich so etwas auch nur in Erwägung gezogen habe.«

»Ich bin kein guter Mensch, Millicent, und das glaubst du mir besser. Ich bin ein richtiges Arschloch. Ein schwarzes Schaf durch und durch.«

Ich lache. »Du klingst wie Pee-wee Herman.«

»Wie bitte?«

»Nicht deine Stimme, aber du weißt schon: ›Du solltest dich besser nicht mit einem Kerl wie mir einlassen. Ich bin ein Einzelgänger, Dottie. Ein Rebell.‹«

»Ich habe keine Ahnung, wovon du redest.«

Ich stoße ein demonstratives Seufzen aus, von dem ich weiß, dass es ihn ärgern wird. »Ich möchte wetten, Mike hätte meine Film-Anspielungen verstanden.«

»Schluss jetzt mit Mike. Himmel.« Hollis trommelt mit den Fingern aufs Lenkrad und beißt sich auf die Wange. »Du wolltest diesem Mann wirklich vierhundert Dollar bezahlen, damit er dich sechs Stunden Richtung Süden fährt?«

So viel zu Schluss jetzt mit Mike. »Ich hätte sogar noch viel mehr bezahlt. Wie gesagt, ich bin verzweifelt.«

Für einen Moment löst er den Blick von der Straße und sieht mich an. »Dieser Ausflug bedeutet dir so viel?«

Ich drücke den Rucksack zwischen meinen Sneakers. Als so eine Art provisorische Umarmung für Mrs. Nash, während ich mich daran erinnere, wie ich ihr versprach, dass ich Elsie finden würde. Das war direkt nachdem sie mir ihre Geschichte erzählt hatte.

Ich wünschte, ich hätte mich richtig verabschieden und ihr sagen können, wie sehr ich sie immer noch liebte, flüsterte sie und putzte sich die Nase mit dem Taschentuch, das sie immer unter das elastische Band ihrer Uhr geklemmt bei sich trug. *Selbst nach ihrem Tod war es, als wäre sie nicht wirklich weg. Selbst heute noch nicht.*

Was, wenn ich ihr Grab finde?, sagte ich. *Dann können wir sie besuchen.*

Oh Millie, was würde das bringen?

Ich könnte sie kennenlernen. Ich lächelte Mrs. Nash vom Boden aus an.

Du bist so ein albernes Huhn, antwortete Mrs. Nash und erwiderte mein Lächeln. Sie nannte mich so oft und so liebevoll ein »albernes Huhn«, dass es besser war als jeder normale Kosename. *Also, wenn du die Zeit findest, in diesem Internet nach ihr zu suchen …*

Ich nehme mir die Zeit, verkündete ich. *Ich will Sie und Elsie wiedervereinigen, selbst wenn es nur symbolisch ist.*

Natürlich habe ich mir die Zeit nicht genommen, bevor es zu spät war. Mrs. Nash starb im März, und ich konnte ihr nie erzählen, dass die Liebe ihres Lebens gar nicht in Korea gestorben war.

Tatsächlich verbringt Elsie ihre letzten Tage in der Hospizpflege in einem Altenheim in Key West, und ich kann mir keine Verzögerung leisten. Deshalb habe ich meine *Penelope*-Ersparnisse angebrochen. »Das ist für deinen Ruhestand gedacht!«, konnte ich meinen Vater beinahe rufen hören, als ich das Geld auf mein Konto überwies – um damit ein unverschämt teures Flugticket und ein Hotelzimmer an einem der geschäftigsten Feiertage des Jahres zu buchen, anstatt einfach eine Woche zu warten.

»Es bedeutet mir mehr als irgendetwas sonst«, erkläre ich Hollis.

»Ich schätze, dann sind tausend Dollar ein fairer Preis.«

»Was?«

»Als Bezahlung. Dafür, dass ich dich mit nach Miami nehme.«

»Auf keinen Fall«, protestiere ich. »Ich habe dir angeboten, dich zu bezahlen, und du hast abgelehnt. ›Nicht genug Zimtschnecken auf der Welt‹, erinnerst du dich?«

»Ohne mich wärst du in Charlotte gestrandet. Oder noch schlimmer. Ich denke, ich verdiene eine Entlohnung, dafür, dass ich dir – schon wieder – geholfen habe.«

»Ich habe dich nie um deine Hilfe gebeten. Und Mike war ein sehr netter Mann. Ich wäre komplett sicher bei ihm gewesen.«

»Noch mal, ich mache mir weniger Sorgen wegen Mike und mehr wegen der Person, der du danach in die Arme gelaufen wärst.« Hollis wedelt mit der rechten Hand durch die Luft. »Die vertrauensvollen großen Augen, die du immer machst, schreien förmlich: ›Hey, komm und ermorde mich und mach dir Kleidung aus meiner Haut!‹«

Ich schnaube belustigt. »Nimmst du immer das Schlechteste von Menschen an?«

»Ja. Nimmst du immer das Beste an?«

»In der Regel schon.«

»Faaantastisch«, presst er durch zusammengebissene Zähne. Das Wort ist wie ein Punkt am Ende eines Satzes und verkündet mir das Ende unserer Unterhaltung, zumindest von seiner Seite aus.

Ich komme allerdings nicht sehr gut mit Stille zurecht. »Also«, sage ich. »Was schreibst du so für Sachen?«

Autoren sind praktisch per Gesetz verpflichtet, diese Frage zu beantworten. »Überwiegend Tatsachenromane. Mein erstes

Buch erscheint im November. Es geht um ein Schneeballsystem, das in einer Kleinstadt in Minnesota alle möglichen Skandale verursacht hat.«

»Tatsachenromane? So etwas wie *Kaltblütig*?«

Er denkt kurz nach und sagt dann: »Weniger Morde und mehr Nudelauflauf, aber im Prinzip ja.«

»Wow. Klingt super. Ich werde es vorbestellen.«

Zu meinem Erstaunen lächelt Hollis. Es ist das winzigste Lächeln, das ich je an irgendjemandem gesehen habe, gerade so sichtbar an seinen Mundwinkeln, aber es ist ein Anfang. Falls er weiß, dass das mein Standardsatz für Treffen mit Autoren ist, den ich während meiner Zeit mit Josh perfektioniert habe, dann scheint er mich nicht damit konfrontieren zu wollen.

»Und du?«, fragt er. »Was macht Millicent Watts-Cohen, wenn sie nicht gerade gruselige Fans abwehrt oder zu Unbekannten ins Auto springt?«

»Ich habe in den letzten Monaten als freiberufliche historische Fachberaterin für Film und Fernsehen gearbeitet. Während meines Masters habe ich einer befreundeten Regisseurin ausgeholfen. Sie hat mich anderen in der Branche empfohlen. Ich bekomme mehr Anfragen als erwartet. Scheinbar bin ich für die Hollywood-Leute immer noch eine von ihnen, und sie mögen es, wenn die Dinge gewissermaßen in der Familie bleiben.«

»Du hast also einen Master in Geschichte?«

»Ja. Das hat mich schon immer interessiert. Außerdem hatte ich das Gefühl, Buße für *Penelopes* Sünden tun zu müssen. Und davon gab es eine ganze Menge. Es gibt eine Appomattox-Episode, die *extrem* schlecht gealtert ist.« Er sagt nichts. »Hast du die Sendung damals geschaut?«

»Meine Schwester hat.«

»Und du nicht?«

Er hebt leicht die Schultern. »Ich habe hier und da ein wenig von den Folgen gesehen, aber es war nicht so wirklich mein Ding.«

Es ist eine Erleichterung, dass Hollis nicht deshalb so viel für mich tut, weil ich ein klein wenig berühmt bin oder weil er hofft, irgendeine seltsame Sexfantasie aus seinen Teenager-Jahren nachspielen zu können. Ich bin praktisch eine E-Prominente, vielleicht sogar F, wenn die Skala überhaupt so tief reicht, aber ihr wärt überrascht, wie viele sich nur deshalb für mich interessieren. Wie Josh zum Beispiel.

Der Gedanke an meinen Ex ruft mir wieder in Erinnerung, wie Hollis meinte, dass Josh seinen Freunden – und scheinbar auch seinen Frenemies – gegenüber behauptet hat, dass wir uns getrennt hätten, weil ich zu unerträglich, seltsam und anhänglich bin. Und dabei steigt dieses dumpfe Gefühl in mir hoch, das mit dem Bewusstsein einhergeht, dass es da draußen jemanden gibt, der mich nicht mag. Das ist nie schön, aber es ist so viel schlimmer, wenn es sich um jemanden handelt, von dem man einmal dachte, dass man ihn heiraten würde.

Ich strecke die Hand nach dem Radio aus, in der Hoffnung auf Ablenkung. Als ich auf den An-Knopf drücke, schallt eine samtige Stimme durch den Wagen, die mit sauberer Aussprache von dem Durcheinander mit den gestrichenen Flügen berichtet.

»Was ist das?«

»WAMU.«

Ich rümpfe die Nase.

»Was hast du gegen NPR?«, fragt er.

»Nichts«, sage ich. »Es ist super. Ich habe großen Respekt für nicht kommerzielle, öffentliche Sender mit Bildungsauftrag, aber als Soundtrack für einen Roadtrip sind sie fürchterlich.«

»Es tut mir leid, dass ich nicht die perfekte Playlist parat habe, um deinen anspruchsvollen Ohren zu schmeicheln.«

»Ist schon okay.« Ich hole mein Handy aus der vorderen

Tasche meines Rucksacks. »Ich habe genau das Richtige.« Ich wühle herum, bis ich mein Verbindungskabel finde, und schon bald erfüllt »Eye in the Sky« von *The Alan Parsons Project* das Wageninnere. Ich öffne den Mund, um lauthals mitzusingen, aber ich bin keine talentierte Sängerin – ich bin sogar ziemlich schlecht –, und es ist vermutlich zu früh, um Hollis dem auszusetzen. Jemandes Ohren zum Bluten zu bringen, ist keine tolle Art, seinen Dank zu zeigen. Also reiße ich mich zusammen und wiege mich einfach zur Musik. Natürlich kommt beim Refrain dann ein wenig Zappeln und Kopfnicken im Takt dazu.

»Was ist bei dir da drüben los?«, fragt Hollis. »Musst du schon aufs Klo?«

»Ich tanze.«

»War ja klar.«

Die Playlist, die ich heute Morgen für die Fahrt von Miami nach Key West zusammengestellt habe, ist im Shuffle-Modus, doch als der nächste Song einsetzt, beschließe ich, dass ich ganz zufrieden mit der Auswahl der Musik-App bin.

»Gott, ich liebe Steely Dan«, sage ich und passe mein Wiegen dem etwas langsameren Tempo von »Dirty Work« an. »Ich habe zufälligerweise letzte Woche die Schallplatte davon in einem Plattenladen in Silver Spring gefunden.« Ich habe sie gekauft, obwohl ich im Moment keinen Plattenspieler besitze. Geoffreys Tochter hat sich den von Mrs. Nash gekrallt.

Hollis stöhnt. »Als ich dir erlaubt habe mitzukommen, war mir nicht klar, dass du insgeheim mein Onkel Jim im Gewand einer jungen Frau bist.«

»Ich möchte wetten, dein Onkel Jim kriegt diese Moves nicht hin.« Ich lasse im Sitzen die Hüften zum Takt des Saxofon-Solos kreisen.

Hollis beobachtet mich aus dem Augenwinkel – dem blaugrauen. »Definitiv nicht.«

Als Nächstes ist Fleetwood Macs »Dreams« dran, aber noch vor dem Ende der ersten Zeile sagt Hollis: »Ugh. Können wir bitte etwas anderes hören?«

»Verzeihung, hast du etwa ein Problem mit Stevie Nicks?«

»Ihre Stimme geht mir irgendwie auf die Nerven.«

Ich sitze in stummem Entsetzen da und suche nach einer angemessenen Reaktion auf diese Blasphemie. Schließlich entscheide ich mich für ein schlichtes: »Wie kannst du es wagen. Wie kannst du es *wagen*.«

Hollis schaltet das Radio ab.

»Hey!« Meine Empörung lässt meine Stimme noch eine Oktave hochfahren.

Ich glaube, erneut eine ganz kleine Krümmung seiner Mundwinkel wahrzunehmen, und das ärgert mich noch mehr. Wie kann er es wagen, Stevie Nicks zu schmähen und dann auch noch beinahe zu lächeln. Was für eine *Frechheit!*

»Erzähl mir mehr von deiner Mission«, sagt er.

Ich verschränke die Arme vor der Brust und schmolle. »Was ist damit?«

»Ich meine … warum? Eindeutig war es deiner Freundin nicht so wichtig, die Liebe ihres Lebens wiederzufinden.«

»Doch, das war es«, antworte ich. »Sie wollte Elsie finden, mehr als alles andere. Aber ich hatte gerade erst mit meiner Recherche begonnen, als Mrs. Nash starb.«

»Elsie?« Die Augenbraue über dem blaugrauen Auge schnellt nach oben.

»Ja. Elsie. Sie haben sich während des Kriegs kennengelernt.«

»Des Kriegs?«, fragt er. »Vietnam?«

»Zweiter Weltkrieg.«

Hollis pfeift durch die Zähne. »Mann. Das ist ganz schön lange her.«

»Ja. Nun«, sage ich. »Das sind eine Menge Dinge.«

»Ich denke, ich verstehe nicht recht, warum etwas, das so viele Jahre keinen Abschluss erfahren hat, überhaupt einen braucht.«

»Weil das nie ihre Absicht war. Mrs. Nash und Elsie haben nach Kriegsende zunächst Kontakt gehalten. Sie haben sich eine Unmenge Briefe geschrieben. Aber dann … es ist kompliziert.«

»Millicent. Wir sitzen noch Stunden zusammen in diesem Auto fest. Ich würde lieber eine lange und komplizierte Geschichte hören als diese Alte-Männer-Musik. Schieß los.«

»Alles?« Ich kenne die Geschichte auswendig. Tatsächlich habe ich jeden Tag daran gedacht, seit Mrs. Nash mir erzählt hat, wie sie und Elsie sich kennengelernt haben. Aber ich musste es noch nie zuvor jemand anderem erzählen. Die Aussicht schüchtert mich ein. Was, wenn ich der Geschichte nicht gerecht werde? Und etwas sagt mir, dass Hollis Hollenbeck nicht gerade ein Romantiker ist. Ich schwöre, wenn er Mrs. Nash und Elsie genauso wenig Respekt zollt wie Stevie Nicks …

»Warum fangen wir nicht einfach am Anfang an und sehen dann, wo es uns hinführt?«

»Na gut«, sage ich. »Also …«

Key West, Florida

November 1944

In Key West stationiert zu sein war wie ein Geschenk des Universums. Rose McIntyre hatte sich durch achtzehn kalte, dunkle Winter in Wisconsin gequält, doch Ende November 1944 schenkte ihr die US Navy so viel Sonne und Wärme, dass sie kaum etwas damit anzufangen wusste. Selbst die Tatsache, dass sie den Großteil ihrer Zeit damit verbrachte, Nistkästen zu schrubben und Vogelkot in einem Graben zu entsorgen, den man eigens dafür hinter dem Taubenschlag ausgehoben hatte – »das glamouröse Leben der modernen jungen Frau«, wie sie später ihre ersten Tage am Marineflughafen Key West beschrieb –, konnte ihr die Freiheit nicht verleiden, die ihr ein Ort gesegnet mit ewigem Sommer versprach. Als eine Zimmergenossin Rose an ihrem ersten freien Tag zum Fahrradfahren mit ein paar anderen Frauen im Freiwilligendienst einlud, lehnte sie ab und machte sich stattdessen auf den Weg zum felsigen Strand von Boca Chica Beach. Unter dem rhythmischen Rauschen des Meers fiel es ihr leichter, ihre Frustration und Enttäuschung über ihre Pflichten zur Seite zu schieben. Auf das endlose türkisblaue Wasser hinauszublicken linderte das Heimweh, obwohl es hier so ganz anders als in ihrer frostigen Heimat im Mittleren Westen war.

Und dann entdeckte sie die Meerjungfrau. Rose war kein versponnenes Mädchen, sie wusste, dass es Meerjungfrauen nicht wirklich gab. Und trotzdem fand sie keine andere Erklärung dafür, wie diese Kreatur mit der Leichtigkeit von jemandem, der zwischen den Schaumkronen dieser Wellen geboren war, durch das Wasser glitt. Rose sah genau hin, hielt Ausschau nach schillernden Schuppen oder der Spitze einer Schwanzflosse, doch alles, was sie aus der Ferne erkennen konnte, waren helles Haar und gebräunte Haut, auf der Wassertröpfchen glitzerten. »Komm näher«, flüsterte sie. »Komm näher, damit ich dich besser sehen kann.« Vielleicht trug die Brise ihre Nachricht mit sich, denn nur einen Augenblick später schwamm die Meerjungfrau Richtung Ufer.

Natürlich war es ein Mensch, der jetzt aus dem Wasser stieg, und keine Meerjungfrau. Hätte Rose noch Zweifel gehabt, wären diese ausgelöscht worden, als sie zwei lange, braun gebrannte Beine aus der Brandung schlendern sah.

»Hallo«, sagte die Frau, als sie lächelnd an Rose vorbeiging, die im Schneidersitz im Sand saß. Rose drehte den Kopf, um über ihre Schulter blicken zu können, wo in etwas Entfernung ein Badetuch über einem gewölbten Stück Treibholz lag. Rose kam sich etwas albern vor, weil sie angenommen hatte, dass diese überirdische Frau direkt auf sie zugeschwommen war, als wären sie Magneten, die voneinander angezogen wurden, obwohl sie diese Richtung nur wegen des Badetuchs eingeschlagen hatte.

»Hallo«, sagte Rose und versuchte, wenig erfolgreich, den Blick abzuwenden, als die Fremde sich das perlende Salzwasser von ihrem straffen Bauch tupfte. Aus der Nähe erkannte sie, dass das Haar, das an ihren nackten Schultern klebte, im nassen Zustand honiggolden war – wenn es trocknete, würde es sicherlich platinblond sein. Während ihr Blick zu den unverkennbaren Spitzen von Brustwarzen unter dem vollgesogenen Stoff ihres Bikinioberteils wanderte, driftete ein Gedanke durch Roses Kopf, den sie nur ein- oder zweimal zuvor zugelassen hatte –

Dinge, die sie nur in Bezug auf ihre beste Freundin Joan und im Schutz ihres dunklen Zimmers zu Hause in Oshkosh gedacht hatte.

Rose schreckte aus ihrem Tagtraum, als die Frau sich neben sie setzte. »Oh, dieser Ort ist einfach wundervoll, findest du nicht auch?«, fragte sie mit einer melodischen Stimme und einem leichten Akzent. Vielleicht stammte sie aus Missouri oder von einem anderen Ort, der nicht ganz der Süden oder der Westen war.

»Es ist atemberaubend«, sagte Rose. Sie fragte sich, ob der Fremden aufgefallen war, dass sie ihren Körper angestarrt hatte, und sie überlegte schon, zu gehen, damit sie sich nicht irgendein harmloses Kompliment zur Badebekleidung der Frau einfallen lassen musste, um ihr merkwürdiges Benehmen zu erklären.

»Seltsam, dass wir uns hier noch nie begegnet sind.«

»Ich bin erst seit ein paar Tagen hier«, sagte Rose. »Dies ist meine erste Woche auf der Basis.«

»Krankenschwester oder WAVE?«, fragte die Frau.

»WAVE. Pigeoneer. Und du?«

»Krankenschwester.« Die muschelrosafarbenen Lippen der Frau teilten sich, und ihre Zunge schnellte heraus, um sie zu befeuchten, ehe sie weitersprach. »Was ist ein …« Sie lachte, und es klang, als hätte jemand eine Harfe angeschlagen. »Was ist ein Pigeoneer? Jemand, der mit Tauben zu tun hat?«

»Ja, genau. Wir züchten sie, kümmern uns um sie und bringen ihnen bei, Nachrichten zu übermitteln. Wir sind zu acht hier.«

»Das klingt faszinierend.«

»Es ist besser, als sich diktieren zu lassen.« Tatsächlich war Rose sich nicht ganz sicher, ob es wirklich besser war, zweimal am Tag nach den hektischen zehnminütigen Fütterungen der Tauben die herabgefallene Mischung aus Mais, Reis und Exkrementen wegzumachen, als in irgendeinem Zimmer hinter einer Schreibmaschine zu sitzen, vor der ein Admiral auf und ab schritt, doch ihr Stolz weigerte sich, zuzugeben, dass man ihr bislang keine der interessanten Aufgaben des Berufs zugeteilt hatte.

»Die Vögel grabschen vermutlich weniger als ein Marineoffizier.« Die Frau zwinkerte, und etwas in Roses Brust zog sich auf unangenehme Weise zusammen, und einmal mehr überlegte sie, ob sie gehen sollte.

»Ich bin Elsie Brown. Aus Elgin, Oklahoma.«

»Rose McIntyre. Oshkosh, Wisconsin.«

Sie schüttelten sich kurz die Hand, und Rose musste sich eingestehen, dass sie ein Gefühl des Verlusts empfand, als die andere Frau ihre Hand wieder zurückzog.

»Freut mich, dich kennenzulernen«, sagte Elsie. Einen Moment lang saßen sie schweigend nebeneinander, und Roses Herz begann auf eine Weise zu pochen, über die sich die Krankenschwester neben ihr vermutlich Sorgen gemacht hätte, wenn sie es hätte hören können. Sie wollte sich aufrichten und Elsie Browns seltsamer Anziehungskraft entfliehen, doch eine Hand legte sich auf ihre Schulter, ehe sie auf die Beine kommen konnte.

»Sag, Rose McIntyre, Pigeoneer. Was hast du heute Nachmittag noch vor? Ich habe unter meinem Bett eine Schachtel Pralinen, die ich unbedingt mit jemandem teilen muss, bevor sie schmelzen.«

3

»Das ist ein ziemlich guter Spruch«, sagt Hollis.

»Was?«

»Der mit den Pralinen. Super Spruch. Muss ich auch mal ausprobieren.«

»Das war kein Spruch. Elsie wollte nicht … Warum mache ich mir überhaupt die Mühe, dir das zu erklären? Vermutlich glaubst du ohnehin nicht an Liebe und Romantik. Nur Lust und Leiden und … und …«

»Nein, du hast ganz recht. Lust und Leiden, mehr nicht.«

»Ich verstehe einfach nicht, wie du dir all das anhören kannst, und dann fällt dir nichts Besseres ein als: ›Super Spruch‹.«

»Ich habe nie gesagt, dass das alles ist, was mir dazu einfällt. Ich habe auch gelernt, dass es im Zweiten Weltkrieg Pigeoneers gab und Elsie Brown um 1944 eine ziemlich heiße Braut war.« Sein Mundwinkel hebt sich. »Schau mal, ich weiß nicht, was du sonst von mir erwartest. Egal, wie nett die Geschichte ist, Liebe gibt es nicht. Zumindest nicht die romantische, beständige Art, von der du sprichst. Nicht die Art, die über siebzig Jahre andauert. Menschen streiten, beginnen sich zu langweilen, ziehen weiter. Sie vergessen. Weißt du überhaupt, ob Elsie sich noch an Mrs. Nash *erinnert?* Oder, wenn sie es tut, ob sie eine Butterbrottüte voll mit ihrer Asche haben möchte? Was genau erwartest du dir, wenn du sie ihr gibst? Danke, dass Sie mir irgendwelchen Staub bringen, der mal jemand war, mit dem ich was hatte? Du musst doch auch sehen, wie vermessen dieser ganze Wiedervereinigungsplan ist, Millicent.«

Ich werfe ihm einen wütenden Blick zu, während mein Magen schwer wie Blei wird. »Ich habe keine Ahnung, wovon du sprichst. Du weißt rein *gar nichts*. Du bist nur verbittert, weil … weil du nicht über emotionale Stärke verfügst.«

Noch während ich es sage, überlege ich, ob Hollis recht haben könnte. Was, wenn ich diejenige bin, die sich nicht traut, sich mit der Welt da draußen auseinanderzusetzen und zu einem anderen Schluss zu kommen? Vielleicht ist es ja wirklich eine vermessene und lächerliche Idee. »Ich habe Mrs. Nash versprochen, dass ich Elsie finden werde«, sage ich, weil ich mich weigere, mir auch nur einen Hauch von Unsicherheit anmerken zu lassen. »Dass sie in irgendeiner Weise wieder vereint sein werden. Wenn sie noch am Leben wäre, wenn ich sie schon früher gefunden hätte …« Mir steigen Tränen in die Augen. Ich ächze, und meine Nase brennt, so sehr bemühe ich mich, ihnen nicht freien Lauf zu lassen. Als das Gefühl langsam nachlässt, fahre ich fort: »Der Punkt ist: Echte, dauerhafte, romantische Liebe gibt es, ob *du* nun daran glaubst oder nicht. Ich weiß, dass es sie gibt, denn das war es, was Mrs. Nash und Elsie hatten. Das ist alles.«

Nur dass ich ganz tief in mir drin weiß, dass das eben *nicht* alles ist.

Natürlich tue ich das hier für Mrs. Nash, weil ich es ihr vor ihrem Tod versprochen habe und weil ich sie gernhatte. Sie war meine beste Freundin auf der ganzen Welt. Und jetzt, da ich einen Moment hatte, um alles zu verarbeiten, zur Ruhe zu kommen und zu analysieren … muss ich zugeben, dass ich es vielleicht auch für mich tue. Wenn ich nicht weiß, wie ich mich so sehr in Josh täuschen konnte, worin könnte ich mich dann noch täuschen?

Was, wenn ich mein ganzes Leben lang einfach nur dumm

und naiv war und an Happy Ends und das Gute im Menschen geglaubt habe? Ich brauche einen Beweis, dass es nicht dumm ist, zu glauben, dass zwei Menschen sich ein Leben lang lieben können, ganz egal, wie viele Widrigkeiten ihnen in den Weg gelegt werden. Dass die Hoffnung, dass ich jemanden finden kann, der mich nie im Stich lässt, nicht so sinnlos ist, wie sie sich zuletzt anfühlte. So sinnlos, wie Hollis sie zu halten scheint.

»Du siehst aus, als wolltest du mir eine reinhauen«, sagt Hollis und wirft einen Blick zu mir herüber.

Der Gedanke war mir ehrlich nicht gekommen. Aber jetzt, da er es gesagt hat, möchte ich es tun. Dringend. »Du hättest es vermutlich verdient.«

»Vermutlich. Aber bitte lass die Waffen stecken, während ich fahre. An der nächsten Ausfahrt müssen wir raus und tanken. Dann kannst du zuschlagen, wenn du willst.«

Als wir den Highway verlassen und in die Tankstelle an einem Wawa-Store irgendwo westlich von Fredericksburg einbiegen, wird meine uncharakteristische Blutlust von anderen Bedürfnissen verdrängt. Ich habe zuvor schon praktisch getanzt, doch jetzt muss ich extrem dringend aufs Klo. Als ich den Convenience Store verlasse, lehnt Hollis am Wagen. Er verschränkt seine Finger und reckt die Arme gen Himmel. Als er sich streckt, rutscht das gestreifte T-Shirt unter seinem offenen schwarzen Hoodie nach oben und enthüllt ein paar Zentimeter.

Haut und eine Linie schwarzen Haars, die vermutlich Richtung Norden und Süden weitergeht. Ganz egal, wie mürrisch und unfreundlich er sein mag, ich kann nicht leugnen, dass Hollis ein attraktiver Mann ist.

Äußerlich ist er sogar genau mein Typ. Jetzt, da ich darüber nachdenke, sieht er sogar ein wenig wie Josh aus. Nur besser. Als wäre Josh der erste Versuch eines Künstlers gewesen, und Hollis der Hundertste. Was vermutlich der Grund dafür ist, warum sie Frenemies und keine Freunde sind. Ich habe zu spät herausgefunden, dass Josh niemanden wirklich mögen kann, wenn er nicht mit absoluter Gewissheit weiß, dass er dieser Person in jeder Hinsicht überlegen ist. Und angesichts der Tatsache, dass Josh der Prototyp eines mittelmäßigen weißen Mannes ist, bleiben da nicht viele, die er mögen kann.

Hollis zieht sein Handy aus der Tasche und tippt schnell etwas. Vermutlich lässt er seine Freundin mit gewissen Vorzügen in Miami wissen, dass er später kommen wird. Ein Teil von mir fragt sich, wie Hollis' Muse wohl so ist. Aber ein viel größerer Teil will absolut nichts über sie wissen. Denn wenn ich etwas über diese Frau weiß, dann fange ich an, mir eine Meinung über sie zu bilden. Ich fange an, uns zu vergleichen, weil Menschen nun mal so sind. Und wenn ich ihr dann negative Gefühle entgegenbringe, die ganz und gar nichts mit ihr zu tun haben, dann ist das nicht sehr fair. Nicht ihr gegenüber, und auch nicht mir gegenüber.

Wie dem auch sei, die Frau in Miami ist sicherlich enttäuscht, dass Hollis heute nicht ihr Bett teilen wird. Und weißt du was, Schwester? Same. Nicht, dass ich das wirklich tun wollte, es ist nur … na ja, wenn die Dinge anders stünden. Und wenn er kein so merkwürdig nettes Arschloch wäre. Und wenn er nicht bereits vorhätte, so bald wie möglich einer anderen Frau das Gehirn rauszuvögeln. Und wenn er Josh nicht kennen würde. Und wenn, und wenn, und wenn. Dann würde ich. Definitiv.

Hollis hat den Blick direkt auf mich gerichtet. Wie lange beobachtet er mich schon, während ich ihn in diesem halb weggetretenen Zustand angaffe? Unangenehm. Ich schenke ihm mein fröhlichstes Lächeln, weil ich nicht weiß, was ich sonst tun soll, und er reagiert mit seinem übertrieben mürrischen Gesichtsausdruck.

»Hallo. Darf ich Sie kurz stören, Miss?«

Ich drehe mich um und entdeckte einen Mann neben mir. Also galt Hollis' finsterer Blick vielleicht gar nicht mir. Der Mann ist älter, vielleicht Mitte sechzig. Vermutlich kein *Penelope*-Fan (obwohl ihr überrascht wärt ...).

»Hi«, sage ich. »Kann ich Ihnen helfen?«

»Das hoffe ich, Miss. Ich muss an der letzten Raststätte meinen Geldbeutel verloren haben, aber jetzt habe ich nicht genug Benzin, um zurückzufahren, und mein Akku ist leer. Ich brauche lediglich ...«

Ich ziehe meine Börse aus dem Rucksack. »Ich glaube, ich habe nur einen Zwanziger. Reicht das?«

Seine Augen werden groß, und sein schmaler Mund steht leicht offen. Ich frage mich, wie viele Leute vor mir sich geweigert haben, ihm etwas zu geben. Er lächelt, als ich ihm das Geld überreiche. »Ja. Oh ja. Vielen Dank, Miss. Sie sind eine gute Seele. Ehrlich, danke schön.«

»Kein Problem«, sage ich. »Ich hoffe, Sie finden Ihren Geldbeutel.«

»Gott segne Sie«, sagt er, dann dreht er sich um und geht zurück in den Convenience Store. Erst da fällt mir auf, dass Hollis mittlerweile neben mir steht, noch immer finster dreinblickend.

»Er hat dich abgezockt.«

Ich wippe auf die Hacken, um an der Auslage im Schaufenster vorbeigucken zu können. »Er steht an der Kasse und bezahlt für sein Benzin.« Ich werfe einen Blick auf die Zapfsäulen. »Ich möchte wetten, es ist der Truck, der an Säule drei steht.«

Obwohl von hier aus unmöglich zu sehen ist, was der Mann an der Kasse tut, sagt Hollis: »Oder er kauft Zigaretten, Bier und ein Schmuddelheftchen, alles auf deine Kosten.«

Ich zucke mit den Schultern. »Na und? Zwanzig Dollar treiben mich nicht in den Ruin, aber wenn sie den Unterschied zwischen einem beschissenen und einem guten Tag für ihn machen, dann, na ja, was soll's?«

Er fährt sich eindeutig entnervt mit der Hand über das Gesicht, und kurz sitzt seine Hornbrille schief, als seine Finger darunter gleiten. »Ich bin schon Babys begegnet, die weltgewandter waren als du, Millicent.«

Der Mann kommt mit einer Dose Arizona Iced Tea unter dem Arm wieder heraus. Er nickt uns zu und ruft mir noch einmal ein kurzes Dankeschön entgegen. »Da haben Sie eine gute Frau gefunden«, sagt er zu Hollis. »Eine wirklich gute.«

Hollis lächelt abwesend und sagt: »Jep.« Sein Gesichtsausdruck ist bizarr und grimassenhaft und ganz eindeutig gezwungen. Sein echtes Lächeln *muss* einfach besser sein, und meine Entschlossenheit, es ihm zu entlocken, ist erneut geweckt, und sei es nur, um, was auch immer das zur Hölle war, wieder aus meinem Gedächtnis zu löschen.

»Siehst du, er hat etwas gekauft«, sagt Hollis, nachdem der Mann außer Hörweite ist.

»Das ist eine Dose Arizona, Junge. Die kostet was? Neunundneunzig Cent? Das ist ja wohl kaum ein Luxus. Und schau, er geht an Zapfsäule drei und tankt. Hab ich dir doch gesagt.«

Ich mache mich auf den Weg zurück zum Auto, und Hollis folgt mir.

»Heißt trotzdem nicht, dass er es wirklich gebraucht hat. Vermutlich hat er zu Hause in seiner Villa haufenweise Geld, wie Dagobert Duck, weil er nette junge Ladys überlistet, seine täglichen Ausgaben für ihn zu übernehmen.«

Ich verdrehe die Augen. »Mhm. Klar. Ich bin mir sicher, genau so ist es, Hollis. Klingt wirklich super effizient.« Der Mann winkt mir aus dem Fahrerhaus seines Trucks zu und fährt weg.

Wir sind bereits wieder auf dem Highway, als Hollis das nächste Mal etwas sagt. »Ich verstehe nicht, wie du so durchs

Leben gehen kannst und allen vertraust, dass sie auch die sind, die sie vorgeben zu sein, und das wollen, was sie vorgeben zu wollen. Beißt dich das nie in den Hintern?«

»Nicht oft. Aber manchmal.« Ich mache ein Geräusch, dass ein leises Lachen sein soll, aber es klingt ein wenig traurig. »Bei Josh war das definitiv der Fall.«

»Oh«, sagt Hollis. »Ich wollte nicht ... Darüber müssen wir nicht sprechen.«

»Schon in Ordnung. Ich komme mittlerweile damit klar.« Und das tue ich wirklich. Ich bin immer noch fassungslos über eine Menge seines Arschlochverhaltens, das mir irgendwie in den ganzen drei Jahren, die wir zusammen waren, nicht aufgefallen ist, aber ich zerbreche mir nicht mehr den Kopf deswegen. »Nichts eignet sich besser, um einem klarzumachen, dass man ohne seinen Partner besser dran ist, als herauszufinden, dass er sich online für einen ausgegeben hat, um seinen eigenen Bekanntheitsgrad zu erhöhen.«

»Moment mal. Er hat *was* gemacht?«

»Das war der Grund für die Trennung, und warum ich in der Nacht nach der Party so aufgebracht war. Eine von Joshs Bekannten hat mir erzählt, wie sehr sie meinen Instagram-Account liebt. Nur dass ich gar keinen habe. Tatsächlich halte ich mich sogar bewusst aus den sozialen Medien fern, denn wie du vielleicht mitbekommen hast, werden eine Menge Gefühle für Penelope gehegt, über die ich, Millie, nicht unbedingt etwas wissen will. Also habe ich Josh damit konfrontiert, und er hat zugegeben, dass er ein halbes Jahr zuvor einen Account in meinem Namen eröffnet hat. Er wollte mich zurück in die Öffentlichkeit bringen, weil er dachte, dass er so sein Buch besser verkaufen könnte. Er meinte, das würde ich ihm schulden, weil er es so lange ›mit mir ausgehalten hat‹ oder so was in der Art.«

Was Josh tatsächlich gesagt hat, während er mich gegen eine

Wand im Flur zu den Klos des Restaurants presste, ist: *Wenn du schon so verdammt durchgeknallt sein willst, Millie, dann sei doch wenigstens wieder durchgeknallt und berühmt, damit ich nicht umsonst mit dir zusammen bin.* In diesem Moment wusste ich, dass unsere Beziehung vorbei war und er mich nicht liebte. Und es vermutlich nie getan hat. Aber obwohl ich tief in mir drin weiß, dass diese Worte mehr über ihn sagen als über mich, will ich Hollis nicht die ganze Wahrheit anvertrauen. Ich schäme mich. Das ist wie meine Scham am Flughafen. Manchmal kann ich nicht anders, als mich irgendwie verantwortlich dafür zu fühlen, wenn Männer mich schlecht behandeln, und dann fühle ich mich schuldig, weil ich in diese Falle getappt bin. Und das Ergebnis ist das gleiche: Ich fühle mich schlecht wegen meiner Gefühle.

»Also hat er … Bilder von dir gepostet? Ich weiß nicht, ob ich das richtig verstehe.«

»Ja. Hunderte. Von mir, uns, unserer Wohnung. Von den meisten wusste ich nicht einmal, dass sie existierten. Aber er präsentierte es so, als wäre ich diejenige, die sie postet. Zehntausend Leute, die liken und kommentieren und … Er hat den Menschen Zutritt zu meinem Leben, zu *mir*, verschafft, ohne dass ich davon wusste.«

»Wow. Das ist extrem schäbig.« Er sieht mich nicht an, weil er fährt, und er hat seit der Tankstelle nicht aufgehört, finster dreinzublicken, also habe ich keine Ahnung, wie aufrichtig diese Aussage ist.

»Ja.« Ich verschweige ihm das Schlimmste: Dass Josh mir später erzählt hat, dass er mir in jener Nacht vor allen auf der Party einen Antrag machen wollte. Und ich hätte Ja gesagt, ohne zu ahnen, dass das Ganze nur ein riesiger Publicity-Stunt ist.

Es entsteht eine Pause in unserer Unterhaltung, während der sich Hollis auf die Straße konzentriert. Wir nähern uns Richmond. Die Rushhour auf der I-95 ist immer schlimm. Aber in

Kombination mit denen, die das lange Wochenende am Strand verbringen wollen, kommen wir mit etwa 30 km/h voran. Ab und zu legt jemand eine Vollbremsung hin, nur so zum Spaß, vermute ich.

Wir stehen vollends, als Hollis sich wieder zu Wort meldet: »Also bist du komplett anti Social Media? Weil ich gesehen habe, wie du mit dem Arschloch am Flughafen Bilder geschossen hast. Du weißt, dass er sie vermutlich auf Instagram, Twitter, Facebook oder sonst wo posten wird, ja? Oder muss ich ihn aufspüren und sein Handy zerstören?«

Ich kann mich nicht entscheiden, ob das ein süßes Angebot ist, oder ob Hollis den Kerl einfach wirklich hasst. Ich weiß auch nicht, ob ich es ihm verübeln würde, wenn es Letzteres wäre. »Ha, nein. Ist schon okay. Ich will nicht aktiv daran teilnehmen, aber es macht mir nichts aus, hier und dort zu erscheinen. Außerdem kann ich es nicht wirklich vermeiden, nicht komplett. Ob es mir gefällt oder nicht: Kinderdarstellerin gewesen zu sein bedeutet, dass man mich immer auf die eine oder andere Art als öffentliches Eigentum betrachten wird. Wenn ich nicht für ein Bild posiere, dann machen sie es heimlich. Ich bevorzuge es, wenigstens einigermaßen okay auszusehen. Mir auszusuchen, was die Öffentlichkeit von mir zu sehen bekommt. Das ist mir sehr wichtig. Und deshalb war das, was Josh getan hat, so ein riesiger Tabubruch.«

»Verständlich«, sagt Hollis und setzt den Blinker, um die Spur zu wechseln.

»*Ich* sehe das so. Aber während unseres Streits meinte Josh, dass für die Fotos posieren nichts anderes ist als das, was er getan hat.«

Hollis schüttelt den Kopf. Ich höre ihn etwas murmeln, das sich sehr nach »verdammtes Arschloch« anhört.

»Wie war das?«, frage ich. Weil ich hören will, wie er es lauter sagt, damit ich weiß, dass er wirklich auf meiner Seite ist und nicht auf Joshs, obwohl er ihm gegenüber loyal sein sollte. Nehme ich an. Ich weiß auch nicht, wie das mit der Loyalität unter Frenemies aussieht.

»Ich sagte, dass er ein verdammtes Arschloch ist.« Er spricht jede Silbe überdeutlich aus, als wäre er eine härtere Version eines der NPR-Korrespondenten, denen er so gerne zuhört. Ich muss grinsen. »Dein Problem ist der Mangel an Kontrolle über dein Bild in der Öffentlichkeit«, fährt er fort. »Sich mit jemandem ablichten lassen ist eine Sache. Aber wenn jemand Bilder von dir macht und sie dann ins Netz stellt und dabei noch so tut, als wärst du diejenige, die postet? Entweder ist er der dümmste Mensch auf Erden, oder er ist einfach ein Arschloch. Und so gering ich Josh Yaegers Intelligenz auch einschätze, ist es doch ziemlich klar, dass hier Option B zutreffend ist.«

Eine hoffnungsvolle Wärme erblüht in meiner Brust. Das ist etwas anderes als Dani, die mir wieder und wieder versicherte, dass ich im Recht war, als ich sie nach der Trennung nachts um drei unter Tränen anrief. Und auch anders als Mrs. Nashs liebenswerter Zorn darüber, dass Josh mir so etwas antun würde – nachdem ich ihr erklärt hatte, was zum Teufel Instagram ist. Es ist anders, weil Hollis nichts damit am Hut hat. Er ist nicht an meinem Glück interessiert. Ich weiß ja noch nicht mal, ob er mich überhaupt *leiden* kann. Deshalb kann ich daraus nur schließen, dass sein kleiner Vortrag und die Art, wie er den Kiefer verspannt und die Finger um das Lenkrad krampft, auf ehrliche Verärgerung meinetwegen zurückzuführen ist. Es sollte mir nicht wichtig sein, dass es Hollis kümmert, dass Josh mich verletzt hat, aber das ist es. Es ist mir sogar ungemein wichtig.

Ehe ich noch etwas sagen kann, entspannt sich Hollis' Hand um das Lenkrad, und er trommelt einen kleinen Rhythmus. »Hey«, sagt er. »Hast du Hunger?«

4

»José Napoleonis Rio Grande Trattoria?« So steht es auf dem Schild, deshalb bin ich mir nicht ganz sicher, warum es mir als Frage über die Lippen kommt. Vielleicht, weil ich mich nicht recht mit dem Konzept Mexikanisch-Italienischer-Fusionsküche anfreunden kann, vor allem wenn sie in einem Gebäude beherbergt ist, das eindeutig einmal eine Pizza-Hut-Filiale neben dem Highway war.

»Entweder das hier oder Fast Food«, teilt Hollis mir mit. Ehe ich ihn damit aufziehen kann, was für ein Snob er ist, fügt er hinzu: »Ich habe kein Problem mit Fast Food, wenn dir das lieber ist. Meine Vorlieben sind praktisch das Gegenteil von gehobener Küche. Aber ich dachte, wir könnten den Verkehr da drin aussitzen.«

Da hat er nicht unrecht. Fast Food wäre, nun ja, schneller. Aber es ist nicht so, als würde die Rushhour sich auf magische Weise in Luft auflösen, und während eines guten Essens würde ich mir vermutlich weniger Sorgen um die tickende Zeit machen als hilflos im Beifahrersitz, wo ich nichts tun kann, als warten und mir das Schlimmste ausmalen.

Es stehen lediglich drei Autos auf dem Parkplatz des Restaurants, was nicht unbedingt das beste Zeichen ist. Andererseits ist das hier nicht direkt eine dicht besiedelte Gegend – wo auch immer in Virginia wir uns gerade befinden –, vielleicht bedeuten drei Autos an einem Donnerstag kurz vor dem Feierabendgeschäft ja schon regen Betrieb. Ich schaue das Restaurant in meinem Handy nach und finde heraus, dass es erst letzten Monat eröffnet und sage und schreibe vier Rezensionen hat, von denen eine unerklärlicherweise auf Polnisch ist.

Hollis späht auf mein Display und lässt denn den Kopf zurück gegen seinen Sitz fallen. »Himmel. Du bist die unglaublichste … die unglaublichste …«

»Die unglaublichste was?«

»Einfach nur die verdammt noch mal unglaublichste, Millicent.«

»Danke«, sage ich, immer noch auf die Kundenbewertungen fokussiert. Vielleicht kann ich ja plötzlich Polnisch lesen, wenn ich nur lange genug auf mein Handy starre. Ich will wissen, warum diese Person José Napoleoni einen Stern gegeben hat, während die anderen drei kommentarlose fünf Sterne sind, aber es interessiert mich auch nicht genug, um Google Translate zu benutzen.

»Du steigst zu irgendeinem Fremden ins Auto, den du am Flughafen kennengelernt hast, aber wenn es darum geht, ein neues Restaurant auszuprobieren, denkst du plötzlich: ›Ah, ich weiß nicht, da sollte ich vorher doch Nachforschungen anstellen.‹«

»Hör mal.« Ich drehe mich im Sitz zur Seite, um Hollis meine ganze Aufmerksamkeit zu schenken, weil es wichtig ist, dass er das hier versteht, da wir voraussichtlich noch eine signifikante Menge Zeit miteinander verbringen werden. »Ich habe nie behauptet, dass ich als Mensch Sinn ergebe. Und ich würde es wirklich schätzen, wenn du aufhören könntest, meine Eigenarten zu kommentieren, als hättest du mich bei irgendeiner Art Kontinuitätsfehler erwischt.«

Das *C* seines Munds glättet sich zu einer reuigen geraden Linie. »Du hast recht. Es tut mir leid.«

Ich lege den Kopf schräg und kneife verwirrt die Augen zusammen. Es ist, als würde Hollis in einer toten Sprache zu mir sprechen. »Moment mal. Das war eine Entschuldigung. Eine echte, ohne ein hinterhergeschobenes ›aber‹ oder ›es ist nur so, dass‹.«

»Ja. Muss das so anklagend klingen? Ich habe etwas getan, das dich gekränkt hat. Das war nicht meine Absicht. *So* ein Arschloch bin ich nun auch wieder nicht. Also habe ich mich entschuldigt und werde es nicht noch einmal machen. Das ist jetzt kein Hexenwerk.«

»Möchte man meinen, ja«, sage ich.

Man erkennt einen Menschen an der Art, wie er sich entschuldigt, erinnert Mrs. Nash mich in meiner Erinnerung. Sie hatte es gesagt, nachdem ich herausfand, dass einer meiner Kommilitonen *»Penelope in die Vergangenheit«*-Watchpartys für den Rest unseres Kurses veranstaltete. Ich atme aus und puste damit die Trauer weg, die mich einzuhüllen droht wie dichter Nebel. »Außerdem hast du mich nicht gekränkt. Ich war nur etwas genervt.«

»Oh. Dann ziehe ich die Entschuldigung zurück. Denn du hast mich in den letzten zweieinhalb Stunden auch etwas genervt, also sind wir jetzt quitt.«

»Egal, lass uns essen.«

»Na dann los«, sagt Hollis und löst seinen Gurt.

José Napoleoni, halt die Spaghetti-Tacos bereit. Wir sind im Anmarsch.

Es überrascht mich nicht, dass das Restaurant in Rot, Grün und Weiß dekoriert ist – das ist schließlich die naheliegendste Wahl, nicht wahr? Was mich aber verblüfft, ist der ausgestopfte Bär mit dem Sombrero auf dem Kopf neben dem Empfangstisch, der vermutlich so aussehen soll, als würde er gerade brüllen, aber eher wirkt, als würde er gähnen. Und plötzlich wünsche ich mir nichts sehnlicher, als die Finger in das Maul des ausgestopften Tiers zu stecken und herauszufinden, wie sich das anfühlt. Aber selbst auf Zehenspitzen wäre ich wohl immer noch fünf Zentimeter zu klein.

Bevor ich Hollis um Hilfe bitten kann – worauf er sicher mit *Begeisterung* reagieren würde –, taucht ein kleiner Mann mit zurückgegeltem schwarzem Haar und bronzefarbener Haut neben dem »BITTE WARTEN SIE, BIS MAN IHNEN EINEN TISCH ZUWEIST«-Schild auf. »Hola und buonasera«, sagt er, und ein riesiges, von Zähnen bestimmtes Grinsen lugt unter einem beeindruckenden Zwirbelbart hervor. »Willkommen in José Napoleonis Rio Grande Trattoria. Ich bin José und freue mich, Sie heute Abend hier begrüßen zu dürfen. Bitte folgen Sie mir.«

Hollis und ich rutschen auf die gegenüberliegenden Bänke einer Sitznische, und ein junger Kellner mit etwas schwarzem Oberlippenflaum kommt mit zwei Gläsern Eiswasser zu uns getrottet.

»Focaccia und Salsa«, sagt José zu ihm. »Mein Sohn«, erklärt er uns mit einem liebevollen Lächeln, während der Teenager mit einem beeindruckenden Mangel an Elan zurück zur Küche schlurft. »Also, was kann ich Ihnen zu trinken bringen?«

»Für mich nur Wasser, danke«, sagt Hollis, der die Nase in der Speisekarte vergraben hat.

Okay, ich liebe es hier. Erst der unerwartete Schlummerbär. Und dann finde ich auch noch meinen Lieblingsdrink auf der Karte, sogar mit *gratis Refills*. »Ich nehme einen Shirley Temple.«

»Ein Shirley, kommt sofort. Ah, danke, Marco.« José nimmt den Brotkorb von seinem Sohn entgegen und stellt ihn in die Mitte der rot-weiß karierten Tischdecke. Marco stellt eine Schale mit stückiger frischer Salsa daneben. »Focaccia mit

Steinsalz und Koriander, dazu frische Picco de Gallo«, erklärt uns José. »Guten Appetit!«

»Das ist definitiv interessant«, sagt Hollis und taucht das Brot in die Salsa. Ich sehe zu, wie er es zum Mund führt und seine Zähne in der luftigen Focaccia verschwinden. Er hat einen wirklich schönen Mund, wenn er mich nicht gerade finster anstarrt. »Schmeckt wie … mexikanische Bruschetta?«

»Hmmm.« Ich nehme einen Bissen. »Definitiv nicht schlecht.«

»Was bestellst du?«, fragt er und widmet sich wieder der Speisekarte.

»Keine Ahnung«, antworte ich. »Normalerweise schiebe ich beim Bestellen ohnehin Panik, also ist es einfacher, sich gar nicht erst für etwas zu entscheiden.«

Er senkt die Karte, bis seine dunklen Brauen zum Vorschein kommen, die ein *V* über seinen Augen bilden. Unter dem Licht eines Lampenschirms aus rotem und grünem Glas ist seine Heterochromie weniger auffällig.

»Du schiebst Panik?«, fragt er.

Ich nicke und häufe mehr Tomate und Zwiebel auf mein Brot. »Wenn die Auswahl zu groß ist, gerate ich manchmal in Panik, wenn es Zeit ist, mich zu entscheiden, und wähle etwas ganz anderes. Wenn ich etwa das Hühnchen will, bestelle ich plötzlich Steak. Und es ist immer okay. Ich bin nicht wählerisch oder so. Aber dann bereue ich es, nicht das Hühnchen bestellt zu haben. Wenn ich mich also gar nicht erst für Hühnchen entscheide, dann bin ich nicht so enttäuscht, wenn ich es am Ende nicht bestelle.«

Er klappt die Karte zu und legt sie auf den Tisch. »Das ist möglicherweise das Lächerlichste, was ich je gehört habe.«

»Das erscheint mir unwahrscheinlich, angesichts der Tatsache, dass ich dir vor gerade mal drei Stunden erzählt habe, dass ich mich auf einer Mission befinde, menschliche Überreste in meinem Rucksack zu einer alten Dame in Key West zu bringen.«

Hollis schiebt den Arm über den Tisch, und seine langen Finger schlagen die Karte vor mir auf. »Such dir etwas aus«, sagt er.

Ich seufze laut. Na toll. Schon wieder ein Mann, der glaubt, mich normaler machen zu können, indem er mir sagt, es einfach so zu machen *wie ein normaler Mensch* und dass es *doch nicht so schwer sein kann.* »Hollis. Ich habe dir gerade gesagt, …«

»Such dir etwas aus«, wiederholt er. »Und dann sag mir, was es ist. Ich bestelle es für dich, dann musst du dir keine Sorgen machen, dass du in Panik geraten könntest.«

»Oh«, sage ich. Und da ist es wieder. Diese Nettigkeit. Ein kleiner Funke Wärme schießt wie ein Glühwürmchen durch meinen Brustkorb.

»Interpretier da nichts rein. Ich will nur nicht die nächsten drei Stunden dein Gejammer hören, dass du wünschtest, etwas anderes bestellt zu haben.«

»Ja. Klar«, sage ich, und ein Lächeln breitet sich über mein ganzes Gesicht aus. »Du bist einfach nur wieder egoistisch.«

»Genau das.«

Die Auswahl ist definitiv vielseitig. Wie die Focaccia mit der Pico de Gallo ist alles ein Hybrid mexikanischer und italienischer Klassiker. Mein Blick wandert immer wieder zu der Auswahl mit den Vorspeisen und dem Bild von frittierten Ravioli, die in einer Sternformation auf einem großen roten Teller angeordnet sind. *Frittierte Ravioli: eine Auswahl von Ravioli gefüllt mit Käse, Chorizo, Hack und Hühnchen, goldbraun frittiert, dazu ein Trio von Dips.*

Sie sehen aus wie winzige Empanadas, und ich verspüre ein brennendes Verlangen danach.

»Ich nehme die frittierten Ravioli«, verkünde ich und knalle die Karte zu.

»Und die frittierten Ravioli sollst du bekommen.«

José bringt meinen Shirley Temple. »Entschuldigt die Wartezeit«, sagt er. »Ich habe mich beim Garnieren etwas hinreißen lassen.«

Er übertreibt nicht. Aus dem Glas vor mir ragen drei dieser winzigen Plastikschwerter, jedes bestückt mit Kirschen und Orangenscheiben. Das erinnert mich an das eine Mal, als Mrs. Nash und ich mit Mai Tais Silvester feierten und leicht angetrunken nach YouTube-Tutorials gesucht haben, wie man Kirschstängel mit der Zunge verknotet. Sie hat stundenlang über meine erfolglosen Versuche gelacht, während sie einen perfekten Knoten nach dem anderen produzierte.

»Nun«, sagt José und reißt mich aus dem unangenehmen Gefühl, das diese Erinnerung in mir auslöst – ein wenig, als würden Hunderte dieser winzigen Plastikschwerter mir wiederholt das Herz durchbohren, »habt ihr Fragen?«

Ich bin versucht, mich nach der Herkunft des ausgestopften Bären zu erkundigen, aber ich glaube, er meint eher die Speisekarte.

»Nein, ich denke, wir haben uns entschieden«, sagt Hollis. »Wir hätten gerne die frittierten Ravioli und die Fideo mit Hackbällchen. Beides als Hauptspeise. Danke.«

Wir reichen José unsere Speisekarten, der sie Marco reicht, ehe er in die Küche eilt. Marco starrt die Karten in seinen Händen an und stößt das teenagermäßigste Seufzen aus, das ich je gehört habe, eher er sie einfach auf irgendeinen Tisch legt.

»Danke«, sage ich zu Hollis.

Er zuckt mit den Schultern, sagt aber nichts.

Ich sehe mich im Restaurant um. Abgesehen von zwei Männern, die sich an der U-förmigen Bar in der Mitte des Raumes ein Fußballspiel ansehen und etwas trinken, sind wir die einzigen Gäste.

Hollis schiebt die Ärmel seines Hoodies hoch, und nein, ich kann nicht aufhören, seine Unterarme anzustarren. Sie sehen aus, als würde er seine Bücher handschriftlich mit einem Fünfzehn-Kilo-Stift niederschreiben. Und sie sind mit diesen dunkelbraunen Haaren bedeckt, die mich an den Bären am Eingang erinnern, und jetzt weiß ich nicht mehr, ob ich meine Finger in den Mund des Bären oder in den von Hollis stecken will. Er hat wirklich einen ziemlich tollen Mund.

»Millicent«, sagt er und senkt den Kopf in mein Blickfeld. »Hörst du mir überhaupt zu?«

Ich hebe ruckartig den Blick. »Ja, tut mir leid. Was?«

Seine Lippen machen diese eine Sache, bei der sie sich nur an den Winkeln leicht heben. »Ich sagte, du sollst mir mehr über Mrs. Nash und Elsie erzählen, während wir warten.«

Das fegt den Rest meiner Tagträume gründlich zur Seite. Ich balle die Fäuste unter dem Tisch und wünschte, ich hätte an der Tankstelle sein Angebot angenommen, ihm geringfügigen körperlichen Schaden beizubringen. Aus irgendeinem Grund weckt dieser Mann meine lange im Tiefschlaf befindliche Blutlust. »Warum? Warum sollte ich dir mehr erzählen wollen, so wie du das letzte Mal reagiert hast?«

»Das tut mir leid. Das hätte ich nicht sagen sollen.«

»Nein, das hättest du nicht.«

»Ich verspreche, ich werde meinen – wie hast du es genannt? Mangel an emotionaler Stärke?«

»Ich glaube, so habe ich es genannt, ja.«

Sie Lippen krümmen sich noch ein wenig mehr. Ich kann mich nicht recht entscheiden, ob ich beleidigt oder bezaubert bin. »Ich verspreche, dass ich meinen Mangel an emotionaler Stärke dieses Mal bezähmen werde.« Hollis hebt die Brauen, während er mir in die Augen schaut. »Ich verspreche es«, wiederholt er.

»Argh. Also gut. Wo waren wir?«

»Sie haben sich am Strand kennengelernt. Elsie hat Rose mit Pralinen in ihr Zimmer gelockt.«

José bringt mir einen weiteren Shirley Temple (diesmal mit weniger Garnierung) und nimmt das alte Glas mit, von dem ich gar nicht mehr weiß, wann ich es geleert habe. »Ja, stimmt. Okay …«

Key West, Florida

Dezember 1944

Der Regen trommelte auf das Dach, ein stetiger Rhythmus, der Roses Glieder schlaff und ihr Gehirn schläfrig werden ließ. Sie und Elsie arbeiteten ähnliche Schichten, eine Tatsache, die ihr wie unendliches Glück erschienen war, bis Elsie mit einem für sie untypisch verlegenen Grinsen zugegeben hatte, es selbst so arrangiert zu haben. Die beiden Frauen verbrachten mittlerweile beinahe ihre gesamte Freizeit gemeinsam an dem Strand, wo sie sich zum ersten Mal begegnet waren. Sie badeten in der Sonne und blickten hinauf zu den Flugzeugen am Himmel, bis Elsies Rastlosigkeit sie irgendwann unweigerlich in die Wogen der See trieb. An seltenen Schlechtwettertagen wie heute, wenn der Himmel Eimer um Eimer über Key West auskippte, als hätte er vergessen, dass sie sich eigentlich mitten in einer Trockenperiode befinden sollten, fläzten sich Rose und Elsie auf den weichen Teppich im Aufenthaltsraum des Quartiers der Krankenschwestern und spielten Gin Rommé. Elsie war eine fürchterliche Kartenspielerin, viel zu energiegeladen, um sich zu konzentrieren, und doch hinderte sie das nicht daran, jedes Spiel in der unerschütterlichen Überzeugung zu beginnen, dass sie gewinnen würde.

»Meine Pechsträhne hat endlich ein Ende, ich fühle es«, sagte Elsie, während sie die Karten mischte.

Rose kraulte die getigerte Katze, die im Quartier lebte und sich jetzt neben ihr niederließ. Sie musste lächeln, als sie sah, wie Elsie die Nase kräuselte und die nächste Runde mit dem festen Vorsatz begann, sich dieses Mal besser zu konzentrieren.

Erneut siegte Rose.

»Es ist hoffnungslos. Du bist einfach zu schlau«, sagte Elsie. Rose überlegte, ob sie ihre Fähigkeiten herunterspielen sollte, um Elsie ein wenig Mut zu machen, doch dann streckte Elsie die Hand aus und schob ihr mit der Behutsamkeit eines Liebhabers eine Haarsträhne hinter das Ohr. »Ich bin einfach nur dankbar, dass du mich trotz meines schrecklichen Kartenspiels weiterhin Zeugin deiner Schönheit und Intelligenz sein lässt.«

Es war nicht das erste Mal, dass Elsie Rose ein derartiges Kompliment machte und ihr Aussehen und ihre Intelligenz lobte. Während Rose beinahe vor Stolz platzte, weil diese faszinierende Frau sie als ihrer Aufmerksamkeit und Zeit würdig erachtete, verstörte es sie auch ein wenig. Elsie konnte nicht wissen, was ihre Worte und die beiläufigen Berührungen in Rose auslösten, wie sie ihr Blut in Wallung brachten und in ihr den Wunsch nach Dingen weckten, die sie nicht haben konnte. Es hätte an Grausamkeit gegrenzt, wäre es Absicht gewesen – was es, da war Rose sich sicher, definitiv nicht war.

Elsie hob einen Finger und verschwand dann in dem Flur, der zu den Schlafzimmern führte. Eilig kehrte sie mit der Schuhschachtel zurück, in der sie ihren Süßigkeitenvorrat aufbewahrte. Sie hielt sie Rose hin und bot ihr etwas von den mit Schokolade überzogenen Pfefferminztalern an, die ihr eine entfernte Cousine aus Pennsylvania geschickt hatte. Rose grinste, als sie sich einen aus der Schachtel nahm und dann noch einen für später; sie waren schnell zu ihrer Lieblingsleckerei geworden.

Elsie ließ sich erneut auf dem Boden nieder und steckte sich ein Stück Kaugummi in den Mund. Das Blassrosa der Süßigkeit harmonierte perfekt mit ihren Lippen. »Was hast du vor, wenn der Krieg einmal vorbei ist?«, fragte Elsie.

Rose schluckte und genoss die Kühle des Pfefferminzes auf ihrer Zunge. Sie leckte sich einen Krümel Schokolade von der Fingerspitze. Als sie aufblickte, war Elsies Stirn auf eine Weise gerunzelt, die Rose nicht deuten konnte. »Ich schätze, ich gehe einfach zurück nach Oshkosh«, sagte Rose, ohne zu erwähnen, dass sie seit ihrer Ankunft in Florida beinahe jede Nacht geweint hatte, weil sie alles und jeden, den sie zurückgelassen hatte, so sehr vermisste, dass es sich anfühlte wie eine Krankheit. Jetzt, da sie darüber nachdachte, fiel ihr auf, dass sie nur dann kein Heimweh hatte, wenn sie Zeit mit Elsie verbrachte. »Meine Eltern sind dort, und die meisten von meinen Geschwistern.«

»Willst du heiraten? Kinder kriegen?«

Das war der Plan. Roses Mutter war eine Befürworterin großer Familien und daher besorgt gewesen, dass ihre Tochter einige ihrer fruchtbarsten Jahre in der Navy verschwendete, weshalb Rose ihr versprochen hatte, dass Heirat und Familie ihre obersten Prioritäten sein würden, wenn sie nach Hause zurückkehrte. Nur auf diese Weise konnte sie ihre Mutter überreden, ihr ihren Segen zu geben, als sie ihr gestand, dass sie vorhatte, ihr Geburtsdatum zu fälschen, damit sie sich ein Jahr früher als erlaubt bei den WAVES – *Women Accepted for Volunteer Emergency Services* – verpflichten konnte. Rose war keine Träumerin, wie es manche andere Mädchen waren. Tatsächlich hatte es alle überrascht, dass sie überhaupt zum Militär gehen und Wisconsin verlassen wollte. Also hatte sie auch keinen Grund gesehen, warum sie sich nach dem Krieg nicht wieder dort niederlassen sollte, und die Entscheidung, den Bedingungen ihrer Mutter zuzustimmen, war ihr nicht schwergefallen.

»Ich nehme es an«, antwortete Rose, die sich plötzlich nicht mehr sicher war, ob ihr Versprechen so einfach einzuhalten sein würde, wie sie zunächst gedacht hatte. »Ich hatte immer die Hoffnung, eines Tages Mutter zu werden.«

Als das älteste Mädchen in einer Familie mit sieben Kindern hatte Rose den Großteil ihrer Kindheit damit verbracht, sich um ihre Geschwister zu kümmern. Allerdings hatte sie kein besonderes Interesse daran, ein ganzes Farmhaus mit schreienden Babys zu füllen, also hoffte sie, dass ihr zukünftiger Mann sich mit zwei oder drei zufriedengeben würde. Ihre Mutter würde eine derartig kleine Familie natürlich missbilligen, aber Rose fand, dass das mehr als genug wäre, um sie auf Trab zu halten.

»Du wirst sicher eine tolle Mutter«, sagte Elsie. Sie klang ehrlich, doch ihr Tonfall wollte nicht recht zu dem merkwürdig spröden Lächeln auf ihren Lippen passen.

»Und du? Wirst du auch heiraten und Kinder kriegen?«, fragte Rose.

Elsie lachte, als hätte Rose ihr einen Witz erzählt. Sie schüttelte den Kopf, und ihr mondlichtfarbenes Haar tanzte um ihre Schultern. »Ich habe nicht vor, Zeit für Kinder zu haben. Ich will Medizin studieren und Chirurgin werden. Ich will diejenige sein, die die Anweisungen gibt, statt Befehle von hochtrabenden Dummköpfen entgegenzunehmen. Und um ehrlich zu sein, habe ich noch nie verstanden, was am Getrappel kleiner Füßchen so toll sein soll, wenn ich auch bis zu den Ellenbogen in jemandes Eingeweiden stecken könnte.« Sie unterdrückte ein Lachen, weil sie sich mittlerweile gut genug kannten, dass sie wusste, dass Rose mit der Kombination einer sehr lebhaften Vorstellungskraft und eines schwachen Magens geschlagen war.

»Vielleicht«, meinte Rose, als ihre Übelkeit nachließ, »könntest du ja mit dem richtigen Menschen an deiner Seite Gefallen an beidem finden. Wenn du jemanden hättest, der deine Träume unterstützt.«

Elsie antwortete mit einem Lächeln, das irgendwie trauriger wirkte als jeder andere Gesichtsausdruck, den Rose in den wenigen Wochen, die sie sich kannten, je an ihr gesehen hatte. »Ja. Vielleicht«, sagte Elsie. Sie setzte ein munteres Lächeln auf und begann, erneut die Karten zu mischen.

5

Das Essen ist unglaublich. Meine frittierten Ravioli sehen exakt so aus wie auf dem Bild in der Karte – einschließlich dem großen roten Teller und allem – und Hollis gibt diese kehligen *Mmmm*-Laute von sich, wann immer er einen Löffel von seiner Fideo mit Hackbbällchen nimmt. Ich finde das zu gleichen Teilen unglaublich seltsam und unglaublich erregend.

»Isst du immer mit so viel … Gusto?«, frage ich.

»Was?«

»Du klingst die ganze Zeit, als hättest du einen kleinen Orgasmus.« Hollis verschluckt sich fast an seinem nächsten Löffel und greift nach seinem Wasserglas. »Nein, das tue ich nicht.«

»Mmm«, mache ich ihn so gut es geht nach. »Mmm. Mmm. Ahh. Mmm.« Mit jedem Mal werde ich lauter. Die Männer an der Bar drehen sich zu uns um, um zu sehen, was zur Hölle los ist.

»Ich übe für das Vorsprechen für ein Remake von *Harry und Sally*«, erkläre ich.

Die Männer nicken und widmen sich dann wieder ihren Modelo-Flaschen. Gesprächsfetzen von wegen, dass Hollywood auch nichts Neues mehr einfällt, wabern zu unserer Nische herüber.

»Für jemanden, der seine Privatsphäre schätzt, hast du herzlich wenig Probleme damit, eine Show abzuziehen«, flüstert Hollis scharf.

»Ich? Ich bin nicht diejenige, die es mit ihrem Essen treibt.«

Er legt seinen Löffel in der Schale ab, wo er ein leises Klirren von sich gibt, als das Metall auf Keramik trifft, lehnt sich zurück und verschränkt die Arme vor der Brust. Seine Körpersprache sagt *Was du kannst, kann ich schon lange*, und ich spüre, wie sich meine Haut unter seinem Blick erhitzt.

»Wie lange ist es her, dass du eine gute Mahlzeit hattest, Millicent?« Und Scheiße, er *lächelt*. Ein echtes Lächeln, nicht dieses fürchterlich erzwungene Etwas von der Tankstelle oder die beinahe unmerklichen Momente der Belustigung im Wagen. Es ist echt, und es gräbt diese Vertiefungen in seine Mundwinkel, die aussehen wie runde Klammern. Als wäre das Vergnügen, das er aus dieser Unterhaltung gewinnt, eine Randnotiz, die er mir mitteilen möchte.

»Ich … esse«, sage ich. Wie kann es sein, dass mein Hals sich zu trocken anfühlt, während mein Mund zu feucht ist. Ich schlucke hart, und es muss ihm aufgefallen sein, denn sein Grinsen wird breiter.

»Und wer kocht für dich?«

Es ist vollkommen inakzeptabel, dass er mich mit seinem hübschen Gesicht und dieser viel zu komplizierten Metapher aus dem Konzept bringt. In der Tat: Was du kannst, kann ich schon lange. Lass mich spielen, Coach! »Oh, in letzter Zeit kümmere ich mich am liebsten selbst darum. Sonst bin ich am Ende oft noch hungrig.« Ich überlege, ob ich zwinkern soll, aber das ist bei mir immer riskant, weil meistens ein richtiges Blinzeln daraus wird. Ich will spielerisch und sexy wirken, nicht, als wäre ich verunsichert oder hätte etwas im Auge. Also nehme ich eines der Plastikschwerter aus meinem Shirley Temple und lasse meine Zungenspitze die Reihe von Kirschen hinaufgleiten, ehe ich sie mir alle in den Mund schiebe.

Es hat den gewünschten Effekt. Hollis' Adamsapfel hüpft.

Er räuspert und sammelt sich, und als er seinen nächsten Satz beginnt, ist das Lächeln bereits zurück. »Vielleicht hast du ja nur noch keinen gefunden, der sich in der Küche auskennt.«

»Na ja, nicht jeder von uns kann einen Privatkoch in Miami haben«, sage ich und beiße in eine von meinen Ravioli. Das hat gesessen. Das Lächeln rutscht ihm aus dem Gesicht, sein Mund bildet eine perfekte horizontale Linie, keine einzige runde Klammer in Sicht. Sicher, ein Teil von mir bereut es, dem Flirten ein Ende gesetzt zu haben, aber ein größerer Teil ist einfach nur froh, weil es nirgendwohin geführt hätte, und weil ich ehrlich gesagt seit der Trennung von Josh keine gute … Mahlzeit … mehr hatte. Wobei, schon vor Josh. Seine Vorstellung von Kochen bestand darin, eine Dose billiger Ravioli zu öffnen. Die Hälfte der Zeit bekam er nicht einmal den Deckel ganz ab, bevor er versucht hat, mich in einen Topf zu kippen.

Ich verliere mich komplett in der Metapher. Tatsache ist, dass Josh schlecht im Bett und ich seit der Trennung im September mit niemandem sonst zusammen war. Und Hollis' Flirten ist nicht fair, angesichts der Tatsache, dass er gerade unterwegs ist, um eine Woche im Bett mit einer anderen zu verbringen.

»Millicent«, sagt Hollis. »Ich habe nicht versucht …« Er unterbricht sich. Er kneift die Augen zusammen, und sein Kiefer verspannt sich sichtlich. »Ist das eine Gitarre?«

Ich hebe den Blick von dem Punkt auf meinem Teller, den ich bis jetzt angestrengt angestarrt habe, und sehe fünf Männer in schwarzen Anzügen und riesigen roten Fliegen mit Instrumenten im Schlepptau auf uns zukommen. Und ja, der Gitarrist schlägt die Anfangsakkorde eines Songs an. Als sie bei unserer Nische ankommen, setzt die Musik kurz aus, und der Mann in der Mitte nimmt einen tiefen Atemzug und schmettert dann in einem klaren Tenor: »En Nápoles, donde el amor es rey …«

Hollis starrt ohne zu blinzeln auf sein Essen, als eine Trompete einsetzt und sein Kiefer sich noch mehr verspannt.

Während sie spielen, erkenne ich die Melodie, wenn auch nicht die Worte. Es ist kein Lachen, mehr ein Gackern, das aus mir hervorbricht, als eine Mariachi-Version von »That's Amore« das weitgehend leere Restaurant erfüllt.

Die Band nähert sich dem Ende des Songs, und ich applaudiere begeistert. »Herzlichen Dank«, sage ich, »dafür, dass Sie mir etwas gegeben haben, von dem ich gar nicht wusste, dass ich es dringend brauchte.«

Der Tenor lächelt. »Noch ein Lied, Señorita?«

»Nein«, sagt Hollis ein wenig zu vehement. »Wir … das war genug. Aber vielen Dank. Danke.«

Die Mariachi-Band zieht weiter zu einem anderen Tisch, an den José kürzlich eine Familie mit zwei kleinen Kindern gesetzt hat.

»Man kann definitiv nicht behaupten, dass José Napoleoni das Fusions-Konzept seines Restaurants nicht mit vollem Herzen umsetzt«, sage ich.

Wenn man vom mexikanisch-italienischen Teufel spricht: In diesem Moment kommt der Besitzer höchstpersönlich, um nach uns zu sehen.

»Die Dessertkarte ist dort, wenn Sie möchten«, sagt José und weist auf ein laminiertes Faltblatt, das in einem Halter mit dem Zucker und den Salz- und Pfefferstreuern steckt. »Anlässlich unserer kürzlichen feierlichen Eröffnung haben wir gerade ein Sonderangebot: Wenn Sie ein Foto von sich in den Sozialen Medien posten und den Hashtag JoseNapoleoni verwenden, geht das Dessert aufs Haus. Wir versuchen, ein wenig die Werbetrommel zu rühren.« Er schenkt uns ein kleines Zwinkern, ehe er wieder abzieht, um einem anderen Tisch seine Bestellung zu bringen.

Hollis sieht sich die Desserts an, und seine Augen werden

groß, als sie etwas erspähen, das er scheinbar besonders interessant findet. Der Mann scheint eine gewaltige Naschkatze zu sein. »Sopaipillas mit Cannoli-Dip«, sagt er mit einer Stimme voller Sehnsucht.

»Hast du einen Instagram-Account?«, frage ich.

Er klingt unsicher, als er antwortet: »Ja?«

»Okay, dann lass uns das Bild machen, damit der Post fertig ist, sobald José zurückkommt.« Ich gleite von meiner Bank und setzte mich auf seine.

Er rutscht dichter an die Wand, damit unsere Schenkel sich nicht berühren. »Nein, ist schon in Ordnung. Wir können die acht Dollar, oder was immer es kostet, auch einfach bezahlen. Ich weiß, dass du Social Media nicht so gerne magst.«

»Aber ich schulde dir was. Du hast für mich bestellt, damit ich meine Ravioli bekomme, und Zucker scheint mir deine Lieblingswährung zu sein, wenn es um Gefallen geht. Außerdem«, sage ich, »folgt Josh dir vermutlich, oder? Wenn er uns zusammen sieht, wird er so wütend sein.«

»Oh, verstehe«, sagt Hollis und sieht mich an. »Es hat nicht ausgereicht, dass du mich benutzt, um nach Florida zu kommen. Jetzt benutzt du mich auch noch, um dich an deinem Ex zu rächen.«

Das Lächeln, das sich auf mein Gesicht geschlichen hat, als ich mir vorstellte, wie sehr das Josh nerven würde, verblasst.

»Das war ein Witz.« Seine Worte überschlagen sich beinahe, als würde ihm klar, wie anklagend er geklungen hat. »Nur ein Witz. Außerdem, jetzt da ich weiß, was Josh dir angetan hat, genieße ich es noch mehr, Sachen zu machen, die ihn ärgern.«

»Selbst wenn euch das von Frenemies zu echten Feinden macht?«

»Besonders dann.«

»Okay. Cool«, sage ich und versuche zu verhindern, dass ich

bei Hollis' scheinbarer Loyalität etwas anderes als leichte Befriedigung verspüre. »Verdienen wir uns dieses Dessert.«

Hollis dreht die Kamera seines Handys in unsere Richtung. Ich ergreife die Gelegenheit und lasse meinen Kopf an seiner Schulter ruhen. Um mehr von der Restaurant-Deko im Bild zu haben. *Nicht*, weil er wie die Personifikation eines perfekten Tages riecht.

»Lächeln!«

Ich grinse, starre auf das Display und warte, dass er dasselbe tut. Aber er macht immer noch ein Gesicht wie sieben Tage Regenwetter.

»Nein«, presse ich durch meine Zähne wie ein fürchterlicher Bauchredner. »Du musst lächeln, sonst sieht es aus, als wärst du meine Geisel.«

»Irgendwie bin ich das auch, oder nicht?«

»Ha ha, sehr witzig. Gib deinem Gewissen die Schuld, dass du mich nicht am Flughafen zurücklassen konntest.«

»Ja, ich weiß, du hättest kein Problem damit gehabt, auf einer Vermisstenliste zu landen.«

Ein weiterer Fotoversuch. Ein weiteres Ex-Fernsehstar-Lächeln von mir und rein gar nichts von ihm. »Hollis. Komm schon. Lächele. Sonst muss ich dich kitzeln.«

»Das wagst du nicht.«

»Sei dir da mal nicht so sicher«, sage ich. »Du kennst mich wirklich nicht gut.«

O Gott, da ist es wieder, dieses schreckliche Grimassen-Lächeln. Es ist wie im Mittelalter, als man versucht hat, Löwen zu malen, ohne je einen gesehen zu haben, und dabei alle möglichen unlöwenhaften Monster hervorbrachte. Nur dass Hollis das mit seinen Lippen und Zähnen fertigbringt. Wie kann sich ein so hübsches Gesicht so schnell in so etwas Grauenhaftes verwandeln?

»Ah! Nein. Das ist ja noch schlimmer. Himmel. Gib mir das.« Ich nehme ihm das Handy aus der Hand und halte es vor uns. »Okay«, sage ich. »Flachwitze. Los geht's. Was ist weiß und stört beim Essen? Eine Lawine!« Der Hollis auf dem Display sieht noch mürrischer drein als eben. »Warum fliegen Vögel im Winter in den Süden? Weil Laufen zu lange dauern würde!« Nichts. Nicht mal das winzigste Zucken eines Mundwinkels, obwohl der Witz doch wirklich zum Totlachen ist. »Mann, du bist aber eine harte Nuss. Zeit für die schweren Geschütze. Wie heißt der Bruder von Elvis? Zwölvis!« Und da ist sie! Eine Reaktion, wenn auch eine minimale, aber das reicht mir. Ich schieße das Foto im Bruchteil einer Sekunde, ehe er jede Spur von Belustigung aus seinem Gesicht verbannt.

»Na also«, sage ich und reiche ihm sein Handy. »War das wirklich so schwer, du Miesepeter?«

Hollis ignoriert mich einfach und tippt noch einen Text zu dem Bild. »Was hältst du davon?«, fragt er und hält es hoch, damit ich es lesen kann.

Erstklassiges Essen mit meiner liebsten rothaarigen Zeitreisenden. #JoseNapoleoni

Seine *liebste*. Das Wort ist wie eine überraschende Umarmung – warm und willkommen, aber im ersten Moment ein wenig verwirrend. Allerdings ist das schon eine sehr enge Kategorie. »Oh, ich bin also deine liebste rothaarige Zeitreisende, aber nicht deine liebste Zeitreisende im Allgemeinen?«

»Na ja, es gibt da noch Scott Bakula. Den gesamten Cast von *Hot Tub Time Machine*. Und der Typ in dieser kurzlebigen Show, in der er mit Paul Reveres Tochter …«

»Ist ja gut«, sage ich. »Botschaft angekommen. Das ist gut, aber …« Ich greife noch einmal zu seinem Handy und füge hinzu *#PenelopeindieVergangenheit, #MillicentWatts-Cohen, #roadtrip* und eine Reihe von Emojis mit Herzchenaugen. Ich grinse und halte ihm das Display hin. »Jetzt ist es perfekt.«

»Du musst es wirklich nicht so übertreiben. Wir bekommen das Dessert mit nur einem Hashtag, und ich bin mir sicher, du willst die zusätzliche Aufmerksamkeit nicht, die dein Name dem Post verschaffen wird.«

»Normalerweise nicht, aber ... ich glaube, heute möchte ich es. Es verschafft José mehr Aufmerksamkeit, und ich mag es hier. Und kannst du dir vorstellen, wie eifersüchtig Josh sein wird, wenn er das sieht? Es wird ihn absolut umbringen, dass ich meine Bekanntheit nutze, um dir zu helfen. Und er weiß, dass ich Emojis mit Herzchenaugen liebe, also ist ihm vermutlich auch klar, dass ich an diesem Post beteiligt war. Was er sich von mir genommen hat, gebe ich seinem Konkurrenten aus freien Stücken.«

Hollis' Blick wandert über meinen Körper, und die unterschiedlichen Farben sind jetzt aus der Nähe besonders auffällig. »Ich glaube, da braut sich ein Sturm unter all dem Sonnenschein zusammen«, sagt er. Und für den Bruchteil einer Sekunde verändert sich sein Tonfall, er spricht etwas gedehnter als zuvor. Oder vielleicht bilde ich es mir auch nur ein. Ich weiß es nicht. Ich bin zu abgelenkt davon, dass ich es geschafft habe, ihm wieder ein ehrliches Lächeln zu entlocken.

*

Als wir gehen, werfe ich dem ausgestopften Bären und seinem gähnenden Maul einen sehnsüchtigen Blick zu.

»Irgendwie passt er nicht zum Rest des Dekors«, sagt Hollis, der meinem Blick gefolgt ist.

»Ich will wissen, wie sich sein Maul anfühlt.«

»Verzeihung, wie bitte?«

»Seit wir hier angekommen sind, frage ich mich, wie sich das Innere seines Mauls anfühlt. Denkst du, das sind echte Zähne? Und sind die Innenseiten seiner Wangen weich oder wie Plastik, oder ist da vielleicht Stoff drin? Könnte es Seide sein? Filz? Ich habe so viele Fragen, und ich glaube, einmal kurz fühlen würde die meisten davon beantworten.«

Hollis schüttelt den Kopf und seufzt. »Na, dann mach. Ich halte dich nicht auf. Aber beeil dich, damit wir nicht noch länger hier festsitzen, weil wir José erklären müssen, warum wir seinen ausgestopften Bären belästigen.«

»Aber ich kann nicht«, sage ich und demonstriere ihm mein Dilemma. »Ich bin zu klein. Wie so oft werde ich wohl damit leben müssen, dass ich es nie erfahren werde.«

»Oh, verdammt noch mal.«

Plötzlich spüre ich Hollis' Körper an meinem. Nur dass die Teile alle nicht zusammenpassen – meine Hüfte ist an seiner Brust, seine Arme haben sich fest um meine Oberschenkel geschlossen. Und oh, meine Füße nicht mehr auf dem Boden.

»Jetzt«, sagt er. »Beeil dich.«

»Bist du … Hast du mich gerade hochgehoben, damit ich einem Bären die Hand ins Maul stecken kann?«

»Nein, ich trainiere für einen Wettbewerb im Kleine-Frauen-Heben. Die Nationalmeisterschaften finden dieses Jahr in Albuquerque statt.« Ich weiß nicht, ob er gerade genervter von mir ist als sonst oder ob seine Augenbrauen von oben einfach nur besonders streng wirken. »Hast du noch mehr dumme Fragen, oder steckst du jetzt deine verdammten Finger in das Maul dieses Bären, damit wir gehen können?«

In dieser Position sind der Bär und ich praktisch gleich groß. Ich muss zugeben, dass es irgendwie unangenehm ist, in diese leeren Glasaugen zu starren. »Verzeihen Sie die Störung, Sir. Es wird nur eine Minute dauern«, sage ich, als ich die Hand ausstrecke und die Finger leicht gegen die lackierten Zähne presse, über die Hartplastikzunge fahre und dann tief hineingreife, wo sich normalerweise die Kehle befinden würde, ich aber lediglich eine glatte, kühle Sackgasse ertaste. Gleichermaßen befriedigt und angewidert murmle ich ein schnelles »Vielen Dank für Ihre Mitarbeit«, ziehe die Hand heraus und lege sie auf Hollis' Schulter.

»Okay. Ich bin fertig.«

Nichts passiert. »Hey, ich bin fertig.« Ich schaue nach unten und erwarte, dass er mich ansieht, doch stattdessen ist sein Blick stur geradeaus gerichtet, exakt dahin, wo sich meine Brust befindet.

»Ich hoffe, du erwartest nicht noch mehr Desserts hierfür«, sage ich.

»Hm?«

»Ich denke, meine Titten dreißig ganze Sekunden lang aus nächster Nähe sehen zu dürfen sollte als Bezahlung für diese gute Tat doch wohl ausreichen.«

Hollis legt den Kopf in den Nacken und sieht mich endlich an. Er blinzelt zweimal. »Klingt fair«, sagt er. »Komm, beeilen wir uns. Meine Freundin erwartet mich für morgen, und du hast eine alte Dame in Key West zu behelligen.«

Meine Füße sind wieder am Boden, bevor ich eine Antwort geben kann. Ein Teil von mir hat darauf gehofft, langsam und genüsslich an der Front seines Körpers entlang nach unten zu gleiten. Doch ein ereignisloser Abstieg ist vermutlich besser. Hollis hat Recht: Ich habe eine Mission, und ich darf nicht vergessen, dass die Zeit drängt.

6

Ich brauche beinahe zwanzig Minuten, bis ich Hollis überredet habe, mich mehr von meiner Roadtrip-Playlist spielen zu lassen, und schlafe dann beinahe sofort zu der beruhigenden, repetitiven Melodie von Al Stewarts »Year of the Cat« ein. Etwas später öffnen sich meine Lider flatternd, als unsere Geschwindigkeit stetig abnimmt. Sieht aus, als würden wir gerade in den Parkplatz einer Raststätte einbiegen. Als wir bei José Napoleoni aufgebrochen sind, war es noch bewölkt, doch jetzt ziehen sich pinke und orange Streifen über den Himmel.

Ich drücke den Rücken durch, um meine Wirbelsäule zu strecken. »Wo sind wir?«

»Virginia«, antwortet Hollis.

»Immer noch?«, jammere ich. »Ich habe bestimmt sechs Stunden geschlafen!«

»Du hast nicht mal *eine* Stunde geschlafen.«

»Argh. Wann ist Virginia so groß geworden?«

»Ich weiß es nicht. Im achtzehnten Jahrhundert? Du bist die Historikerin hier.« Hollis stellt den Schalthebel auf Parken. »Willst du aussteigen?«

Ich fühle mich immer noch etwas benommen, weshalb mir allein der Gedanke, mich zu bewegen, wie ein großer Aufwand vorkommt. Dann erinnert mich meine Blase daran, dass ich im Restaurant drei Shirley Temples hatte, plus den einen, den José mir freundlicherweise auf dem Weg zum Ausgang in einem To-go-Becher in die Hand gedrückt hat. »Ja.«

Ich stöpsle mein Handy ab, greife nach meinem kleinen Lederrucksack und schlinge ihn mir beim Aussteigen um die Schulter.

»Nur ein kleiner Boxenstopp, Mrs. Nash«, sage ich. »Dann machen wir uns gleich wieder auf den Weg zu Elsie.«

»Ich habe keine Ahnung, warum es mich überrascht, dass du mit ihr sprichst«, murmelt Hollis, während wir uns den gläsernen Doppeltüren des Ziegelsteingebäudes nähern.

»Ich weiß auch nicht, warum es dich überrascht.«

Man könnte meinen, dass sie mir antwortet. Leider tut sie das nicht. Als sie starb, habe ich gehofft, dass sie vielleicht in meinem Kopf weiterleben würde, und in gewisser Weise tut sie das auch. Ich sehe sie lebhaft vor mir, doch sie spricht nicht, es sei denn, es ist eine Erinnerung. Weil ich diejenige bin, die sich jetzt ausdenken müsste, was sie sagt, und ich weiß, dass was immer ich ihr in den Mund legen würde, nicht ihre Worte wären. Nur eine Verschleierung meiner eigenen. Und das ist irgendwie niederschmetternder, als wenn sie gar nicht spricht.

Als ich zum Wagen zurückkehre, ist Hollis nirgendwo zu sehen, obwohl ich peinlich lange gebraucht habe, bis ich die automatische Toilette dazu bewegen konnte, aufzuhören, den Sitz zu reinigen, damit ich mich überhaupt erst hinsetzen konnte. Vielleicht hat er ja mitten im Pinkeln beschlossen, dass es die Sache nicht wert ist, und hat sich auf den Heimweg gemacht. Aber, nein, da ist er ja, bei einer kleinen Ansammlung von Bäumen, und starrt schon wieder auf sein Handy. Vermutlich gibt er der Frau in Miami ein Update. Und das erinnert mich daran, dass ich Dani nie Bescheid gesagt habe, dass ich mit Hollis fahre. Soweit sie weiß, bin ich immer noch mit Mike auf dem Weg nach Charlotte. Und obwohl sie so gut wie nichts aus der

Ruhe bringt, ruft sie, wenn sie nichts von mir hört, garantiert die Polizei an – oder noch schlimmer: meine Eltern. Ich ziehe mein Handy raus und schicke ihr eine kurze Textnachricht.

MILLIE: Planänderung. Fahre jetzt mit Hollis Hollenbeck nach Miami, eine Art Bekannter von dem Mistkerl. Um die 30, weiß, attraktiv verwuscheltes braunes Haar, 1 blaues + 1 braunes Auge, etwa eins achtzig, tolle Unterarme.

DANI: Du willst mit ihm in die Kiste, oder?

Meine Cousine hat wirklich ein Talent dafür, zwischen den Zeilen zu lesen.

MILLIE: Selbst wenn ich wollte, ist er gerade auf dem Weg zu einem Sex-Date.

DANI: Sag ihm, in deiner Vagina ist noch ein früherer Slot frei.

Ha!

»Was ist so witzig?«

Mein Kopf schnellt hoch, als ich Hollis' Stimme höre. »Oh. Hey. Gar nichts.«

»Ein Rat: Spiel niemals Poker, es sei denn, du willst dein gesamtes Geld verlieren«, sagt er. »Du bist eine schreckliche Lügnerin.«

Ich überlege, ob ich antworten soll, dass ich tatsächlich eine *ausgezeichnete* Lügnerin bin, aber irgendwie wäre es ganz schön seltsam, auf so etwas zu beharren. Und ich bin es tatsächlich nicht. Was vermutlich ein weiterer Grund ist, warum ich nach *Penelope in die Vergangenheit* keinen Erfolg mehr als Schauspielerin hatte. So zu tun, als wäre ich jemand anderes, fühlte sich gegen Ende meiner Showbiz-Karriere nur noch wie gesellschaftlich akzeptiertes Lügen an.

»Du verrätst dich durchs Rotwerden. Hier« Er bohrt den Finger in meine Wange, genau an der Stelle, wo sich ein Grübchen bildet, wenn ich lächle. Meine Tante Talia nannte es immer mein Eine-Millionen-Dollar-Grübchen, als ich im Alter von sechs Jahren die ersten Werbespots drehte. »Und hier«, sagt Hollis. Der Finger fährt mein Brustbein hinauf, bis unter meine Kehle. Wieder ist mein Mund zu feucht und meine Kehle zu trocken, und ich kann nicht schlucken, ohne dass er es sieht. Stattdessen stoße ich einen seltsamen quietschenden Laut aus, als wäre ich ein Luftballon, aus dem alle Luft entweicht. Vermutlich hätte ich einfach schlucken sollen, denn was immer das war, es war *deutlich* merkwürdiger.

Das bizarre Geräusch ruft Hollis ins Bewusstsein, dass er mich immer noch berührt. Er stopft die rechte Hand in seine Hosentasche, als würde er sie für ihr Vergehen ins Gefängnis stecken, und hebt dann seine freie linke Hand, um mir sein Handy zu zeigen. »Josh hat einen Kommentar unter unserem Post hinterlassen. Möglicherweise willst du ihn lesen.«

»Oh, was hat er gesagt? Lass mal sehen.« Wie es scheint, hat Hollis mehr Clout, als ich dachte. Der Post hat eine Menge Likes und Kommentare. Ich scrolle flüchtig darüber, weil ich so beeindruckt davon bin, wie viele es sind, und verliere Joshs Kommentar dabei aus den Augen. »Bist du so was wie ein Social-Media-Star?«, frage ich, und versuche, den Kommentar wiederzufinden und dabei keinen der anderen zu lesen, für den Fall, dass sie schmierig sind.

»Äh, auf Twitter vielleicht. Dort habe ich eine Menge Follower bekommen, nachdem ein Artikel, den ich für den *New Yorker* geschrieben habe, ein wenig die Runde gemacht hatte. Aber auf Insta habe ich nur so an die hundert. Die meisten davon kenne ich nicht. Sie müssen das Bild über die Hashtags gefunden haben.«

»Oh.« Ich scrolle schneller, weil diese neue Information es noch wahrscheinlicher macht, dass ich einen guten Teil der Kommentare lieber nicht sehen möchte. Obwohl ich mir beste Mühe gebe, nichts zu lesen, fallen mir diverse Erwähnungen des berüchtigten gelben Bikinis ins Auge, und ich bereue es langsam, dass ich die #MillicentWattsCohen und #PenelopeindieVergangenheit Hashtags gesetzt habe. Doch dann entdecke ich ihn. Joshs dummes Gesicht starrt mich aus dem kleinen Profilbild neben seinem Usernamen an. Er trägt den cremefarbenen Zopfmuster-Pullover, den er gekauft hat, nachdem er *Knives Out* gesehen hatte. *Was machst du da?*, habe ich ihn gefragt, als ich aus den National Archives nach Hause kam und er ihn gerade auf dem Küchentisch mit einer Schere bearbeitete, damit er die gleichen Löcher hatte wie der von Chris Evans im Film. *Authentizität ist mir sehr wichtig*, sagte er todernst. Und mir tut rein gar nichts leid, auch nicht die hastige Aktion am Tag meines Auszugs, als ich die Löcher mit einem leuchtend orangen Faden wieder geflickt habe.

Josh_Yaeger
Soll das ein Scherz sein?

Oh, er ist sauer. Und das ist großartig. Josh auf die Palme zu bringen ist wie eine Droge, von der ich nicht mehr wusste, wie süchtig ich danach bin. »Können wir noch eins posten?«, frage ich und wippe auf meinen Fußballen.

»Springen noch mehr Sopaipillas für mich dabei raus?«

»Vermutlich nicht.«

»Dann nein.«

»Spielverderber«, sage ich.

»Genau das, Kleine. Vergiss das nicht.« Hollis nimmt mir das Handy aus der Hand und geht zur Fahrerseite des Wagens.

»Nenn mich nicht ›Kleine‹«, beschwere ich mich, während ich wieder auf den Beifahrersitz klettere. »Ich bin fast dreißig. Und du bist, was, zweiunddreißig oder maximal dreiunddreißig?«

»Einunddreißig. Und vergib mir bitte, dass ich manchmal vergesse, dass du zwar klein und naiv sein magst und keinerlei Impulskontrolle hast, aber nicht wirklich acht Jahre alt bist.«

»Ha ha ha. Scherzkeks.«

»Jep. Ein Spielverderber-Scherzkeks. Genau das bin ich.« Hollis schiebt die Hände hinter seinen Kopf, was mir zu einem ausgezeichneten Ausblick auf seinen rechten Trizeps verhilft, und schließt die Augen. Und dann regt er sich nicht mehr.

Ich bin versucht, ihn eine Weile anzustarren, einfach nur, um mich selbst zu foltern, schätze ich. Aber wir haben keine Zeit dafür. »Was machst du da?«

Ohne die Augen zu öffnen, sagt er: »Powernap. Habe letzte Nacht nicht gut geschlafen, und es macht sich bemerkbar.«

»Warum lässt du mich nicht eine Weile fahren, damit du dich ausruhen kannst?«

»Niemand außer mir fährt diesen Wagen.«

»Du bist ein Kontrollfreak.«

»Nein, ich bin jemand, der sehr geringe Versicherungsbeiträge zahlt. Und ich hätte gerne, dass das auch so bleibt. Gib mir fünfzehn Minuten, dann geht es weiter.«

»Nein«, sage ich.

Hollis öffnet die Augen und starrt mich finster an. »Nein?«

»Tut mir leid. Nein. Auf gar keinen Fall. Wir haben keine

Zeit für Schnickschnack. Jede Minute zählt, und wir haben schon zu viele vergeudet.«

»Himmel. Warum die Eile? Mrs. Nash läuft nicht weg.«

»Elsie stirbt!« Meine Stimme ist zu laut für die Enge des Wagens, und Hollis richtet sich augenblicklich in seinem Sitz auf. Ich presse den Rucksack an meine Brust und atme tief durch. »Sie ist im Hospiz der Pflegeeinrichtung. Sie konnten mir nichts Genaueres sagen, weil ich keine Familienangehörige bin, aber die Rezeptionistin, mit der ich gestern Morgen gesprochen habe, meinte, sie hätte nicht mehr lange. Deshalb habe ich auch sofort einen Flug gebucht, obwohl Reisen am Memorial-Day-Wochenende ein absoluter Albtraum ist.«

Was Rhoda, die Frau am Telefon tatsächlich gesagt hat, war: *Ich sollte eigentlich gar nichts sagen, Datenschutz und so. Aber wenn Sie sie wirklich dringend sehen wollen, dann je früher, desto besser. Soll ich ihr sagen, dass Sie kommen? Vielleicht lässt sie die Aussicht auf Besuch länger durchhalten.*

Sie kennt mich nicht, antwortete ich. *Aber, äh, Sie können ihr sagen … Oh. Sagen sie ihr, dass Rose ihr eine Taube schickt. Wenn wir Glück haben, erinnert sie sich, was das bedeutet.*

Sie ist noch immer bei klarem Verstand, sagte Rhoda. *Ich bin mir sicher, sie wird es wissen.*

Argh, die ganze Zeit, die wir bereits verschwendet haben. Die zusätzliche halbe Stunde am Flughafen, das Kriechen durch den Urlaubsverkehr, die gute Stunde, die wir bei José Napoleoni verbracht haben. Gott, ich bin stehen geblieben, um meine Hand in das Maul dieses Bären zu schieben. Was habe ich mir nur dabei gedacht? Wie konnte ich so schnell aus den Augen verlieren, wie wichtig es ist, Mrs. Nash so schnell wie möglich nach Key West zu bringen, damit Elsie bestätigen kann, dass ihre Liebesgeschichte ein glückliches Ende hat?

Hollis. Hollis ist der Grund. Ich war so abgelenkt von seiner

Strahlkraft, die er aus irgendeinem Grund die ganze Zeit unter Verschluss hält. Ich konnte sie immer wieder durch die Risse in seiner Fassade blitzen sehen, und wollte nichts mehr, als ihn weiter zu bearbeiten, nur um herauszufinden, ob er darunter überall funkelt. Außerdem lenken seine tollen Arme und seine interessanten Augen mich ab, und sein Mund, dessen Winkel schon wieder nach unten weisen.

»Also nein, es tut mir leid«, sage ich, »aber eine Viertelstunde könnte entscheiden, ob ich rechtzeitig bei Elsie ankomme oder zu spät bin. Du schläfst nicht, solange du nicht Beifahrer bist. Und wenn du glaubst, dass ich es nicht ernst meine und du jetzt einfach die Augen schließen und mich ignorieren kannst, na ja, ich glaube, mich zu erinnern, dass du vorhin eine ziemlich starke Reaktion auf meine Drohung, dich zu kitzeln, hattest.« Meine Finger formen sich zu Krallen, als ich ihm demonstriere, dass ich absolut bereit bin, ihm das größtmögliche Unbehagen zu bereiten.

»Okay«, sagt Hollis am Ende eines entnervten Seufzens.

»Okay was?«

»Du kannst eine Weile fahren. Aber wenn meinem Wagen irgendetwas passiert, Millicent, dann schwöre ich …«

»Ja, ja«, sage ich und springe praktisch aus der Tür, um zur Fahrerseite zu gelangen. Ich passe Sitz und Spiegel an meine kleinere Größe an, stöpsle mein Handy wieder ein und wippe ein wenig zu *Atlanta Rhythm Sections* »So into You«, während ich rückwärts ausparke.

Hollis stöhnt. »Müssen wir uns das wirklich weiter anhören?«

»Ja. Find dich damit ab«, sage ich.

Anscheinend tut er das dann auch, denn als der Song endet, schnarcht er bereits leise.

7

Ein eigenes Auto würde sich für mich nicht lohnen, weil ich die meiste Zeit in meiner Einzimmerwohnung in Cathedral Heights arbeite, oder in Bibliotheken und Archiven in der Innenstadt, wo es ohnehin keine Parkmöglichkeiten gibt, die weniger als zwanzig Dollar die Stunde kosten. Deshalb habe ich in den acht Jahren, seit ich aus LA weggezogen bin, vergessen, wie gerne ich Auto fahre. Es ist meditativ, Musik zu hören und seinen Gedanken nachzuhängen, während sich die Straße vor einem erstreckt. Wir sind jetzt vollends in North Carolina – Virginia haben wir, kurz nachdem ich das Steuer übernommen habe, endlich hinter uns gelassen – und selbst im Dunkeln kann ich erkennen, dass die Nadelbäume am Straßenrand andere sind als die, an die ich oben im Norden gewohnt bin. Diese hier sind, ich weiß auch nicht, fluffiger? Ich frage mich, ob Mike es mittlerweile nach Hause zu Carla und seinen Hunden geschafft hat.

Hollis schlummert immer noch neben mir. Das Mondlicht strömt durch das Fenster und fällt auf sein verwuscheltes Haar und sein Profil, das so perfekt ist, dass man es auf eine Münze prägen könnte. Es ist ein Anblick, bei dem ich mir wünsche, ich könnte ihm mehr als nur kurze Seitenblicke zuwerfen. Sein Handy liegt neben meinem in der Ablage der Mittelkonsole, und die Navigations-App erinnert mich von Zeit und Zeit daran, dass wir die nächsten drölfzigtausend Kilometer auf der Interstate 95 bleiben werden. Abgesehen davon vibriert es praktisch permanent. Vermutlich Instagram-Benachrichtigungen. Theoretisch war mir zwar immer bewusst, dass die Leute, die Selfies mit mir in den Sozialen Medien posteten, ein gewisses Maß an Aufmerksamkeit dafür erhielten, aber es jetzt in Echtzeit mitzuerleben, ist noch einmal etwas ganz anderes. Ich finde es immer noch unfassbar, dass das überhaupt jemanden interessiert.

Mrs. Nash hat es auch nicht verstanden, als ich versucht habe, ihr zu erklären, warum Josh diesen Instagram-Account eingerichtet hat. *Obwohl ich für dich wütend bin, muss ich doch zugeben, dass ich nicht verstehe, warum das Internet so viele Bilder von dir brauchen sollte,* sagte sie in der Nacht nach der Party, als ich mit einer kleinen Reisetasche vor ihrer Tür stand und sie anflehte, mich in ihrem Gästezimmer übernachten zu lassen, bis ich etwas Neues gefunden hätte. *Du bist ein hübsches Mädchen, Millie, aber du bist keine Carol Burnett.* Brutal. Aber fair.

Seit der Raststätte sind beinahe drei Stunden vergangen, und meine Blase beginnt erneut, mir Vorwürfe zu machen, weil ich sie mit so viel Ginger Ale und Grenadine gefüllt habe. Doch gegen elf Uhr nachts gibt es nur eine begrenzte Auswahl für einen kurzen Boxenstopp. Endlich entdecke ich eine Reklame für einen McDonalds, der 24 Stunden geöffnet hat. Den Klo-Göttern sei Dank werde ich mich nicht in einen Busch am Rand des Highways kauern müssen.

Als ich die Schlüssel aus dem Zündschloss ziehe, regt Hollis sich ein wenig, aber er wacht nicht auf. Und das ist gut, denn ich glaube, ich starre ihn an. Okay, ich starre ihn definitiv an. Ich kann nicht anders! Er kann ein ziemliches Arschloch sein, aber er ist definitiv auch echt zum Anbeißen. Und unsere Unterhaltung übers »Essen« vorhin im Restaurant hat mir wieder ins Bewusstsein gerufen, dass ich eine zunehmend hungrige Frau bin.

Sein Handy schreit mich an, ich soll bitte wenden und dann links abbiegen, um wieder auf den Highway zu gelangen. Dieser kleine Klo-Umweg bringt die Lady, die in der Navigations-App lebt, ganz schön aus dem Konzept. Ich greife nach dem Handy, um die Fahrt zu pausieren, doch kaum habe ich das Display berührt, taucht eine Benachrichtigung auf. Alles verschiebt sich. Und Hollis, der Trottel, hat wohl keine Sperre auf seinem Handy, denn statt die Navigations-App zu pausieren, ploppt einfach so die Unterhaltung mit einer Person namens Yeva Markarian auf.

HOLLIS: Flug gestrichen. Fahre jetzt. Sollte morgen Abend da sein. Sorry.

YEVA: 😭😭😭

HOLLIS: Ich mache es wieder gut.

YEVA: Das will ich auch hoffen. Ich kann nicht glauben, dass ich an unserem Jahrestag allein hier sitze.

Jahrestag? Was? Ist das, was in Miami auf ihn wartet, keine Sexgeschichte, sondern eine richtige feste Freundin? Warum würde Hollis deswegen lügen?

Erneut vibriert das Handy in meiner Hand, und eine weitere Nachricht ploppt auf.

YEVA: Dann muss ich wohl ohne dich anfangen ...

Ach du Scheiße. Das ist definitiv nichts, von dem ich wissen sollte. Besser, ich lege das Handy jetzt weg und kümmere mich um meine eigenen Angelegenheiten.

Oh. Meine Güte. Wow.

Das Bild, das jetzt auf dem Display erscheint, ist … deutlich mehr von Yeva Markarian, als ich jemals sehen wollte. Es ist definitiv eine künstlerische Aufnahme, die Beleuchtung ist wirklich schön. Aber es besteht kein Zweifel daran, was auf diesem Bild vor sich geht.

»Was machst du da?« Hollis' Stimme erschreckt mich so sehr, dass ich das Handy fallen lasse. Es prallt an seinem Bein ab und fällt dann zu Boden.

»Nichts«, sage ich und spüre, wie ich rot werde. »Ich glaube, du, äh … du hast eine Nachricht von deiner Freundin.«

»Freundin?« Er spürt das Handy zu seinen Füßen auf und reibt sich die Stelle an seinem Knie, wo es ihn getroffen hat. »Meinst du Yeva? Sie ist nicht meine …«

»Egal. Geht mich ja auch gar nichts an. Stell bitte die Navigations-App auf Pause. Das wollte ich nämlich eigentlich gerade machen.« Ich klinge relativ ruhig, glaube ich. Aber in mir drin donnert mein Herz gegen mein Brustbein. Es sollte mich nicht kümmern, dass Hollis' Freundin mit gewissen Vorzügen anscheinend eher eine feste Freundin mit … der Standard-Ausstattung ist. Es sollte mich nicht *kümmern.* Es *sollte* mich nicht kümmern. Aber das tut es aus irgendeinem Grund eindeutig. Und bevor ich mich noch mit dem Warum beschäftigen kann – was ich definitiv nicht will –, springe ich aus dem Wagen, knalle die Tür zu und mache mich auf den Weg zu dem Seiteneingang der McDonald's-Filiale. Die Glastür lässt sich leichter öffnen, als ich erwartet hatte, und die Klinke knallt gegen die Wand und lässt die Tür davon abprallen, die mich daraufhin vor sich her in das Innere stößt, als wäre ich Darstellerin in einem Varieté-Akt. Hollis beobachtet die ganze peinliche Szene vom Auto aus und hat die Brauen entweder aus Verwirrung oder Belustigung hochgezogen. Ich recke das Kinn und marschiere weiter durch den Vorraum des Restaurants.

Die Sache ist die: Nach der Trennung von Josh gleich nebenan bei Mrs. Nash einzuziehen war ein zweischneidiges Schwert. Ich musste kein Umzugsunternehmen beauftragen (oder überhaupt irgendetwas in Kartons packen), meine tägliche Routine wurde nur minimal gestört, und es war kein Problem, sich die Post zu beschaffen, die noch an die alte Adresse geschickt wurde. Der Nachteil war jedoch, dass ich durch die bemerkenswert dünnen Wände zuhören musste, wie Josh nur wenige Tage nach der Trennung demonstrativ lauten Sex mit einer Neuen hatte. Und das hat sich in etwa so angefühlt wie jetzt. Diese Schwere in meiner Magengrube, die ich nicht abschütteln kann, egal wie oft der vernünftige Teil meines Kopfes mir sagt, dass ich absolut kein Recht habe, eifersüchtig zu sein.

Wenigstens muss ich bei dieser Erinnerung und dem damit verbundenen unangenehmen Gefühl wieder daran denken, wie großartig Mrs. Nash reagiert hat, als die Geräusche in unser Wohnzimmer drangen. Sobald klar war, worum es sich dabei handelte, rümpfte sie die Nase, als würde sie etwas Verdorbenes riechen.

Es tut mir leid, Millie, sagte sie. *Ich weiß, dass er dir einmal etwas bedeutet haben muss, sonst wärst du nicht so lange bei ihm geblieben. Aber ich muss schon sagen, der junge Mann treibt es wie ein Gorilla, der sich an einer Elvis-Imitation versucht. Und seine neue Freundin klingt wie eine quietschende Tür.*

Ich lachte, bis ich weinen musste. Bei jedem übertriebenen Stöhnen und hohen Glissando, das an meine Ohren drang, musste ich wieder loskichern, während Mrs. Nash die vernichtende Kritik ihrer Bemühungen fortsetzte. Nach ein paar Minuten war es vorbei, und mir wurde klar: Wenn wir Josh und die Fremde hören konnten, dann hatte Mrs. Nash vermutlich auch Josh und *mich* gehört.

Oh nein. Mrs. Nash, bitte sagen Sie mir jetzt nicht, dass wir Sie die letzten zwei Jahre mit unseren Sexgeräuschen terrorisiert haben, rief ich und packte ihre Hand.

Du albernes Huhn. Ich habe nie auch nur einen Pieps von dir gehört. Und das ist einer der vielen Gründe, warum ich froh war, als ich erfuhr, dass du ihn verlässt.

Ich komme mit einem Grinsen im Gesicht aus der Toilette, doch es verfliegt, als ich Hollis an der Wand des kurzen Flurs lehnen sehe, wo er die braune Tapete voller Essensvokabeln in großen serifenlosen Lettern betrachtet. Er streckt mir meinen Rucksack entgegen, der an seinem Zeigefinger baumelt.

»Du hast Mrs. Nash vergessen. Und dein Geld.«

Ich nehme den Rucksack und schlinge meinen Arm durch einen der Riemen. »Danke, aber ich will nichts.«

»Okay«, sagt er. »Tut mir übrigens leid.«

»Was?« Ich verschränke die Arme der Brust und warte darauf, dass er mir gesteht, gelogen zu haben. Ich verstehe immer noch nicht, *warum* er mich deswegen anlügen würde. Warum sollte er mir eine Partnerin verschweigen?

»Ich nehme an, du hast das Bild gesehen. Es, äh, war eindeutig nicht für dich gedacht.«

»Ja«, sage ich. Und dann, vielleicht weil es ein langer und merkwürdiger Tag war und mein Gehirn-zu-Mund-Filter selbst unter idealen Umständen eher unzuverlässig funktioniert, formiert sich alles in meinem Kopf plötzlich zu Worten, und ich sage: »Warum würdest du dich auch entschuldigen, weil du mich in Bezug auf Yeva angelogen hast? Ich bin nur irgendeine lächerliche Frau, die du dir bis Florida ans Bein gebunden hast.

Du schuldest mir die Wahrheit nicht. Tatsächlich schuldest du mir gar nichts.« Und das ist eine ziemlich wahrheitsgemäße Aussage, also weiß ich nicht, warum die Sätze so giftig aus meinem Mund kommen.

»Ich beginne zu glauben, dass ›lächerlich‹ nicht das richtige Wort ist, um dich zu beschreiben«, sagt er und kommt einen Schritt auf mich zu. »Definitiv seltsam. Ja, seltsam passt. Aber nicht lächerlich.«

Ich weiche einen Schritt zurück, und mein Hintern kollidiert mit der Wand. »Danke … oder so?«

»Und ich habe dich nicht angelogen. Yeva ist nicht meine Partnerin. Sie ist genau, was ich gesagt habe: eine Freundin, mit der ich manchmal Sex habe.«

»Über welchen Jahrestag hat sie dann geredet? Das erste Mal, als ihr es miteinander getrieben habt?«

»Äh …« Er schaut weg und konzentriert sich auf die Bodenfliesen, während er sich das rechte Ohrläppchen reibt. Sieht Hollis so aus, wenn er verlegen ist? Das ist zu niedlich. »Tatsächlich, ja. Wir haben uns vor fünf Jahren am Memorial-Day-Wochenende kennengelernt, als ich anlässlich der Hochzeit eines gemeinsamen Freundes in der Stadt war. Das mit dem Jahrestag ist zu einem Insider geworden, weil ich irgendwie immer Ende Mai zu Besuch komme. Es hat nichts mit Gefühlen zu tun. Es passt nur in unseren jeweiligen Terminplan.«

»Moment mal. Also ist dein Sextreffen … ein jährliches Ding? Du streichst dir das im Kalender an und alles?«

»Ja. Zumindest, wenn die Umstände es erlauben. Letztes Jahr war Yeva in einer Beziehung, also bin ich nicht gekommen, bis sie im Juli Schluss gemacht haben.« Er presst die Lippen zusammen, als würde er seine Formulierung noch einmal überdenken. »Zu Besuch gekommen«, stellt er klar.

Die Anspannung weicht aus meinen Schultern, und der

Rucksack rutscht meinen Arm hinunter. »Warum hast du mir das nicht gleich gesagt?«

»Woher hätte ich wissen sollen, dass du über die logistischen Details meines Sexlebens informiert werden willst?« Da ist ein neuer Ausdruck in seiner Miene. Er ist … selbstzufrieden. Dadurch wird sein Gesicht besonders einladend für einen Faustschlag, aber irgendwie auch besonders attraktiv.

»Das will ich nicht«, sage ich. »Was du machst, ist deine Sache. Und es tut mir schrecklich leid, dass ich deine Privatsphäre verletzt habe, aber als die Nachricht kam, hat sie sich direkt an die Stelle geschoben, wo der Pause-Knopf war, und du hast dein Handy nicht kennwortgeschützt, was du übrigens wirklich tun solltest …«

»Ist schon in Ordnung. In Anbetracht der Tatsache, wie rot du geworden bist, glaube ich, dass du ausreichend peinlich berührt bist. Pass nächstes Mal einfach besser auf. Ich kann dir nicht versprechen, dass ich heute nicht noch mehr derartige Nachrichten bekomme.«

»Yeva hat ein gutes Auge für Perspektive«, muss ich zugeben.

»Ich habe nie gesagt, dass sie alle von Yeva kommen werden.« Bevor ich zu viel darüber nachdenken kann, klatscht er in die Hände. »Genug geplaudert. Lass uns weiterfahren. Kannst du noch?«

»Ja.«

»Gut, dann kaufe ich mir ein Eis.«

*

»Das ergibt keinen Sinn«, grummelt Hollis auf dem Beifahrersitz. »Wenn man vierundzwanzig Stunden geöffnet hat, dann sollte man auch vierundzwanzig Stunden am Tag Eiscreme anbieten. Und nicht nach Lust und Laune beschließen, dass man mal eben die Eismaschine abstellt.«

Seit einer Viertelstunde sind wir wieder auf dem Highway, und er schmollt immer noch. Seine Bockigkeit bringt mich zum Lächeln. »Ich glaube, sie meinten, sie sei abgestellt, damit sie gereinigt werden kann. Das ist nicht gerade nach Lust und Laune.«

»Mir egal. Verunreinigtes Eis wäre besser als gar kein Eis.«

»Igitt«, sage ich. »Ekelhaft. Nein, das wäre es nicht.«

Hollis fährt sich durch die Haare und stößt einen verdrießlichen Laut aus, der fast nach einem Knurren klingt. Und das … löst etwas in mir aus. In Yeva vermutlich auch. Argh. Ich bekomme dieses Bild nicht mehr aus meinem Kopf. Es ist nicht so, dass ich prüde wäre. Ich habe im Laufe der Jahre mehr als genug Genitalien im Internet gesehen (manchmal freiwillig, manchmal nicht). Aber es ist ein Unterschied, ob man sich etwas ansieht, das für die Allgemeinheit gedacht ist, oder ob man über ein Foto stolpert, das dem Vergnügen einer bestimmten Person dienen soll. Und jetzt stelle ich mir vor, wie Hollis sich … damit vergnügt. Und o Gott. Bei dem Gedanken fühle ich mich gleichzeitig wie eine Perverse und wie eine … Pervertierte?

»Woran denkst du gerade?«, fragt Hollis.

»Nichts. Ich denke an absolut gar nichts.« Mein Leugnen klingt selbst in meinen eigenen Ohren zu verdächtig, also suche ich verzweifelt nach einer Lüge und entdecke ein Schild etwas weiter den Highway hinunter. »Nur … du weißt schon, Eisenhower und die Interstates.«

»Oh, Eisenhower und die Interstates machen dich an, oder was?«

Ich werfe einen Blick zu ihm hinüber und frage mich kurzzeitig, ob er möglicherweise Gedanken lesen kann. Wenn ja, dann stecke ich in mächtigen Schwierigkeiten. Ich hatte noch nie besonders gute Kontrolle über meine Gedanken.

»Wie ich bereits sagte, miserable Lügnerin.« Er schüttelt mit gespieltem Mitleid den Kopf. »Du atmest wie die Karikatur einer Telefonsexarbeiterin, und ich kann dich selbst im Dunkeln rot leuchten sehen.«

Das Atmen könnte ich auf mein Asthma schieben, aber ich habe keine Ausrede für das Rotwerden. Manchmal ist es wirklich lästig, so helle Haut zu haben, dass man gut und gerne für eine Tüte Milch in Menschenform gehalten werden könnte.

»Also, warum seid ihr, Yeva und du, nicht richtig zusammen?« Ich wollte das Thema wechseln, aber das ist vermutlich nicht die Richtung, in die ich die Unterhaltung hätte lenken sollen, angesichts der Tatsache, dass es wohl das Letzte ist, woran ich jetzt denken möchte. Ach ja. Ich habe auch keine besonders gute Kontrolle über mein Mundwerk.

Selbst aus dem Augenwinkel sehe ich, wie heftig sich seine Miene verfinstert. »Weil ich das nicht möchte.«

»Warum? Sie wirkt … ähm … nett.«

»Das ist sie. Yeva ist toll.« Hollis verlagert sein Gewicht im Sitz. »Es ist nicht so, dass ich keine Beziehung mit ihr will, ich will mit niemandem eine Beziehung. Außerdem, selbst wenn ich zu etwas Ernstem fähig wäre, sie lebt in Miami, was, wie dir vielleicht aufgefallen ist, nicht gerade um die Ecke von DC ist. Und ich bin mir ziemlich sicher, dass wir uns auf die Nerven gehen würden, wenn wir mehr als ein paar Stunden bekleidet miteinander verbringen müssten.«

»Aber dir geht jeder auf die Nerven«, sage ich.

Er stößt ein Schnauben aus, das seine Version eines Lachens sein könnte. »Jep. Und das ist einer der vielen Gründe, warum ich keine Beziehungen mehr eingehe.«

»Du arrangierst dir einfach jährliche Sextreffen.«

Wieder dieses Schnauben – obwohl ich nicht sagen kann, ob es mehr Belustigung oder Frustration ist. »Ich wünschte wirklich, du könntest aufhören, es so zu nennen.«

»Hmm. Moment mal. Du sagtest ›keine Beziehungen mehr‹. Also hattest du mal welche? Und hast dann aufgehört. Oh. Hat dir wer das Herz gebrochen? Bist du deshalb immer so schlecht drauf?«

Er schlägt den Kopf mehrmals gegen die Kopfstütze. »Ich bin schlecht drauf, weil du dich ständig in meine Angelegenheiten einmischen musst.« Aber so entnervt er auch klingt, glaube ich doch, ein winziges Zucken seines Mundwinkels zu erhaschen. Vielleicht macht ihm dieses Hin und Her zwischen uns genauso viel Spaß wie mir. »Scheiße«, ruft er, richtet sich plötzlich stocksteif auf und starrt durch die Windschutzscheibe auf die Straße vor uns.

Und als ich meinen Blick von seinem Profil losreiße, sehe ich, was er sieht, und trete auf die Bremse.

Ich bin mir nicht sicher, ob ich je so viele Rettungswagen an einem Ort gesehen habe. Ihre unerträglich asynchron blinkenden Lichter ziehen sich scheinbar kilometerweit in die Ferne. Wir sind Teil einer kleinen Karawane, die langsam auf was immer dort auch passiert ist, zukriecht. Sieht aus, als wäre es etwas Großes gewesen. Ich weiß nicht, was sonst so eine Szene verursachen würde.

»Im Ernst?«, sagt Hollis.

»Was?«

Als ich zu ihm hinüberblicke, wird sein Gesicht von dem Display seines Handys beleuchtet. »Ich habe einen Verkehrs-Twitter-Account aus der Gegend hier gefunden. Es heißt, es sei ausgelaufenes Olivenöl.«

»Ist das … etwas anderes als das, wonach es klingt?«

»Nein, es ist exakt, wonach es klingt. Scheinbar hat ein Truck eine Riesenmenge Olivenöl transportiert und hatte ein Leck. Und jetzt ist die Straße kilometerweit mit Pfützen von dem Zeug bedeckt.« Er zeigt mir das Bild zu dem Tweet, obwohl es im Dunkeln nicht leicht ist, Einzelheiten auszumachen.

»Schätze, die Straße hat von den angeblichen gesundheitlichen Vorzügen einer mediterranen Ernährung gehört.«

»Es gab zwei Unfälle, Millicent.«

Uups. »Oh. Mist. Okay, was machen wir jetzt? Abwarten?«

»Ich sehe gerade nach«, sagt er und tippt auf seinem Handy herum. »Die Navigations-App sagt immer noch geradeaus. Schätze, sie weiß noch nichts von der Straßensperrung. Der Tweet wurde erst vor wenigen Minuten abgeschickt. Lass mich auf eine Route ohne Highways umstellen.« Hollis ändert die Einstellungen, und sein Handy pingt, bevor es uns mitteilt, dass es die Route berechnet. »Fahr die Ausfahrt dort hinauf und folge dann den Schildern zur 501.«

Der Umweg führt uns in ein Gebiet mit kaum mehr als ein paar hell erleuchteten Fast-Food-Restaurants, ehe wir auf die US 501 einbiegen und dann durch eine Stadt fahren, die hauptsächlich aus Banken, Bestattungsunternehmen und Kirchen besteht, die längst geschlossen haben. Die Straßenbeleuchtung endet, als die Gebäude immer spärlicher werden und schließlich von sich abwechselnden Feldern und Wäldern abgelöst werden. Hier und da steht ein einstöckiges Fertighaus in einem guten Stück Entfernung von der Straße. Das muss es sein, was die Leute meinen, wenn sie von der Pampa sprechen.

Hollis' Finger tanzen auf seinem Bein herum, als bestünde seine Jeans aus Klaviertasten. Aber er hat eine normale, langweilige, nicht-musikalische Hose an, also produziert er nichts als ein kaum hörbares repetitives Trommeln, das anfängt, mir auf die Nerven zu gehen.

»Warum zappelst du so herum?«, frage ich.

»Es hilft mir, mich von der Wahrscheinlichkeit abzulenken, dass du auf dieser dunklen Landstraße meinen Wagen zu Schrott fährst.«

»Ah, du machst dir also keine Sorgen, dass wir verletzt werden oder tot sein könnten. Aber das Auto! Das *Auto* könnte einen Kratzer abbekommen. Ich sehe, wo deine Prioritäten liegen.«

Es ist schwer zu sagen, weil der Mond hinter einer Wolke verschwunden und es praktisch pechschwarz im Wagen ist, aber ich bin mir ziemlich sicher, dass Hollis' Mund die gleiche gestauchte Form wie der Regenbogen in einer Packung Lucky-Charms-Marshmallows aufweist.

»Schau, ich stelle das Fernlicht an«, sage ich, als würde ich das nur ihm zuliebe tun und nicht, weil mich der Mangel an Licht selbst nervös macht. Aber sobald ich aufblende, kommt uns ein Wagen entgegen, und ich muss es wieder abstellen. »Gah. So viel dazu.«

»Lass uns wechseln«, sagt Hollis. »Fahr rechts ran.«

»Nein.«

»Doch. Es ist mein Wagen, und ich fühle mich wohler, wenn ich selbst nachts in so einer Gegend fahre. Ich sage, wir wechseln.«

»Und ich sage, wir tun es nicht. Du musst mehr schlafen, damit du in ein oder zwei Stunden übernehmen kannst. Dann kann ich ein wenig schlafen, und wir können die Nacht durchfahren und sind zum Frühstück in Miami. Was bedeutet, dass du Yeva Waffeln zu eurem Sex-Geburtstag machen kannst, um dich für die Verspätung zu entschuldigen, und ich immer noch zur ursprünglich geplanten Zeit die Weiterreise nach Key West antrete.«

Hollis murrt etwas. Aus dem Augenwinkel kann ich sehen,

wie seine Hand von seinem Knie in sein Haar fährt. »Als ob ich schlafen könnte, wenn ich mir Sorgen machen muss, dass du uns in einen Graben fährst.«

»Ich kann sehr wohl im Dunkeln fahren, vielen Dank auch.« Ich blende wieder auf, aber auf dem Fernlicht scheint ein Fluch zu liegen, denn wieder kommt uns ein Wagen entgegen. »Verdammt.«

»An der Gabelung rechts abbiegen«, sagt Hollis' Handy, das mittlerweile auf seinem Oberschenkel balanciert. Aber dort ist keine Gabelung, es gibt nur die eine Straße, die sich geradeaus vor uns erstreckt. »Berechne Route«, verkündet es.

»Was zur Hölle«, sage ich. »Du bist betrunken, Navigations-Lady!«

Er starrt auf das Display. »Ich glaube, wir haben kein Netz mehr.«

Das ist nicht überraschend, da wir uns praktisch mitten im Nirgendwo befinden. »Bin ich denn immer noch richtig?«

»Ja, ich glaube schon. Es sollte bald zurück sein.« Hollis blickt auf. »Mein Gott, Millicent, schalte das Fernlicht ein, damit du mehr als einen halben Meter vor dir sehen kannst.«

»Ich habe es *versucht*«, sage ich. »Aber jedes Mal, wenn ich es tue, kommt uns ein Auto entgegen.«

»Na ja, im Moment kommen keine Autos.«

»Ja, danke, das sehe ich selbst«, sage ich und blende erneut auf. Gerade rechtzeitig um zu sehen, wie das Licht von einer riesigen, leuchtenden Pupille reflektiert wird. Ich ramme den Fuß auf die Bremse, und ihr lautes Kreischen mischt sich mit dem schrecklichen Geräusch eines Schreis und zerbrechenden Glases. Etwas prallt mit der Macht eines geschleuderten Steins gegen meine Stirn. Alles ist dunkel – so schrecklich dunkel. Ich bin tot. Ich muss tot sein. Oh, warte. Nein, ich habe nur die Augen zu.

Ich höre Hollis' panische Stimme. »Mill, geht es dir gut? Bist du …«

»Alles okay«, sage ich und hebe flatternd die Lider. »Ich, ich …« starre in die Augen eines zu Tode erschrockenen Rehs.

8

»Es gab wirklich nichts, das Sie hätten tun können, um das hier zu verhindern«, versichert mir Officer Shonda Jones vom Gladsley, South Carolina Police Department zum dritten Mal in den letzten fünf Minuten. »Absolut nichts. Denken Sie immer daran, das Reh hat *Sie* gerammt. Nicht umgekehrt.« Sie tätschelt meine Schulter durch die Rettungsdecke, die nicht wärmt und mich stattdessen aussehen lässt wie eine Ofenkartoffel, die eine achtköpfige Familie ernähren könnte.

Die Polizei war schon wenige Minuten nach dem Unfall da. Wie auch der lokale Tierarzt, der sich eilig als Dr. Gupta vorstellte, ehe er dem Reh ein Betäubungsmittel ins Hinterteil injizierte. Mit etwas Hilfe von Hollis und Deputy Anders, dem bulligen Kollegen von Officer Jones, befreite Dr. Gupta das im Wagen eingekeilte Reh und legte seinen ausgeknockten Körper behutsam auf die Ladefläche seines Pick-ups.

»Gibt's morgen Abend Wild?«, witzelt Officer Jones, als Dr. Gupta sich uns nähert.

Er kratzt sich seine ergrauenden Schläfen. »Also ich kann nichts Sicheres sagen, bevor ich es nicht in der Praxis untersucht habe, aber im Moment sehe ich nichts offensichtlich Tödliches. Das überrascht mich ein wenig angesichts des Schadens am Wagen, aber ich glaube, es kommt durch.«

»Großartige Neuigkeiten. Danke, dass du um diese Zeit noch gekommen bist, Dev«, sagt Officer Jones.

»Gern geschehen. Ihr wisst ja, ob Reh oder Sardelle, der Tierdoc ist immer zur Stelle.« Dr. Gupta lacht und hebt beide Hände zum Abschied, ehe er in seinen Truck klettert. Ich rücke das Kühlkissen zurecht, das Officer Jones mir für meine Stirn gegeben hat, ziehe mir die Rettungsdecke enger um die Schultern und sehe zu, wie der Tierarzt mit dem bewusstlosen Reh in der Dunkelheit verschwindet.

Eine Hand landet auf meiner Schulter, und ich wappne mich für eine weitere Wiederholung von Officer Jones' Skript. Es gab nichts, was ich hätte tun können, bla bla. Doch dann baumelt mein Lederrucksack vor meinem Gesicht.

»Den hab ich auf der Rückbank gefunden«, sagt Hollis.

Ich lasse die Kompresse fallen und greife nach dem Rucksack. Die Schatulle, in der sich der Beutel mit Mrs. Nashs Asche befindet, und das Bündel Briefe daneben machen einen unversehrten Eindruck. »Danke«, sage ich.

»Wie geht es deinem Kopf?« Seine Finger streifen die riesige Beule über meiner rechten Augenbraue. Seine Berührung fühlt sich so gut an, dass ich beinahe den pochenden Schmerz vergesse.

»Geht so«, antworte ich lahm.

Stumm setzt Hollis sich neben mich auf die Haube des Streifenwagens. Er fährt sich durch das Haar. Ausnahmsweise nicht, weil er genervt ist, sondern um Glasbröckchen daraus zu entfernen.

Ich senke mein Kinn auf die Brust und jammere: »Ich kann nicht glauben, dass mir ein Reh ins Gesicht geboxt hat.«

»Es hätte sehr viel schlimmer kommen können. Ich hatte seinen Huf in der Hand, als ich geholfen habe, es aus dem Wagen zu heben. Messerscharf. Es überrascht mich, dass du mit ein paar blauen Flecken davongekommen und nicht Hackfleisch bist.«

»Vielleicht hat es mich ja gar nicht geboxt, vielleicht hat es mir einfach … den Ellenbogen ins Gesicht gerammt. Haben Rehe Ellenbogen?«

Hollis antwortet nicht – und ich bezweifle, dass er viel über die Anatomie eines Rehs weiß, also ist das nur verständlich. Er starrt seinen Wagen an, der am Straßenrand steht. Zerschmetterte Windschutzscheibe und ein Sprung in einem der Fenster. Und eine riesige Beule in der Motorhaube, die sich deswegen jetzt nicht mehr ganz schließen lässt.

»Es tut mir wirklich leid wegen deines Autos«, sage ich leise.

Hollis zuckt mit den Achseln.

»Ich glaube, das ist der Moment, in dem man normalerweise sagt: ›Oh, es ist nicht deine Schuld, Millicent.‹ ›Du hättest nichts tun können, Millicent.‹ Vielleicht sogar: ›Ich bin einfach nur froh, dass dir nichts passiert ist, Millicent.‹«

Zu meiner Überraschung legt er im nächsten Moment seinen Arm um meine Schultern und zieht mich mitsamt der raschelnden Rettungsdecke etwas enger an sich. Hollis legt seine Wange auf meinen Scheitel, und seine Stimme hallt seltsam in meinem Schädel wider, als er sagt: »Es ist nicht deine Schuld, Millicent. Du hättest nichts tun können. Und ich bin wirklich einfach nur froh, dass dir nichts passiert ist.«

»Oh«, flüstere ich. »Wirklich froh?«

»Wirklich, wirklich«, flüstert er zurück.

Ich drehe den Kopf, um ihn anzusehen, und weiß, dass das ein Fehler ist, sobald sich unsere Blicke treffen. Unsere Gesichter, und *insbesondere* unsere Münder sind sich zu nah. Auf einer Intimitäts-Skala von eins bis zehn ist das eine Elf, und das sind mindestens sieben Stufen zu viel, und …

Und dann ist er weg. *Nicht* weg weg natürlich. Aber er steht jetzt wieder und hat etwas Abstand zwischen uns gebracht. »Der Abschleppdienst ist gerade gekommen. Ich rede wohl besser mit ihnen. Vermutlich muss ich Formulare unterschreiben.«

Ich salutiere mit zwei Fingern. Er kneift verwirrt die Augen zusammen, ehe er sich umdreht und geht. Ich überlege, Officer Jones darüber zu informieren, dass ich möglicherweise eine Gehirnerschütterung habe und sie doch noch den Rettungsdienst zwei Städte weiter rufen soll, aber seien wir ehrlich: Nichts hiervon weicht dramatisch von meinem üblichen Verhalten ab. Also bleibe ich einfach hier auf der Motorhaube sitzen und warte auf weitere Anweisungen, während ich versuche, das eben Geschehene *wirklich, wirklich* nicht überzuinterpretieren.

»Das ist mein erstes Mal in einem Streifenwagen«, sage ich zu Hollis neben mir. Als ehemaliger Kinderstar wird jede meiner Verfehlungen sofort zum willkommenen Fressen für die Klatschpresse – fragt nur mal Justin LaRue, der Penelopes kleinen Bruder gespielt hat und mittlerweile vor allem für sein Auftauchen in »15 Mugshots von Prominenten, die auch Porträtaufnahmen sein könnten« bekannt ist. Deshalb fiel es mir immer leicht, nicht auf Abwege zu geraten. Und es brennt auch nicht wirklich jemand darauf, einen beinahe berühmten, kleinen, rothaarigen Beutel Milch zu verhaften.

»Glückwunsch.« Hollis verschränkt die Arme vor der Brust.

Natürlich ist er aus offensichtlichen Gründen verstimmt – in erster Linie, weil sein Wagen Schrott ist und die Polster mit diversen Reh-Körperflüssigkeiten verschmiert sind –, aber ich bin auch nicht glücklich über diesen unvorhergesehenen Zwischenstopp. Chip Autobody (das ist vermutlich nicht wirklich sein echter Nachname, aber es ist der, den mein Gehirn ihm verpasst hat) hat Hollis versichert, dass er auf Hochtouren daran arbeiten wird, den Wagen wieder flott zu kriegen, wir uns aber auf mindestens drei Tage in der Stadt einstellen sollen. Ich weiß nicht, ob Elsie überhaupt drei Tage *hat.* Außerdem hat mir ein Reh seinen Ellenbogen gegen den Schädel gerammt. Wenn hier jemand einen Grund hat, miese Laune zu haben, dann bin das ja wohl ich.

Officer Jones und Deputy Anders bringen uns zu einer Frühstückspension. Die einzige andere Alternative wäre ein Ein-Sterne-Motel auf der anderen Seite von Gadsley gewesen. Angesichts der Tatsache, dass ein Review auf Tripadvisor anmerkte, dass die »Kakerlaken-Situation ein wenig besser als im letzten Jahr« sei, waren wir mehr als erleichtert, als Deputy Anders in der Pension anrief und bestätigte, dass sie noch ein freies Zimmer hätten. Allerdings nur eines. Vermutlich mit nur einem Bett. Ich versuche, nicht zu viel darüber nachzudenken.

Als wir das Zentrum des Städtchens erreichen, sieht Hollis mich noch missmutiger an.

»Was ist jetzt wieder?«, frage ich.

»Es ist nur … Du hast da …« Er zeigt auf meine rechte Wange.

Ich versuche eine gefühlte Ewigkeit, das Problem mit dem Finger wegzuwischen, komme jedoch nicht weiter. Hollis' »nein« und »nicht ganz« klingt zunehmend ungeduldiger.

»Dann mach du«, rufe ich frustriert.

Er leckt sich den Daumen und fährt damit über meine Wange. »Blut«, sagt er und hält mir den Finger zur Inspektion hin, wohl für den Fall, dass ich ihm nicht glaube.

»Hast du gerade … Ich kann nicht glauben, dass du mir deine Spucke ins Gesicht geschmiert hast. Das ist so eklig, Mann.« Ich reibe mir die Stelle mit dem Handrücken, aber irgendwie fühlt sich das nur noch feuchter und kühler an.

»Sieht nicht aus, als wärst du dort verletzt, also muss es von dem Reh sein.«

»Na toll«, sage ich, als der Streifenwagen vor einem großen viktorianischen Haus nicht weit von der Hauptstraße der Stadt anhält. »Versuch, deine DNA in Zukunft für dich zu behalten.«

»Das ist eine merkwürdige Art, das auszudrücken«, sagt er und steigt aus dem Wagen.

»Es ist noch merkwürdiger, es zu *tun*, Hollis.«

»Nein, wie seht ihr denn aus, ihr Armen«, ruft die weiße Frau mit ergrautem Haar, die aus der Tür kommt, sobald sie uns auf der Veranda entdeckt. Ich schätze, Hollis und ich sehen ein wenig mitgenommen aus. Wenigstens habe ich kein Rehblut mehr im Gesicht. Vermutlich.

»Bitte, kommen Sie doch rein, kommen Sie doch rein. Willkommen im Gadsley Manor Bed and Breakfast.«

Ich winke Officer Jones und Deputy Anders zum Abschied, um sie wissen zu lassen, dass wir ab hier allein zurechtkommen. Der Streifenwagen fährt weg, während wir ein gemütliches Foyer mit Parkettboden betreten. Eine Treppe nimmt die gesamte linke Seite ein, und plötzlich will ich sehr dringend hinaufgehen und in ein Bett fallen. Irgendein Bett. Das erste, das mir vor die Nase kommt. Egal, ob da noch ein anderer Gast drin liegt.

»Ich bin Connie«, sagte die Frau. »Ich betreibe die Pension mit meinem Mann Bud. Sie werden ihn sicher morgen beim Frühstück kennenlernen.«

Irgendwo im Haus schlägt eine Uhr einmal. Gott, es ist spät. Und Connie trägt Pantoffeln und einen Morgenrock. »Es tut uns schrecklich leid, dass wir Sie geweckt haben«, sage ich.

»Oh, kein Grund, sich zu entschuldigen. Wir sind froh, dass wir helfen können. Ursprünglich waren wir heute komplett ausgebucht, das Festival am Wochenende, Sie wissen schon, aber dann hat jemand im letzten Moment wegen der Flugausfälle abgesagt. Als Drew Anders angerufen und mir erzählt hat, was passiert ist, da war ich überglücklich, dass ich Ihnen etwas anbieten konnte. Die Wege des Herrn sind wirklich unergründlich«, sagt sie. »Und es ist ein echtes Geschenk, daran erinnert zu werden, dass *er* immer einen Plan hat.«

Hollis und ich tauschen einen Blick.

»Äh«, sagt er. »Ja. Absolut. Also, wir werden nur heute Nacht bleiben …«

»Was? Chip Autobody hat gesagt, dass es mindestens drei Tage dauert, bis der Wagen wieder läuft«, erinnere ich ihn.

»Ich habe auf dem Weg hierher recherchiert, und es gibt eine Autovermietung in der nächsten Stadt. Ich werde sie gleich morgen früh anrufen.« Hollis wendet sich wieder der Gastwirtin zu. »Also nur eine Nacht, Ma'am, danke.«

Da war wieder eine Spur seines leichten Akzents. Und er klingt verdächtig wie Connies, als sie sagt: »Also, wir würden Sie nur zu gern länger hier beherbergen, aber ich bin mir sicher, dass Sie dringend weiter wollen nach …« Sie unterbricht sich, lächelt und hebt das Kinn ein wenig. »Wo immer Sie auch hinwollen«, beendet Connie den Satz, als sie spürt, dass wir nicht in der Stimmung für Geplauder sind. »Oh. Nur noch eins, bevor wir nach oben gehen. Wenn Sie bitte Ihre Daten hier hinterlegen und unterschreiben würden. Sie können dann beim Auschecken bezahlen.«

Hollis folgt Connie zu einem kleinen Pult bei der Treppe, um den Papierkram auszufüllen. Irgendwann hört er auf zu schreiben und starrt mich an, als überlegte er. Vielleicht weiß er ja nicht, wie man meinen Namen schreibt. »Was?«, forme ich mit den Lippen, doch er ignoriert mich und widmet sich wieder dem Formular.

Connie steckt die Papiere in das Pult und klatscht in die Hände. »Wunderbar. Dann zeige ich Ihnen mal Ihr Zimmer. Ich bin sicher, Sie sind hundemüde.«

»Sehr«, sage ich. Mit meinem kleinen Rucksack über der Schulter beginne ich, meinen Koffer die Treppe hinaufzuschleppen. Ich knalle mir die Räder des Koffers bestimmt fünfmal gegen die Knöchel, ehe Hollis schnaubt und mich anweist, das Gepäck an ihn weiterzureichen.

Zum Glück wendet sich Connie im oberen Flur gleich der ersten Tür zu und stößt die schwere Eichentäfelung auf. »Wir nennen es das Senfkorn-Zimmer«, sagt sie und strahlt mit so viel Stolz, wie man so früh am Morgen nur haben kann. »Es ist unser kleinstes, aber ich finde, sein Charme macht die Größe mehr als wett. Ich hoffe, Sie finden es gemütlich.«

Ich trete ein und sehe mich sofort dutzenden Augen gegenüber. Die goldgelben Wände des Raums sind gepflastert mit Bildern von … Jesus. Das ist definitiv Jesus. Weißer Jesus. Schwarzer Jesus. Brauner Jesus. Und er tut alles Mögliche. Ein schlafendes Baby in den Armen halten. Der Flagge die Treue schwören. Einen Ertrinkenden retten. Einen Tisch zimmern. Einen Corgi knuddeln. Und das sind nur die über dem Bett.

»Wow«, sage ich.

»Ja. Wow ist … Wow ist eine gute Beschreibung für diesen Raum«, sagt Hollis. »Vor allem die Bilder sind … wow.«

»Ich bin ja so froh, dass es Ihnen gefällt«, sagt Connie. »Ich liebe Malen nach Zahlen. Im Moment habe ich nicht so viel Zeit dafür, und die Hände machen auch nicht mehr so mit, aber …«

»Sie haben die alle gemalt?«, frage ich.

»Wenn man es Malen nennen kann, wenn man klitzekleine Felder mit der richtigen Farbe ausfüllt, dann ja.«

Ich öffne den Mund, um sie zu fragen, wo sie das »Malen nach Zahlen« von Jesus im Weltraum herhat, aber Hollis schüttelt unauffällig den Kopf. Vermutlich hat er recht. Ich *brauche* nicht unbedingt ein Bild von Jesus im Weltraum in meiner Wohnung. Aber mein Gott, ich *will* es wirklich. Er ist *im Weltraum* und hält außerdem noch die *gesamte Galaxie* in den Händen!

»Frühstück gibt es von sieben bis neun im Speisezimmer. Das ist der Raum gleich links neben dem Eingang. Im Bad finden Sie Toilettenartikel, und in der Truhe am Bettende sind zusätzliche Kissen und ein Quilt, sollten Sie sie brauchen. Kann ich Ihnen sonst noch etwas bringen?«

»Nein, das ist super. Danke, Ma'am«, sagt Hollis.

»Sehr gerne, mein Lieber. Bud und ich wohnen oben, falls Sie uns brauchen. Gute Nacht, Mr. und Mrs. Hollenbeck.«

»Oh, wir sind nicht …«

Hollis unterbricht mich, indem er den Arm um meine Schultern schlingt und sagt: »Wir wissen gar nicht, womit wir so viel zuvorkommende Gastfreundschaft verdient haben. Gute Nacht, Miss Connie.«

Sie reicht Hollis zwei Zimmerschlüssel und geht. Als ihre Schritte sich entfernt haben, lässt Hollis den Arm fallen. Die Wärme seines Körpers verschwindet, als er den Raum durchquert und seine Reisetasche auf den smaragdgrünen Samt-Sessel in der Ecke wirft.

»Lass sie glauben, dass wir verheiratet sind«, sagt er. »Sie kommt mir ziemlich gläubig vor. Möglicherweise würde es ihr nicht gefallen, wenn sie wüsste, dass wir nur Freunde sind, die sich ein Zimmer teilen.«

Ziemlich gläubig ist eine beinahe absurde Untertreibung angesichts all der Jesusse, die uns gerade anstarren, aber das ist nicht der Teil seiner Aussage, die meine Aufmerksamkeit erregt. »Aw. Hey. Du hast gesagt, wir sind Freunde.«

Hollis reibt sich die Schläfen. »Es war ein langer Tag, Millicent. Mach keine große Sache daraus. Ich bin wirklich nicht in der Stimmung.«

Seine mürrische Antwort täuscht mich nicht darüber hinweg, dass er unsere Freundschaft nicht leugnet. Das ist … ein Fortschritt?

Mein Blick wandert von Hollis zum Bett. Ich starre sehnsüchtig auf die weichen Kissen und die salbeigrüne Decke mit dem gelben Blumenprint.

Hollis muss meinem Blick gefolgt sein. »Müssen wir *Schere Stein Papier* spielen, um zu bestimmen, wer im Sessel schlafen muss, oder können wir das einfach handhaben wie sehr, sehr müde Erwachsene?«

»Ich habe kein Problem damit, das Bett zu teilen, solange du keines hast.«

»Nein, alles gut.« Er klemmt sich ein graues T-Shirt unter den Arm und wühlt in seiner Reisetasche nach allem, was er sonst noch braucht.

»Hollis«, sage ich und warte, bis er mir seine Aufmerksamkeit schenkt. »Es tut mir wirklich sehr leid. Wegen des Wagens.«

Er sagt: »Es ist nicht deine Schuld.« Aber sein Tonfall und das leichte unterschwellige Grollen lassen mich vermuten, dass er das in Wirklichkeit anders sieht.

»Warum bist du dann sauer auf mich?«

Er stößt ein Seufzen aus, das so schwer ist, dass es durch den Boden brechen könnte. »Ich bin nicht sauer auf dich, Millicent.«

»Aber du bist … schlecht gelaunt.«

»Das ist einfach meine Persönlichkeit.«

»Und was kann ich dagegen tun?«, frage ich.

Hollis lacht leise, aber da ist nur sehr wenig Humor in dem Laut. »Gegen meine Persönlichkeit? Nichts. Viele haben es versucht, niemand hatte Erfolg. Ich bin wie ein Geisterhaus. Wenn sie hereinkommen, sind alle noch mutig und zuversichtlich, aber am Ende rennen sie immer schreiend weg.«

Wenn er überhaupt ein Haus ist, dann eines aus Lebkuchen, das ein paar Minuten zu lange gebacken wurde, das aber trotzdem noch mehr als genug Süße zu bieten hat. Ich würde es ihm sagen, wenn da nicht seine finstere Miene wäre, die als ausgezeichnete Erinnerung dient, dass er im Moment schon verärgert genug ist.

Hollis hat vorhin seine niedrigen Versicherungsbeiträge erwähnt, und er wollte tausend Dollar für die Fahrt nach Miami. Vielleicht geht es um Geld. »Ich bezahle die Reparaturen. Ich weiß, dass ich nicht dabei sein werde, wenn du den Wagen bei Chip Autobody abholst, aber …«

»Die Versicherung deckt das ab«, sagt er und hängt seinen Hoodie neben die Tür. »Und jetzt würde ich gerne schlafen, bevor sonst noch etwas Schreckliches passiert. Willst du erst ins Bad oder nach mir?«

Ich lasse den Kopf hängen. Ob Hollis mich nun verantwortlich macht oder nicht, das Ergebnis bleibt gleich: Ich werde das Bett mit einem heißen Miesepeter teilen müssen, der mich vermutlich sonst wohin wünscht. »Erst ich.«

»Gut. Geh, aber mach schnell. Ich bin völlig fertig.«

Die kleine pinkfarbene Tasche mit meinem Waschzeug liegt immer noch ganz oben in meinem Koffer, obwohl der während der Abenteuer des Tages gewaltig durchgerüttelt wurde. Ich bin bereits im Bad mit meiner Jeans auf halbmast, als mir ein Problem bewusst wird. »Ähm. Hollis?«, rufe ich durch die Tür.

»Was?«

Ich öffne sie gerade weit genug, um den Kopf rausstrecken zu können, während ich meine nur mit Unterwäsche bekleidete untere Hälfte verberge. »Äh. Hast du vielleicht ein zusätzliches T-Shirt oder so was? Ich habe keinen Schlafanzug eingepackt. Ich … ich trage normalerweise keinen.«

Eine gefühlte Ewigkeit sieht er mich mit großen Augen an, dann blinzelt er einige Male, als wollte er die nachholen, die er während des Starrens verpasst hat. »Du … trägst keinen …? Soll das ein Witz sein?«

»Mir ist immer heiß«, erkläre ich. »Je weniger ich anhabe …«

»Dir ist heiß.« Mit großen Augen und zusammengepressten Lippen dreht er sich zu dem Bild über dem riesigen Eichen-

Nachttisch um. »Ihr ist heiß«, erzählt er Jesus, der gerade die Hand von Elvis schüttelt. Okay, ich *muss* herausfinden, woher zur Hölle Connie diese super speziellen Kits hat.

»Hast du nun eins, oder nicht?« Ich strecke wartend den Arm aus.

Hollis geht zu seiner Reisetasche auf dem Sessel und wühlt darin. Er holt ein altes, verblichenes Bookstore-Movers-T-Shirt heraus und wirft es in Richtung meiner ausgestreckten Hand. Ich greife daneben, und es fällt auf das Parkett vor dem Bad. Ehe ich mich bücken kann, ist Hollis da, knüllt es zusammen und drückt es mir in die Hand. »Hier«, sagt er. Unsere Blicke treffen sich, und seiner wirkt … erregt.

Oder vielleicht auch nur verärgert. Vielleicht ist ein Auge erregt und das andere verärgert. Schwer zu sagen mit den verschiedenen Farben. Egal, was es ist, ich habe das Gefühl, als hätte ich einen Schwall elektrostatisch aufgeladener Partikel verschluckt, also knalle ich ihm die Tür vor der Nase zu.

Als ich nur noch meine Unterwäsche trage, ziehe ich mir das T-Shirt über den Kopf und an mir hinunter. Es endet bei der Mitte meines Oberschenkels – kurz, aber es bedeckt, was es bedecken soll. Ich pinkle, putze mir die Zähne, wasche mir das Gesicht (wobei ich sogar nur dreimal gegen die schmerzhafte Beule an meiner Stirn stoße) und binde mir die Haare zu einem unordentlichen Knoten auf dem Kopf zusammen.

»Es gehört ganz dir«, sage ich zu Hollis, als ich zurück ins Zimmer schlüpfe.

Als er an mir vorbeikommt, schweift sein Blick schnell über meinen Körper. Er murmelt etwas Unverständliches und verschwindet im Bad.

Nachdem ich meine schmutzige Kleidung in den dafür gedachten Plastikbeutel in meinem Koffer gestopft habe, werfe ich die Decken zurück und klettere auf die absurd hohe Matratze. Mir fällt auf, dass ich, obwohl ich seit Josh mit niemandem mehr das Bett geteilt habe, automatisch meine gewohnte Seite gewählt habe. Alte Gewohnheiten legt man nur schwer ab, schätze ich. Das Bettzeug riecht nach Lavendel, einer meiner Lieblingsdüfte. Als Hollis in einem grauen T-Shirt und karierten Pyjamahosen aus dem Bad kommt, reibe ich mir gerade das Gesicht am Bettbezug wie eine Katze an einem Büschel Katzenminze. Er sagt nichts dazu, sondern löscht einfach das Licht. Wie schnell er sich doch an meine exzentrischen Angewohnheiten gewöhnt hat – oder vielleicht hat er sie auch einfach nur gründlich satt.

Als sich die Matratze unter seinem Gewicht senkt, fühle ich mich wie ein Stück Weltraumschrott, das in den Orbit eines Planeten gezogen wird. Ich rutsche etwas näher an die Bettkante, widerstehe dem Drang, mich an ihn zu schmiegen. Das Bettzeug ist warm und kuschelig, aber ich möchte wetten, er ist wärmer. Und obwohl mir normalerweise zu heiß ist, bin ich jetzt bis auf die Knochen durchgefroren.

»Hollis«, sage ich zu seinem Rücken, da er sich weggedreht hat. »Ich weiß, es läuft nicht alles wie geplant, aber …«

»Ach? Meinst du?« Sein Sarkasmus ist hart und verletzt mich mehr als alles, was er in den letzten Stunden gesagt hat. Den ganzen Tag über fiel es mir leicht, mir zu sagen, dass er tief drin eigentlich ein wirklich netter Typ ist. Dass die bissigen Kommentare und die Unfreundlichkeit nur eine Maske sind, die er aus einem bestimmten Grund trägt, und dass ich sie nicht persönlich nehmen sollte. Aber in diesem Moment, während das Gewicht von allem, was auf dem Spiel steht, auf meinem Gehirn und meinem Herzen liegt, fällt es mir nicht so leicht, es von mir abperlen zu lassen. Die Nachricht kommt laut und deutlich an. Ich werde es sein lassen und nicht mehr versuchen, ihn dazu zu bewegen, dass er die Mauern fallen- und mich an ihn heranlässt. Vielleicht hat er ja recht. Vielleicht sind die Menschen nicht so gut, wie ich gerne glauben möchte. Vielleicht ist *er* nicht so gut, wie ich gerne glauben möchte.

Ich presse die Lider zusammen, um gegen den Druck anzukämpfen, der sich hinter meinen Augen aufbaut, öffne sie jedoch wieder, als sich die Matratze mit ihm bewegt. Er hat sich in meine Richtung gedreht. Es ist dunkel, aber ich kann seine nach unten weisenden Mundwinkel sehen. Ich kenne seine übliche Miene bereits, also verrät mir das nichts.

»Ich sollte eigentlich längst in Miami sein, verschwitzt und inspiriert nach Runde sechs mit Yeva. Stattdessen stecke ich hier am Arsch der Welt fest, mit einem kaputten Auto, fünfundzwanzig Jesussen, die mich anstarren – und ja, ich habe sie gezählt, während du im Bad warst, es sind fünfundzwanzig –, und *dir.*« Er spuckt mir das Wort »dir« entgegen, als wäre ich das Schlimmste von allem. »Also nein. Es läuft nicht wie geplant.«

»Hollis.«

»Schlaf jetzt, Millicent. Morgen wird alles immer noch genauso elend sein. Dann können wir reden.« Er dreht sich wieder weg und zieht sich die Decke über die Schulter.

Er hat recht. Das hier ist elend. Falls Hollis mich überhaupt mag, hasst er mich scheinbar noch mehr. Wir verlieren wertvolle Reisezeit, die entscheidend dafür sein könnte, ob ich es rechtzeitig mit Mrs. Nash zu Elsie schaffe. Und das Reh! Oh nein, das arme Reh. Was, wenn Dr. Gupta sich geirrt hat und es im Sterben liegt oder vielleicht schon tot ist? Officer Jones hat gesagt, dass es nicht meine Schuld war und das Reh mir vor den Wagen gerannt ist und nicht andersherum. Aber ich habe trotzdem ein schrecklich schlechtes Gewissen deswegen, und o Gott, all das Blut, und es lag auf meinem *Gesicht* – ich weiß nicht, ob ich mich übergeben oder weinen will. Weinen. Das verursacht weniger Sauerei. Also drehe ich mich weg, um zu weinen. Los, Augäpfel, öffnet die Schleusen. Magen, Stand-by-Modus, bitte.

»Mill.« Es ist ein Flüstern, Hollis' Atem heiß an meinem Ohr. »Alles okay?«

Ich schniefe und versuche, mir die Tränen mit den Unterarmen wegzuwischen, aber ich weine immer weiter, also ist es wie Scheibenwischer während eines Monsunregens. »Alles super«, bringe ich heraus.

Hollis stößt ein leises, heftiges *Verdammt noch mal* aus, ehe ich durch die Baumwolle des Shirts seine Hand schwer und warm an meinem Oberarm spüre. »Mill. Es tut mir leid. Ich war den ganzen Tag ein totaler Mistkerl, und es tut mir schrecklich leid. Du hattest nichts davon verdient. Sag mir, wie ich dich trösten kann. Was immer es auch ist. Ich hasse es, wenn du weinst. Ich … kriege immer Panik davon.«

»Wann hast du mich je …«, bringe ich heraus, ehe meine verstopften Nebenhöhlen mich zum Schlucken zwingen und ich nicht weitersprechen kann.

»In der Nacht bei der Party, als du aus dem Restaurant gekommen bist. Da hast du ziemlich heftig geweint.«

»Oh. Stimmt.«

»Ich kannte dich kaum – wir sind uns nur ein paarmal am Rande begegnet, aber ich wusste, dass du ein strahlender, sonniger Mensch bist. Dich weinen zu sehen … das ist, als würde die Sonne verlöschen. Wie ein Vorgeschmack auf die Apokalypse. Ein schrecklicher Einblick in eine Welt, die kälter und dunkler ist als …«

»Ja, ja, ich verstehe schon. Du bist Schriftsteller«, sage ich durch meine Tränen hindurch. Ein leises Lachen grollt in seiner Brust, und ich kann es beinahe an meinem Rücken spüren. Er ist so nah, aber nur seine Hand verbindet uns. »Bitte weine nicht. Ich tue alles. Alles, was ich tun kann, um es wiedergutzumachen, um dich zu trösten. Ich würde sogar …« Er unterbricht sich, als würde er über etwas nachdenken. »Ha. Ja, okay, warum auch nicht.« Hollis stößt ein kleines resigniertes Stöhnen aus, und ich spüre, wie er näher rückt. Und dann wabert eine leise, vertraute Melodie an mein Ohr. »Don't let the sun … go down on me …«

Ein Lachen steigt in meiner Kehle auf, aber ich unterdrücke es und gebe mich mit einem breiten Grinsen zufrieden. Hollis singt Elton John für mich, und ich bin mir ziemlich sicher, dass es ein unironischer Versuch ist, mich aufzumuntern. Das Letzte, was ich jetzt will, ist, ihn zu verschrecken. Was definitiv passieren würde, wenn ich jetzt loslache.

»Mir wird gerade klar … ich kenne den Rest vom Text nicht …«, fährt er fort, während er immer noch lose der Melodie folgt.

Ein Grinsen reicht nicht mehr aus, und ich erlaube es meiner Belustigung, sich in etwas zu entladen, das ich nur als kindisches Kichern bezeichnen kann. Zu meiner Erleichterung seufzt Hollis und sagt: »Ein einzelner Sonnenstrahl, der aus den Wolken lugt, aber ich nehme, was ich kriegen kann.«

Endlich legen meine Tränen eine Pause ein. Ich nehme mir ein Taschentuch vom Nachttisch und putze mir die Nase. »Der Live-Auftritt mit George Michael ist meine Lieblingsversion.« Ich schniefe.

»Ja, ich weiß. Das hast du im Auto mehrmals erwähnt, wann immer das Lied lief.«

»Moment mal.« Ich rolle mich zu ihm herum. Und bereue es sofort, als seine Hand von meinem Arm gleitet und er ein paar Zentimeter abrückt, um mir Platz zu machen. »Du hast dich wohl an unsere Begegnung in der Nacht von Joshs Party erinnert. Vorhin am Flughafen hast du so getan, als würdest du mich nicht kennen.«

Er hebt die rechte Schulter zu einem Achselzucken, das normalerweise auch die linke involviert hätte, wäre die nicht gerade in der Matratze vergraben gewesen. Seine Mundwinkel heben sich minimal zu einem leichten Grinsen. »Vielleicht habe ich das. Vielleicht auch nicht.«

Ich schubse ihn, und obwohl ich ordentlich Kraft dahinter lege, bewegt er sich nicht vom Fleck. Stattdessen liegt meine Hand an seiner Brust, bis ich spüre, wie sein Herz an meiner Handfläche donnert. Plötzlich fühlt sich der Moment an, als könnte *ein Moment* daraus werden, wie vorhin auf der Motorhaube des Streifenwagens, also ziehe ich die Hand weg und lasse sie zwischen uns auf die Matratze fallen.

»Es tut mir leid, Millicent«, sagt er. »Ich habe es ernst gemeint, als ich gesagt habe, dass wir Freunde sind. Ich will dich nicht verletzen. Ich versuche, kein solches …«

»Arschloch mehr zu sein?«

»Ja.«

»Danke.« Ich starre auf meine Hand und zähle die Stellen, wo mein Nagellack abgesplittert ist, damit ich ihm nicht in die Augen sehen muss. »Aber obwohl ich das enorm zu schätzen weiß, war das nicht der Grund, warum ich geweint habe. Also, in gewisser Weise schon, aber nicht der einzige Grund.«

»Elsie?«

Mir gelingt ein Nicken.

»Ah. Ja, stimmt.« Er beißt sich auf die volle Unterlippe, schaut zur Seite und sieht aus, als würde er über dieses Problem nachdenken. Hmm … ich frage mich, wie sich diese Lippe wohl zwischen *meinen* Zähnen anfühlen würde. Nein. Das hier ist nicht der richtige Moment, um sich von seinen Lippen ablenken zu lassen. Ganz und gar nicht. Elsie stirbt. Elsie *stirbt.*

»Was, wenn sie wegen all dem hier schon tot ist, bevor ich bei ihr sein kann?«

»Dann … schätze ich, hast du dein Bestes gegeben.«

»Ich habe nicht das Gefühl, dass das ausreicht«, flüstere ich.

»Das wird es müssen.«

Ich seufze. »Und das Reh. Was, wenn das nicht durchkommt? Was, wenn ich es umgebracht habe? Was, wenn sein *Geist* mich heimsucht?«

»Dann rufen wir einen Exorzisten. Wenn man bedenkt, wie viele Rehe eines unnatürlichen Todes sterben, müssen diese Leute enorm erfahren sein, wenn es um derartige Dinge geht.«

»Und mit ›derartige Dinge‹ meinst du Rehgeister?« Die Worte kommen todernst aus meinem Mund, aber ich muss grinsen. Ich kann nie ernst dreinblicken, wenn etwas lustig ist – Grund Nummer zehntausend, warum ich keine sehr gute Schauspielerin war.

»Ja. Ich möchte wetten, wir könnten sogar einen 2-für-1-Coupon bekommen.« Seine Miene ist zunächst total ernst, aber dann hält auch er es nicht mehr aus. Das volle Lächeln, das sich jetzt auf seinem Gesicht ausbreitet, ist so mächtig, dass es an ein Wunder grenzt, dass es nicht den ganzen Raum mit seinem Strahlen erfüllt. Ich bin so benommen, dass ich peinlich lange brauche, bis mir klar wird, dass ich ihn genauso anstarre wie er die Sopaipillas bei José Napoleoni – als könnte er es gar nicht erwarten, herauszufinden, wie sie schmecken.

Die Erkenntnis, dass dieses Essen weniger als zwölf Stunden zurückliegt, erinnert mich daran, dass ich viel zu erschöpft bin, um diesen seltsamen, niedlichen Mistkerl unproduktiv anzuschmachten. »Ich glaube, wir sollten schlafen«, sage ich.

»Ja. Gute Nacht.«

Wir liegen beide im Dunkeln auf dem Rücken, die Arme parallel zueinander, mit nur einem winzigen Zwischenraum. Ich spüre Hitze von seiner Haut ausstrahlen, als stünde ich vor einem offenen Ofen. Irgendwann verlangsamt sich Hollis' Atem und wird immer wieder von einem leisen Schnarchen durchbrochen, das sich bereits ungemein vertraut anfühlt. Und obwohl der dünne Stoff des T-Shirts bereits ausreicht, dass ich mich fühle, als müsste ich ersticken, schmiege ich meinen Arm an seinen und genieße die Wärme unserer Verbindung, während ich langsam in den Schlaf abdrifte.

Key West, Florida

Dezember 1944

Strenggenommen war es nicht erlaubt. Aber es war nicht so, als hätte N.A.S. 42 55 K.W. – auch bekannt als Bertie – etwas anderes zu tun. Er würde definitiv nicht mehr allzu lang im Taubenschlag bleiben. Er war ein nervöser Vogel mit einer Tendenz dazu, sich selbst die Federn auszurupfen, und das bedeutete, dass er die meiste Zeit nicht fliegen durfte. Selbst wenn er flog, überbrachte er seine Nachrichten mit nur zwanzig Prozent Erfolgsquote und einer miserablen Geschwindigkeit von 50 Kilometern pro Stunde. Nach zwei Jahren Ausbildung war klar, dass Bertie nicht für den Dienst in der Navy geschaffen war.

Vielleicht lag es daran, dass auch Rose sich nicht ganz sicher war, selbst dafür geschaffen zu sein – die Frustration über ihre niederen Aufgaben und das Heimweh plagten sie weiterhin, wann immer sie allein war –, dass sie eines Tages Berties Rückkehr in den Schlag nicht dokumentierte. Stattdessen trug sie ihn zu einer verlassenen Scheune in der Nähe. »Das ist dein neuer Taubenschlag«, sagte sie zu Bertie. »Willkommen zu Hause.«

Das Gefühl einer verwandten Seele hatte Rose dazu bewegt, die Taube zu stehlen, aber sie hatte keinen Namen für diese Regung in ihr, die sie drängte, Bertie beizubringen, nach Boca Chica Beach zu fliegen. Es waren nur eineinhalb Kilometer – eine Strecke, die selbst ein jämmerlich langsamer Bote wie Bertie bewältigen konnte –, und die Bewegung tat dem Vogel gut, sagte sich Rose. Sie wollte sich nicht eingestehen, dass es etwas mit Elsie zu tun hatte. Es war lediglich ein Zufall, dass sich der Baum, unter dem sie sich gerne ausruhten, gut als Berties Ziel eignete. Und wenn er ohnehin zu dem Baum flog, dann konnte er auch genauso gut eine Nachricht mitnehmen …

An einem wolkenlosen Montag Mitte Dezember verbarg Rose sich in einer Ansammlung von Bäumen und beobachtete Elsie Brown, die im warmen Sand saß. Bertie gurrte über ihr und flatterte dann neben Elsies ausgestreckten Beinen zu Boden. Er stolzierte herum, wippte mit dem Kopf und pickte immer wieder in den Sand, auf der Suche nach Futter, und Elsie kniff die Augen zusammen, als ihr auffiel, dass etwas um das Bein des Vogels gewickelt war.

»Komm her, Kleiner«, sagte sie in ihrem süßen Singsang und bewegte sich langsam in Richtung Taube, um sie nicht zu verschrecken. Bertie flog nicht weg, als Elsie die Hand nach ihm ausstreckte, und Rose sah den exakten Moment, in dem sich in Elsies Kopf das Verstehen ausrollte wie ein Banner. Sie musste ein Lachen unterdrücken. Bertie erlaubte es Elsie, an dem roten Faden um sein stöckchendünnes Bein zu ziehen. Zusammen mit dem Zwirn fiel ein gefaltetes Stück Papier in den Sand.

Komme heute ein paar Minuten später. – R

»Na, was hältst du davon?«, fragte Rose und kam zwischen den Bäumen hervor, um sich neben Elsie zu setzen.

»Du hast mir eine Taube geschickt!«, sagte Elsie so, wie andere wohl darüber sprechen würden, einen Diamantring erhalten zu haben.

»Das habe ich. Ich dachte, es wäre eine gute Möglichkeit, Kontakt zu halten, falls ich aus irgendeinem Grund einmal nicht kommen kann. Außerdem war es eine gute Übung für Bertie. Er kann nicht gut lange Distanzen fliegen, nicht wahr,

Bertie?« Rose fing den Vogel mit geübten Händen ein und strich mit dem Daumen über seinen Hals.

»Ich kann nicht glauben, dass sie dir erlaubt haben, einer Taube beizubringen, zu mir zu fliegen.« Elsie schüttelte den Kopf, ihr Lächeln immer noch breit und wunderschön.

Rose biss sich auf die Lippe und sah schuldig aus. »Nun ja, er kommt nicht direkt zu dir. Er kommt zum Strand, oder besser gesagt an genau diesen Ort. Außerdem ist es durchaus möglich, dass meine Vorgesetzten nichts von dieser speziellen Übung wissen. Und dass ich … Bertie aus dem Taubenschlag befreit habe. Sie glauben, dass er nicht von seinem letzten Flug zurückgekehrt ist.«

»Oh, du böses Mädchen, du«, sagte Elsie. Die Sinnlichkeit in ihrer Stimme und wie ihre blassblonden Augenbrauen sich hoben, während sie die Stirn in Falten legte, ließen Roses Herz einen Hüpfer machen. »Ich wusste ja gar nicht, dass du so eine Rebellin bist, Rosie.«

Zum ersten Mal in ihrem Leben fühlte sich Rose rebellisch. Sie fühlte sich wie jemand, der eine Taube aus dem Besitz der US Navy stehlen und sie dressieren konnte, zu der Frau zu fliegen, die sie seit ihrer ersten Begegnung jede Nacht in ihren Träumen küsste. Für einen Moment hatte Rose sich beinahe selbst überzeugt, dass sie tatsächlich die Rebellin war, für die Elsie sie hielt. Ihre Finger um die Taube lösten sich, bereit, sie fliegen zu lassen und nach Elsies atemberaubend kantigem Kinn zu greifen, damit sie ihren Mund zu sich ziehen konnte.

Berties Flügel durchschnitten die Luft mit einem leisen Zischen, das Rose daran erinnerte, dass sie nicht mutig war, nur von Heimweh geplagt und verwirrt, und es vermied, auf Dickies letzten Brief zu antworten. Sie sollte zurück in ihr Quartier gehen und noch einmal die Seiten lesen, die er ihr geschickt hatte, bis sie sich wieder mehr wie Rose McIntyre aus Wisconsin fühlte und nicht wie diese waghalsige, verträumte Närrin, die um jeden Preis versuchte, sich in Schwierigkeiten zu bringen und die einzige Freundin zu verlieren, die sie hier hatte.

»Ich sollte vermutlich zum Stützpunkt zurückkehren«, sagte Rose. »Sicherstellen, dass ihn niemand entdeckt.«

»Natürlich.« Elsie stand auf und streckte die Hand aus, um Rose zu helfen. Die Hitze zwischen ihren Handflächen fühlte sich an wie eine Warnung. »Bis bald?«

»Ja. Ja. Bald«, murmelte Rose und wich bereits ein paar Schritte zurück.

Aber Elsie hielt ihre Hand noch einen Moment länger fest, hinderte sie daran wegzurennen, obwohl Roses Kopf ihr sagte, dass sie dringen wegmusste, bevor sie erneut vergessen konnte, wer sie war.

»Ich muss wirklich los«, hörte sie sich sagen. »Ich habe den Schuppen offen gelassen, und es könnte jemandem auffallen, oder er fliegt in seinen alten Schlag zurück und …«

»Ja, natürlich, geh. Geh«, sagte Elsie und ließ sie los.

Als sie sich auf den Rückweg über den Flugplatz machte, zurück zu dem ehemaligen Schuppen, jetzt Taubenschlag, entdeckte Rose Bertie in der Luft, wo auch er langsam den Heimweg antrat. Es würde ihr nach dem Krieg sehr viel leichter fallen, zurück nach Hause zu finden, wenn zu Hause ein Ort blieb und nicht eine Frau, die schwamm wie eine Nixe und ihr das Gefühl gab, mutiger zu sein, als es ihr erlaubt sein sollte.

9

Ich erwache zu dem Geräusch einer zuknallenden Tür und dem Rattern von fünfundzwanzig Jesussen in ihren Bilderrahmen.

»Scheiße!« Hollis schlägt mit den Handflächen auf die niedrige Kommode.

Ich wische mir mit dem Unterarm über die Augen und zwinge sie, sich weiter zu öffnen. Meine Lider fühlen sich von den Tränen letzte Nacht wund und geschwollen an. Mein Kopf pocht. »Dir auch einen guten Morgen.«

»Ah, tut mir leid.«

Ich setze mich auf und lehne mich gegen das hölzerne Kopfteil. Die Art, wie Hollis' graues T-Shirt sich in dieser Position über seinen Rücken spannt, lässt seine definierten Schultern besonders gut zur Geltung kommen. Nicht, dass ich ihn anstarren würde oder so. Ich sehe mich einfach nur um, ihr wisst schon, ich orientiere mich.

»Schlechte Neuigkeiten?«

»Die Autovermietung hat keine Wagen mehr«, sagt er.

»Wie kann – ich meine, ich verstehe, warum es am Flughafen bei dem Andrang gestern keine mehr gab, aber warum hier?«

Hollis richtet sich auf und kommt auf mich zu, dann dreht er sich um und läuft in die Gegenrichtung. Ich hätte nicht gedacht, dass er der Typ fürs Hin-und-her-Tigern ist. »Weil sie wegen der Flug-Shitshow gestern alle ihre Autos nach Charlotte

Douglas verfrachtet haben, um die Nachfrage dort zu erfüllen. Ich habe heute Morgen nachgesehen, und endlich fliegt wieder etwas, aber nachdem hunderte Flüge gestrichen wurden, gibt es immer noch Tausende gestrandete Passagiere. Es ist unmöglich, sie alle sofort umzubuchen. Die Leute suchen immer noch nach Alternativen, um an ihr Ziel zu kommen.«

»Vielleicht bringt ja heute einer seinen Wagen zurück?«, versuche ich es.

»Nicht, nach den Reservierungen in ihrem System zu urteilen, nein.«

»In der nächsten Stadt?«

Seine finstere Miene schafft das Unmögliche und wird noch finsterer. »Das war die nächste Stadt, Millicent.«

»Dann eben die nächste Stadt nach der nächsten Stadt. Vielleicht haben die eine größere Autovermietung, eine die zentraler ist, und …«

»Habe ich angerufen. Genau das gleiche Spiel.«

»Okay«, sage ich. »Scheiße.«

»In der Tat.« Hollis wirft sich rückwärts auf das Bett und stößt ein Seufzen aus, während er hinauf zu dem Deckenventilator starrt.

»Okay. Was jetzt?«, frage ich.

»Ich schätze, wir müssen warten. Chip wird den Wagen in ein paar Tagen fertig haben. Ich weiß nicht, welche andere Wahl uns bleibt.«

Ich schüttle den Kopf. »Nein, nein. Es muss einen anderen Weg geben. Was, wenn wir zu einem Bahnhof oder einem Busbahnhof fahren, oder … Ich weiß auch nicht. Aber wir müssen etwas tun. Ich muss nach Key West, bevor …«

»Ja, das ist mir bewusst.« Seine Stimme ist zu laut und zu schroff. Aber er scheint sich an letzte Nacht und sein Versprechen, kein solches Arschloch mehr zu sein, zu erinnern, denn er klingt reumütig, als er sagt: »Ich weiß, dass dir das wichtig ist. Aber das hier ist nicht DC. Man kann sich nicht einfach ein Taxi rufen. Ich habe bei Lyft nachgefragt, als ich dachte, ich müsste den Mietwagen holen, und sie haben mich praktisch ausgelacht.«

Es ist nicht so, dass ich Hollis nicht glaube. Ich bin mir sicher, er hat sein Bestes getan, eine Lösung für unser Problem zu finden. Aber vielleicht gibt es einen Weg, den er noch nicht versucht hat, einen, an den wir noch gar nicht gedacht haben. »Ich lasse mir etwas einfallen«, verkünde ich.

»Oh, super«, sagt er. »Ich bin mir sicher, bei deiner Lösung müssen wir per Anhalter fahren oder uns auf einem Frachter verstecken oder so etwas.«

»Das ist doch absurd. Hier gibt es kein Gewässer, das auch nur annähernd groß genug für einen Frachter wäre. Und diese Szene, in der Pee-wee bei Large Marge einsteigt, hat mich als Kind wirklich verstört, also definitiv nicht per Anhalter.«

»Wovon sprichst du eigentlich?«

»In *Pee-wees irre Abenteuer*, als … Oh, stimmt ja, du hast den Film nicht gesehen. Vieles in der Welt ergibt mehr Sinn, wenn man ihn gesehen hat.«

»Das bezweifle ich sehr«, grummelt er.

»Hey«, sage ich und strecke meinen Fuß unter der Decke hervor, um sein Bein anzustupsen. »Danke, dass du es versucht hast.«

»Ja, na ja, gebracht hat es trotzdem nichts. Wenigstens haben Connie und Bud gesagt, dass wir wenn nötig noch ein paar Nächte bleiben können.« Hollis steht vom Bett auf und zieht etwas aus seiner Hoodie-Tasche, das aussieht wie ein Ball aus Servietten. »Frühstück ist seit einer Viertelstunde vorbei«, sagt er und legt das Ding auf die Kommode. »Aber ich hab dir den hier mitgebracht.« Die Servietten lösen sich und geben den Blick auf einen Zitronen-Mohn-Muffin frei. Der Zuckerguss, mit dem er beträufelt ist, glänzt in der Sonne, die durch die dünnen Spitzenvorhänge dringt.

»Danke«, sage ich und falle praktisch aus dem Bett, als ich versuche, aufzustehen. Vielleicht sollte ich Connie vorschlagen, sich eines dieser Treppchen zu besorgen, die es für alternde Hunde gibt, und sie neben dieses Hochhaus von einer Matratze zu stellen.

Als ich geduscht und angezogen aus dem Bad komme, kritzelt Hollis gerade etwas in sein Notizbuch. Ihn so vollkommen versunken zu sehen ist faszinierend; wie sein Blick auf nichts als die Seite vor ihm fokussiert ist und der Stift sich mit der Geschwindigkeit und Präzision einer Olympia-Eisläuferin bewegt. Während ich den Muffin über dem Mülleimer auseinanderbreche und mir Stücke davon in den Mund stecke – Connie ist wirklich eine begnadete Bäckerin –, frage ich mich, ob Hollis auch so im Bett wäre. Fokussiert und präzise, meine ich. Nicht begnadet. Wobei, vielleicht auch das. Würde erklären, warum er regelmäßig Nacktbilder von diversen Freundinnen zugeschickt bekommt. Nicht dass er nicht ausreichend attraktiv wäre, um das Interesse von Frauen zu wecken. Also, *mein* Interesse hat er definitiv und – verdammt, ich muss wirklich damit aufhören. Ich räuspere mich und krächze: »Woran arbeitest du?«

»Etwas Neues«, sagt er, ohne aufzublicken. »Ich glaube, es ist vielversprechender als diese alte Sache, bei der ich nicht weiterkam.«

»Oh, das klingt gut. Worum geht es?«

»Um eine kleine Rothaarige, die zu viele Fragen stellt und in einer extrem religiösen Frühstückspension ausgesetzt wird.«

»Klingt öde«, sage ich. »Ich werde mal sehen, ob es in der Gegend ein Café oder so etwas gibt. Mal die Fühler ausstrecken, ob uns jemand in der Stadt helfen kann. Willst du mitkommen?«

»Nein. Ich bleibe hier und schreibe. Ich muss das aufs Papier bringen, bevor ich es vergesse.«

»Dann ist die Schreibblockade gelöst, nehme ich an?«

»Es war keine Blockade, es war …«

»Eine kleine Verstopfung. Ja, ich erinnere mich. Schätze, du hast sie also selbst gelöst? Hast Yeva gar nicht gebraucht, um …« Ich balle die Hand zur Faust und mime, wie ich mir vorstellen würde, dass man ein Rohr reinigt. Aber so wie sich Hollis' Augenbrauen heben, bin ich mir ziemlich sicher, dass es wie etwas ganz anderes aussieht.

Er räuspert sich. »Yeva ist ziemlich offen, aber ich glaube, das wäre nicht so ihr Ding.«

»Ich lasse dich dann mal allein. Mit dem Schreiben, nicht mit dem …« Ich wiederhole die Geste. *Warum?*

Aber er schenkt mir gerade ohnehin keine Beachtung, sein Stift zieht wieder seine Bahnen über die Seite.

Ich schiebe mir die Riemen meines Rucksacks über die Schultern und verlasse das Zimmer. Hollis ist vollkommen in seinen Text vertieft, also will ich ihn nicht mit einer Verabschiedung stören. Außerdem bin ich mir ziemlich sicher, dass er mir den Verzicht auf einen Abschiedsgruß nicht übel nehmen wird, selbst wenn es ihm auffällt.

Am Fuß der Treppe begegne ich einem stark gebräunten Glatzkopf mit einer hellen dreieckigen Narbe auf der Stirn. »Oh, hallo. Sie müssen Millicent sein«, sagt er.

»Meine Freunde nennen mich Millie«, sage ich. »Schön, Sie kennenzulernen.«

»Ich bin Bud, Connies bessere Hälfte. Tut mir leid, was Ihnen gestern passiert ist. Diese Rehe sind in letzter Zeit eine richtige Plage. Und ich weiß, dass Ihr Mann heute Morgen einen Zusammenstoß mit – oh, Verzeihung – Probleme mit der Autovermietung hatte.«

Es fällt mir so schwer, ihn nicht zu berichtigen. Jede Faser in mir will herausplatzen: »Er ist nicht mein Mann. Er ist nur ein Freund. Glaube ich. Es ist alles noch sehr frisch.« Aber Hollis kennt sich eindeutig besser als ich mit Menschen aus, die Zimmer voller Jesus-Malen-nach-Zahlen-Bilder haben, und jetzt, da wir unter Umständen eine Weile hier festsitzen, will ich wirklich nicht riskieren, vor die Tür gesetzt zu werden und in dem schrecklichen Motel übernachten zu müssen. Nur dass die Vorenthaltung der Wahrheit immer noch eine Lüge ist und Hollis recht hat: Ich bin eine schreckliche Lügnerin.

Zum Glück rettet mich Bud, indem er die Unterhaltung vorantreibt. »Aber letztlich hat sich doch alles gefügt. Jetzt sind Sie wenigstens für die Feierlichkeiten in der Stadt.«

»Feierlichkeiten?«

»Oh, wahrscheinlich war es bei Ihrer Ankunft zu dunkel, um die Banner zu lesen. Dieses Wochenende findet unser Brokkoli-Festival statt.«

»Brokkoli … Festival?«

»Die Alston-Farm gleich vor der Stadt ist der größte Brokkoli-Produzent im ganzen Bundesstaat. Schon seit fast hundert Jahren. Vor ein paar Jahren hatten sie eine schlechte Ernte, also haben wir ein paar Veranstaltungen organisiert, um Geld für sie aufzutreiben. Damit sie nicht verkaufen mussten. Die Leute sind aus der ganzen Gegend gekommen, und wir hatten einen solchen Spaß, dass wir beschlossen haben, ein jährliches Fest daraus zu machen. Jedes Jahr wird es größer und größer. Die Parade ist morgen Mittag, und später am Tag haben wir dann ein Pie-Wettessen, Live-Musik, alle möglichen Händler und Feuerwerk. Es ist ein Heidenspaß.«

»Moment mal«, sage ich. »*Brokkoli*-Pie?«

Bud streckt die Zunge raus. »Igitt. Nein. Normaler Pie, ganz normal. Apfel für gewöhnlich, glaube ich. Himmel.« Er schaudert dramatisch. »Junge, ich glaube, die meisten würden keinen Bissen Brokkoli-Pie runterkriegen, ganz zu schweigen von einem ganzen Wettbewerb. Als Quiche könnte es vielleicht ganz in Ordnung sein. Davon könnte ich mein Eigengewicht verputzen.« Sein Lachen ist tief und volltönend, etwas, das ich nicht von so einem kleinen, dünnen Mann erwartet hätte.

Ich vertreibe das Bild eines Brokkoli-Pies aus meinem Kopf und ersetze es durch Apfelkuchen. Nach allem, was ich mittlerweile über Hollis' Essensvorlieben weiß, würde ich eine Menge Geld darauf setzen, dass er ein Apfel-Pie-Fan ist. Ich kann mir die Szene so lebhaft vorstellen, als würde sie sich direkt vor mir abspielen: Er, wie er an einem langen Tisch auf einer Bühne vor einer wartenden Menge sitzt, das Knallen des Startschusses in der Luft (Kommen beim Pie-Wettessen Startpistolen zum Einsatz? Egal, sie tun es bei diesem). Ich sitze in der ersten Reihe und juble ihm zu, und er schenkt mir einen Blick, der sagt: *Stell dir vor, du bist dieser Pie.* Und dann nimmt er ihn in die Hand und leckt über das Gitterwerk der Kruste, ohne den Blickkontakt zu unterbrechen. Er liegt schon jetzt deutlich hinter den anderen Wettbewerbern zurück, doch es ist ihm egal, weil er weiß, wie leicht es mir fällt, mir vorzustellen, wie seine Zunge, *mein* Gitterwerk ...

»Millicent?«

Ich mache einen Satz – buchstäblich! –, als ich Hollis' Stimme hinter mir höre. »Heilige Sch...« Meinem Gehirn beleibt gerade noch genug Zeit, um sich zu entsinnen, dass, in Anbetracht der Dinge, die ich über seine Frau und das Dekor ihrer Frühstückspension weiß, Bud möglicherweise ein Problem mit Fluchen haben könnte. Mir gelingt noch gerade so die Korrektur, und es kommt als »Heilige Schuhe« heraus, was die beiden Männer zum Glück ignorieren.

»Noch mal guten Morgen, Sir.« Hollis grüßt Bud mit einem höflichen Nicken, das der Mann erwidert. »Alles in Ordnung? Ich dachte, du wolltest raus?«, sagt er zu mir.

»Das wollte ich. Das will ich.«

»Ach du je«, sagt Bud. »Tut mir leid. Sie waren auf dem Weg wohin, und hier bin ich und halte Sie auf.«

»Nein, nein. Ich war nicht in Eile. Danke für die Informationen über das Fest. Das klingt nach einer Menge Spaß. Oh, aber, äh, Bud. Dürfte ich Sie um einen Gefallen bitten, ehe ich mich auf den Weg mache? Hätten sie ein Buch, das ich mir leihen könnte? Vielleicht etwas über die Geschichte der Gegend hier oder …«

Bud strahlt wie ein Kind am letzten Schultag vor den Sommerferien. »Ich habe genau das Richtige. Sekunde.«

»Schreibpause?«, frage ich Hollis, als wir allein im Foyer sind.

»Ich warte auf einen Anruf von meinem Agenten, damit wir darüber reden können, wie vermarktbar meine neue Idee ist, aber ich wollte mir vorher noch eine Flasche Wasser holen.«

Er sieht mich mit einer missmutigeren Miene an, als der Situation angemessen erscheint, selbst für seine Verhältnisse. »In der Küche gibt es übrigens einen kleinen Kühlschrank mit Getränken. Connie hat mir nach dem Frühstück eine kurze Tour gegeben. Und du? Was … hast du genau vor?«

»Mir definitiv *nicht* vorstellen, wie du Pie isst«, sage ich. Ich schlage die Hände vor den Mund wie in einem Cartoon und lasse sie dann auf meine Wangen gleiten. Wenn ich so viel Röte wie möglich bedecke, fällt ihm vielleicht nicht auf, wie merkwürdig das war, was ich gerade gesagt habe.

»Ich frage lieber nicht«, sagt Hollis. Aber als er sich zum Gehen wendet, erscheint der Hauch eines Lächelns auf seinen Lippen. »Mm. Aber ein Pie wäre gerade wirklich nicht schlecht.« Er beißt sich auf die Unterlippe, ehe er im Speisesaal verschwindet, und ich schwöre, meine Kniescheiben beben, obwohl sich der Rest meiner Beine nicht regt.

Das Buch über Gadsley, das Bud mir bringt – verfasst von John Edward Gadsley V, bei dem es sich, wie ich zu meiner Überraschung erfahre, um Bud höchstpersönlich handelt – stellt sich als die perfekte Lektüre für das kleine Diner um die Ecke heraus. Es ist interessant genug, um mich nicht einzulullen, aber ausreichend seicht, dass ich noch die Gespräche um mich herum belauschen kann. Nur für den Fall, dass jemand sagt: »Ich freue mich schon auf den Flug nach Key West in meinem Privat-Jet heute.« Oder: »Wow, ich wünschte, ich würde ein paar nette Leute kennen, die bereit wären, die Ausstattung meiner neuen Jacht zu testen, während ich die Ostküste hinunter segle.«

Was denn? Nichts ist unmöglich.

Bislang konnte ich jedoch nur in Erfahrung bringen, dass die Stadt extrem gespalten ist, weil die Marschkapelle der örtlichen Highschool morgen zur Brokkoli-Parade nicht ihr übliches John-Philip-Sousa-Medley spielen wird. Die Kapelle hat seit diesem Jahr einen neuen Leiter, und der ist entweder ein »Hipster, der keinen Respekt für Traditionen hat« oder »der junge, frische Wind, den diese Stadt ganz dringend braucht«, abhängig davon, welchem der Diner-Gäste man gerade zuhört. Außerdem geht es jemandem namens Karen viel besser, während es jemandem namens Peggy viel schlechter geht. Der Zustand von jemandem, der Gary heißt, hat sich seit letzter Woche nicht verändert.

»Möchten Sie noch mehr Kaffee?«, fragt die Kellnerin, die gerade mit einem Stapel leerer Teller von einem benachbarten Tisch an mir vorbeikommt.

»Ich glaube, ich wechsle zu Eistee, falls Sie welchen haben.«

»Wir sind hier im Süden, Darlin'«, sagt sie mit einem Lächeln.

Meine leere Tasse verschwindet, und wird mit einem riesigen roten Coca-Cola-Tumbler aus Plastik ersetzt. Kurz senkt sich Stille über das Restaurant. Alle schauen mit einem Mal in meine Richtung. Habe ich irgendwas Komisches gemacht, ohne mir dessen bewusst zu sein? Haben sie mir etwas in den Eistee getan und warten jetzt, ob mir auffällt, dass ich gerade vergiftet werde?

Oh. Sie sehen gar nicht *mich* an, sondern den Mann, der plötzlich neben meinem Tisch steht. Er hat den Platz der Kellnerin so nahtlos eingenommen, dass ich ihn gar nicht bemerkt habe. Aber als ich jetzt aufblicke, verstehe ich die Stille: Er ist *atemberaubend.* Groß, blond, mit grünen Augen, einem ausgeprägten Kinn und gold-beiger Haut. Ein echtes Supermodel gleich hier in diesem winzigen Diner in Gadsley, South Carolina.

»Hi«, sagt er und schenkt mir ein lässiges, strahlendes Lächeln. »Sorry, dass ich Sie beim Lesen störe.«

»Lesen?«, frage ich und schaue ihn mit dem gleichen staunenden Gesichtsausdruck an, den ich wohl hatte, als ich John Stamos begegnet bin.

»Weil Sie ein Buch vor sich liegen haben, habe ich angenommen …« Mein Blick folgt seiner Geste.

»Oh! Ja. Das Buch. Ich lese es, ja. Hallo. Keine Sorge. Es ist nicht sehr gut.« Mein Gesicht wird tomatenrot vor Scham, und ich habe ein wenig Gewissensbisse, weil ich Buds harte Arbeit unverdienterweise geschmäht habe.

»Darf ich mich Ihnen anschließen?«

»Beim Lesen?«

Der Mann lacht. »Nein, ob ich mich an Ihren Tisch setzen darf. Ich würde gerne mit Ihnen über etwas sprechen, wenn Sie kurz Zeit haben.«

»Oh. Klar.« Meine geistige Datenbank versucht, Suchergebnisse auf die Anfrage »Themen, über die ein heißer Fremder mit mir sprechen wollen könnte« auszuspucken. Error: Keine Ergebnisse gefunden.

»Millicent Watts-Cohen. *Penelope in die Vergangenheit*, nicht wahr?«

Ohhh. Stimmt ja. Ich *bin* ein wenig berühmt, und dieser Adonis ist genau im richtigen Alter, um die Sendung bei ihrer Erstausstrahlung gesehen zu haben. Ein Fan. Ich weiß, wie man mit Fans spricht. Tatsächlich kann ich dieses Skript sogar im Schlaf abspulen – vorausgesetzt mein Gegenüber fängt nicht an zu improvisieren wie der Creep am Flughafen –, also schaffe ich es vielleicht durch den Rest der Unterhaltung, ohne mich komplett zum Affen zu machen.

»Ja. Das bin ich.«

Er lächelt erneut, und mein Gehirn verabschiedet sich komplett in den Offline-Modus. Oh, oh. Ich brauche etwas, bis ich eine Antwort finde, nachdem er sagt: »Ich habe Sie heute Morgen auf dem Weg zur Arbeit hier reinkommen sehen. Ich bin wirklich froh, dass Sie noch in der Stadt sind. Habe gehört, was mit dem Reh passiert ist.«

»Wow. Neuigkeiten verbreiten sich hier schnell, oder? Anscheinend stimmt es, was man über Kleinstädte sagt.«

»Sie haben ja keine Ahnung«, sagt er. »Als ich letzten August hierhergezogen bin, hatte ich bereits eine Schlange von Eltern vor meinem Haus, die mir mitteilen wollte, dass Aiden gerne von der Posaune auf die Trompete wechseln würde und Chloe eine starke Erdnuss-Allergie hat und dass Elijah und Hailey P. bei Auswärtsspielen nicht nebeneinander im Bus sitzen dürfen.«

»Moment mal! Sie sind der Hipster!« Hmmm. Das erklärt die Stille und das Starren besser als die Annahme, dass einfach jede einzelne Person im Diner so fasziniert von seiner Schönheit ist.

Sein Blick huscht zu der Gruppe älterer Männer am Tresen. »Ich nehme an, Sie haben Barney kennengelernt?« Bevor ich gestehen kann, dass ich Barney nicht kennengelernt, sondern ihn und seine Freunde die letzten drei Stunden belauscht habe, fährt der Hipster fort: »Ich bin ein großer Sousa-Fan, wirklich, aber die Kids haben es einfach so satt, jedes Jahr bei der Parade das Gleiche zu spielen. Für die Ältesten wäre das jetzt schon das vierte Mal, und es ist ihr letzter Auftritt vor dem Abschluss. Keine Ahnung, warum sie ein solches Problem damit haben, mal etwas anderes zu machen. Es ist nur Fleetwood Mac, verdammt noch mal.«

Ich klammere mich aufgeregt an die Tischkante. »Sie lassen die Marschkapelle Fleetwood Mac spielen?«

Er lächelt. »Tusk.«

»Ich *liebe* Tusk«, sage ich.

»Ich auch. Wir hatten die Wahl zwischen ›Tusk‹ und Paul Simons ›You Can Call Me Al‹. Aber ›Tusk‹ hat einen Abschnitt, in dem die Kids herumrennen und ein wenig schreien dürfen, also hat es bei der Abstimmung haushoch gewonnen.« Er lacht auf eine charmante, beinahe nerdige Art, die ihn nur noch attraktiver macht.

»Ich weiß, wir haben uns gerade erst kennengelernt«, sage ich, »aber ich glaube, wir sollten beste Freunde werden.«

Er lacht erneut. »In dem Fall sollten Sie vermutlich wissen, dass ich Ryan heiße.«

»Schön, dich kennenzulernen, Ryan der Hipster«, sage ich. Und dann halte ich den Blickkontakt, während ich die Lippen um meinen Strohhalm schließe und einen Schluck von meinem Eistee nehme. Die intensive Süße ist ein Schock auf meiner Zunge. »Heilige Schuhe, das ist ja purer Sirup, der vor ein paar Jahren vielleicht mal ein Teeblatt gestreift hat.«

»Ha, ja, hier in der Gegend legt man sehr viel Wert auf seinen süßen Tee. Ich bin in Vermont aufgewachsen und bevorzuge meinen Tee ohne Zucker, vielleicht ist das der wahre Grund, warum mich die halbe Stadt hasst. Äh, also, Miss Watts-Cohen …«

»Du solltest mich Millie nennen, wenn wir wirklich Freunde sein wollen.«

»Millie«, wiederholt er mit seinem lässigen Lächeln, das kurzzeitig mein Gehirn aussetzen lässt. »Ich bin hier, um dich um einen riesigen Gefallen zu bitten, aber ich denke, ich kann dir etwas im Gegenzug anbieten.«

Oh, stimmt ja. Er wollte mit mir über etwas reden, und dabei handelte es sich vermutlich nicht um die Geschwindigkeit, mit der sich Neuigkeiten in Gadsley verbreiten oder um seinen ausgezeichneten Geschmack in Sachen Marschkapellen-Musik. »Klar, ich höre«, sage ich.

»Unser Bürgermeister war letztes Jahr bei einer Tourismus-Tagung für Kleinstädte, und jetzt ist er besessen von dem Wunsch, dass ›junge Leute‹ Gadsley hip und cool finden. Und mit ›junge Leute‹ meint er anscheinend Millennials. Also hat er diesen ›Beratungsausschuss Junger Bürger und Bürgerinnen‹ geschaffen, der in Wahrheit nur aus mir und seiner Tochter besteht. Jetzt, da ich genauer darüber nachdenke … vielleicht ist der Ausschuss auch nur ein sehr aufwendiger Verkupplungsversuch?« Seine jadegrünen Augen schweifen für einen Moment nachdenklich ab, ehe sie sich wieder auf mein Gesicht richten. »Wie dem auch sei, er hat mich gefragt, ob ich einen Großmarschall für die Brokkoli-Parade finden könnte, der zu unserem neuen hippen Millennial-Vibe passt. Und ich, äh, habe es etwas vor mir hergeschoben, weil es in der Band viel zu tun gab und weil seine Tochter meinte, dass er es sich vermutlich ohnehin bald wieder anders überlegt und selbst der Großmarschall sein will, wie in jedem Jahr, aber … die Parade ist morgen, und er hat seine Meinung noch nicht geändert, und ich stecke mächtig in Schwierigkeiten.«

»Also willst du, dass ich dir helfe, jemanden zu finden, der bei Millennials ankommt und bereit wäre, mit nur vierundzwanzig Stunden Vorlauf Großmarschall deiner Parade zu sein?« Glaubt er, ich habe ein Handy voller Kontakte zu Prominenten in ihren Dreißigern, die zufälligerweise gleich um die Ecke von Gadsley, South Carolina wohnen?

»Nein. Ich möchte *dich* als Großmarschall der Parade, mit nur vierundzwanzig Stunden Vorlauf. Du bist genau, was wir brauchen. Ich glaube nicht, dass ich jemand Besseren hätte finden können, wenn ich mich richtig in die Suche reingehängt hätte.«

»Äh, Danke?«

Ryan blickt auf, zu etwas über mir, und sein Lächeln fällt in sich zusammen wie ein Blumenarrangement nach fünf Tagen in der Vase.

»Hey. Tut mir leid, euch zu stören«, sagt eine vertraute Stimme, die ganz und gar nicht so klingt, als täte es ihr leid.

Ich lege den Kopf zurück, bis ich hinauf zu den Stoppeln unter Hollis' Kinn blicke. Er sieht Ryan an, bis ich sage: »Hey, was machst du denn hier?« Dann senkt er den Kopf, damit er mir in die nach oben gerichteten Augen blicken kann, und seine Brille rutscht ein paar Millimeter seine Nase hinunter. Als er sie mit dem Zeigefinger wieder nach oben schiebt, fühle ich mich aus irgendeinem Grund, als müsste ich besonders tief durchatmen.

»Brauchte eine Pause. Dachte mir, ich suche mir etwas zu Mittag.« Ohne eine Einladung abzuwarten, zieht er sich einen freien Stuhl heran und setzt sich neben mich. »Hast du schon gegessen?«

»Ich hatte ein Ei und etwas Toast«, sage ich. »Aber das ist jetzt schon Stunden her. Ich könnte noch etwas vertragen.«

Hollis sieht jetzt wieder Ryan an, und eine seltsame Anspannung liegt in der Luft. Sie wird kurz durchbrochen, als die Kellnerin kommt, um unsere Bestellung aufzunehmen – Hollis bestellt wieder für mich, wenn auch ein wenig widerwillig, weil ich auf die Käse-Maccaroni für Kinder bestehe, die mit einem Würstchen in Oktopus-Form garniert sind. Ryan bestellt nichts, weil er keine Zeit hat, etwas zu essen, bevor er wieder zurück zur Schule muss.

»Oh, ihr kennt euch ja noch gar nicht«, sage ich, sobald die Kellnerin gegangen ist. »Hollis, das ist Ryan. Er ist der Leiter der Schulband und hat mir gerade ein interessantes Angebot gemacht. Ryan, das ist Hollis.« Wie würde Hollis gerne vorgestellt werden? Soll ich den Mr.-und-Mrs.-Hollenbeck-Quatsch auch hier aufrechterhalten, oder nur in der Pension? »Er ist mein … äh … Hollis.«

Ryan lächelt freundlich, kann jedoch seine Verwirrung nicht ganz verbergen, aber ich erkenne ihm den Versuch an. »Freut mich, dich kennenzulernen«, sagt er.

»Ebenso. Also, worin besteht das Angebot?«

Ryan wiederholt seine Ausführungen über den Bürgermeister und die Parade. Hollis sitzt mit verschränkten Armen da und nickt, während Ryan zum Punkt kommt. »Also habe ich Millie gefragt, ob sie nicht unser Großmarschall sein will.«

»Okay, und? Was hat sie von der Sache?«

»Oh, stimmt ja. Das ist der wichtige Teil, nicht wahr? Also, ich habe gehört, dass ihr es ein wenig eilig habt. Wenn du das für mich tust, dann würde ich euch mein Auto leihen, so lange, wie ihr es braucht.«

Daraufhin richtet sich Hollis auf, seine Arme lösen sich, er öffnet sich buchstäblich der Idee. »Wir haben noch einen ziemlich weiten Weg vor uns, und ich werde bestimmt mindestens eine Woche nicht mehr hier durchkommen.«

»Kein Problem«, sagt Ryan. »Ich gehe die meisten Strecken

zu Fuß oder nehme das Rad. Der Wagen steht im Moment einfach nur ungenutzt in meiner Auffahrt.« Er sieht mich an. »Ich würde euch wirklich gerne helfen, Millie.«

»Aber zuerst muss sie dir helfen«, sagt Hollis.

»Nun, ja. Ich stecke wirklich in der Klemme. Und ich bin im Moment ohnehin schon nicht die beliebteste Person in der Stadt. Wenn ich jetzt keinen Großmarschall für die Parade habe, dann wird der Bürgermeister nicht zögern, der ganzen Stadt mitzuteilen, wer für das Versagen verantwortlich ist.«

Hollis sinkt zurück in seinen Stuhl und verschränkt wieder die Arme. »Klingt, als wäre das dein Problem.«

»Hollis«, warne ich ihn. »Ryan versucht, uns zu helfen.«

Er seufzt und setzt sein Grimassenlächeln auf, worauf Ryan ein paar Zentimeter vor ihm zurückweicht.

»Wann brauchst du meine Antwort?«, frage ich.

»Sagen wir bis fünf?«, meint Ryan und steht auf. »Du kannst rüberkommen, dann reden wir über alle Fragen und Bedenken und klären die Logistik.«

»Klar«, sage ich.

Ryan faltet dankbar die Hände. »Super. Denk darüber nach, sprich mit deinem … deinem Hollis. Und dann sehen wir uns um fünf bei mir.« Er schaut auf die Uhr über dem Tresen des Diners. »Ups. Ich muss los. Connie und Bud können euch meine Adresse geben. Vermutlich kann das jeder in der Stadt, aber Connie und Bud sind wahrscheinlich am praktischsten.«

»Kleinstadt, hm?«, sage ich mit einem Lächeln.

»Genau. Bis später, Millie. Hollis.«

»Bis später«, stimme ich zu. Ich winke und stoße Hollis mit dem Ellbogen an, bis er Ryan mit dem erzwungenstem Winken verabschiedet, das ich je gesehen habe.

»Er hat uns gerade einen Ausweg angeboten«, fahre ich ihn an. »Sei bloß nett, wenn wir nachher zu ihm gehen.«

Hollis' stößt wieder dieses Lachen aus, das nach einem Schnauben klingt. »Oh, ich gehe heute Abend nicht zu Ryan.«

»Sei nicht so«, sage ich.

»Ich bin nicht ›so‹, was auch immer ›so‹ sein soll. Ich gehe nicht hin, weil ich mir ziemlich sicher bin, nicht eingeladen zu sein.«

Ich stütze meine Ellbogen auf den Tisch und lasse mein Kinn auf meinen Händen ruhen. »Warum sollte Ryan wollen, dass ich ohne dich komme? Wir leihen uns beide seinen Wagen.«

Hollis verschränkt die Finger vor sich und beugt sich zu mir. »Also, Millicent, manchmal, wenn zwei Menschen einander attraktiv finden, dann beschließen sie, allein Zeit miteinander zu verbringen. Man nennt das ein Date, und oftmals ist das Ziel, einen Akt zu vollziehen, der als Geschlechtsverkehr bekannt ist.«

Ich stöhne, lasse die Arme auf den Tisch fallen und vergrabe mein Gesicht in der dunklen kleinen Höhle, die sie jetzt bilden.

»Außerdem«, fährt er fort, »während gemeinhin zwei die bevorzugte Anzahl von Personen bei dieser Interaktion ist, gibt es noch weitere Möglichkeiten. Aber dieser Mann schien mir nicht an einem Dreier interessiert zu sein. Er hatte nur Augen für dich.«

Mein Gehirn saugt sich augenblicklich an der Vorstellung von mir, Hollis und Ryan und einem Konglomerat von Körperteilen fest. *Oh wow.* Ich werde nie wieder den Kopf heben können, sonst weiß Hollis sofort, woran ich denke. Das Nest meiner gefalteten Arme und die Maserung des Holztischs werden die einzigen Dinge sein, die ich für den Rest meines Lebens sehe, also finde ich mich wohl besser gleich damit ab.

Hollis legt die Hand auf meinen Rücken. Sie bewegt sich auf und ab, und meine Wangen brennen noch heißer. »Du musst das nicht tun, weißt du.« Seine Stimme ist weich und so nah.

»Ja, ich weiß, dass ich nicht mit jedem Sex haben muss, der Interesse zeigt. Danke auch.« Ich riskiere einen kurzen Blick über meinen Arm und stelle fest, dass Hollis' Mundwinkel nach oben weisen und nur wenige Zentimeter von meinen entfernt sind.

»Ich meinte die Parade. Ich weiß, was du von dem Rampenlicht hältst und davon, keine Kontrolle darüber zu haben, wo es hinscheint. Wenn du nicht Großmarschall sein willst, dann solltest du es nicht tun.«

»Aber das Auto«, sage ich.

»Scheiß auf das Auto.« Sein Tonfall ist überraschend eindringlich. »Wir finden eine andere Lösung. Ich will nicht, dass du etwas tust, das du nicht tun willst, Millicent. Mrs. Nash würde das auch nicht wollen.«

Unsere Blicke begegnen sich, und für meinen Moment zieht sich mein Herz zusammen. Einmal, früh in unserer Freundschaft, habe ich Mrs. Nash erzählt, dass ich überlegte, mir die Nase piercen zu lassen, mir aber nicht sicher sei, ob Josh es mögen würde. Sie sagte: *Wen interessiert es, was er denkt? Du musst immer das tun, was für* dich *richtig ist, Millie. Was für andere richtig ist, spielt keine Rolle, weil du diejenige bist, die mit deinen Entscheidungen leben muss.* Meine Angst vor Nadeln hat mir am Ende die Entscheidung abgenommen, aber ich habe Mrs. Nashs Worte nie vergessen.

Gerade als sich die Welle der Trauer, die manchmal über mein Herz hinwegspült, wieder zurückzuziehen beginnt, fällt mir ein, dass Hollis kaum etwas über Mrs. Nash weiß. Seine Worte mögen ins Schwarze getroffen haben, aber sie waren nichts als reine Vermutung. Abgesehen von der Liebesgeschichte zwischen ihr und Elsie ist alles, was ich ihm über sie erzählt habe, ihre Vorliebe für York Peppermint Patties und dass sie mal einen Rüden namens Lady hatte. »Du willst nur nicht, dass ich an der Parade teilnehme, weil du Ryan nicht magst.«

Seine Hand verharrt und liegt jetzt schwer auf meinem Schulterblatt. »Nein, ich mag Ryan nicht. Aber ich mag die meisten Menschen nicht. Es ist also nichts Persönliches. Also nimm an der Parade teil, oder lass es. Es ist deine Entscheidung.«

»Aber es betrifft auch dich.«

»Ich werde dich nicht darum bitten, etwas zu tun, das dir unangenehm ist, nur damit ich nicht so lange darauf warten muss, mit jemandem in die Kiste zu springen.« Die Hand auf meinem Rücken tätschelt mich leicht und verschwindet dann. »Die Entscheidung liegt bei dir, Kleine. Ich stehe zu hundert Prozent hinter dir.«

»Nenn mich nicht Kleine«, murre ich, als unser Essen kommt.

»Sagt die Frau, die darauf bestanden hat, etwas von der Kinderkarte zu bestellen.« Er entfernt die mit Fransen verzierten Zahnstocher aus den dreieckigen Truthahn-Club-Sandwiches auf seinem Teller.

»Du bist ja nur neidisch, weil bei deinem Essen kein Würstchen-Oktopus dabei ist.«

»Genau. Das muss es sein.«

Hollis *mmm*t sich durch sein Sandwich, und ich mache mich über ihn lustig, weil, kommt schon, wie könnte ich das nicht tun? Aber die ganze Zeit über versuche ich auch, nicht zu sehr darüber nachzudenken, was Hollis über Ryan und seine Absichten heute Abend gesagt hat und warum genau ich nicht mehr an dieser Aussicht interessiert bin.

10

»Ich mache es«, beschließe ich.

»Sex mit Ryan haben?«, fragt Hollis geistesabwesend. Seit einer Stunde sitzt er an dem Schreibtisch in unserem Zimmer im Gadsley Manor und arbeitet, während ich auf dem Bett liege und innerlich die Konsequenzen eines öffentlichen Auftritts in einer Südstaaten-Kleinstadt abwäge.

»Nein, die Parade.« Natürlich habe ich auch über die Sex-Sache nachgedacht, wem will ich hier etwas vormachen? Vielleicht ist es genau, was ich jetzt brauche. Eine kleine Ablenkung. Ein Löffelchen Sorbet, um den leicht metallischen Geschmack auszulöschen, den Josh zurückgelassen hat. Für Hollis scheint Gelegenheitssex zu funktionieren. Und für Yeva anscheinend auch. Und ich weiß, dass auch Dani eine Reihe von zufriedenstellenden unverbindlichen Beziehungen hatte. Warum sollte ich es nicht auch mal versuchen? »Das mit dem Sex überlege ich mir noch. Hab mich noch nicht entschieden.«

Das erregt Hollis' Aufmerksamkeit. Er lässt den Stift fallen und dreht sich zu mir um. »Also nimmst du an der Parade teil?«

»Ja. Ich habe nachgesehen, und alles, was ich als Großmarschall wirklich tun müsste, wäre lächelnd und winkend in einem Cabrio zu sitzen. Alles davon beherrsche ich hervorragend. Warum also nicht?«

»Und die Aufmerksamkeit macht dir nichts aus?«

Ich zucke mit den Achseln. »Die Menge selbst ist kein Problem. Ich könnte in der Zeitung landen oder in den Sozialen Medien trenden oder so, aber wenn wir, statt ein paar Tage warten zu müssen, schon morgen wieder los und früher bei Elsie sein können, dann ist es das wert. Außerdem lasse ich mich freiwillig darauf ein. Ich weiß, dass es Fotos geben wird, und ich weiß, dass sie in die Welt gelangen werden. Ich muss die Kommentare nicht lesen. Es ist also okay.«

Hollis nickt. »Okay. Klingt gut.« Er greift wieder zu seinem Stift und schreibt weiter.

Ich versuche, mich auf Buds Buch zu konzentrieren, aber nachdem ich den gleichen Satz sechsmal gelesen habe, gebe ich auf und erlaube mir, Hollis im Profil zu beobachten, während er arbeitet. Wenn er besonders konzentriert ist, beißt er sich auf die Unterlippe. Hin und wieder legt er eine Pause ein und starrt für eine Minute ins Leere, ehe er ganz leicht nickt und seine Aufmerksamkeit wieder dem Notizbuch widmet. Seine Konzentration ist faszinierend und unerträglich zugleich. Ich habe diesen Impuls, ihre Grenzen auszutesten, der vermutlich nicht sehr nett ist, aber nach einem exzellenten Zeitvertreib klingt.

»Du arbeitest ganz schön hart, was?«, frage ich.

Stille.

»Dieses Buch ist übrigens super. Bud kann durchaus schreiben. Soll ich dir ein paar Passagen vorlesen? Vielleicht inspiriert es dich ja.« Ich blättere zurück zum Anfang und lese einen Abschnitt über die Gründung der Stadt und dann einen über die Geschichte der Alston Brokkoli-Farm.

Stille.

»Ich leihe mir mal kurz deine Zahnbürste. Hoffe, das macht dir nichts aus.«

Noch mehr Stille.

»Vielleicht putze ich auch die Toilette damit. Mir ist da heute

Morgen ein Rostfleck aufgefallen, der Connie sicher nicht gefallen würde.«

Nichts.

»Aber vorher springe ich auf dem Bett nackt auf und ab und singe ›The Battle Hymn of the Republic‹. Ich hoffe, das macht dir nichts aus?«

Er dreht sich um, legt einen Arm über die Lehne seines Stuhls und stützt das Kinn darauf. »Nein, ganz und gar nicht. Leg los.«

Sofort flutet eine heftige Röte meine Wangen und breitet sich dann bis in meine Fingerspitzen aus.

»Und?«, sagt er. »Worauf wartest du? Sicherlich hast du das alles nicht nur *gesagt*, um mich von meiner Arbeit abzulenken.« Hollis hat den Gesichtsausdruck eines Schachspielers, der nur zwei Züge davon entfernt ist, jemanden matt zu setzen. »Das wäre kindisch. Und wie du mich jetzt bereits mehrmals informiert hast, bist du kein Kind mehr.«

»Wenn ich es mir genauer überlege«, sage ich, auf der Suche nach einer Ausflucht, die nicht das Geständnis beinhaltet, dass ich zu meinem eigenen Vergnügen versucht habe, ihm auf die Nerven zu gehen, »ist es vermutlich keine gute Idee, in dieser Gegend die gute alte ›Battle Hymn‹ auszupacken. Sie haben Sherman seinen Marsch zum Meer immer noch nicht verziehen.«

»Oh, ich glaube nicht, dass Bud und Connie ein Problem damit hätten. Bud hat sicherlich nichts mit dem ganzen ›Lost Cause‹-Unsinn am Hut, nachdem sein Ur-Ur-Großvater nicht nur Gründer dieser Stadt, sondern auch ein Colonel der Union war. Sogar ein Officer in den US Colored Troops. Nein, ich würde sagen, du musst dir hier keine Sorgen machen. Eventuell würden sie es sogar mögen. Ein Tribut an seine Familie und Gadsleys illustre und überraschend progressive Geschichte.«

Natürlich hat er zugehört, als ich ihm aus Buds Buch vorgelesen habe. Mal wieder ist der Schuss nach hinten losgegangen. Und der Ausdruck in seinen Augen hinter der Brille, eine Mischung aus selbstzufrieden und raubtierhaft, lässt keinen Zweifel daran, dass er weiß, dass ich in der Klemme stecke. Natürlich könnte ich klein beigeben. Aber, was, wenn … Ja, was, wenn ich es einfach mache?

Was, wenn ich den Spieß umdrehe? Hollis ist solch ein Besserwisser, der glaubt, dass er mich kennt, dass er Mrs. Nash kennt, die Wahrheit über die Liebe und Menschen und das ganze Universum. Möglicherweise wäre es ganz nett, ihn aus dem Konzept zu bringen, ihm zu zeigen, wie wenig er wirklich weiß.

Meine Finger zögern kurz am Saum meines hellgrünen Shirts, dann schließen sie sich um den Stoff und beginnen langsam, ihn anzuheben. Hollis öffnet den Mund, um etwas zu sagen, doch dann erstarrt er mit leicht geöffneten Lippen, als ihm klar wird, was ich gerade tue.

Oh.

Es ist nicht nur Großspurigkeit, oder? Bei Hollis' antagonistischem Flirten geht es nicht darum, mich zu seiner eigenen Belustigung in Verlegenheit zu bringen. Oder zumindest geht es nicht nur darum. Er will mich mindestens so sehr wie ich ihn. Ich sehe es an der Art, wie sein Blick meinen gemächlichen Bewegungen folgt, wie sich seine Schultern heben und senken, als er tief durchatmet.

Fünfzehn Zentimeter kreideweißer Bauch, eingeklemmt zwischen dem leuchtenden Gelbgrün meines gerafften Shirts und dem Hellblau meiner Jeans. Noch höher, und Hollis bekommt einen Satz Brüste zu sehen. Die Tatsache, dass sie noch immer größtenteils von meinem BH bedeckt wären und der Anblick nicht sehr viel anders ist als das, was er zu sehen bekäme, würde er »Penelope in die Vergangenheit Bikini« googeln, verhindert nicht, dass ich mich fühle, als würden wir gerade am Rand eines Abgrunds stehen. Seine Augen begegnen meinen, und eine stille Herausforderung steht darin: *Spring*.

Ich werde es tun. Wirklich. Weil ich das hier mit niemandem sonst tun will, solange Hollis eine Option ist, und langsam fühlt es sich so an, als könnte er eine sein. Wenn ich springe, dann kann ich es gleich vom höchstmöglichen Punkt tun, dann habe ich wenigstens mehr Zeit, den Fall zu genießen.

Mein Gehirn hat nicht einmal Zeit, meinen Händen den Befehl zu erteilen, ehe es an der Tür klopft und ich das Shirt panisch wieder fallen lasse. Hollis dreht sich ruckartig zurück zum Schreibtisch. Die Hitze, die wie Lava unter meiner Haut brennt, verwandelt sich in brennend heiße Scham, als wäre die Tür durchsichtig und man hätte uns tatsächlich bei etwas Unanständigem erwischt. Erneut klopft es, dieses Mal etwas lauter. Hollis räuspert sich, ehe er sich erhebt und die wenigen Schritte zur Tür zurücklegt.

»Miss Connie«, sagt er, als er sie einen Spaltbreit öffnet und den Kopf hinausstreckt. »Guten Abend, Ma'am.«

»Oh, Hollis Darling, ich hoffe, ich unterbreche Sie nicht bei Ihrer Arbeit«, sagt sie schnell. »Ich wollte Sie und Millie nur wissen lassen, dass es unten Tee und Scones gibt, falls Sie Interesse haben. Ich habe es Ihnen vorhin nicht gesagt, weil wir dachten, Sie würden uns heute verlassen, aber da Sie doch bleiben …«

»Vielen Dank«, sagt er. »Ich fürchte, ich habe hier noch eine Menge zu tun, aber ich bin mir sicher, Millicent kommt bald runter.«

»Wunderbar«, antwortet sie. »Haben Sie alles, was Sie brauchen? Handtücher und so?«

»Alles gut. Danke.«

»Wunderbar. Lassen Sie es mich wissen, wenn ich etwas für Sie tun kann.«

»Natürlich. Auf Wiedersehen, Miss Connie.«

»Auf Wiedersehen«, sagt sie. Dann fügt sie eilig hinzu: »Und noch einmal Verzeihung wegen der Störung.«

»Kein Problem. Schönen Abend noch, Ma'am.«

Nachdem er die Tür geschlossen hat, lehnt Hollis den Kopf dagegen. »Tee und Scones«, sagt er und atmet bebend aus.

»Tee und Scones«, wiederhole ich. Es ist, als würden wir eine Art Geheimsprache sprechen, aber ich bin mir nicht sicher, wie ich sie übersetzen soll. »Also … ich glaube, ich habe gestern im Vorbeifahren ein chinesisches Restaurant gesehen. Wir könnten uns etwas bestellen. Ich bin mir sicher, Connie hat Ryans Nummer, und ich kann ihm einfach eine Nachricht schreiben und ihm sagen, dass ich einverstanden bin, bei der Parade mitzumachen.«

»Nein, du solltest zu ihm gehen und dich amüsieren.« Er stößt sich von der Tür ab, setzt sich an den Schreibtisch und ist sofort wieder in seine Arbeit vertieft.

»Mir würde es nichts ausmachen«, sage ich. »Dann musst du nicht allein essen.« Mir wird plötzlich bewusst, dass eine Zweideutigkeit in meinen Worten steckt, und ich werde ein wenig rot, obwohl das genau mein Hintergedanke war.

»Nein, es ist wahrscheinlich am besten, wenn du heute mit Ryan isst«, sagt er.

Abgewiesen zu werden verletzt meinen Stolz, vor allem, nachdem es vor einer Minute noch so ausgesehen hat, als würden wir das Gleiche wollen. Aber … Tee und Scones. Tee und Scones. Vielleicht habe ich alles falsch gedeutet. Vielleicht war er nicht freudig erregt, sondern entsetzt über die Aussicht, mich nackt zu sehen. Zu entsetzt, um dem Geschehen Einhalt zu gebieten. Vielleicht hat Connie uns gar nicht unterbrochen, sondern Hollis aus einer schrecklich unangenehmen Situation gerettet.

»Okay. Also, äh, ich soll um fünf bei Ryan sein, also werde ich vermutlich nicht noch mal nach oben kommen, bevor ich mich auf den Weg mache. Also … bye.«

»Warte«, sagt er und steht abrupt auf.

Ich war gerade dabei, den Arm durch einen der Riemen meines Rucksacks zu schieben und erstarre mitten in der Bewegung. Mein Herz hämmert in der Erwartung, dass Hollis seine Meinung geändert haben und mich bitten könnte zu bleiben. »Was?«

»Ich gebe dir lieber meine Handynummer. Nur für den Fall, dass etwas schiefgeht. Du betrittst schließlich das Haus eines Fremden in einer Stadt, die du nicht kennst, und dann wäre da noch dein kompletter Mangel an evolutionären Überlebensinstinkten.«

Ich seufze, und mein Herzschlag beruhigt sich. »Also gut.« Ich füge Hollis Hollenbeck als neuen Kontakt hinzu und tippe die Nummer ein, die er mir diktiert.

»Schreib mir eine SMS, damit ich deine Nummer auch habe, ja?«

»Das werde ich«, sage ich. »Wenn du es am wenigsten erwartest.«

Sein Stirnrunzeln vertieft sich. »Bitte, vergiss es nicht.«

»Okay, *Dad.*«

Als ich nach unten komme, genießen einige weitere Gäste der Pension gerade ihren Tee und die Scones. Eine halbe Stunde lang höre ich Connie und einer Frau aus Alabama zu, wie sie über das Backen sprechen, und nicke hin und wieder, als würde ich mich gut genug damit auskennen, um dem ein oder anderen Argument zustimmen zu können. *Ja, genau, auch meine Muffins gelingen besser, wenn ich sie bei einer höheren Tem-*

peratur in den Ofen schiebe und sie dann nach ein paar Minuten reduziere.

Meine Gedanken schweifen immer wieder ab zu Mrs. Nash (der nie ein Stück Gebäck in die Hände gefallen ist, das sie nicht mochte), und dann zu Elsie und den Meilen, die uns noch trennen. Ein Teil von mir will im Pflegeheim anrufen, um herauszufinden, wie es ihr geht, aber ein anderer Teil von mir hat so große Angst, schlechte Nachrichten zu erhalten, dass ich beschließe, es in diesem Moment lieber nicht wissen zu wollen. Mit all den anderen Dingen, die in meinem Kopf herumschwirren, ist mir Schrödingers Elsie deutlich lieber. Etwa die Frage, warum Hollis' Desinteresse mich so sehr enttäuscht, obwohl ich nie erwartet hatte, dass er interessiert sein könnte. Und ob mit einem heißen Typen zu schlafen, der Fleetwood Mac mag, mich über diese Enttäuschung hinwegtrösten oder sie verschlimmern würde.

Draußen auf der Veranda des Gadsley Manor studiere ich die grobe Karte, die Bud mir auf einem Stück Schmierpapier aufgezeichnet hat. Connie schien ein wenig misstrauisch zu sein, weil ich ohne meinen »Ehemann« den privaten Wohnsitz eines Junggesellen aufsuchen wollte, bis ich ihr erklärte, wer ich wirklich bin und dass ich vorhätte, der Großmarschall der Parade zu sein. Nach ein paar Minuten verlegener Begeisterung, weil sie ja gar nicht gewusst habe, dass sie eine Berühmtheit beherbergt, hatte sie keine Einwände mehr.

Von der Pension zu Ryans Haus sind es nur zehn Minuten Fußweg, doch ich bin ein wenig früher losgegangen, also kann ich mir Zeit lassen. Stehenbleiben und an Rosen schnuppern – buchstäblich, falls ich welche finde. Vielleicht liegt es an ihrem Namen oder an ihrer Vorliebe für schwere florale Parfums, aber wann immer ich das tue, fühle ich mich, als würde mich Mrs.

Nash in eine dicke Umarmung schließen. Und so eine könnte ich heute wirklich gebrauchen.

Ich will gerade einen Fuß auf den mäandernden Steinweg setzen, um zum Bürgersteig zu gelangen, als mir einfällt, dass ich Hollis noch eine Nachricht schicken muss.

MILLIE: Danke, dass Sie den Brokkoli-Newsletter abonniert haben! 🥦

MILLIE: Brokkoli gehört zur Spezies der Brassica oleracea 🥦

HOLLIS: ICH KÜNDIGE DEN NEWSLETTER.

MILLIE: Danke für Ihr Interesse an NOCH MEHR Brokkoli-Fakten! 🥦

MILLIE: Wussten Sie, dass Brokkoli aus beinahe 90 % Wasser besteht? 🥦

MILLIE: Eine Studie von 2018 ergab, dass Brokkoli das Lieblingsgemüse der Amerikaner ist. 🥦

HOLLIS: Millicent. Ich versuche zu arbeiten.

MILLIE: 🥦🥦🥦🥦🥦🥦🥦🥦🥦

HOLLIS: Es war ein riesiger Fehler, dir meine Nummer zu geben.

Ich lächle gerade mein Handy an, als mir klar wird, dass ich bereits bei Ryans Haus bin. Verdammt. Wegen Hollis habe ich nicht daran gedacht, mich nach Rosen umzusehen. Außerdem bin ich jetzt zu früh dran. Anscheinend spielt das keine Rolle, denn Ryan sieht mich durch das Erkerfenster und öffnet die Tür, ehe ich mich entscheiden kann, ob ich klingeln oder wegrennen will.

»Hey Millie«, sagt er. »Sieht aus, als hättest du keine Schwierigkeiten gehabt herzufinden?«

»Ryan«, sage ich, und die Entscheidung ist gefallen, sobald ich ihn sehe. »Du bist extrem attraktiv, aber ich glaube nicht, dass ich Sex mit dir haben will.«

Seine Augen werden riesig, und für einen Moment bringt er kein Wort heraus. »Sorry. Wie bitte?«

»Ich weiß, was du jetzt denkst. Ich kenne dich doch kaum, wie kann ich also jetzt schon wissen, dass ich nicht mit dir schlafen will? Aber für mich ist es nun mal so. Ich glaube, man sollte eine Person besser kennen, zumindest ein wenig. Ich hatte immer nur Sex innerhalb einer festen Beziehung. Ich glaube, ich könnte es durchaus mal mit Gelegenheitssex versuchen. Aber ich denke nicht, dass es klug ist, das mit jemandem zu tun, den ich *gerade erst* kennengelernt habe. Vor allem, wenn man meine Probleme bedenkt. Oh, ja, das sollte ich wohl erklären. Ich habe Vertrauensprobleme. Allerdings genau andersherum als die meisten Menschen – ich vertraue beinahe allen. Deshalb ist es vermutlich keine gute Idee, mit dir in die Kiste zu springen. Es tut mir leid, wenn du jetzt enttäuscht bist.« Ich wollte all das eigentlich gar nicht sagen, vor allem nicht den Teil, wo ich Sex als »in die Kiste springen« bezeichnet habe, aber jetzt, da ich es getan habe … Ich schätze, es ist besser, wenn er es von Anfang an weiß.

»Okay, äh. Ja, danke, dass du mir mitgeteilt hast … wie

du die Sache siehst.« Das leise Lachen einer Frau dringt von irgendwo im Haus heraus auf die Veranda. »Okay. Alle außer dem Bürgermeister sind bereits hier, also, äh, warum kommst du nicht rein?«

Sofern das nicht als Orgie mit Ryan, dem Bürgermeister und wem auch immer da noch im Haus geplant war, habe ich gerade einen sehr großen, sehr peinlichen Fehler gemacht. Mein Lachen klingt mechanisch, und mein Gesicht ist so heiß vor Scham, dass man es nur mit einem Ofenhandschuh anfassen könnte. Allerdings ist das wohl kaum das erste Mal, dass sich mein fehlender Filter gegen mich verschworen hat. Ich weiß, ich werde es überleben. Das übermächtige Verlangen, für ein Kaninchen gehalten und von einem riesigen Raubvogel in einem Bissen verschlungen zu werden, lässt nach, sobald ich Ryans Haus betreten habe (was gut ist, denn die Wahrscheinlichkeit einem so großen Falken in einem geschlossenen Raum zu begegnen, ist ziemlich gering).

Die nächsten zwei Stunden sind gefüllt mit Pizza und Last-Minute-Brokkoli-Fest-Organisation. Ryan, der Bürgermeister und seine Tochter (die mir Bilder von Halloween 2002 zeigt, auf denen sie als Penelope verkleidet ist), die örtliche Floristin und Officer Jones sind alle überglücklich, mich als Großmarschall zu haben. Ryans Kater, Shako, steht dem und meiner Anwesenheit im Allgemeinen, zwiespältig gegenüber, egal, wie offensichtlich ich mich nach seiner Anerkennung sehne.

»Dem Herrn sei Dank, dass das Reh euch beide hier hat stranden lassen«, sagt der Bürgermeister lachend, und das erinnert mich an unsere Pechsträhne, und plötzlich will ich Salami und Champignons auf seine abgewetzten Oxfords kotzen. Während ich mir die Agenda für morgen anhöre, kann ich an nichts anderes denken als an die Zeit, die wir verschwenden werden. Wenn wir jetzt aufbrechen und die Nacht durchfahren würden, dann könnten wir bei Sonnenaufgang in Miami sein. Und nur ein paar Stunden nach meinem Abschied von Hollis wäre ich dann in Key West. Aber statt Elsies Hand zu halten, während sie mir erzählt, was sie in den letzten siebzig Jahren getrieben hat, werde ich morgen in einem funkelnden Cabrio von einer örtlichen Autovermietung sitzen, lächeln, und den Bürgern von Gadsley und anderen Brokkoli-Fans, die von nah und fern angereist sind, zuwinken. Ich breche nur deshalb nicht in frustrierte Tränen aus, weil das hier vollkommen lächerlich ist und eine hervorragende Geschichte ergibt, die ich Elsie bei unserem Treffen erzählen kann. Ich werde ihr von dem ausgefallenen Flug, von Hollis, dem Olivenöl, dem Reh und meinem Nachmittag als Großmarschall der Brokkoli-Parade einer Kleinstadt berichten. Und ich werde ihr versichern, dass all das wirklich gar nichts im Vergleich zu dem ist, was Mrs. Nash mit Freuden auf sich genommen hätte, nur um sie wiederzusehen.

*

»Tut mir leid wegen vorhin«, sage ich, als Ryan mich gegen sieben zu der Tür begleitet. »Als ich sagte, dass ich nicht mit dir schlafen will. Ganz offensichtlich hatte ich missverstanden, warum du mich zu dir eingeladen hast.«

Er schürzt die Lippen, schließt ein Auge und schafft es irgendwie, immer noch attraktiv wie ein Model zu sein, obwohl er aussieht, als hätte er puren Zitronensaft getrunken. »Nein, das ist meine Schuld. Ich hätte deutlich machen sollen, dass das ganze Planungs-Komitee da sein würde und nicht nur wir beide. Ich habe angenommen, dass du und Hollis … etwas miteinander habt? Also ist mir gar nicht in den Sinn gekommen, klarzustellen, dass es sich bei der Einladung nicht um ein Date handelt.«

»Oh nein, wir sind nicht … Ich meine, Hollis ist nur ein …« Ein Typ, mit dem ich auf einem Roadtrip festsitze und der irgendwie unfreundlich, aber auch sehr fürsorglich ist, und mit dem ich letzte Nacht einen *Moment* geteilt habe (und ein Bett, in dem aber nichts Sexuelles passiert ist, obwohl ich wirklich wünschte, es wäre etwas Sexuelles passiert, weil ich ihn schrecklich attraktiv finde)? Nein, das kann ich nicht sagen. »… ein Freund. Nur ein Freund.«

»Oh«, sagt Ryan. »Na ja. Um ehrlich zu sein, wenn ich das gewusst hätte … vielleicht hätte ich dann versucht, es zu einem Date zu machen.«

»Wirklich?«

»Echt jetzt? Du bist umwerfend und witzig und ein Fleetwood-Mac-Fan. Wie könnte ich dich da nicht attraktiv finden? Aber leider bist du nur auf der Durchreise und hast bereits entschieden, dass du nicht mit mir schlafen willst.« Ryan stößt mich mit dem Arm an. Ein unbeschwertes Lächeln breitet sich über sein attraktives Gesicht aus, und ich ärgere mich über mich selbst, weil ich ihn nicht will, obwohl wirklich alles an ihm so einladend ist. »Danke noch mal, dass du mir den Arsch gerettet hast«, sagt er.

»Kein Problem. Das wird sicher ein Riesenspaß. Danke schon mal für den Wagen«, sage ich. »Ich verspreche, wir bringen ihn dir in einem Stück zurück. Sofern wir nicht einem weiteren Kamikaze-Reh begegnen.«

Ryan lacht. »Na dann bis zur Parade, Millie.«

Ich stelle mich auf die Zehenspitzen und gebe ihm ein Küsschen auf die Wange. »Ja. Gute Nacht.«

Als ich unser Zimmer in der Frühstückspension betrete, finde ich Hollis auf dem Bett liegend, mit seinem Tablet auf dem Bauch vor. Er zuckt leicht zusammen und klappt erschrocken die Hülle des Tablets zu.

»Schon zurück?«, sagt er mit gespielter Gelassenheit. Aber selbst von hier kann ich den Puls an seinem Hals flattern sehen.

»Orgien dauern nicht annähernd so lang, wie man meinen würde.« Ich schlüpfe aus den Schuhen und greife nach dem Bookstore-Movers-T-Shirt, das ich zerknüllt auf meinem Koffer habe liegen lassen. Während ich mich im Badezimmer umziehe, füge ich hinzu: »Es waren zweimal so viele Frauen wie Männer dort. Wir haben uns natürlich damit arrangiert, aber ich glaube, deine Anwesenheit wäre durchaus willkommen gewesen. Der Bürgermeister hat eine schlimme Schulter, weshalb Ryan die meisten der akrobatischeren Sexstellungen übernehmen musste.« Der Spiegel über dem Waschbecken zeigt, dass ich feuerrot geworden bin, weil ich das wirklich laut ausgesprochen habe. Es ist gut, dass Hollis mich nicht sehen kann.

»Nicht wirklich mein Ding«, sagt er. »Aber ich freue mich, dass du Spaß hattest.«

Sobald meine Gesichtsfarbe wieder einigermaßen normal ist, schlendere ich in meinem geliehenen Nachthemd aus dem Bad. »Es war eine Last-Minute-Sitzung für das Fest und die Parade. Und dank dir bin ich natürlich dort aufgeschlagen und habe Ryan gesagt, dass ich nicht mit ihm schlafen will. Ich wollte im Boden versinken.«

Hollis' Augenbrauen schießen nach oben. »Gib nicht mir die Schuld. Ich habe nie gesagt, dass du das tun sollst.«

Ich stopfe meine getragenen Klamotten in meinen Koffer und setze mich auf das Fußende. »Oh, ich gebe definitiv dir die Schuld. Weil er gesagt hat, dass es nur deshalb keine Sex-Sache war, weil er dachte, dass wir beide zusammen sind. Du hast mir die Tour vermasselt, Junge.«

»Das klingt, als hättest du dir selbst die Tour vermasselt. Du bist diejenige, die ihn abgewiesen hat, noch bevor du durch die Tür bist.«

»Weil du mich durcheinandergebracht hast, nachdem du meintest, dass Ryan durch *meine* Tür will.«

»Aber für mich klingt es, als hätte er ... durch deine Tür gewollt, hätte er gewusst, dass du Single bist? Gott, ist das eine dumme Art, das auszudrücken. Außerdem lag ich nicht falsch, oder?«

Ich will nicht zugeben, dass Ryan gesagt hat, dass er dabei gewesen wäre, wenn er gewusst hätte, dass Sex eine Option ist. Hollis darf nicht Recht behalten. »Darum geht es nicht«, sage ich. »Was hast du eigentlich bis eben gemacht?«

Hollis schaut weg und reibt sich das Ohr. Das ist seine Geste, wenn ihm etwas peinlich ist, also glaube ich ihm definitiv nicht, als er murmelt: »Nichts.«

Plötzlich kommt mir die Möglichkeit in den Sinn, dass er *Penelope in die Vergangenheit* geschaut haben könnte. Bei dem Gedanken rumort es etwas in meinem Magen, und ich bereue es beinahe, gefragt zu haben. Aber ich muss es wissen. »Du hast dir eindeutig *etwas* angeschaut. Etwas, von dem du nicht willst, dass ich es weiß.«

»Einen Film. Ich habe einen Film geschaut. Okay?«

Erleichterung schlägt die Pizza-Rebellion in meinem Verdauungstrakt nieder. »Oh. Was für ein Film? Etwas Pornografisches?« Ich klettere auf das Bett, und bevor er reagieren kann, schnappe ich mir das Tablet, das neben ihm liegt. Er greift halbherzig danach, aber ich halte es außerhalb seiner Reichweite. Wenn es ein Porno ist, dann wird es zwischen uns gleich sehr viel interessanter oder sehr viel angespannter. Mit einem Druck auf den kleinen Knopf an der Seite geht das Gerät an, und wie bei seinem Handy gestern im Auto leuchtet das Display auf, ohne ein Passwort zu verlangen. »Du musst dein Zeug wirklich besser schützen«, weise ich ihn zurecht, während die Seite mit dem Film lädt.

Weiterschauen steht dort über einem Standbild von Pee-wee Herman, der die Hand voller Schlangen hat, während ein Feuer hinter ihm tobt.

»O mein Gott. Du hast *Pee-wees irre Abenteuer* geschaut!«

»Ich brauchte eine Pause vom Schreiben, und du hast gesagt, er ist gut. Also.«

»Er ist nicht gut, Hollis. Er ist *großartig*. Er ist praktisch meine gesamte Lebensphilosophie. Meine Cousine Dani und ich haben ihn als Kinder praktisch jeden Tag geschaut. Mach Platz.« Ich schiebe mich neben ihn unter die Decke. »Okay. Wie weit bist du?«

Er seufzt, macht jedoch Platz, damit ich näher an ihn heran rutschen kann, bis ich praktisch auf seinem Schoß sitze. »Nicht weit. Er hat gerade gefrühstückt.«

»Ich bin so froh, dass ich früher von der Orgie zurückgekommen bin«, sage ich.

»Ja, ich auch«, sagt Hollis. Es klingt seltsam aufrichtig. Aber bevor ich ihn fragen kann, ob er das ernst meint oder einfach nur sein Sarkasmus-Regler kaputt ist, drückt er auf Play.

Key West, Florida

Silvester 1944/45

Es war Elsies Idee gewesen, Silvester am Boca Chica Beach zu verbringen. »Es ist ruhig und wunderschön dort«, sagte sie. »Und das Beste ist, es gibt keine angetrunkenen Offiziere, die uns den ganzen Abend lang angraben.«

»Sollen wir ein paar von den anderen Mädchen einladen?«, fragte Rose. Sie hatte versucht, mehr Zeit mit Elsies Freundesgruppe zu verbringen, statt nur mit ihr allein, weil sie glaubte, dass die Anwesenheit der anderen Frauen sie daran hindern würde, ihre Gedanken in die Tat umzusetzen, die zunehmend expliziter wurden, je mehr die emotionale Verbindung zwischen ihr und Elsie wuchs.

Sie sah zu, wie sich vertraute Lippen träge zu einem listigen Lächeln verzogen, und plötzlich verschwanden die vergangenen Wochen, während der sie sich nicht erlaubt hatte zu hoffen – während der sie Elsies Komplimente und schlüpfrige Witze in das Reich normaler Frauenfreundschaften verbannt hatte, während der sie sich eingeredet hatte, dass ihr Verlangen so einseitig war wie bei ihrer besten Freundin in Oshkosh –, und die Realität verwandelte sich in genau die Träume, von denen Rose geglaubt hatte, dass sie nie mehr als das sein könnten.

»Ich hatte gehofft, das neue Jahr mit dir einzuläuten«, sagte Elsie. »Nur mit dir.«

Hier war Elsie mit ihren sinnlichen Lippen und den schokoladenbraunen Augen, deren Blick auffällig über Roses Körper glitt. Es erschien ihr unmöglich, dass Elsie sie nie zuvor auf diese Weise angesehen hatte, dafür war die Wärme in ihrem Blick zu vertraut. Könnte es daran liegen, dass er Roses eigenem so exakt entsprach? Es war, als würde sie aufwachen und sich nicht auf ihrer Pritsche in der Basis wiederfinden, sondern inmitten des funkelnden Strahlens Tausender Sterne.

Als sie um Mitternacht nebeneinander auf einer Navy-Wolldecke in trostlosem Olivgrün lagen, fand Rose heraus, dass Elsies Mund nach Salz und Sonne schmeckte. Er küsste sie in süßen, sachten Wellen und mächtigen, stürmischen Wogen. Schmeckten alle Meerjungfrauen so herrlich nach der See, oder war das nur sie?

»Das wollte ich schon tun, seit ich dich dort so züchtig im Sand habe sitzen sehen«, flüsterte Elsie. »Und ich wollte so viel mehr tun als nur das. In letzter Zeit konnte ich an kaum etwas anderes denken.«

Freude und Verlangen erlaubten es Rose zu lächeln, doch ihre Nervosität erinnerte sie daran, dass ihr Wissen über »mehr als das« ziemlich begrenzt war. Sie hatte Dickie vor seinem Aufbruch zur Air Force ihre Jungfräulichkeit geschenkt – eine hastige Angelegenheit auf dem Heuboden ihrer Großeltern, »wie so eine Art Mädchen-vom-Land-Klischee« hatte sie später gewitzelt –, aber das hier musste anders sein. »Ich habe nie mit einer … ich … Du wirst mir zeigen müssen, was ich tun soll«, sagte Rose.

Elsie küsste sie erneut, und Rose verlor sich darin, wie die feuchte Hitze ihrer Münder mit dem Gefühl zwischen ihren Beinen harmonierte.

Später würden sie darüber lachen, dass Rose Liebe machte, wie sie ihre Vögel trainierte – langsame Bewegungen, mit zärtlichen und doch festen Berührungen, stets darauf bedacht, jedes Detail genau festzuhalten, ehe sie schließlich losließ –, aber in diesem Moment fühlte Rose sich, als wäre sie selbst die Taube: vollkommen zufrieden in Elsies Armen und doch voller Sehnsucht, die Flügel auszubreiten. Jede Berührung hob sie höher in die Lüfte, drängte sie, hoch in den Himmel aufzusteigen. Und als ihre Glieder schließlich schwer wurden und ihr Herz zufriedengestellt war, kehrte sie an diesen Ort, zu dieser Person zurück, von der sie instinktiv wusste, dass sie ihr Zuhause war.

Als der Sonnenschein sich in seinem Schlummer regte und das erste Funkeln auf die wogende See schickte, spazierten Rose und Elsie Hand in Hand den Strand entlang. Rose hatte nie viel dafür übriggehabt, wie man über ein neues Jahr sprach. Der Verlauf der Zeit war nicht so präzise, so ordentlich. Ein Fest allein reichte nicht aus, um die Probleme und Sorgen des vergangenen Jahrs daran zu hindern, mit in das folgende zu kommen. Und doch fühlte sich am Neujahrstag 1945 selbst die Luft anders an. Das Jahr schien von Möglichkeiten und einer Klarheit erfüllt zu sein, die sie in all ihren vorherigen Jahren auf dieser Erde nicht gekannt hatte. Liebe rauschte durch Roses Adern wie eine Droge, die selbst die absurdesten Fantasien nicht mehr unerreichbar erscheinen ließ. Vielleicht würde in diesem Jahr der Krieg enden. Vielleicht war dieses Jahr der Anfang ihres neuen Lebens – eines, in dem Elsie immer an ihrer Seite war.

11

Ich bin sehr beeinflussbar, wenn es um meine Träume geht, deshalb kommt es nicht direkt unerwartet, dass ich davon träume, wieder Penelope zu spielen, aber dieses Mal als Erwachsene. Und statt einer CGI-Echse namens Newton begleitet mich bei meinen Zeitreise-Eskapaden ein lebendiger Brokkoli. Wir machen eine Tour durch das Alamo. Angesichts der Tatsache, dass ich neben ihm liege und sein T-Shirt trage, habe ich irgendwie gehofft, von Hollis zu träumen. Aber man bekommt nicht immer, was man will.

Nur dass ich jetzt von gar nichts träume, weil ich nämlich von einem lauten Krachen aufgewacht bin. Als meine Benommenheit nachlässt, wird mir bewusst, dass Regen gegen das Fenster trommelt wie jemand, der eingelassen werden will. Das Krachen muss Donner gewesen sein. Wie spät ist es? Es scheint mir viel zu dunkel, als dass es Morgen sein könnte, selbst wenn man den Sturm bedenkt, der draußen tobt. Auf dem Nachttisch steht ein Wecker, doch die Digitalanzeige ist schwarz. Der Strom muss ausgefallen sein.

Ich drehe mich auf die andere Seite, als ein Blitz gerade lange genug Licht spendet, um sehen zu können, wie Hollis die Augen zukneift und sich an den Rand seiner Bettdecke klammert.

»Hollis?«

»Hm?«

»Alles okay?«

Ich kann gerade so ausmachen, wie er vorsichtig die Augen öffnet, als wäre er nicht sicher, was ihn erwartet. »Alles gut«, sagt er. »Mir geht es gut. Schlaf weiter.«

Noch ein ohrenbetäubender Donnerschlag. Er ist so mächtig, dass er das ganze Haus erschüttert. Hollis presst sofort wieder die Augen zu und zuckt zusammen. Ich schiebe meine Hand unter der Decke auf seinen Arm, und mit der Anspannung in seinen Muskeln fühlt er sich an, als wäre er zu Granit erstarrt.

»Hey, du kannst es mir ruhig sagen«, flüstere ich.

»Ahhh«, macht er, als wäre er sich nicht sicher, ob er überhaupt etwas sagen möchte, aber dann kommt es trotzdem heraus. »Ich mag keine nächtlichen Gewitter. Aber es ist okay. Ich bin okay. Lass uns schlafen.«

»Ist es das Krachen oder …?«

Hollis schüttelt den Kopf. »Als ich zehn war, wurde unser Haus bei einem nächtlichen Gewitter wie diesem vom Blitz getroffen. Das ganze Gebäude ist in Flammen aufgegangen.«

»O Gott, das ist ja schrecklich.«

»Wir haben es alle rausgeschafft, aber wir haben beinahe alles verloren. Es ist einfach ein wenig … Restangst zurückgeblieben. Was das … was das betrifft. Keine große Sache.«

Für mich klingt es nach einer großen Sache. Die Verletzlichkeit in seiner Stimme und wie er die Decke umklammert, als überlegte er, ob er sich nicht darunter verkriechen soll, lassen ihn so jung erscheinen. Wie einen kleinen Jungen, der zufällig einen Fünf-(oder wie spät auch immer es gerade ist)-Uhr-Bartschatten hat.

»Gibt es etwas, das dir hilft?«, frage ich. Bisher habe ich angenommen, dass er an Angst ebenso wenig glaubt wie an immerwährende Liebe und das Gute im Menschen, deshalb fühlt es sich so falsch an, ihn so zu sehen. So anders, als er sich darstellt. Wenn ich Sonnenschein bin, dann ist er konstantes dumpfes

Donnergrollen. Und das ist irgendwie ironisch, da das vermutlich das Letzte ist, was er sein will.

Selbst mit geschlossenen Augen verspannen sich seine Muskeln noch mehr, als es blitzt. »Nicht, dass ich wüsste. In der Regel muss ich es einfach durchstehen, wenn ich es nicht einfach verschlafen kann.«

»Okay. Gut. Ich bin hier. Also stehe ich es mit dir durch.« Ich lasse meine Hand seinen Arm entlanggleiten, bis ich seine Faust finde. Er wehrt sich nicht, als ich ihm die Decke aus der Hand ziehe und unsere Finger miteinander verschränke. Tatsächlich drückt er meine Hand, als die nächste Runde Donner durch den Raum grollt. Ich rücke näher und näher, bis mein Körper vollständig an Hollis' Seite gepresst ist, und fahre mit der freien linken Hand über sein Haar. Keine Ahnung, was mich dazu veranlasst, vielleicht ist es die Erinnerung an den Hund, den ich als Kind hatte, King Velociraptor – ich hatte am Tag bevor wir ihn holten, das erste Mal *Jurassic Park* gesehen. Auch er hasste Stürme, und wenn ich ihn streichelte, hörte er auf zu winseln und sich unter den Sofakissen vergraben zu wollen.

»Es ist okay«, flüstere ich. »Alles ist gut. Ich bin hier.« Was, jetzt, wo ich darüber nachdenke, exakt das ist, was ich auch zu meinem Hund gesagt habe.

Beim nächsten Blitz beginne ich laut zu zählen. »Eins, zwei, drei, vier …«

»Was machst du da?«, fragt er und starrt mich von unten herauf an. Ich habe unsere verschränkten Hände so positioniert, dass ich mich auf den rechten Ellenbogen stemmen und über ihn beugen kann, um ihm besser ins Gesicht sehen zu können. Ich will seinen Ausdruck, das Kommen und Gehen der Anspannung in seinem Kiefer, im Blick behalten. Und in diesem unglaublich dunklen Zimmer muss ich ziemlich nah dran sein, um überhaupt etwas sehen zu können.

»Herausfinden, wie weit weg es noch ist. Dann wissen wir, wann es fast vorbei ist.«

»Und? Wie weit weg ist es?«

»Ich weiß es nicht. Du hast mich unterbrochen.« Ich lächle auf ihn hinab, und zu meiner Überraschung reagiert er mit einem eigenen Lächeln. Nicht das schöne, bei dem man alle seine Zähne sehen kann, wenn etwas wirklich witzig ist, und nicht das widerwillige, das nur seine Mundwinkel erreicht, sondern ein faszinierendes Zwischending. Etwas, das spontan und natürlich ist.

Hollis' Finger streichen über meine Wange. Sie finden eine Haarsträhne, die aus dem Haarknoten entkommen ist, den ich mir immer für die Nacht binde, und streicht sie hinter mein Ohr, vorsichtig, um die Prellung an meiner Stirn nicht zu streifen – er muss sich erinnern, wo sie ist, denn ich bezweifle, dass er den violett-blauen Fleck im Dunkeln sehen kann. Dann wandern seine Finger weiter in meinen Nacken. Federleicht. Eine Gänsehaut bleibt dort zurück, wo sie über meine Haut streichen. Wenn das Donnerstagnacht auf dem Streifenwagen eine Elf war, dann ist das hier eine Fünfunddreißig auf der Intimitätsskala. Aber sein Kiefer ist jetzt entspannt, sein Gesicht nicht länger in psychischem Schmerz erstarrt, also kommt mir Stufe fünfunddreißig nicht zu hoch vor. Möglicherweise ist es nicht einmal genug, denn Hollis' Finger verharren jetzt, in meinem Haar vergraben, warm an meiner Kopfhaut. Und sie üben sanften, so sanften Druck aus, holen mich zu ihm hinunter, bis sich unsere Münder begegnen. Meine Augen schließen sich flatternd, als der nächste Blitz den Raum erhellt. Der Donner, der eine unbestimmte Anzahl Sekunden später kommt, ist sogar noch lauter als zuvor. Er rüttelt an den Fensterscheiben. Doch Hollis' Reaktion besteht nur darin, mich noch fester zu halten, mich noch tiefer zu küssen und … heilige Scheiße, an meiner Zunge zu saugen.

Dieser Moment begann süß, aber gerade biegt er rasant in schmutziges Terrain ab. Und ich bin sowas von damit einverstanden. Sich auf Hollis einzulassen ist vermutlich eine furchtbare Idee. Ein schlimmer Fehler, wenn man, nun ja, alles bedenkt. Es ist nicht so, dass ich schlechte Erfahrungen mit Gelegenheitssex hätte. In erster Linie, weil ich nie welchen hatte. Aber wenn ich ein ausgezeichnetes Stück Kuchen essen kann, ohne damit alt werden zu wollen, kriege ich doch sicher auch das hier hin. Wie anders kann es schon sein?

Ich ziehe meine rechte Hand aus seiner linken und richte mich dann auf, um mich rittlings auf seine Hüften zu setzen. Meine Finger sind in seinem Haar, und seine sind in meinem. Nur dass sie es jetzt nicht mehr sind. Ich würde mir Sorgen machen, dass er die Sache abbrechen will, wenn er sich nicht gerade meine Kehle hinunterküssen würde, was mir nicht vorkommt wie das Handeln von jemandem, der wieder zu Sinnen kommt. Schließlich berührt er mich wieder, fährt mit den Fingerspitzen in einem gemächlichen Tempo meine Oberschenkel hinauf, das mich in den Wahnsinn treibt. Sie kriechen unter den Saum des geliehenen T-Shirts, bis zum Spitzenbündchen meines Slips, dann blitzt es, und sie erstarren. Scheinbar endet ihre Reise hier. Es war schön, wenn auch nicht von Dauer.

»Fuck«, keucht Hollis an meinem Hals. »Gott, Mill, ich will …«

»Was, was willst du?«

»Ich will dich anfassen. Bitte. Darf ich dich anfassen?«

»Ja. O Gott, ja.«

»Wo? Wo darf ich?«

»Wo du willst. Überall. Fass mich einfach nur an. Bitte. Sonst … schmelze ich. Und dann muss ich verdunsten und zu einer Wolke werden und, Hollis, bitte, bitte, fass mich an, damit ich keine Wolke sein muss.«

Er lächelt, und es ist wieder ein neues – ein schmerzhaft sanftes, das mir alle Stellen meines Körpers, wo ich seine Berührung spüren will, noch bewusster macht. »Du bist so seltsam und schön und … und *gut* … und ich weiß nicht, warum du so viel Sinn ergibst, wenn du eigentlich gar keinen ergeben solltest, aber, Mill, ich brauche dich so sehr.«

Mein Gehirn ist vermutlich von Lust vernebelt, aber in diesem Moment ist das das Schönste, was jemals jemand zu mir gesagt hat. Ich presse meinen Mund erneut ungestüm auf seinen, und während der nächste Donnerschlag widerhallt, liegt seine linke Hand auf meiner Hüfte, und seine rechte umfasst meine Brust unter dem T-Shirt. Sein Daumen streicht über meinen Nippel, bis ich nach Luft ringe. Er wiederholt es auf der anderen Seite, und ich bin ihm für dieses symmetrische Vorgehen dankbar, auch wenn ich mich zunehmend danach sehne, seine Finger woanders zu spüren.

»Bitte«, flehe ich. »Ich brauche …«

»Hmm, ich weiß. Du brauchst mich hier, richtig?« Eine Fingerspitze fährt die Vorderseite meines Slips hinunter, und ich erschauere. Er blickt zu mir auf, wartet. »Das ist keine rhetorische Frage, Mill. Sprich mit mir.«

»Ja. Ja, dort.«

Hollis' Hand schiebt sich unter das Spitzenbündchen. Seine Finger finden mühelos die Stelle, wo ich ihn brauche, als wären sie schon einmal dort gewesen und würden sich auskennen, als kehrten sie zurück an ihren liebsten Urlaubsort. Lust rast durch meine Nerven, und Hollis' Lippen streifen meine, das Flüstern eines Kusses, während er seine Hand tiefer meinen Slip hinunterschiebt und zwei Finger in mir versenkt. Mein Atem setzt einen Moment aus, und er grinst.

»Reite meine Hand«, weist er mich an. »Zeig mir, wie du es magst.«

Es fühlt sich so gut und so richtig an, dass ein Teil von ihm einen Teil von mir ausfüllt, dass ich mich beinahe nicht bewegen will. Doch als er mich erneut küsst, verändert das den Winkel seiner Hand, worauf seine Finger einen Zentimeter herausrutschen und meine Klitoris über seinen Daumen gleitet. Mein Körper ist nun voll und ganz von den Möglichkeiten überzeugt. Langsam bewege ich mich auf seinen Fingern auf und ab, und ich spüre, dass selbst in der Dunkelheit seine Augen nur auf mich gerichtet sind. Er ist jetzt immun gegen den Sturm, der draußen tobt. Und o Gott, ich habe mich noch nie in meinem Leben so herrlich mächtig gefühlt.

»Du magst es also langsam, hm?« Ganz plötzlich stößt er seine Finger erneut tief hinein, ohne auf mich zu warten. Sie ziehen sich wieder zurück und verfallen dann in den Rhythmus, den ich gesetzt habe, und ich konzentriere mich ganz auf das Gefühl, das jetzt, da er die Kontrolle hat, irgendwie anders ist, besser sogar. Vielleicht liegt es daran, wie er die Fingerspitzen krümmt, damit sie auf ihrem Weg jeden empfindlichen Nerv streifen. »Ist es das, was du willst?«

»Ja. Ja.«

»Ist das alles, was du willst? Denn ich habe kein Problem, dich bis in alle Ewigkeit mit den Fingern zu vögeln, Mill, aber …«

»Dein Schwanz«, keuche ich. »Ich will deinen Schwanz in mir.«

»Gott, ja«, stöhnt er. »Ich hatte gehofft, dass du das sagen würdest.«

Als er die Hand aus meinem Slip zieht und sich unter mir hervorrollt, empfinde ich eine schreckliche Leere. Seine dunkle Silhouette eilt zu dem Sessel, wo seine Reisetasche noch immer liegt.

»Es ist wirklich verdammt dunkel hier«, sagt er abwesend,

während er in seiner Tasche kramt. »Aber irgendwo habe ich eine ganze Schach… ah-ha. Du bist besser nackt, wenn ich ins Bett zurückkomme, Millicent.«

»Ich bin dir längst voraus«, keuche ich und freue mich, wie sexy ich klinge, obwohl ich mir ziemlich sicher bin, dass ich nur ein wenig hyperventiliere.

Ich höre, wie er die Schachtel aufreißt und leise flucht, als sie sich ihm zunächst widersetzt, und dann das kaum hörbare Geräusch zerreißender Folie. Ich kann nicht sehen, wie er sich auszieht und das Kondom auf seine Erektion rollt, aber allein bei dem Gedanken überkommt mich ein schmerzhaftes Verlangen. Die Matratze senkt sich, und dann ist Hollis' Wärme wieder neben mir. »Bist du dir sicher?«, fragt er.

Ich nicke.

»Millicent, es ist sehr dunkel hier. Ich brauche Wörter.«

»Ich bin mir sicher. Ich will dich. Ich will dich schon …« Ich habe keine Ahnung, ob gerade Freitag oder Samstag ist, also entscheide ich mich für das weniger genaue, aber immer noch zutreffende »… seit Tagen.«

»Gut, dann haben wir etwas gemeinsam. Komm her.« Er schlingt den Arm um meine Taille und packt eine Handvoll meines nackten Hinterns. Mein Mund findet erneut zu seinem, nach einem kleinen Umweg seine Schulter entlang und seinen Hals hinauf, und Hollis rollt sich über mich. Er schiebt seine Finger zwischen meine und presst unsere verschlungenen Hände in das Kissen. Als ein Blitz den Raum für einen Moment erhellt, erwarte ich, ihn erstarren zu sehen, dass er erneut wie zuvor die Augen zukneift. Aber sie bleiben offen, auf mein Gesicht gerichtet.

»Du bist schön«, sagt er. »So schön.« Und er küsst mich tief, während er in mich gleitet, Zentimeter um unglaublichen Zentimeter.

Als ich ihn ganz in mich aufgenommen habe, beißt er sich auf die Unterlippe und stöhnt bei den ersten versuchsweisen Bewegungen. »Gott. Du fühlst dich gut an. So verdammt gut.«

Josh hat immer solche Dinge zu mir gesagt, bevor er seinen Schwanz in mich rammte, ohne sich dafür zu interessieren, was ich wollte oder brauchte. *Du bist so warm und eng, wie soll ich mich da zurückhalten, Millie?* Oder: *Ich kann nicht langsamer machen, wenn du dich so gut anfühlst, Millie.* So sehr ich mich auch bemühe, meinen Ex aus meinem Kopf zu verbannen, zucke ich doch bei Hollis' Worten zusammen. Mein Körper verspannt sich aus Gewohnheit, wappnet sich, zu nehmen, was immer ihm gegeben wird.

Hollis erstarrt über mir. »Hey«, sagt er. »Alles gut?«

Als mir seine Frage bewusst wird, bin ich für einen Moment sprachlos. Hollis achtet so genau auf meinen Körper, dass er meine Gedanken *spüren* kann? »Ja, ich ... habe das nur schon eine Weile nicht mehr gemacht.«

»Keine Sorge. Ich bin Profi.«

Ich will lachen und scherzen, dass »Profi« hier vermutlich nicht das richtige Wort ist, es sei denn, er hat einen Nebenjob, von dem ich noch nichts weiß. Aber ehe ich noch einen Mucks von mir geben kann, senkt er den Kopf und saugt meinen Nippel in seinen Mund, während er sich gleichzeitig fast vollständig herauszieht. Stattdessen keuche ich.

Sein Grinsen ist teuflisch, als er mich ansieht, ehe er sich dem anderen Nippel widmet. Es ist gerade noch genug von seinem Schwanz in mir, dass mir bewusst wird, dass ich alles davon will, und ich packe seinen Hintern, um ihn wieder zu mir zu ziehen.

Hollis' heißer Atem streift meinen Hals und kitzelt mein Ohr. Und während er mir in die Augen blickt und mich durch die Dunkelheit ansieht – mich wirklich *ansieht* –, frage ich mich, ob Gelegenheitssex immer so … romantisch ist. Vielleicht ist das guter Sex bis zu einem gewissen Grad, und ich hatte einfach noch nicht genug davon, um das zu wissen. Ich muss Dani später fragen, sie kennt sich mit diesen Dingen besser aus. Jetzt muss ich mich darauf konzentrieren, wie Hollis bei jedem langsamen Stoßen und Zurückziehen genau die richtige Stelle trifft, mich in Brand steckt wie ein Flipper-Profi, der den Highscore auf seinem Lieblingsautomaten jagt. Hier muss es um körperliche Empfindungen gehen, nicht um Gefühle. So viel weiß ich wenigstens.

Ich halte immer noch seinen Hintern und grabe meine Nägel ein wenig tiefer in seine Haut, was ihm zu gefallen scheint, denn er stöhnt laut auf. Ich erforsche seinen Rücken, experimentiere mit wechselndem Druck an verschiedenen Stellen, bis ich einen Punkt an seinen Schulterblättern finde, bei dem er für einen Moment ins Stocken kommt. »Scheiße«, sagt er.

»Gut oder schlecht?«

»Gut. Richtig gut.«

»Du kannst ruhig schneller machen«, sage ich und ärgere mich ein wenig über mich selbst, weil ich sein Lob so sehr genieße. »Wenn du willst. Ich halte das aus.«

Er starrt für einen Moment zu mir herunter. »Versteh mich nicht falsch, Mill, ich würde dich nur zu gern hart und schnell nehmen. Wenn *du* willst, dass ich schneller mache, dann tue ich das. Aber … aber ich merke, dass du es so magst, in genau dem Tempo, das du gesetzt hast, als du es dir auf meinen Fingern selbst besorgt hast. So magst du es heute Nacht, nicht wahr? So wirst du für mich kommen?«

Er stößt wieder in mich und zieht sich erneut zurück, langsam genug, dass ich die Reibung genießen kann.

Alles, was ich hervorbringe, ist ein Wimmern tief in meiner Kehle. »Ich liebe es, dass du jedes Mal, wenn ich in dich stoße, wimmerst, als hätte dich das Warten auf mich fast um den Verstand gebracht. Tatsächlich …«, Hollis verharrt in der Bewegung, weigert sich, weiter vorzudringen, »glaube ich, dass du es magst, ein wenig geneckt zu werden.«

»Nein«, protestiere ich. »Ich will … Ich will, dass du … Verdammt. Bitte.«

»Schling deine Beine um mich«, flüstert er.

Und ich gehorche. Natürlich gehorche ich. Weil Hollis sich im Bett als das exakte Gegenteil von Josh herausstellt. Ich weiß, dass ich Menschen im Allgemeinen zu schnell vertraue, also will das nicht viel heißen, aber ich vertraue ihm voll und ganz, und ich will gehen, wohin er mich führt, weil ich mir so sicher bin, dass er mich nur an Orte bringen wird, von denen er weiß, dass ich sie mögen werde.

Meine Beine ziehen ihn tief in mich hinein und beschränken seine Bewegungsfreiheit genug, dass er mich nicht wieder verlassen kann. Er setzt ein neues Tempo, schneller, aber nicht hart, seine Finger zwischen uns. Und sein Schwanz streift wieder und wieder diese perfekte Stelle, während seine Lippen an meinen sind, bis ich heftig komme und bebend an seinem Mund keuche. Ich verstärke den Druck meiner Beine um seinen Rücken und grabe die Nägel in seine Schultern. Er kommt tief in mir und murmelt eine lange Folge von Schimpfwörtern, bei denen uns mit Sicherheit alle fünfundzwanzig Jesusse anstarren (sofern sie das nicht sowieso schon getan haben).

Als er wieder bei klarem Verstand ist, greift Hollis zwischen uns, um sicherzustellen, dass das Kondom nicht verrutscht, als er sich herauszieht und neben mir auf dem Bett zusammenbricht. Mein Herz schlägt laut in meinem Schädel, und ich höre nichts als das und unseren schweren Atem.

»Ich glaube, der Sturm ist vorbei«, sage ich.

»Oh. Stimmt. Ich …« Er stößt ein leises Lachen aus. »Den

hatte ich ganz vergessen. Danke für … Gott, danke dafür.« Seine Hand findet meine Hüfte und tätschelt sie dankbar, ehe sie dort in einen hypnotischen Hin-und-Her-Rhythmus verfällt.

»Gut. Jetzt weißt du, dass es etwas gibt, das dir hilft. Fürs nächste Mal.«

»Mm«, sagt er.

»Schätze, ich muss jetzt für den Rest deines Lebens neben dir schlafen, für den Fall, dass das Wetter umschlägt.« Sobald die Worte aus meinem Mund sind, ist die ganze Anspannung, die Hollis aus meinem Körper vertrieben hat, wieder zurück in meinen Muskeln. Seine Hand verharrt auf meiner Hüfte. »Das war ein Witz«, sage ich eilig. »Allerdings kein witziger. Keine Sorge. Ich verstehe … ich weiß, dass du … dass ich … wir sind nicht …«

Im nächsten Moment ist sein Mund auf meinem, süß und warm. Er küsst mich, bis mein Körper sich wieder entspannt und mein Kopf ihm schließlich folgt.

»Ich hatte Spaß«, sagt er. »Hattest du Spaß?«

»Ja.« Tatsächlich kommt mir »Spaß« wie eine mächtige Untertreibung für das vor, was ich hatte, aber im Moment ist es unmöglich, eine genauere Beschreibung zu formulieren.

»Gut.« Er gibt einen leisen, kehligen Laut von sich, als er das Kondom entfernt. »Willst du zuerst ins Bad?«

»Ja.« Meine Zehen finden den Teppich, und meine Füße legen die zusätzlichen drei Zentimeter mit einem dumpfen Laut zurück. Nachdem ich mein T-Shirt und die Unterwäsche praktisch nur durch Tasten aufgespürt habe, weil wir immer noch keinen Strom haben, mache ich mich auf den Weg zur Badezimmertür und stolpere dabei über den Läufer.

In dem fensterlosen Badezimmer starre ich in den Spiegel, obwohl es zu dunkel ist, um mein Abbild dort zu sehen. Ich frage mich, wie diese Version von mir wohl aussieht, die Millie, die spontanen Sex mit ihrem übellaunigen Reisegefährten hatte. Das Einzige, was ich durch Tasten bestimmen kann, ist, dass sie ziemlich zerzaustes Haar hat.

Ich bin erleichtert, dass Hollis nicht zugelassen hat, dass ich weiter plappere und alles nur noch schlimmer mache. Gleichzeitig ist mir bewusst, dass er vermutlich nur wusste, wie er mich beruhigen kann, weil er schon unzählige Male in dieser Situation gewesen ist. Er weiß, wie er seine postkoitale Coolness wahrt. Denn was lebensverändernd für mich war, war für ihn vermutlich nur ein normaler Freitagabend. Und hätte er das Glück auf seiner Seite gehabt, dann wäre es Yeva gewesen und nicht ich. Ich bin mir sicher, Yeva hat nach dem Sex nie etwas Peinliches gesagt. Sie wirkt so beherrscht und mondän.

Scheiße. Yeva. Habe ich irgendeinen inoffiziellen Lady-Code gebrochen, als ich mit Hollis geschlafen habe, obwohl er eine Sex-Verabredung mit ihr hatte? Noch etwas, das ich Dani fragen muss. Wobei Dani diejenige war, die überhaupt erst gesagt hat, dass ich es machen soll, also ist es vermutlich im Rahmen des Akzeptablen. Und wenn nicht, dann ist Hollis derjenige, der es besser wissen und mich überhaupt nicht erst hätte küssen sollen. Oder?

Argh. Ich dachte, der Sinn von Gelegenheitssex wäre, die Dinge *weniger* kompliziert zu machen.

»Hey«, sage ich und zeige tadelnd auf den Spiegel, obwohl ich nur die vagen Umrisse meines Kopfes ausmachen kann. »Du wusstest, worauf du dich einlässt. Du wolltest das. Und jetzt hör auf, durchzudrehen und geh pinkeln, damit du keine Blasenentzündung bekommst.«

Als ich aus dem Bad komme, ist Hollis eine schattenhafte Gestalt, die auf der Bettkante sitzt. Er greift im Vorbeigehen nach meiner Hand und zieht mich zu sich.

»Alles okay?«, fragt er.

»Ja, ich … mir geht es gut.« Besonders jetzt gerade, weil ich seine warme Haut wieder an meiner spüre und die drahtigen Haare seiner Schenkel meine nackten Beine kitzeln.

»Sicher? Ich habe gehört, wie du da drin Selbstgespräche geführt hast.«

»Das habe ich nicht«, sage ich.

»Mit wem hast du dann geredet?«

»Äh. Mit jemand anderem?«

»Da ist jemand in unserem Bad?« Ich spüre seine Hand an meinem Kiefer, und sein Daumen streicht über meine Unterlippe. »Hmm. Dafür bist du aber ziemlich gelassen.«

»Du kennst mich doch«, sage ich. »Freundlich bis zum Gehtnichtmehr.«

Er steht auf und küsst mich zärtlich. »Zwischen uns hat sich nichts geändert, Millicent. Denk nicht zu viel darüber nach.«

»Ich weiß. Ich weiß.«

»Gut.« Er drückt einen Kuss auf meine Handfläche, ehe er mein Handgelenk loslässt. Die Zärtlichkeit dieser Geste verwirrt mich nur noch mehr.

Sobald er im Bad ist, klettere ich zwischen die Laken, die nach Lavendel und Sex riechen, und greife nach meinem Handy. Es ist 2.42 Uhr, und das bedeutet, dass Dani definitiv noch wach ist. Vermutlich hat sie gerade erst ihre Schicht in der Hotelbar in New York City beendet, wo sie arbeitet.

MILLIE: Ich hatte Sex mit Hollis.

DANI: Get it giiiiirrrrlll.

DANI: Wie war's???

MILLIE: Irgendwie ... Wahnsinn.

DANI: 

MILLIE: Nur weiß ich jetzt nicht, was ich tun soll. Ich hatte noch nie so ein Gelegenheitsding.

DANI: Was du jetzt tust, ist ES, und zwar mit IHM, und so oft wie möglich, bis zum Ende eurer Reise.

MILLIE: Aber er ist auf dem Weg zu einer anderen, mit der er Sex haben will.

DANI: Sind das nicht die meisten von uns, wenn man es genau bedenkt?

MILLIE: Bist du high?

DANI: Sehr.

Wenn Dani high ist, sind ihre Ratschläge zu philosophisch, um wirklich nützlich zu sein. Außerdem höre ich jetzt die Badezimmertür, und ich will nicht, dass Hollis weiß, dass ich meiner Cousine panische Textnachrichten darüber schreibe, was gerade zwischen uns passiert ist. Ich schiebe das Handy unter mein Kissen, drehe mich auf die Seite und versuche, meine eingerosteten Schauspielkünste zu reaktivieren und mich schlafend zu stellen, bis ich tatsächlich eingeschlafen bin.

12

Ich bin allein, als der Alarm meines Handys mich um sieben Uhr weckt. Es ist nichts aus dem Bad zu hören, im ganzen Zimmer ist es still, bis auf das stetige Summen der Klimaanlage. Hollis muss an diesem Morgen bereits irgendwo sein. Die Spitzenvorhänge können gegen das Sonnenlicht, das den Raum flutet und die ganzen Jesus-Bilder anstrahlt, nur wenig ausrichten. Ernsthaft, wie konnten wir tun, was wir letzte Nacht getan haben, während uns diese ganzen Augen beobachteten? Ich bin rückblickend noch nie so dankbar für einen Stromausfall gewesen.

Als ich mich aufsetze und strecke, wird mir zunehmend schmerzhaft bewusst, wie verspannt meine Glieder sind. Nicht vom Sex, sondern weil ich in einer schrecklich steifen Haltung auf der Matratzenkante balancierend geschlafen habe, um nicht versehentlich Hollis zu berühren. Ich wollte keinesfalls, dass er denkt, ich wolle kuscheln. Ich weiß vielleicht nicht viel darüber, wie so etwas hier läuft, aber ich weiß, dass es eher *Zack, peng, danke Ma'am* und nicht *Zack, peng, okay, wärst du gerne der große oder der kleine Löffel?* ist.

Auf meinem Handy finde ich eine Reihe von Arbeits-E-Mails, die noch ein paar Tage warten können, und eine Nachricht von Dani, die sie ein paar Stunden nach unserer kurzen Unterhaltung gesendet hat. Darin steht: Es ist nur kompliziert, wenn du es kompliziert machst, Cousinchen. Danis direkte Ratschläge sind so anders als die Art, wie Mrs. Nash mir durch die Grauzonen meiner Probleme geholfen hat, dass die Trauer, die in meinem Herz schlummert wie eine Narzissenzwiebel im Winter, droht, einen zarten grünen Spross auszusenden. Ich versuche das Bild meiner besten Freundin heraufzubeschwören, wie sie in ihrem Lieblingssessel mit Palmenmuster an einem großen Fenster in unserer Wohnung sitzt. Aber obwohl ich sie mir bis ins Detail vorstellen kann, lächelt sie mich nur an und sagt kein Wort. Ich bin so verloren, wie ich es immer war, wenn ich ihren Rat suchte, nur dass ich jetzt nicht einmal hoffen kann, dass sie den richtigen Weg weist.

Ich blicke hinüber zu meinem Rucksack, der an dem Schreibtischstuhl hängt. Mrs. Nash kann mir nicht mehr helfen, aber ich kann ein letztes Mal für sie da sein. Deshalb werde ich später in einem Cabrio sitzen, das mit drei Kilometern die Stunde durch die Stadt fährt, und Leuten zuwinken. Also sollte ich besser duschen, denn ich werde sicher gut drei Stunden brauchen, um ein Outfit zu finden, das eines Großmarschalls würdig ist.

Nur dass sich Hollis wohl wieder zurück in unser Zimmer geschlichen hat, während ich mir die Haare geföhnt habe, denn plötzlich hängt ein grasgrünes Etuikleid am Kleiderschrank. Ich ziehe das Badetuch enger um meinen Körper, während ich mich ihm nähere. Das Markenetikett darin ist verblasst, als wäre es vintage. Es sieht aus, als könnte es in meiner Größe sein, doch um das herauszufinden, muss ich es anprobieren. Meine Unterwäsche liegt auf meinem Koffer, wo ich sie vor dem Duschen hingelegt habe, also lasse ich das Badetuch fallen und ziehe sie an. Dann nehme ich das grüne Kleid vorsichtig von dem Bügel und steige hinein.

Ich habe das Kleid erst über meine untere Hälfte gezogen, als sich die Tür öffnet. Kurz zucke ich zusammen und versuche, meine Brust mit meinen Armen zu bedecken. Doch Hollis taucht in der Tür auf, lehnt sich in den Rahmen und lässt seinen

Blick langsam von meinen nackten Füßen bis zu meinen Augen hinaufgleiten.

»Ich habe dich nackt gesehen, Millicent«, sagt er. »Du musst deinen BH nicht vor mir verstecken.«

»Du hast mich nackt *gefühlt.* Du konntest letzte Nacht nicht besonders viel *sehen.*«

»Wortklauberei. Tatsache ist, dass ich bereits weiß, was sich da drunter verbirgt.« Er schließt die Tür und kommt zu mir herüber. »Dreh dich um.«

Als ich gehorche, zieht er das Kleid nach oben, bis ich meine Arme durch die Ärmel gesteckt habe. Dann schließt er den Reißverschluss. Aber nichts davon ist besonders sinnlich. Seine Bewegungen sind nicht langsam und bewusst, eher effizient. Es erinnert mehr daran, wie man ein Kleinkind anziehen würde als an die Verführung einer Liebhaberin.

»Hollis«, sage ich und beschließe, dass Ehrlichkeit der einzige Weg ist, um diese Situation zu überstehen. »Ich verstehe nicht, wie das funktioniert.«

»Es ist ein Kleid. Es bedeckt deinen Körper. Mehr ist da nicht.«

»Nein. Nicht … ich weiß, wie Kleidung funktioniert, danke auch. Aber ich verstehe nicht, wie das zwischen uns jetzt funktionieren soll.«

»Oh. Das habe ich dir doch letzte Nacht gesagt. Es hat sich nichts geändert.«

»Vielleicht nicht auf emotionaler Ebene, aber *etwas* hat sich verändert. Gestern Morgen hast du mich nicht angezogen.«

»Ich hätte es gemacht, wenn du gefragt hättest.«

»Du weißt, was ich meine. Wie gesagt, du weißt, was hier drunter los ist.« Ich gestikuliere wild in Richtung meiner Brust. »Du kommst her und berührst mich so, wie du es niemals getan hättest, bevor wir …«

»Bevor wir gefickt haben. Es ist okay, es auszusprechen.«

»Bevor wir gefickt haben«, sage ich und versuche jede Silbe so deutlich wie nur möglich auszusprechen, um zu zeigen, dass ich keine Angst habe. »Ich weiß, wie ich mit dir reden soll. Aber ich kenne die Regeln für den körperlichen Aspekt hiervon nicht. Wie wissen wir, ob oder wann wir es noch mal machen? Wer kann wen anfassen und in welcher Situation? Ich hatte so ein Gelegenheitsding noch nie. Und du ständig. Ich brauche Rat, damit ich nichts falsch mache und unserer Freundschaft irreparablen Schaden zufüge.«

»Ich hab es *ständig*?« Er stößt ein Lachschnauben aus. »Für wie begehrt hältst du mich eigentlich?«

»Hollis. Bitte. Erklär mir die Regeln.«

»Die Regeln.«

»Ja.«

»Okay.« Er senkt den Kopf, bis seine Lippen dicht an meinem Ohr sind. Seine Stimme ist leise und tief, intim. »Regel Nummer eins. Offenheit. Immer. Wenn ich dich zum Beispiel von diesem hübschen Kleid befreien möchte, von dem Connie dachte, dass du es möglicherweise heute bei der Parade tragen möchtest, und dich dann an meiner Zunge kommen lassen wollte, dann würde ich dir das kommunizieren und dich fragen, ob du damit einverstanden wärst. Und dann würdest du Ja oder Nein sagen oder vielleicht etwas anderes vorschlagen. Eine Einwilligung wird niemals als gegeben erachtet, und wir können unsere Meinung jederzeit und aus jedem Grund ändern.«

»W… wie lautet Regel Nummer zwei?«

»Regel Nummer zwei ist Safer Sex. Und Regel Nummer drei ist Spaß zu haben. Das war's.« Er knabbert leicht an meinem Ohrläppchen. »Also, was hältst du davon, Mill? Darf ich herausfinden, wie du schmeckst?«

Ich presse die Lider zusammen, überwältigt von der flüssigen Hitze, die sich zwischen meinen Beinen sammelt. »Oh. Scheiße. Ich dachte, das wäre nur ein Beispiel.«

»Nein, es war als tatsächlicher Genau-jetzt-Vorschlag gedacht.«

»Oh.« *Es ist nur kompliziert, wenn du es kompliziert machst.* Danis Nachricht blitzt in meinem Gehirn auf. Ich warte darauf, dass Mrs. Nashs Worte dasselbe tun, mein Kopf sucht nach einer Erinnerung eines vergangenen Ratschlags, der gut genug passt, um das Engelchen zu Danis Teufelchen auf meiner Schulter zu sein. Aber das Einzige, was ich finden kann, ist: *Tu, was du für richtig hältst.* Und was ich in diesem Moment für richtig halte – gemäß meinem Körper, nicht unbedingt meinem Gehirn –, ist Hollis' Mund. Ich packe sein Handgelenk und drehe es, damit ich die Zeit von seiner Uhr ablesen kann. Ich habe noch einige Stunden Zeit, bevor ich für die Parade fertig sein muss. »Ja, dafür wäre ich durchaus zu haben.«

Der Reißverschluss von dem Kleid öffnet sich wieder, dieses Mal mit Hollis' Lippen in meinem Nacken, während seine andere Hand meine entblößte Haut streichelt. Ich wackle ein wenig mit den Hüften, und der grüne Stoff fällt zu Boden.

»Bist du gerade endlich mal nett?«, frage ich.

»Nein«, flüstert er in mein Ohr. »Ich bin gerade extrem, extrem egoistisch.«

Ehe ich weiß, wie mir geschieht, bin ich vollkommen nackt. Hollis hält gerade lange genug inne, um sich zu vergewissern, dass das auf meiner Unterwäsche wirklich Hunde mit Sonnenbrillen sind. Er führt mich zum Bett, stößt mich sanft auf den Rücken, ehe er mich bei den Hüften an den Rand der Matratze zieht. Nachdem er seine Brille auf der Truhe am Fußende abgelegt hat, zieht seine Zunge eine Spur über die Innenseite meines Schenkels, und die Vorfreude verwandelt meine Beine in Wackelpudding. Aber nur wenige Zentimeter vor seinem ultimativen Ziel zögert er und richtet sich abrupt auf.

»Was ist los?«, frage ich. Das ist wirklich nicht die Reaktion, die man sich wünscht, wenn jemand gerade mit deiner Vagina konfrontiert wurde.

»Sorry, ich wurde Southern Baptist erzogen, und ich …«, murmelt Hollis, klettert hinter mir auf das Bett und streckt die Hand aus. »Ich kann das nicht … wenn die mich anstarren.« Er dreht die Jesusbilder um, zieht weiter zur nächsten Gruppe und zur nächsten, bis alle fünfundzwanzig gezwungen wurden, den Blick abzuwenden.

Ich lache die ganze Zeit über, tief aus dem Bauch heraus, während er jedem von ihnen mit seinem typischen Hollis-Stirnrunzeln begegnet. »Jetzt«, sagt er, als er neben dem Bett erneut auf die Knie sinkt, »sorgen wir dafür, dass es die Mühe wert ist, sie alle wieder zurückzudrehen.«

13

Es gibt zwei Dinge, die ich an Gadsleys Brokkoli-Festzug besonders mag: Die Prozession ist kurz, also kann ich die Marschkapelle die ganze Zeit über hören, wenn sie hinter mir »Tusk« spielt, und jemand hat mir eine seidige Schärpe mit der Aufschrift GROSSMARSCHALL DES FESTZUGS und eine Blumenkrone mit eingearbeiteten Brokkoli-Röschen gegeben.

»Schau mal!«, rufe ich Hollis vom Rücksitz des weißen Cabrios zu, während wir am Sammelpunkt warten. Ich senke den Kopf. »Kapiert?«

»Nein«, sagt er. Er steht ein paar Schritte entfernt auf dem Bürgersteig, die Arme vor der Brust verschränkt, das Stirnrunzeln stabil auf dem Gesicht. Für einen Mann, der vor nicht einmal zwei Stunden Sex hatte, sieht er schon wieder verdammt missmutig aus. Es ist beinahe beeindruckend, mit welcher Hingabe er den Miesepeter spielt.

»Es ist eine *Brokkoli-Krone!*«

Er zuckt mit den Schultern, als wollte er sagen: *Na und?*

»Die Art, wie man Brokkoli erntet, du weißt schon, diese Bündel. Diesen Kopfteil nennt man Krone. Es ist ein Wortspiel.«

Hollis verdreht die Augen.

»Möglicherweise hättest du das gewusst, wenn du den Brokkoli-Newsletter nicht gekündigt hättest«, sage ich, gerade als der Besitzer der Autovermietung den Schlüssel in der Zündung dreht. Wenigstens damit kann ich Hollis' Mundwinkeln ein leichtes Zucken entlocken.

Zweifellos muss er an heute Morgen denken. Nachdem er mich mit dem Mund zum Höhepunkt gebracht hatte, sagte er, ich solle mir keine Gedanken um ihn machen, obwohl es mehr als offensichtlich war, dass er steif war. Als er also anfing, die Bilder über dem Bett umzudrehen, griff ich nach meinem Handy und schrieb ihm, dass Kalifornien der führende Brokkoli-Produzent in den Staaten ist. Er las die Nachricht und hatte auf einmal diesen finsteren, sexy Gesichtsausdruck.

»Nein. Keine Brokkoli-Fakten mehr. Schluss.«

»Ich dachte mir schon, dass du das sagen würdest«, sagte ich. Und dann rief ich einen Entwurf auf, den ich für genau diesen Moment vorbereitet hatte, und drückte auf Senden.

Der schwerste dokumentierte Brokkoli wurde 1993 gezogen. Er brachte fast 16 Kilo auf die Waage.

»Millicent«, presste er zwischen zusammengebissenen Zähnen hindurch, als sein Handy auf dem Nachttisch summte. »Wenn das ein weiterer Brokkoli-Fakt ist, ich schwöre bei Gott.«

»Was willst du dagegen tun?«, fragte ich und forderte ihn mit meinem Lächeln heraus.

Plötzlich war er über meinem nackten Körper und küsste mich hart. »Erstmal werde ich deine Nummer blocken«, murmelte er an meinen Lippen. Dann spürte ich ihn lächeln.

»Und dann?«

Meine Wangen werden heiß, als ich mich daran erinnere, was Hollis dann vorschlug und gleich darauf in die Tat umsetzte. Ich fächle mir Luft zu und hoffe, dass die kühle Brise die Röte vertreibt.

»Hier ist es ein bisschen heißer, als oben im Norden, hm?«, sagt der Bürgermeister neben mir.

»Ha, ja.« In Gadsley sind es aktuell milde einundzwanzig Grad. Aber ich bin zu dankbar für den Vorwand, um zu erwähnen, dass ich ursprünglich aus dem Süden Kaliforniens komme oder dass DC theoretisch südlich der Mason-Dixon-Line liegt und es dort, sobald es richtig Sommer ist, viel heißer als hier wird (mit wesentlich höherer Luftfeuchtigkeit).

Der Festzug sollte etwa zwanzig Minuten dauern – was der Dauer eines entspannten Spaziergangs entlang Gadsleys Haupstraße entspricht –, und ich sonne mich in der Mittagswärme und der Aufmerksamkeit der Menge. Denn so sehr ich meine Privatsphäre auch liebe, ich wusste ein Publikum schon immer zu schätzen. Das einzige andere Mal, dass ich Teil eines Festzugs war, war an Thanksgiving 2003 auf dem Pringles-Wagen. Das war eine gewaltige Menschenmenge. Aber das hier ist viel weniger überwältigend. Etwa vierhundert Leute, die auf den Bürgersteigen stehen und mir zuwinken, als wären wir Nachbarn. Ryan der Hipster hat großartige Arbeit mit der Band geleistet, und selbst nachdem ich eine Viertelstunde lang immer wieder den gleichen Song gehört habe, bin ich ihn ganz und gar nicht müde.

Trotzdem erwische ich mich dabei, wie ich mir wünsche, wir könnten schneller machen und endlich ans Ziel kommen, weil wir zu viel Zeit verschwenden. Heute Morgen in der Dusche habe ich noch einmal darüber nachgedacht, ob ich nicht das Heim anrufen soll, bevor wir uns wieder auf den Weg machen. Aber wie bei dem letzten Mal wurde mir bei dem Gedanken ein wenig übel. Und dann hat Hollis mich abgelenkt, wofür ich ihm dankbar war. Hey, vielleicht kann ich Hollis überreden, dass er anruft. Es ist feige, fühlt sich aber auch weniger unüberwindbar an, als selbst fragen und die Antwort hören zu müssen.

Hollis wartet am Ende der Strecke auf mich, wo er in sein Handy tippt.

»Wie bist du hierhergekommen?«, frage ich. »Du warst doch vorhin noch am Sammelpunkt.«

»Zu Fuß«, sagt er und schiebt das Handy zurück in seine Tasche. »Ihr seid mit ungefähr drei Kilometern die Stunde gekrochen. Es war nicht gerade schwer, da mitzuhalten.«

»Hast du mich die ganze Zeit beobachtet? Das ist ziemlich gruselig, Junge.«

»Ich habe eine E-Mail geschrieben, wenn du es ganz genau wissen willst.« Hollis blickt noch finsterer drein und streckt mir seine Hand entgegen. »Wirst du jetzt aus dem Wagen steigen, damit wir loskönnen, oder willst du mich weiter verhören?«

Ich ergreife sie, und meine warme Hand wird bei der Berührung heiß. Hollis schlingt einen Arm um meine Taille und hebt mich aus dem Cabrio. Unsere Gesichter sind sich sehr nahe, als er mich wieder absetzt. Er sieht aus, als wollte er mich küssen, und ich will definitiv ihn küssen. Aber dann lässt er mich los und tritt einen Schritt zurück.

»Hier sind Leute von der Zeitung«, sagt er. »Und ich habe ein paar Vans des örtlichen Fernsehsenders gesehen.«

»Ja? Das ist gut. Dann bekommen Ryan und der Bürgermeister die Publicity, die sie wollten.«

»Ich meinte nur, dass ich vermutlich nicht mit dir gesehen werden sollte. Für den Fall, dass die Medien denken, wir wären zusammen. Das ist nicht die Aufmerksamkeit, der du zugestimmt hast.«

Ich lächle und spiele mit dem Reißverschluss seines Hoodies. »Nun. Das ist sehr aufmerksam von dir. Aber ich bin nicht annähernd berühmt genug, als dass es irgendjemanden interessieren würde, mit wem ich zusammen bin. Deshalb hat Josh ja überhaupt getan, was er getan hat.«

Hollis verschränkt die Arme vor der Brust, damit ich nicht mehr an seinen Reißverschluss herankomme. »Trotzdem. Ich glaube nicht, dass es eine gute Idee ist.«

»Moment mal. Geht es hier um Yeva?« Ich klatsche die Hände gegen meine Stirn und zucke zusammen, als ich dabei die Prellung treffe, die strategisch unter einer Haarsträhne und fünfzig Schichten Concealer verborgen ist. »Du willst nicht, dass sie dich mit mir sieht. Das ist der wahre Grund, oder?«

Wie kommt es, dass ich ständig Yeva vergesse? Wenn es unhöflich ist, sich bei der Achterbahn vorzudrängeln, dann ist es sicher hundertmal schlimmer, sich bei jemandes Sexfreund vorzudrängeln. »Ich wusste, dass das eine schreckliche Idee war«, stöhne ich. »Und ich bin ein schrecklicher Mensch.«

»Was? Nein. Kein Grund durchzudrehen. Bitte …« Hollis kommt wieder auf mich zu.

»Muss ich mich bei ihr entschuldigen? Ihr … ich weiß nicht … Blumen oder so was schicken? Vielleicht einen Fresskorb? Hat sie irgendwelche Allergien?«

»Wovon … Mill. Schau mich an.«

Ich presse protestierend die Lider zusammen und weigere mich, meine Panik fahren zu lassen.

»Millicent.« Seine Stimme ist ein leises, frustriertes Knurren, die Art, die mich ein klein wenig anmacht. Er schlingt einen Arm um meine Taille und zieht mich an sich. »Öffne die Augen und schau mich an.«

Ich öffne ein Auge und stelle fest, dass Hollis direkt zu mir herunterstarrt.

»Mach dir keine Gedanken wegen Yeva«, sagt er. »Das hier hat nichts mit ihr zu tun.«

»Du willst nur, dass ich mich nicht mehr so schlecht fühle, weil ich mich vorgedrängelt habe.«

»Vorgedrängelt?«

»Ja. Wenn du eine Achterbahn wärst …«

Hollis unterbricht mich mit einem grollenden »Oh, verdammt noch mal.« Er legt seine Hände an mein Gesicht, bevor seine Lippen meinen mit genug Druck begegnen, dass klar ist, dass es vor allem darum geht, mich zum Schweigen zu bringen und aus meiner Panikspirale zu holen. Aber schon bald verwandelt sich der Kuss in ein gemächliches, sanftes Erkunden von Mündern. Und ups, schon machen wir auf der Hauptstraße inmitten von Dutzenden Menschen herum.

Eine unbestimmte Zeitspanne später holt uns ein Johlen aus der Menge zurück in die Realität. Ich versuche, einen Satz nach hinten zu machen, um Abstand zwischen uns zu bringen, als ob das jetzt noch irgendeinen Sinn hätte. Aber er hält mich fest und sagt leise in mein Ohr. »Schätze, wir werden herausfinden, ob du wirklich nicht berühmt genug bist, dass es jemanden interessieren würde.«

Ich bin nicht berühmt genug, dass es jemanden interessieren würde. Oder besser gesagt: Ich wäre es nicht. Nur stellt sich heraus, dass es sich recht schnell im Internet verbreitet, wenn jemand zwei Leute filmt, die sich am Ende eines Festzugs leidenschaftlich küssen, und eine davon ist der Großmarschall der Parade mit einer Blumenkrone, in der rohe Brokkoliröschen stecken. Denn obwohl Hollis und ich kein Paar sind, sind wir anscheinend trotzdem *hashtag couple goals* und *sowas von offensichtlich verliebt*. Das sommersprossige Kind im Hintergrund, das mit offener Kinnlade sein Eis fallenlässt, als Hollis meine Pobacke drückt, beschleunigte die Viralität des Videos nur noch.

Eine halbe Stunde, nachdem das Original auf Twitter gepostet wurde, hat sich die Großmarschall-Geschichte in der absurden Flüsterpost des Internets verloren, und dank der Krone auf meinem Kopf hat man mich die Brokkoli-Prinzessin getauft (obwohl ein Retweet mich als Grüne Göttin bezeichnete, was ich ziemlich clever fand). Wie dem auch sei, irgendwann zählte jemand zwei und zwei zusammen und fand heraus, dass die Brokkoli-Prinzessin Millicent Watts-Cohen ist. Deshalb sind die sozialen Medien jetzt voll mit Hottakes über *Penelope in die Vergangenheit* und Screenshots meines ungelenken Teenager-Körpers in dem berühmt-berüchtigten gelben Bikini.

»Hör auf, es dir anzusehen«, sagt Hollis auf dem Fahrersitz von Ryans limettengrünem Kia Soul nun schon zum dritten Mal. »Am Ende ärgerst du dich nur oder bist angeekelt.«

Ich dringe tiefer vor in das Rabbit Hole von Retweets und Quote-Tweets und – ach du meine Güte, es gibt bereits eine Parodie von zwei Typen, die einen Comedy-Podcast oder so was haben. Der mit dem Bart spielt mich, und ihr Hund ist das Kind im Hintergrund. Es ist tatsächlich ziemlich witzig.

»Warum genau benutzt du dafür eigentlich mein Handy?«, murmelt Hollis.

»Du hast die App. Das ist bequemer.«

»Du kannst dir auch die App auf dein Handy laden.«

»Dann müsste ich einen Account erstellen. Nein danke, ich benutze einfach weiter deins«, sage ich.

Soweit ich weiß, hat noch niemand herausgefunden, wer Hollis ist. Und ich hoffe, das bedeutet auch, dass Yeva das Video nicht sieht. Hollis mag mir gesagt haben, dass ich mir ihretwegen keine Sorgen machen soll, aber ich kann nicht anders, als mir Sorgen darüber zu machen, ob mein Hormonrausch ihr Kummer bereiten wird. Ich will gerade wieder davon anfangen und Hollis fragen, ob er sicher ist, dass Yeva wirklich kein Problem damit hat, und ob so was Teil ihrer Abmachung ist, als Hollis' Handy in meiner Hand vibriert.

Bitte, lass es nicht wieder Yeva sein. Bitte, lass es …

Okay, es ist nicht Yeva. Aber jemand hat herausgefunden, dass der Mann im Video Hollis Hollenbeck ist.

JOSH YAEGER: Was zur Hölle glaubst du, was du da tust, Hollenbeck?

Als ich den Namen meines Ex sehe, wird mir flau im Magen. »Ähm. Hollis. Du hast eine Nachricht von …«

JOSH YAEGER: Ich weiß, dass du gerne ich wärst und gerne hättest, was ich habe, aber das geht zu weit.

»Von …?«, hakt Hollis nach.

»Josh.«

»Oh.« Er schnaublacht. »Was will das Arschloch?«

Ich starre auf das Display, und meine Hand zittert, während ich warte, ob eine weitere Nachricht kommt. »Er muss das Video gesehen haben. Ich glaube, er ist ziemlich sauer.«

»Gut.«

JOSH YAEGER: Wenn du deinen Schwanz unbedingt in eine Verrückte stecken willst, dann bitte, mach ruhig. Sie ist ohnehin fürchterlich im Bett.

Die Worte jagen Zorn in meine Brust, aber gleichzeitig fühlt sich mein Selbstbewusstsein an wie eine abblätternde Tapete, bei der nur ein kräftiger Ruck ausreichen würde, um sie von der Wand zu reißen. Ich habe mich bereits so daran gewöhnt, wie Hollis mich dazu bringt, mich auf meine starken Seiten zu konzentrieren, dass ich bereits vergessen habe, wie schnell man auf etwas Verblasstes und Fragiles reduziert werden kann.

> JOSH YAEGER: Du solltest wissen, dass sie dich nur benutzt, um sich an mir zu rächen. Sie muss gehört haben, dass das alles ist, wofür du gut bist.

Diese Nachrichten in Kombination mit den Kommentaren über das Video der Brokkoli-Parade sind genug Selbstgeißelung für einen Tag. Ich stecke Hollis' Handy in den leeren Becherhalter und starre zum Fenster hinaus, während wir dem Highway folgen. Hollis ist auf die Straße konzentriert, und seine missmutige Miene vertieft sich noch, als die ersten Takte von »Sister Golden Hair« aus den Lautsprechern dringen. Säßen wir jetzt nicht in einem vollkommen anderen Wagen und hätte ich keine Beule an der Stirn und eine detaillierte mentale Karte von Hollis' nacktem Körper, könnte man meinen, dass die letzten zwei Tage nie passiert sind. Aber das sind sie, und es ist jetzt vierundzwanzig Stunden nach meiner ursprünglich geplanten Ankunft im Pflegeheim. Wir haben noch nicht einmal South Carolina verlassen.

»Hey«, sage ich. »Könntest du mir einen Riesengefallen tun?«

»Kommt drauf an«, antwortet er.

»Worauf?«

»Ob ich es tun will.«

Ich verdrehe die Augen, aber um ehrlich zu sein, weiß ich die Bestätigung, dass sich wirklich nichts zwischen uns verändert hat, zu schätzen.

»Was denn?«, fragt er.

»Könntest du in Elsies Heim anrufen und fragen, ob sie … ob sie … Könntest du dich erkundigen, wie es ihr geht? Ich kann mich scheinbar nicht dazu überwinden. Ich habe zu große Angst vor der Antwort.«

»Oh«, sagt er. »Ja. Das kann ich machen. Beim nächsten Zwischenhalt?«

Ich atme erleichtert auf. »Das wäre toll. Danke.«

Wir schweigen einen Moment lang, und ich höre beinahe, wie sein Gehirn die Frage formuliert, noch bevor sie schließlich aus seinem Mund kommt.

»Was machst du, wenn …«

»Wenn ich zu spät bin?«, beende ich den Satz für ihn.

»Ja.«

Ich zucke die Achseln. »Ich weiß es nicht. Ich habe versucht, nicht darüber nachzudenken.«

»Wirst du trotzdem noch nach Key West fahren? Oder nach Hause?«

Der Teil von mir, der niedergeschmettert wäre, würde umdrehen und nach Hause zurückkehren wollen. Aber der andere Teil von mir, der das alles hier überhaupt erst machen wollte, wird verlangen, dass ich meine Reise nach Key West trotzdem fortsetze. Das gibt mir wenigstens die Gelegenheit, nach einer Stelle zu suchen, an der ich meine drei Esslöffel von Mrs. Nash zur Ruhe betten kann. Es wäre wirklich lächerlich, sie nach DC zurückzubringen, nachdem wir schon so weit gekommen sind.

»Ich würde trotzdem hinfahren«, sage ich. »Nur für ein paar Stunden. Um wenigstens die Asche zu verstreuen.«

»Und wenn Elsie noch da ist? Was dann?«

»Sie und Mrs. Nash wiedervereinigen, natürlich. Mit ihr reden, wenn sie das kann und möchte. Ich habe so viele Fragen. Ich will alles über ihr Leben hören. Die Grundlagen kenne ich durch meine Nachforschungen, die ich angestellt habe, um sie zu finden, aber die Informationen, die man aus offiziellen

Dokumenten und Zeitungsartikeln gewinnen kann, sind begrenzt.«

Es gab Berichte der US Navy über den Vorfall in Korea, obwohl sie zu offiziell waren, um wirklich ins Detail zu gehen. Alles, was ich daraus gewinnen konnte, war, dass es sich um einen Verwaltungsfehler handelte. Danach tauchte Elsie Brown in einem Artikel der *Yale Daily News* über weibliche Medizinstudenten auf und in den Danksagungen einiger Artikel in medizinischen Fachzeitschriften für Chirurgie. Ich konnte herausfinden, dass sie danach den Großteil ihrer Karriere als Unfallchirurgin in einem Krankenhaus nahe Fort Lauderdale verbracht hat und in den frühen 80ern in den Ruhestand gegangen ist. Ich dachte, dass meine Spuren dort versiegen würden, und es war nicht einfach, Verwandte zu finden, weil ihr Familienname so verbreitet ist. Und dann fand ich letzten Mittwochmorgen einen kurzen Artikel im *Key West Citizen* anlässlich ihres 101. Geburtstags, und so fand ich heraus, dass sie die letzten fünf Jahre im *The Palms at Southernmost* verbracht hat.

O Gott, ich glaube, ich habe sie gefunden, sagte ich zu der Schatulle mit Asche neben meinem Laptop, als ich das Ende des Artikels erreicht hatte. In meinem Kopf antwortete Mrs. Nash mit einem gütigen Lächeln.

»Oh, natürlich«, sagt Hollis abwesend, während er die Spur wechselt, um einen langsamen Kombi vor uns zu überholen.

»Aber ich werde vermutlich bis … bis zum Ende bleiben, wenn ich kann. Ich weiß nicht, ob sie noch Familie hat. Also möchte ich sicherstellen, dass am Ende wenigstens eine Freundin bei ihr ist.«

»Ich muss Samstag wieder zurück«, sagt Hollis. »Ich unterrichte einen Sommerkurs im Schreiben, der Montag losgeht.«

Ich verstehe nicht, warum er mir das erzählt, es sei denn … »Oh! Mach dir keine Gedanken um mich. Ich dachte ohnehin, dass du Ryans Wagen behältst und ihn zurück nach Gadsley fährst, um deinen eigenen Wagen abzuholen, sobald du in Miami fertig bist. Ich miete mir einfach ein Auto und fliege dann, wie ursprünglich geplant, nach Hause. Das ist einfacher, als unsere Reisepläne abzustimmen, vor allem, weil ich keine Ahnung habe, wann ich mich auf den Rückweg mache. Ich würde niemals verlangen, dass du früher bei Yeva abhaust oder meinetwegen ein paar Tage länger bleibst.«

»Millicent, ich werde nicht …«

»Scheiße.« Als ich an Hollis mit Yeva denke, durchfährt mich ein kleiner Stich Eifersucht, und ich will meinen Rucksack wie einen Schild an mich pressen. Aber als ich hinunter zu meinen Füßen blicke, ist er nicht da. »Scheiße«, wiederhole ich. »Ich habe meinen Rucksack verloren. Ich muss … Scheiße. Wir müssen … wir müssen zurück. Ich muss ihn finden.«

»Bist du dir sicher, dass er nicht auf dem Rücksitz liegt oder im Kofferraum mit dem anderen Gepäck oder …«

»Ja, ich bin mir sicher. Ich muss ihn in der Pension gelassen haben. Scheiße. Scheiße. Was, wenn er nicht dort ist. Was, wenn Mrs. Nash jetzt auf einer Mülldeponie liegt oder irgendwo auf halbem Weg nach Kanada ist, zusammen mit meinem Handy, meinem Geld, meinem Führerschein … meinem National-Archives-Ausweis! O Gott, Hollis, das bedeutet, ich habe keinen Ausweis. Wenn wir in diesem geliehenen Auto sterben, wird niemand meine Leiche identifizieren können, und sie müssen auf zahnmedizinische Daten zurückgreifen, und ich war schon so lange nicht mehr beim Zahnarzt. Was, wenn meine Zähne sich zu sehr verändert haben und meine Familie nie erfährt, was mit mir passiert ist? Sie werden suchen und suchen und glauben, ich sei nur vermisst und niemals herausfinden …«

»Millicent«, sagt Hollis und legt eine Hand auf meinen Oberschenkel. Ich glaube, das soll mich beruhigen, aber bei der Berührung zuckt ein sehr ungelegenes elektrisches Knistern durch mein Bein. »Ich bin mir sicher, dass dein Rucksack wohlbehalten bei Connie und Bud auf dich wartet. Und wenn nicht, dann ist er irgendwo anders in Gadsley. Wir finden ihn. Okay?«

Ich zwinge mich zu einem tiefen Atemzug, um sowohl die Panik als auch die Erregung niederzukämpfen, die jetzt beide um meine Aufmerksamkeit konkurrieren. »Okay.«

»Und ich habe meine Brieftasche dabei. Wenn wir also sterben, dann können sie mich identifizieren. Es wissen mittlerweile genug Leute, dass wir zusammen unterwegs sind, dass sie sich erschließen können, wer du bist.«

»Das ist eine Erleichterung.«

Die Uhr im Armaturenbrett zeigt 13.21 Uhr. Wir sind beinahe eine Stunde unterwegs. Die Rückfahrt nach Gadsley, die Suche nach meinem Rucksack und wieder an diesen Punkt zu kommen, das alles wird die heutige Fahrt um mindestens zwei Stunden verlängern. »Verdammt«, flüstere ich. »Verdammt, verdammt, verdammt.«

Hollis nimmt die nächste Ausfahrt und kehrt augenblicklich zurück auf den Highway, nur in die entgegengesetzte Richtung. »Hey, wenigstens ist es dir jetzt aufgefallen und nicht erst, wenn wir halb durch Florida sind.«

Ich hebe ruckartig den Kopf und starre den Unbekannten auf dem Fahrersitz an. Er wirft mir einen kurzen Seitenblick zu, ehe er die Augen wieder auf die Straße richtet. »Wer zur Hölle bist du?«, frage ich. »Und was hast du mit meinem superheißen aber absurd pessimistischen Reisegefährten gemacht?«

»Nur weil ich sonst nicht auf den Silberstreif am Horizont fokussiert bin, bedeutet das nicht, dass ich ihn nicht finden kann, wenn ich das möchte.«

»Hör auf damit. Diese Rollenumkehr fühlt sich komisch an.« Ich versuche, zu ignorieren, dass Hollis einen Silberstreif finden *will*, damit es mir besser geht. »Du solltest jetzt sehr genervt von mir sein. Ich habe deine Sexverabredung mit Yeva um mindestens zwei weitere Stunden verzögert.«

Hollis' Stirnrunzeln vertieft sich. »Das reicht jetzt. Nimm mein Handy.«

»Warum?«

»Ich möchte, dass du dir meine Textnachrichten mit ihr ansiehst. Scrolle hinauf zu denen von letzter Nacht.«

Ich habe sein Handy bereits in der Hand, aber jetzt lege ich es mit dem Display nach unten auf mein Bein. Ich habe wirklich kein Bedürfnis, noch mehr von Yeva zu sehen, als ich bereits habe. »Tut mir leid, aber ich will wirklich nicht dein Sexting mit einer anderen Frau lesen. Ich versuche, das alles entspannt anzugehen, aber *so* entspannt bin ich nicht.«

»O Gott, Millicent, das sind keine … lies einfach die verdammten Nachrichten.«

Ich seufze und wappne mich für die expliziten Bilder, die mich möglicherweise erwarten, während ich in die Unterhaltung mit Yeva Markarian navigiere.

YEVA: Weißt du schon, wann du kommst?

Die Nachricht kam gestern Abend an. Vermutlich war das der Grund, warum sein Handy auf dem Nachttisch vibriert hat, als Pee-wee beim Alamo ankam. Hollis hat einen Blick darauf geworfen und es dann ohne zu antworten wieder weggelegt. Aber scheinbar hat er irgendwann dann doch eine Nachricht zurückgeschrieben, denn es gibt eine Antwort von 22.12 Uhr.

HOLLIS: Hey. Es tut mir wirklich leid, aber ich werde es leider nicht schaffen.

YEVA: 😨 Alles okay?

HOLLIS: Ja, weitgehend. Eine Freundin möchte jemanden im Hospiz besuchen, und ich wäre gerne für sie da.

YEVA: Oh wow, okay. Tut mir leid, das zu hören …

HOLLIS: Ja. Noch mal sorry. Ich hoffe, ich habe dir jetzt nicht die Woche versaut.

YEVA: Keine Sorge, wir holen es ein andermal nach. Es ist wichtig, für seine Freunde da zu sein xo

HOLLIS: Danke xo

Das Erste, worauf sich mein Gehirn stürzt, ist das gegenseitige »xo« und dass ich wünschte, es wäre nicht da. Aber schon kurz darauf erfasst es das Gesamtbild, nämlich, dass Hollis seine Verabredung abgesagt hat, um mich zu Elsie zu begleiten. Und er hat diese Entscheidung nach *Pee-wee* und vor dem Geschlechtsverkehr getroffen.

»Hollis … das ist wirklich sehr nett von dir«, sage ich.

»Ich versuche nicht, nett zu sein. Ich versuche, dich dazu zu kriegen, dass du aufhörst, dir Sorgen wegen mir und Yeva zu machen, denn es gibt kein Yeva und mich. Im Moment gibt es nur dich und mich.«

Ich weiß, dass er damit nichts Romantisches meint, aber mein viel zu weiches Herz dreht trotzdem eine winzige Pirouette. »Du versuchst vielleicht nicht, nett zu sein, aber du schaffst es trotzdem«, sage ich. »Und Yeva schien es nicht zu überraschen, dass du für jemand anderen da sein willst. Da ist definitiv eine Zimtschnecke unter der rauen Schale. Ich wusste es.«

Hollis seufzt schwer, und seine rechte Hand bewegt sich vom Lenkrad zu seinem Ohrläppchen. »Warum habe ich eingewilligt, mehr Zeit mit dir zu verbringen?«

»Weil ich eine reine Freude bin.«

»Darüber lässt sich streiten.«

»Sicher, dass du mit nach Key West kommen willst?«, frage ich, weil ich ihm einen Ausweg anbieten will, für den Fall, dass er die Entscheidung tatsächlich bereut. »Ich komme auch allein zurecht, falls du lieber …«

»Ja, ich bin mir sicher. Ich will dabei sein, wenn du Mrs. Nash und Elsie wieder vereinst.«

»Aber warum? Du glaubst doch nicht an das Ewige-Liebe-Zeug?« Will er wirklich mit mir nach Key West fahren, um es mir unter die Nase zu reiben, sollte sich herausstellen, dass es Elsie egal ist? Das kommt mir grausam vor, und Hollis kann definitiv ein Arsch sein, aber bislang hat er keine Anzeichen für bewusst sadistisches Handeln gezeigt.

Er sieht mich kurz an und richtet dann seine Aufmerksamkeit wieder auf die Straße. »Vielleicht würde ich mich gerne überzeugen lassen, dass ich falschliege.«

Key West, Florida

März 1945

An einem warmen Morgen im März stiegen Rose und Elsie in ein kleines Ruderboot. Sie hatten es sich von einem der örtlichen Fischer geliehen, mit dem Elsie sich angefreundet hatte, als sie ihn in einer Bar unter den Tisch trank. Als Rose in ihr Quartier zurückkehrte, erzählte sie ihren Freunden, die Fische hätten an diesem Tag nicht angebissen, doch tatsächlich hatte sie keine Ahnung, denn weder sie noch Elsie hatten ihre Angel ausgeworfen. Stattdessen hatten sie stundenlang im Boca-Chica-Kanal südwestlich des Stützpunkts geankert und sich von dem friedlichen Wasser in der Illusion wiegen lassen, ganz allein auf der Welt zu sein. Wenn Rose daran zurückdachte, dann gehörten diese ersten Stunden, als sie mit ineinander verschlungenen Beinen im Boot lagen, sich küssten und lachten und einander berührten, zu den besten ihres Lebens.

Elsie zwirbelte Roses dunkles Haar zwischen ihren Fingern. »Hast du bei dir zu Hause jemanden?«, fragte sie, und Rose erstarrte, als diese Frage den schützenden Panzer dieses Moments zerstörte.

»Was meinst du damit?«

»Einen Mann vielleicht? Jemanden, den du gern hast. Jemanden, den du … liebst?«

Elsie schlang die Arme um Roses Schultern, um die plötzliche Anspannung im Körper ihrer Geliebten zu lösen. Sie küsste entschuldigend die Seite ihres Halses, fuhr jedoch fort: »Es ist schon in Ordnung. Mir macht das nichts aus.«

Vielleicht war es falsch, doch Rose hatte es keine Probleme bereitet, Elsie und Dickie in getrennten Kammern ihres Herzens und Kopfes aufzubewahren. Wenn sie genauer darüber nachdachte, dann erschienen ihr ihre Liebe für Dickie und ihre Liebe für Elsie gänzlich verschieden: Dickie war sichere Zufriedenheit, eine gemeinsame Vergangenheit und eine unkomplizierte Zukunft. Elsie war wilde Freude und Leidenschaft, das Hier und Jetzt, das aufregende und furchterregende volle Spektrum aller Möglichkeiten. Über ihre Liebe für Dickie zu sprechen, als könnte man sie mit ihrer Liebe für Elsie vergleichen, setzte irgendwie ihre Gefühle für beide herab. Sie hasste es, wie Elsie sie zwang, die Trennwände einzureißen und sich mit ihrer Liebe als eine schmutzige, willkürliche und treulose Angelegenheit auseinanderzusetzen.

»Erzähl mir von ihm«, flüsterte Elsie, und es war ein Gefühl, das Scham ähnelte, das Rose schließlich antworten ließ.

Rose schloss flatternd die Lider, um das Bild des einst zierlichen Jungen besser vor sich sehen zu können, den Jahre der Farmarbeit in den breitschultrigen und attraktiven Mann verwandelt hatten, mit dem sie einmal so dringend ihren Körper und ihr Leben hatte teilen wollen. »Er heißt Dickie. Dickie Nash. Seinen Eltern gehört die Farm neben unserem Haus in Oshkosh. Wir standen uns schon in unserer Kindheit sehr nahe, und alle haben immer Witze gemacht, dass wir einmal heiraten werden. Aber ...«

Elsie hob die blonden Brauen als Aufforderung weiterzusprechen. »Dann kam der Krieg, und Dickie schloss sich der Luftwaffe an. Er ist irgendwo bei Palermo stationiert.«

»Haltet ihr keinen Kontakt?«, fragte Elsie, während ihre Finger in einem hypnotischen Rhythmus, der wohl beruhigend sein sollte, Roses Arm auf und ab strichen.

Die Sonne schob sich hinter den Wolken hervor und verstärkte die Hitze noch, die sich in Roses Gesicht breitmachte. »Er schreibt mir. Manchmal. Wenn er kann.«

»Und schreibst du ihm zurück?«

»Ich weiß nicht, warum du das wissen willst«, sagte Rose und rückte aus Elsies Umarmung. Sie schrieb Dickie mindestens einmal die Woche, und manchmal sprach sie sogar von Elsie – natürlich nicht die Wahrheit über das, was sie miteinander taten und wie sie füreinander empfanden, aber es war unmöglich, Elsie nicht zu erwähnen, wenn sie doch so viel von Roses Zeit und Gedanken in Anspruch nahm. »Du weißt, wie ich für dich empfinde.«

»Und du weißt, dass ich diese Gefühle erwidere.« Elsie griff nach ihrer Hand, und Rose ließ es zu, obwohl ihre Gewissensbisse ihr das Gefühl gaben, es nicht zu verdienen, berührt zu werden und zu berühren. »Aber ich denke, du solltest es trotzdem in Betracht ziehen, Dickie Nash zu heiraten.«

»Du willst, dass ich jemand anderen heirate?«

Möglicherweise hörte Elsie in ihrer Stimme, wie sehr es ihr Herz brach, denn sie raffte sie wieder an sich und sprach eilig, als versuchte sie, etwas Schmerzhaftes so schnell wie möglich zu Ende zu bringen. »Es ist ja nicht so, als könnte ich dich heiraten. Rose, ich wünsche mir *nichts* mehr, als den Rest unserer Tage gemeinsam zu verbringen, genau wie jetzt. Aber ich weiß, dass du andere Dinge im Leben willst. Du hast mir erzählt, wie sehr du dir Kinder wünschst.«

Rose hatte den Moment gefürchtet, in dem sie sich zwischen dem vorhersehbaren Leben mit Dickie und einer unbekannten Zukunft mit Elsie würde entscheiden müssen, aber jetzt erkannte sie, dass es naiv gewesen war, anzunehmen, dass dies ihre Entscheidung war. Trotzdem versuchte sie verzweifelt, sich durch die Panik zu kämpfen, die ihr die Brust zusammenschnürte. »Ich will Kinder, ja. Aber wir könnten zusammen Kinder haben. Du müsstest deinen Traum, Ärztin zu werden, nicht aufgeben. Du könntest weiterhin arbeiten, während ich mich um die Kinder kümmere. Ich bin mir sicher, es gibt einen Weg, wie Frauen … Frauen wie wir … es muss eine Möglichkeit geben, wie wir zusammen sein können. Wie wir beide alles haben können, was wir uns wünschen.«

»Natürlich gibt es diese Möglichkeiten. Frauen, die Frauen lieben, und Männer, die Männer lieben, gibt es schon immer, und sie haben Familien gegründet. Aber die Gesellschaft begrüßt sie nicht mit offenen Armen. Sie serviert ihnen ihre Träume nicht auf einem Silbertablett. Sie müssen für ihr Glück kämpfen. Und ich will, dass du glücklich bist, ohne ständig dafür kämpfen zu müssen.«

Rose erinnerte sich an einen Abend kurz nach Neujahr, als sie Elsie gestanden hatte, dass ihr Beitritt zur Navy zum Teil eine Flucht war; nach einem desaströsen und wenig subtilen Versuch, herauszufinden, ob ihre beste Freundin ihr körperliches Verlangen nach ihr erwiderte. Nach Joans Abweisung hatte Rose sich geschämt und geglaubt, sie sei eine Anomalie – wie ein mitternachtsschwarzes Kätzchen in einem Wurf mit zwei rot getigerten. Vielleicht nicht unbedingt *falsch*, aber auch nicht *richtig*. Elsie hatte ihr noch weitere Fragen gestellt – zum Glück ohne nach Details zu fragen, als Rose zugab, Sex mit einem Mann gehabt und es genossen zu haben – und ihr dann gesagt, dass es Menschen gab, die sowohl Männer als auch Frauen begehrten. Ihre vorherige und erste Liebhaberin seien solche Menschen gewesen. Statt eifersüchtig auf diese Frauen zu sein, die Elsie im Dunkeln geküsst und gestreichelt hatte, verspürte Rose lediglich enorme Freude, doch keine Anomalie zu sein.

»Was ist mit dir?«, hatte sie Elsie gefragt. »Warst du schon einmal mit einem Mann intim?«

»Nein«, hatte Elsie mit einem kleinen Lachen geantwortet. »Und ich wollte es auch nie.«

Rose rückte erneut etwas ab, bis sie und Elsie sich direkt gegenübersaßen. »Aber du … Du wirst kämpfen müssen, oder etwa nicht?«

»Ich habe keine Wahl, wenn ich mir treu bleiben will.«

»Dann lass mich mit dir kämpfen. Wir kämpfen gemeinsam.«

»Du verstehst nicht.« Elsies Stimme war so ungewohnt heftig, dass Rose zurückzuckte. Sie streckte die Arme aus, wies auf die See und brachte damit das Boot zum Schaukeln. »Das hier ist nicht die echte Welt, Rose. Hier können wir uns treiben lassen und einander genießen, und wenn es jemandem auffällt, dann werden sie einfach wegschauen, wie sie es bei diesen Mädchen in Fort Oglethorpe getan haben. Sie brauchen zu dringend Leute, um uns zu entlassen. Aber wenn das hier vorbei ist, wenn die Navy uns nicht mehr braucht und wir in die Realität zurückkehren müssen, dann wird einer Liebe wie unserer ein anderer Wind entgegenblasen. Wenn du Dickie heiratest, dann bekommst du eine Chance auf das Leben, das du dir immer erträumt hast. Ich kann nicht zulassen, dass du das in den Wind schlägst. Mir wäre es lieber, dich glücklich mit einem anderen zu wissen als unglücklich mit mir.«

Rose wollte widersprechen, dass sie nur mit Elsie überhaupt glücklich werden könne, doch noch bevor sie den Mund öffnen konnte, presste Elsie ihre Wange an Roses. »Wenn er ein guter Mann ist und du zärtliche Gefühle für ihn hegst, wenn du ihn wenigstens ein bisschen liebst, dann sag Ja, wenn er dich bittet, ihn zu heiraten. Ich flehe dich an, Rose.«

Als Rose erneut die Lippen öffnete, um zu protestieren, unterbrach Elsie sie mit einem Kuss. »Du bist mein Ein und Alles«, flüsterte sie. »Aber ich kann nicht deins sein.«

14

Wir sind auf halbem Weg zurück nach Gadsley, als Hollis' Handy klingelt. Die Nummer ist nicht in seinen Kontakten, aber als ich ihm sage, dass es eine 843-Nummer ist, bittet er mich, für ihn ranzugehen. Es ist Connie, die meinen Rucksack beim Reinigen des Zimmers gefunden hat. Als ich ihr sage, dass wir bereits auf dem Rückweg sind, besteht sie darauf, uns nahe Florence zu treffen, damit wir etwas Zeit sparen. Sie ist so eine freundliche, selbstlose Frau. Wobei, vielleicht nicht gänzlich selbstlos, denn sie hat einen kleinen Parkplatz für die Übergabe gewählt. Ich vermute, sobald sie uns den Rucksack gegeben hat, geht sie in das Kaufhaus, vor dem wir parken sollen.

»Also«, sage ich, als Hollis den Motor abstellt. »Die meiste Zeit versteckst du es ganz gut. Aber in Gadsley ist dir dein Akzent immer wieder durchgerutscht. Und du kennst die Vorwahlen der Gegend. Du kommst von hier, oder?«

Er seufzt und reibt sich über die Oberschenkel. »Nicht von genau hier. Etwas mehr als eine Stunde Richtung Westen. Nahe Columbia.«

»Leben deine Eltern noch hier?«

Sein Schnaublachen ist dieses Mal weniger Lachen und mehr Schnauben. »Nein.« Kurz glaube ich, dass es das war, aber nachdem er sich durch das Haar gefahren ist und sich geräuspert hat, fährt er fort. »Mein Dad ist ein Literaturprofessor. Er hat einen neuen Job an einer Universität in Florida gefunden und ist dorthin gezogen, als ich dreizehn war. Und meine Mom ist im Sommer vor meinem letzten Jahr am College gestorben.«

»Das tut mir leid«, sage ich.

»Ja, nun.« Hollis starrt so finster durch die Windschutzscheibe, dass eine Frau, die mit einigen Einkaufstüten an uns vorbeigeht, praktisch einen Sprint einlegt, um seinem Blick zu entkommen.

»Also waren deine Eltern geschieden?«

»Nein. Obwohl das meinen Vater definitiv nicht daran gehindert hat, sich zu verhalten, als wären sie es.«

Das bedarf keiner weiteren Erklärung.

»Du hast eine Schwester erwähnt«, sage ich. »Lebt sie noch in South Carolina?«

»Nein. Sie hat einen Belgier geheiratet, den sie während ihrer Promotion kennengelernt hat, und ist vor ein paar Jahren nach Brügge gezogen.«

»Oh. Mein Bruder ist auch gerade in Europa. Aber nur bis zum Ende des Sommers. Er studiert Ingenieurwesen im Ausland. Er ist zehn Jahre jünger als ich, deshalb stehen wir uns nicht sehr nahe.« Ich überlege, wie ich diese Unterhaltung am Laufen halten kann, um mehr über Hollis zu erfahren, ohne es zu offensichtlich zu machen, wie neugierig ich bin. »Hast du eine gute Beziehung zu deiner Schwester?«

»Gut genug, dass sie mir ein schlechtes Gewissen machen kann, um Dinge zu tun, die ich sonst wohl nie tun würde«, antwortet Hollis kryptisch. Er unterbricht mich, bevor ich fragen kann, was er damit meint. »Ich will gerade nicht wirklich darüber sprechen.«

»Okay. Also, worüber willst du dann sprechen?«

»Warum müssen wir überhaupt sprechen?«, fragt er und hämmert den Kopf gegen die Kopfstütze. Sein Tonfall ist scharf, und er zuckt zusammen, als es ihm auffällt. Aber er entschuldigt sich nicht.

Ich schlüpfe aus den Sandalen und lege die Füße auf das Armaturenbrett. »Müssen wir nicht. Ich dachte nur, dass es helfen würde, um Zeit zu vertreiben.«

Sein Blick wandert meine Beine entlang und bleibt am Saum des grünen Kleids hängen, von dem Connie wollte, dass ich es behalte. »Es gibt eine Menge anderer Dinge, mit denen man sich die Zeit vertreiben kann, die sehr viel mehr Spaß machen, als über meine dysfunktionale Familie zu sprechen«, sagt er.

Ich weiß genau, was er denkt – sein Blick ist unmissverständlich –, beschließe aber, mich dumm zu stellen. »Wir könnten *Wer bin ich?* spielen. Oder *Ich sehe was, was du nicht siehst!* Ich bin super in *Ich sehe was, was du nicht siehst!*«

»Ich dachte eher daran, dass wir es uns gegenseitig besorgen könnten, aber wenn du lieber Spiele spielen willst …«

»Ich sehe was, was du nicht siehst, und das ist …« Ich schenke ihm mein bestes wölfisches Lächeln, während mein Blick über seinen Körper wandert. »… sexy.«

»Du solltest wirklich an deinem Dirty Talk arbeiten«, sagt er. Aber sein Atem stockt kurz, als ich die Hand ausstrecke und sanft über die Front seiner Jeans streiche.

»Und doch bist du schon hart wie Stein und atmest, als wärst du zwei Kilometer gerannt. Höchst seltsam.« Ich folge dem Saum seines Hosenschlitzes mit dem Finger. »Weißt du was, ich glaube, ich habe seit dem College niemandem mehr einen Handjob in einem geliehenen Wagen gegeben.«

»Hmmm«, summt Hollis geistesabwesend. »Aber ich könnte mir vorstellen, das ist wie Fahrradfahren?«

Ich halte inne, als ich mit den Fingerspitzen nach dem Schieber seines Reißverschlusses greife. »Ich glaube, du bist falsch Fahrrad gefahren.«

Die Anspannung in seiner Miene, während er darauf wartet, was ich als Nächstes tun werde – die Augen fest geschlossen, die Lippen zusammengepresst, die tiefe Linie, die sich zwischen seinen Augenbrauen bildet –, erinnert mich an letzte Nacht, bevor wir uns küssten. Nur dass es dieses Mal keine Furcht ist, sondern pures Verlangen. Und das hier ist nicht die Erfüllung einer Jugendphantasie mit einem Star, in den er mal verschossen war. Nach allem, was wir durchgemacht haben, ist ihm mehr als bewusst, dass ich nicht Penelope Stuart bin, sondern ein echtes, lebendiges, seltsames menschliches Wesen. Hollis ist nicht steif für Millicent Watts-Cohen, ehemaliges Mitglied der Screen Actors Guild und berüchtigte Trägerin gelber Bikinis. Er ist steif für Millie – die unbeholfene Frau, die Anspielungen auf 80er-Komödien macht und nicht selbst Essen bestellten kann. Er ist steif für *mich*.

Das Verlangen, die Grenzen dieser Macht zu testen, bringt mich dazu, von dem Reißverschluss abzulassen und ihn stattdessen sanft durch die Jeans zu streicheln. Wenn ich daran denke, wie heiß und frustriert er mich immer macht, ahne ich, dass dies Folter für ihn sein muss. Und das macht es nur noch besser.

»Du bist fürchterlich.« Er stöhnt. Doch an seinen Mundwinkeln zeigt sich der winzige Hauch eines Lächelns.

»Nun denn, wenn ich so fürchterlich bin …« Ich höre auf, die Hand zu bewegen und mache sie zu einem stetigen, reglosen Gewicht in seinem Schoß.

Er lacht auf diese ungläubige Weise, die ich seltsam niedlich finde, und legt den Kopf in den Nacken. Seine Augen schießen zur Seite, bis sie meinen Blick halten, und es ist der Ausdruck, den ich bereits aus José Napoleonis kenne. Der Was-du-kannst-kann-ich-schon-lange-Ausdruck. Ich erröte so heftig, dass sich selbst meine Zehen rosig färben.

»Mir hat gefallen, wie du heute an meiner Zunge gekommen bist«, sagt er so selbstverständlich, als würde er über Börsenkurse oder das Wetter sprechen. »Weißt du, wonach du schmeckst, Mill? Nach Kirschtomaten direkt aus dem Garten. Süß und strahlend wie ein endloser Sommertag. Du schmeckst wie eine Erinnerung. Eine, die ich immer wieder und wieder wachrufen möchte und … Ahhhh! Herr im Himmel!«

Hollis hält sich die Brust und hat den Blick auf etwas gleich über meiner Schulter gerichtet. Mein erster Gedanke gilt Geistern. Auf diesem kleinen Parkplatz spuken bestimmt irgendwelche coolen rebellischen Teenager herum, die sich hier beim Skaten in den 90ern die Köpfe eingeschlagen haben.

Doch dann atmet Hollis aus und sagt. »Connie.« Was deutlich naheliegender ist, schätze ich.

Ich blicke hinter mich, und ja, da ist sie. Connie schenkt mir ein freundliches Lächeln und winkt. Als ich das Fenster herunterfahren möchte, regt es sich nicht, weil der Motor aus ist. Also öffne ich die Tür und steige stattdessen aus. Mir ist klar, dass ich schrecklich rot werde, aber dagegen kann ich nicht viel machen. Trotzdem murmle ich in dem Versuch eines Vorwands etwas von wegen, wie warm es im Wagen sei.

»Tut mir leid, dass ich mich so angeschlichen habe«, sagt sie. »Dachte, das sieht nach Ryans Wagen aus, und dann habe ich den Gadsley High Marching Band Sticker gesehen und mir gedacht, dass er es sein muss.« Sie reicht mir den Rucksack. »Hoffe, Sie haben nicht lange gewartet. In der Stadt war ziemlich viel Verkehr wegen dem Pie-Wettessen.«

»Oh, ganz und gar nicht. Wir sind gerade erst hier angekommen und haben … haben …« Verdammt. Das Einzige, was mein Gehirn ausspuckt, ist eine Erinnerung an meine Finger, die über Hollis' Erektion streichen und wie er sagt, dass ich nach Kirschtomaten schmecke, und *das* kann ich Connie wirklich nicht erzählen. »… uns übers Gärtnern unterhalten. Wie dem auch sei, vielen herzlichen Dank.«

»Keine Ursache. Und jetzt hoffe ich, dass Sie eine sichere Weiterreise ohne Zwischenfälle haben.«

»Ich auch. Danke für alles.«

Ich schenke ihr ein Lächeln. Sie erwidert es, doch nach einem Moment verblasst es.

Connie zögert, als wäre sie sich nicht sicher, ob sie etwas sagen will. Wenn es darum geht, dass Hollis und ich nicht auf Parkplätzen herumfummeln sollten, dann wäre es mir lieb, wenn wir diesen Punkt überspringen könnten.

»Kann ich Sie etwas fragen?«, sagt sie. Anscheinend ist die Entscheidung gefallen. »Es mag mich nichts angehen, aber ich würde gerne wissen, ob es an mir liegt, ob es etwas gibt, das ich tun muss, damit sich Gäste in Gadsley Manor willkommener fühlen …«

»Selbstverständlich«, sage ich und versuche, mir nicht anmerken zu lassen, wie nervös und zugleich erleichtert ich bin, dass sie meine Hand auf Hollis' Intimbereich vermutlich nicht gesehen hat.

»Warum haben Sie und Hollis unter seinem Familiennamen eingecheckt und mich glauben lassen, Sie seien verheiratet?«

»Waaas?« Ich will verwirrt tun, doch selbst für mich klingt es lächerlich gespielt. Und noch einmal: Ich war nie eine gute Schauspielerin.

Connie verschränkt die Arme über ihren üppigen Brüsten, sodass man das gestickte Monogramm auf ihrem Pullover nicht mehr sehen kann. »Ich bin vielleicht alt, Darling, aber ich weiß, wie man Wikipedia benutzt. Ich habe Sie nachgeschlagen, nachdem Sie uns gesagt haben, dass Sie mal im Fernsehen waren. Da stand nicht, dass Sie je verheiratet oder gar verlobt waren.«

Ich will schon sagen, dass das vermutlich daran liegt, dass

ich nicht wichtig genug bin, um jemanden dazu zu veranlassen, meinen Beziehungsstatus im Internet zu dokumentieren, und das ist sogar die Wahrheit (wenn man mal von dem Herummach-Video auf dem Brokkoli-Fest absieht, bei dem es nur zufällig um mich geht). Doch bevor ich antworten kann, taucht Hollis neben mir auf. Mein Blick schießt hinunter zu seinen Jeans, um die Lage zu prüfen, doch es scheint alles unter Kontrolle. Natürlich ist es das. Er ist einunddreißig. Das ist nicht sein erster ungelegener Ständer.

»Hi, Miss Connie. Die ganze Geschichte war meine Schuld. Manchmal wird Millicents Privatsphäre nicht respektiert, und weil wir so spät ankamen und nichts über Sie oder die Stadt wussten, dachte ich, dass sie bessere Chancen hat, unerkannt zu bleiben, wenn ich sie als Millicent Hollenbeck eintrage. Ich habe nur versucht, auf sie aufzupassen, aber weil ich so müde und immer noch ein wenig verwirrt von dem Unfall war, habe ich diese etwas alberne Lösung gefunden.« Er lässt den Kopf hängen und blickt Miss Connie von unten herauf an wie ein Basset-Hound-Welpe, so niedlich und unschuldig. »Es tut mir sehr leid, dass wir Sie angelogen haben, Ma'am.« Man könnte meinen, Hollis wäre derjenige mit Fernsehvergangenheit.

»Oh, das ist aber nett«, sagt Connie. »Und ich muss schon sagen, ich habe mich eine ganze Weile hinters Licht führen lassen, weil Sie sich immer schmachtende Blicke zuwerfen und streiten wie ein altes Ehepaar. Vielleicht werden bald ja wirklich Mr. und Mrs. Hollenbeck bei uns übernachten, hmm? Gadsley Manor kann man übrigens auch für Hochzeiten buchen …«

Hollis' übliche warme Bräune verliert jegliche Farbe, als Connie ihm übertrieben zuzwinkert. Ich umarme sie innig, ehe sie anfangen kann, über unsere zukünftigen Kinder zu sprechen und damit auch noch den Rest seines Bluts aus seinem Körper weichen lässt. »Danke, dass Sie uns den Rucksack gebracht haben. Wir sind schrecklich dankbar. Aber jetzt sollten wir besser los, bevor wir uns noch mehr verspäten.«

Connie umarmt Hollis, und er murmelt ein knappes Dankeschön. Wie vorhergesagt macht Connie sich auf den Weg zum Eingang des Kaufhauses.

Hollis weist auf die Fahrerseite, das Gesicht immer noch unnatürlich bleich. »Ähm, würde es dir etwas ausmachen, eine Weile zu fahren? Ich würde gerne noch etwas schreiben.«

»Ich hätte nicht gedacht, dass du mich noch einmal hinters Steuer lassen würdest, nach allem, was passiert ist.«

»Das Reh war nicht wirklich deine Schuld. Außerdem ist das hier nicht mein Wagen, warum sollte es mich also interessieren?« Er öffnet die Beifahrertür und steigt ein.

Als ich auf der Fahrerseite sitze, prüfe ich kurz den Inhalt des Rucksacks, um sicherzustellen, dass Mrs. Nash, die Briefe und der ganze Rest noch da und unversehrt sind. Nicht dass ich Connie nicht traue, aber nach der Prüfung und ein paar tiefen Atemzügen fühle ich mich deutlich besser.

»Alles in Ordnung?«, fragt Hollis.

»Ja.« Ich ziehe mein Handy aus einer der Taschen des Rucksacks und finde zahlreiche Benachrichtigungen vor. »Ich habe nur tausend Nachrichten und verpasste Anrufe von meinen Eltern. Sie müssen das Video gesehen haben. Ich bin mir ziemlich sicher, sie haben einen Google Alert für meinen Namen, für den Fall, dass ich mal in Schwierigkeiten gerate. Meine Eltern übertreiben es manchmal mit der Fürsorge.«

»Ach wirklich? Dein zweiter Vorname könnte ›Ich bin meinen Entführern gerne behilflich‹ sein, ich würde also sagen, dass sie allen Grund haben, sich Sorgen zu machen.«

Ich lese die Nachrichten meines Vaters und antworte ihm so beschwichtigend wie möglich, ohne mich allzu viel zu erklären. Die volle Wahrheit – dass ich in einem geliehenen

Auto mit einem Mann, den ich kaum kenne (obwohl ich mit ihm schlafe) nach Key West fahre, um dort eine greise Fremde an der Schwelle des Todes aufzusuchen – würde wohl kaum zur Beruhigung meiner Eltern beitragen. Danis Nachricht ist nur eine Reihe von Klatsch-Emojis, die keine Antwort erfordern.

»Hey«, sage ich und lege mein Handy weg. »Meine Entscheidungen, die du so gerne kritisierst, hätten beinahe dazu geführt, dass ich auf einem Parkplatz deine Salami gerieben hätte.«

Hollis verzieht das Gesicht. »Bitte nenn das nie wieder so.«

»Ich kann nichts versprechen.«

»Und nur weil deine schlechten Entscheidungen sich manchmal zu meinem Vorteil auswirken, bedeutet das nicht, dass sie nicht auch sehr besorgniserregend für alle sind, denen du wichtig bist.«

Es kostet mich alle Mühe, ihn nicht zu fragen, ob das auch ihn einschließt. Stattdessen drückte ich den Rucksack noch einmal an mich, ehe ich ihn neben Hollis' Füßen verstaue. »Das war sehr geistesgegenwärtig vorhin mit Connie. Du bist ein erschreckend guter Lügner«, scherze ich, verzweifelt auf der Suche nach einem Themenwechsel, während ich den Schlüssel im Zündschloss drehe.

»Ja, manchmal bin ich das«, sagt er und dreht den Kopf, um aus dem Fenster zu starren. »Aber ich habe sie nicht angelogen.«

»Was?«

Was auch immer er beobachtet hat, muss verschwunden sein, denn er sieht wieder mich an. »Was ich ihr gerade erzählt habe? Das war die Wahrheit. Ich habe uns unter meinem Namen eingecheckt, damit niemand herausfindet, wer du bist. Dass es uns auch geholfen hätte, wenn sie extrem konservativ gewesen wären, war nur ein Bonus. Ich war verdammt froh darüber, als ich die ganzen Jesusse gesehen habe.«

»Also war das, was du darüber gesagt hast, dass sie ein Problem mit uns haben könnte …«

»Der einzige Mensch, dem ich je begegnet bin, der auch so dekoriert hat, war meine Großmutter mütterlicherseits, und sie hätte definitiv ein Problem damit gehabt, wenn sich ein unverheiratetes Paar unter ihrem Dach ein Bett geteilt hätte. Aber als ich Freitagmorgen mit Connie und Bud gesprochen habe, um sie zu fragen, ob wir noch ein paar Tage bleiben können, erwähnten sie, dass sie bis Mittwoch keine weiteren Buchungen hätten, weil dann ihr Neffe mit seinem Partner zu Besuch kommt. Sie hatten darum gebeten, im Senfkorn-Zimmer zu übernachten – weiß der Himmel warum. Na, jedenfalls geben Connie und Bud scheinbar einen Scheiß darauf, ob sich unverheiratete Paare ein Zimmer teilen. Sieht aus, als wären sie ziemlich offen.«

Der Gedanke, dass jemand *freiwillig* dort schlafen will, wo man permanent von Connies Jesussen angestarrt wird, irritiert mich, bis mir bewusst wird, dass ich absolut noch einmal im Senfkorn-Zimmer übernachten wollen würde, sollte ich die Möglichkeit dazu bekommen. Wie könnte irgendeines der anderen Zimmer das noch toppen?

»Warum hast du mir nicht von Anfang an die Wahrheit gesagt?«, frage ich, um wieder zurück zum Thema zu kommen.

»Du wärst überzeugt gewesen, dass ich nett zu dir sein wollte, und ich war zu müde, um dir das wieder auszureden. Die Jesusse waren eine Überraschung, aber sie stellten sich auch als ausgezeichneter Vorwand heraus.«

»Aber du warst nett. Das war nett von dir. Warum solltest du mir das ausreden wollen?«

Er zuckt die Achseln.

»Du hast echt Probleme, Hollis.«

»Ja, eindeutig.« Bevor ich den Wagen aus dem Parkplatz manövriere, holt Hollis sein Handy aus dem Becherhalter. »Oh. Ich hatte versprochen, Elsies Heim für dich anzurufen. Soll ich das jetzt machen?«

Obwohl mir bei dem Gedanken an das mögliche Ergebnis dieses Anrufs das Herz so schwer wird, dass ich ihn weiter hinauszögern will, zwinge ich mich zu einem Nicken.

Meine Hände zittern, als ich die Nummer heraussuche, auf den Hörer drücke und ihm das Handy reiche. »Nimm meines.«

»Lautsprecher?«, fragt er, und sein Finger schwebt über dem Symbol auf dem Bildschirm, während ich das leise Klingeln am anderen Ende höre.

Ich schüttle den Kopf. Mein Magen fühlt sich an, als würde er in unruhiger See herumgeworfen werden. Ich will es nicht direkt hören. Obwohl schlechte Nachrichten sich nicht automatisch in gute verwandeln, wenn sie aus Hollis' Mund kommen, sagt mir etwas, dass es einfacher zu ertragen wäre, es von ihm zu hören als von einer Fremden, die keine Ahnung hat, was es mir bedeutet.

Mein Blick wandert instinktiv zu dem Rucksack auf dem Boden. Ich will Mrs. Nash wieder an mich drücken. Als würde ein Teil von mir glauben, dass das hier auch für sie schwierig sein könnte. Die Wahrheit ist allerdings, dass sie besser mit Enttäuschungen umgehen konnte als irgendjemand sonst, den ich kenne. *In über 90 Jahren gibt es eine Menge Dinge, die sich nicht zu unseren Gunsten entscheiden,* sagte sie einmal, als ich sie fragte, wie sie so ruhig bleiben konnte. *Man lernt, die Dinge so zu nehmen, wie sie kommen, und besonders dankbar zu sein, wenn das Schicksal sich wohlgesonnen zeigt.* Natürlich ging es dabei nur darum, dass ihr Lieblings-Sandwichladen schließen musste. Aber ich bin mir sicher, es gilt auch für Wichtigeres.

Obwohl ich versuche, nicht zuzuhören, als das Klingeln aufhört und von einer gedämpften Stimme ersetzt wird, die der von Charlie Browns Lehrerin ähnelt, verkrampfen sich meine Muskeln, als wappneten sie sich für einen Schlag.

»Hallo«, sagt Hollis. »Ich rufe an, weil ich mich gerne nach dem Befinden einer ihrer Bewohnerinnen erkundigen möchte. Ja. Elsie Brown. Sie befindet sich in Ihrem Hospiz. Ja. Sicher. Danke.«

Es entsteht eine endlose Pause, die sich anfühlt wie für den dramatischen Effekt, aber vermutlich darauf zurückzuführen ist, dass die Rezeptionistin etwas in ihren Computer eintippt. Die *Bla-bla*-Stimme kehrt zurück, und Hollis antwortet: »Nein, ich bin ein Freund, der sie gerne besuchen möchte und wollte wissen ... Selbstverständlich. Ja. Das verstehe ich, aber ... Ja, aber wenn meine ... Ich verstehe. Ja. Ja. Okay, ich verstehe. Trotzdem danke.«

Er hängt auf und starrt mich an. Er hat die Lippen zusammengepresst und einen seltsamen Ausdruck auf dem Gesicht, und ich wappne mich für das Schlimmste.

»Sieht so aus, als hätte ich eine andere Rezeptionistin erwischt als du. Eine, die mehr Skrupel hat, irgendwelchen Fremden am Telefon Auskunft über ihre Patienten zu geben. Sie wollte mir nichts sagen. Hat einfach nur ständig wiederholt: »Es tut mir leid, Sir, aber wir können niemandem Auskunft über unsere Patienten erteilen, der nicht in ihrer Akte vermerkt ist.« Er sagt den letzten Teil in einer hohen, nasalen Stimme, die vermutlich witzig gewesen wäre, wäre ich nicht kurz davor gewesen, mich zu übergeben.

Ich atme tief ein und versuche, das Durcheinander aus Erleichterung, Frustration und Enttäuschung in meiner Magengrube zu ordnen. Ein Teil von mir will glauben, dass die Rezeptionistin es mit den Regeln nicht so genau genommen hätte, wenn Elsie bereits tot gewesen wäre. Aber ihr Mangel an Kooperation könnte auch einfach gar nichts bedeuten.

Hollis legt die Hand auf meine auf dem Lenkrad. »Alles okay?«, fragt er.

»Ich werde mich besser fühlen, wenn wir wieder unterwegs sind.«

Er nickt und lässt los, und meine Hand fühlt sich plötzlich nackt und kalt an. »Ich mache das Navi an. Jetzt, da du mir endlich mein Handy zurückgegeben hast.«

Die Karten-Lady in Hollis' Handy teilt mir mit ihrer gebieterischen Roboterstimme mit, was ich zu tun habe, und ich überlege, ob ich mich von meiner Playlist in einen angenehmen Meditationszustand lullen lassen soll, in dem ich aufhöre, die Reaktion der Rezeptionistin oder Hollis' Geständnis Connie gegenüber oder sein offenbar ehrliches Interesse an diesem Trip oder, na ja, irgendetwas sonst zu analysieren, das nicht Caroline Kings »It's Too Late« ist.

Doch Hollis unterbricht mich, bevor ich überhaupt anfangen kann. »Stimmt das? Was Josh in seiner Nachricht schreibt?«

Ich blicke hinüber und sehe, dass sein rotes Notizbuch immer noch geschlossen in seinem Schoß liegt. Er starrt das Handy in seiner Hand mit einer Mischung aus Zorn und Unglauben an, als hätte es ihm gerade einen unerwarteten Schlag verpasst – praktisch so, wie ich auch auf Joshs Nachrichten reagiert habe.

»Ich weiß ja, dass so ein Arrangement Neuland für dich ist«, fährt er fort, »aber es gibt einen Unterschied zwischen Gelegenheitssex und jemanden zu benutzen. Und ich bin nicht damit einverstanden, benutzt zu werden, Millicent. Also, wenn es das für dich ist …«

»Was? Wie kannst du nur …« Nur dass ich ziemlich genau weiß, wie er das denken kann. Ich war sehr einverstanden mit diesem Post auf Instagram, weil ich wusste, wie sich Josh fühlen würde, wenn er seine Ex mit seinem Rivalen sieht. »Ich schlafe nicht mit dir, um mich an Josh zu rächen«, versichere ich ihm.

Ehrlich gesagt ist es nicht einmal mehr ein angenehmer Nebeneffekt. Diese Nachrichten zu lesen hat mir keinerlei Befriedigung verschafft.

»Okay«, sagt er. »Wenn du das sagst.«

»Wenn *ich das sage?*«

»Es ist nur so, dass du ziemlich vehement darauf bestanden hast, dass wir bei dem Festzug vor allen miteinander herummachen. Als hättest du gewusst, was passieren würde.«

»Willst du mich verarschen? *Du* hast *mich* geküsst. Du hast das Ganze überhaupt erst angefangen mit deiner ›Ahh, ich habe solche Angst vor Gewittern‹-Nummer gestern Nacht.« Mir ist vage bewusst, dass ich etwas verdammt Gemeines gesagt habe, aber ich kann nichts anderes denken als: *Wow, war das wirklich erst gestern?*

»Fick dich«, sagt er und dreht sich weg, um aus dem Fenster zu starren. Der eisige Klang seiner Stimme ist schlimmer, als wenn er geschrien hätte.

Okay. Ich weiß, dass ich zu weit gegangen bin. Ich bin anscheinend immer noch die Auseinandersetzungen mit Josh gewohnt.

Wenn man sofort dorthin zielt, wo es richtig wehtut, ist der tatsächliche Konflikt schneller vorbei, und man kann zu der Phase übergeben, in der man sich anschweigt, was ich aktivem Streiten vorziehe. Die Methode ist hart, aber effizient. Aber ich weiß, dass Hollis seine Angst letzte Nacht nicht gespielt hat und keiner von uns beiden geplant hatte, was danach passiert ist. Trotzdem wurmt mich die Anschuldigung, ich würde ihn benutzen, obwohl er derjenige war, der die Initiative ergriffen hat.

Und dann höre ich Joshs dumme Stimme in meinem Kopf: *Wenn du schon so verdammt durchgeknallt sein willst, Millie, dann sei doch wenigstens wieder durchgeknallt und berühmt, damit ich nicht umsonst mit dir zusammen bin.* Natürlich. Warum sollte Hollis sich mit mir abgeben, wenn dabei nichts für ihn herausspringt? Und wenn es nicht meine Berühmtheit oder der Sex ist, was genau will er?

Verdammter Josh, der Aufhetzer. Genau das hier wollte er erreichen. Und doch, jetzt, da wir uns auf diesem Pfad von Wut und Verdächtigungen befinden, ist es zu einfach – beinahe wie ein Zwang –, das Messer immer weiter in der Wunde zu drehen. Nur dass ich mir nicht sicher bin, ob es in Hollis' Brust steckt oder in meiner.

»Ich glaube, dass es so war«, sage ich, und meine innigsten Selbstzweifel schlingen sich um den Griff, bereit, den größtmöglichen Schaden zu verursachen. »Sag mir, ob ich nahe dran bin. Du hast beschlossen, mich zu Elsie zu begleiten, weil du voll und ganz überzeugt bist, dass du recht hast und sie nicht mehr an Mrs. Nash denkt. Und du konntest dir die Gelegenheit nicht entgehen lassen, dabei zu sein und mich daran zu erinnern, dass du es mir ja gleich gesagt hast. Also hast du Yeva abgesagt, weil dein Sexfest aufzugeben wahrscheinlich nur ein kleiner Preis war im Tausch gegen die Gelegenheit, dabei sein zu können, wenn der merkwürdigen, naiven Millie das Herz in eine Million Stücke zerspringt, und ihr dann noch die Scherben ins Gesicht reiben zu können.«

»Millicent.« Er sagt meinen Namen, als wäre es eine Warnung.

Die Härchen auf meinen Armen stellen sich auf, als würde ich in einen elektrischen Sturm laufen. Und trotzdem gehe ich weiter. Es ist zu spät, jetzt noch umzukehren, die Wörter reihen sich schon auf, bereit, aus meinem Mund zu marschieren. »Nur dass du nicht einmal dein Sexfest aufgeben musstest, nicht wirklich. Ich bin mir sicher, dass du gemerkt hast, dass ich Interesse hatte und du es dir immer noch besorgen lassen kannst, easy peasy. Hast du mich deshalb letzte Nacht geküsst? Gott, und vermutlich hast du dir die ganze Zeit gedacht: ›Hey, sie ist keine Yeva Markarian, aber praktischer geht es nicht!‹ Ich verstehe, dass der Sex mit mir nur ein Trostpreis für dich war, Hollis. Also wage es nicht, *mir* vorzuwerfen, ich …«

Hollis schlägt mit der Faust auf sein Bein. Die Geste ist dramatisch, aber das Geräusch ist ein enttäuschender dumpfer Laut. »Hör auf, verdammt noch mal! Hör auf.« Er fährt sich durch das Haar und knurrt auf diese frustrierte Weise, bei der ich es sofort mit ihm treiben will.

Und dann herrscht Stille zwischen uns. Sie dehnt sich aus und dehnt sich aus und vereinnahmt die gesamte Dauer von *ELO*s »Telephone Line«. Ich wusste gar nicht mehr, dass der Song fünf Milliarden Minuten lang ist. Endlich öffnet Hollis den Mund, und ich wappne mich für was auch immer er sagen wird. Und das ist offenbar immer noch nichts. Er starrt wieder aus dem Fenster. Kühle Stille mit Hollis ist nicht die Erleichterung, die sie mit Josh war. Es ist, als würde ich langsam von einer Schar blutdurstiger Krähen zu Tode gepickt werden. Ich suche nach Worten, weil ich es nicht mehr aushalte, aber nichts kommt mir richtig vor. Die ersten Takte von »Tusk« erfüllen den Wagen, und ich stelle gerade fest, dass ich den Song doch ein klein wenig überhabe, als Hollis die Hand ausstreckt und das Radio ausmacht. Beinahe protestiere ich, weil ich einen weiteren Streit über Fleetwood Mac diesem schrecklichen Zustand, in dem wir die Existenz des jeweils anderen ignorieren, vorziehe. Aber dann öffnet er den Mund noch einmal, und dieses Mal beginnt er tatsächlich zu sprechen.

»Ich habe dich geküsst, weil ich es wollte«, sagt Hollis mit einer Ruhe, von der ich bezweifle, dass er sie empfindet. »Weil ich es wollte, seit ich dich das erste Mal bei Cheryl Klines schrecklicher Lyrik-Lesung in diesem Café in Alexandria gesehen habe. Mehr als alles andere auf der Welt wollte ich mehr über die Rothaarige in dem kobaltblauen Kleid wissen, die einen schrecklich hässlichen Schal strickte und strahlte, während Cheryl fünfhebige Jamben massakrierte.« Er stößt ein schnaubendes Lachen aus. »Weißt du, entgegen dem, was er denkt, war ich nie neidisch auf Josh Yaeger. Ich wollte nie er sein. Bis auf an diesem Abend, als er zu spät in den Raum schlenderte und sich neben dich setzte.«

Oh. Stimmt. Ich wusste, dass Hollis und ich uns auch schon vor Joshs Party begegnet waren, aber irgendwie hatte ich diesen kühlen Februarabend in Alexandria zwei Jahre zuvor vergessen. Jetzt kommt es mir seltsam vor, dass ich nicht mehr wusste, dass Hollis Teil der Gruppe von MFA-Studenten war, die sich nach Old Town aufmachten, um ihre Kommilitonin zu unterstützen, die zwar schrecklich nett war, aber mit Silben auf dem Kriegsfuß stand. Josh und ich waren einen Monat zuvor zusammengezogen. Meine neue Nachbarin, eine lebhafte Neunzigjährige namens Rose Nash, brachte mir das Stricken bei. Die weniger lang zurückliegende und emotionalere Erinnerung an die Nacht, in der ich mich von Josh trennte, hat es verdrängt, doch jetzt kehrt dieses erste Treffen mit überraschender Klarheit zurück. Hollis hätte einfach nur eine weitere in einem Meer von Händen sein können, die ich an diesem Abend schüttelte, während Josh mich den anderen in seiner Gruppe vorstellte. Nur dass ich mich daran erinnere, wie Wärme meinen Arm hinaufstieg, während ich in verschiedenfarbige Augen blickte und dachte: »Moment mal …« Und genau in diesem Moment wollte mich Hollis küssen? Er wollte es schon seit *Jahren?*

Ich schiebe diese Erkenntnis zur Seite, weil ich noch nicht weiß, was ich damit anfangen soll. Sicherlich bedeutet es etwas – möglicherweise sogar etwas Wichtiges –, aber ich habe nicht die emotionale Energie, es aufzudröseln. Ich bin zu verblüfft von der Möglichkeit, dass alles, was Hollis von mir will … ich bin.

»Ganz so schrecklich war es nicht«, sage ich schließlich. »Cheryls Lesung meine ich. Ich erinnere mich, dass ich das Gedicht über die Narzisse mochte.«

Meine Augen sind auf die Straße gerichtet, aber ich vermute, dass Hollis die Augenbrauen hebt, als wollte er sagen: *Ernsthaft?* Seine Stimme ist sanft, als er wieder zu sprechen beginnt. Ich spüre, dass er nicht mehr wütend ist. Seine Fähigkeit, zu vergeben, ist verblüffend. Ich bin augenblickliche Deeskalation nicht gewohnt. Ein Streit mit Josh dauerte *Tage*. Manchmal sogar eine Woche oder länger. Einmal habe ich zehn Nächte lang bei Mrs. Nash geschlafen, weil wir uns nicht einig waren, ob der Typ hinter uns in der Schlange im Fast-Food-Restaurant Bernie Sanders war oder nicht. (Ich schwöre, er war es.)

»Sex mit dir ist kein Trostpreis«, sagt Hollis. »Es ist gar kein Preis.«

»Wow, das war unangenehm direkt.«

»Nein, ich meine …« Er stößt ein frustriertes Schnauben aus. »Ich bin nicht mit dir zusammen, weil ich eine neue glänzende Trophäe in meiner Sammlung brauche. Es bedeutet mir sehr viel mehr. Obwohl du einen schrecklichen Musikgeschmack hast, der sich anscheinend auch auf Lyrik erstreckt, mag ich dich wirklich sehr, Mill.«

»Oh.« Kann das Herz so heftig schlagen, dass man sich dabei eine Prellung am Brustbein zuzieht? Denn plötzlich schmerzt meine Brust. »Ich mag dich auch wirklich sehr«, sage ich. Und das tue ich. Irgendwie überrascht es mich, wie sehr. Wenn jemand mich nach unserer Begegnung am Flughafen gefragt hätte, wie ich Hollis Hollenbeck beschreiben würde, dann wäre »liebenswert« nicht unter den ersten hundert Adjektiven gewesen, die mir in den Sinn gekommen wären. Vielleicht liegt es daran, dass es sich anfühlt, als würde sich mein Blut in Raketentreibstoff verwandeln, wann immer seine Lippen meine Haut berühren, oder vielleicht auch, weil er nicht versucht, mir mit Argumenten oder Manipulation meine exzentrischen Eigenheiten auszutreiben. Tatsächlich scheint er zu wollen, dass ich mich wohler damit fühle. Und im Moment mag ich ihn so sehr, dass es sich falsch anfühlt, dass es einmal eine Zeit gab – vor allem eine, die noch nicht lange zurückliegt –, in der ich ihn kaum kannte.

»Okay«, sagt er und öffnet sein Notizbuch. »Dann bin ich froh, dass wir das geklärt haben. Zurück an die Arbeit.« Er beginnt zu schreiben, und die Spitze seines Stifts bringt die Blase emotionaler Intimität, die sich um uns herum gebildet hat, zum Zerplatzen, ehe sie zu groß werden und uns mit sich tragen kann.

Key West, Florida

Juli 1945

Mit Elsie in einem richtigen Bett zu liegen fühlte sich an wie ein unglaublicher Luxus nach all den Monaten, in denen sie sich mit gestohlenen Momenten am Strand und aneinandergepresst auf schmalen Pritschen hatten begnügen müssen.

»Ich kann nicht glauben, dass du hierfür so viel Geld ausgegeben hast«, sagte Rose zum dritten Mal, seit sie den Bungalow in der Stadt erreicht hatten, den Elsie ihnen übers Wochenende gemietet hatte. »Das ist zu viel.«

Elsie küsste Roses Schulter. »Oh, Rose, lass es gut sein. Lass mich dich an deinem Geburtstag verwöhnen.«

»Der ist erst nächste Woche.«

»Nun, jetzt konnten wir beide den Stützpunkt verlassen. Deine Geburtstagsfeierlichkeiten werden einfach die nächsten sieben Tage andauern müssen. Ist das wirklich solch eine Last?«

Elsie glitt aus dem Bett, ebenso elegant in ihrer Nacktheit wie beim Schwimmen im Meer. Rose sah zu, wie die Sonne auf ihrer gebräunten Haut spielte und ihr Haar zu goldenen Strähnen verwandelte. Sie hatte Elsie erst ein einziges Mal zuvor komplett nackt gesehen, an Silvester am Boca Chica Beach. In jener Nacht hatten sie jede Vorsicht in den Wind geschlagen und sich gesagt, dass jeder, der sie zu dieser Stunde entdecken könnte, vermutlich zu betrunken sein würde, um etwas zu bemerken. Das jedoch war Elsie in der Nacht gewesen, das Mondlicht hatte die Schatten vertieft, statt die Stellen hervorzuheben, wo sie leuchtete. Rose war so abgelenkt davon, wie das Licht, das durch die Fenster drang, Elsies subtile Kurven zum Strahlen brachte, dass ihr beinahe das kleine Paket nicht aufgefallen wäre, das ihre Geliebte bei ihrer Rückkehr ins Bett bei sich hatte.

»Els, was ist das? Du hast schon so viel ausgegeben …«

»Happy Birthday, Darling«, unterbrach sie sie. »Mach es auf.«

Rose löste demonstrativ das braune Packpapier. Darunter kam eine weiße rechteckige Schachtel zum Vorschein, auf deren Deckel ein verschnörkeltes schwarzes R eingeprägt war. »Ist das mein persönlicher Süßigkeitenvorrat?«, fragte sie grinsend. »Ich hoffe nicht. Ich bevorzuge es, einen Vorwand zu haben, dich zu besuchen.«

Elsie biss sich auf die Lippe, als Rose den Deckel anhob. »Magst du es?«

Rose blickte hinunter auf einen Briefbogen – einen ganzen Stapel davon, vermutete sie in Anbetracht der Tiefe der Schachtel. In der oberen linken Ecke befand sich die Aquarell-Illustration einer Taube mit einer Rosenknospe im Schnabel.

»Es ist wunderschön. Wie hast du so etwas aufgetrieben?«, fragte Rose.

Elsie regte sich neben ihr und wirkte mit einem Mal seltsam nervös. »Ich habe es anfertigen lassen. Eine der anderen Krankenschwestern ist mit einem Künstler zusammen, der neben Pepe auf der Caroline Street wohnt.«

»Es ist wunderschön«, wiederholte Rose und strich mit den Fingerspitzen über das Bild.

»Sie sagen, der Krieg wird bald enden, jetzt, da Deutschland kapituliert hat. Ich hoffe, wenn wir unserer Wege gehen, wirst du mir weiterhin gelegentlich eine Taube schicken.«

Die Erinnerung, dass ihre Zeit begrenzt war – und Elsie das so unmissverständlich deutlich machte –, zerrte an Roses Nerven. Bitterkeit und Schuldgefühle drängten das Geheimnis, das sie schon seit Wochen hütete, aus ihrem Mund. »Dickies Einsatz endet nächsten Monat. Er hat beschlossen, im Herbst mit dem Studium zu beginnen. In Chicago. Er hat mich gebeten, ihn zu heiraten, sobald der Krieg vorbei ist, und mit ihm dorthin zu ziehen.«

Elsies Lächeln war eindeutig gespielt, aber die Hartnäckigkeit, mit der sie auf diese glückliche Maske bestand, frustrierte Rose nur noch mehr. Ein unvernünftiger Teil ihrer selbst dachte, dass Elsie ihre Meinung ändern würde, sobald das Risiko, sie zu verlieren, Wirklichkeit wurde. Und doch schob Elsie die Finger in das Haar über Roses Ohren, hielt ihren Kopf zärtlich zwischen ihren Händen. Sie brachte die Lippen für einen langen, zärtlichen Kuss an ihre Stirn. »Das sind großartige Neuigkeiten. Ich wünsche euch beiden alles Glück der Welt.«

»Wie kannst du das nur sagen?«, fuhr Rose sie an und löste sich von ihr. »Wie kannst du hier sitzen und damit einverstanden sein, dass ich jemand anderen heirate? Es sei denn, du hast mich nie wirklich …«

»*Nein.* Sag es nicht, Rose McIntyre. *Denk* nicht einmal daran, es zu sagen.« Elsie verzog das Gesicht, und Schmerz blitzte in ihren tiefbraunen Augen auf. »Zu wissen, dass ich dich gehen lassen muss … das fühlt sich an, als würde ich den langsamsten Tod der Welt sterben. Jedes Mal, wenn ich dich berühre, schwindet mein Überlebenswille ein wenig mehr, aber ich kann nicht aufhören, obwohl ich weiß, dass eines Tages – schon bald – nichts mehr von mir übrig sein wird. Aber solange ich weiß, dass du glücklich bist, kann ich weitermachen. Also bitte, Rosie, schenk mir diesen einen kleinen Trost. Versprich mir, dass du versuchen wirst, dein Glück mit Dickie zu finden. Vergiss mich, wenn es dir dann leichter fällt. Vergiss einfach …«

Roses Lippen kollidierten mit einer Härte mit Elsies, die

sie zum Verstummen brachte. »Wie kannst du es wagen? Wie kannst du es wagen, mir vorzuschlagen, dich zu vergessen? Das könnte ich nicht, selbst wenn ich es wollte«, murmelte sie gegen die weiche Haut an Elsies Kiefer.

Als Mädchen hatte sich Rose wahre Liebe immer als etwas vorgestellt, das die Welt so weit aufreißen würde, dass die unendlichen Möglichkeiten ihr den Rücken brächen, und sie war wütend, dass sie stattdessen nichts als die Illusion zu sein schien, dass sie irgendeine Form von Freiheit hatte.

»Selbst wenn du nicht den Mut hast, mir zu erlauben, mich für dich zu entscheiden, kannst du mich doch nicht daran hindern, dich an jedem Tag meines Lebens zu lieben.« Rose küsste Elsie ein letztes Mal und starrte ihr dann in die Augen, ehe sie ihren finalen Schuss abfeuerte: »Aber so sehr ich dich auch liebe, gerade hasse ich dich mehr.«

Sie stieg aus dem Bett, sammelte ihre Kleidung ein und hoffte, dass Elsie sie daran hindern würde, zu gehen und zum Stützpunkt zurückzukehren. Stattdessen rief Elsie, als sie die Tür des Bungalows öffnete: »Es ist mir lieber, du hasst mich jetzt als in zehn Jahren, wenn du erkennst, dass all das, was ich dir nicht geben kann, das ist, was du wirklich willst.«

Das waren die letzten Worte zwischen ihnen, bis ein einzelnes Blatt eines speziell angefertigten Briefpapiers in einem Umschlag adressiert an Ms. Elsie Brown im September 1946 seinen Bestimmungsort erreichte und die Geburt von Richard Wayne Nash Jr. verkündete.

15

Mögen ist nicht Lieben. Das muss ich mir wieder und wieder sagen, während wir die Grenze von South Carolina nach Georgia passieren. Warum ich das Bedürfnis verspüre, mich ständig daran zu erinnern, wage ich nicht näher zu hinterfragen. Hollis sagt, dass er mich mag, aber natürlich liebt er mich nicht. Wir sind erst seit drei Tagen zusammen unterwegs. Selbst als die unverbesserliche Romantikerin, die ich an den meisten Tagen bin, muss ich zugeben, dass niemand sich in nur drei Tagen verliebt – nicht wirklich. Und dann meldet sich eine kleine Stimme in meinem Hinterkopf, die verdächtig nach Mrs. Nash klingt, und fragt, ob es auch für Hollis drei Tage waren oder nicht vielmehr zwei Jahre. Aber ich unterbinde diesen Gedanken sofort, weil ich mir vollkommen bewusst bin, dass er in meinem Kopf zwar diesen leisen, leicht rauen Klang hat, den ich so gerne wieder hören würde, es aber immer noch mein Gehirn ist, der ihn produziert hat. Und mein Gehirn soll verdammt noch mal die Klappe halten.

Außerdem haben wir vor der Nacht, in der er mich von der Party nach Hause fuhr, kaum zwei Worte gewechselt. Selbst als ich in seinem Wagen saß, haben wir mit Sicherheit nicht über mehr als meine Adresse und vielleicht das Wetter gesprochen. Wenn er mich liebt – was er *nicht* tut –, dann wäre die Basis dafür nichts als mich bei einer Handvoll Veranstaltungen am anderen Ende des Raumes beobachtet zu haben. Das klingt vielleicht in der Theorie romantisch, aber in der Realität ist es absurd und beinahe ein wenig unheimlich. Mich zu küssen oder mit mir ins Bett zu wollen? Das kann ich mir als andauerndes Verlangen aus der Ferne vorstellen. Habe ich nicht praktisch schon kurz nach Beginn unserer gemeinsamen Reise begonnen, genauso für Hollis zu empfinden? Und jetzt, da er mich ein wenig kennt, mag er mich? Als Mensch. Als Freundin. Als befreundeten Menschen. Das ist alles völlig normal und vernünftig und *keine* Liebe.

Aber, was ist wenn …?

Seit über einer Stunde drehen sich so meine Gedanken im Kreis. Ich war einmal in einem Restaurant, das ein schrulliges vintage Reise-Motto hatte, und in der Mitte des Raums gab es eine Modelleisenbahn, die eine von der Decke hängende ovale Strecke entlangtuckerte. Wenn ich mal verpasste, wie sie an unserer Sitznische vorbeikam, war das kein Problem – eine Minute später war sie wieder da. Und genau so fühlen sich meine Gedankengänge gerade an. Es würde schon etwas verdammt Großes brauchen, um sie zum Entgleisen zu bringen.

Ich nehme am Rande die ersten Akkorde von Hall & Oates' »Sara Smile« wahr, die aus Ryans (beeindruckend hochwertigem) Autoradio dringen. Meine Schultern kreisen langsam, mein Oberkörper wiegt sich gedankenverloren mit der Melodie, wie er es schon bei jedem Song getan hat, seit ich in meinen dummen Gedanken versunken bin. Wir sind bereits halb durch die erste Strophe, als mir klar wird, dass das nicht Daryl Hall ist, der eine Solovorstellung gibt.

Hollis. Singt.

Gedankenzug erfolgreich zum Entgleisen gebracht.

Er singt nicht direkt lauthals. Er hat immer noch den Kopf gesenkt und den Blick konzentriert auf das Notizbuch gerichtet. Aber als ich einen kleinen Blick riskiere, bewegen sich eindeutig seine Lippen. Angesichts der Tatsache, wie vehement er sich bislang gegen meine Musik ausgesprochen hat, werde ich ihm seine kleine Gesangseinlage nicht einfach so durchgehen lassen. Ich warte bis zum Ende des Lieds, ehe ich etwas sage (ist ihm überhaupt bewusst, was er da tut?), aber sobald die letzte Note verklungen ist, setze ich zum Sprung an.

»Ha! Du magst *Hall & Oates*«, sage ich.

Die Art, wie er bei der Anschuldigung zusammenzuckt, verrät ihn, obwohl er sich nichts anmerken lässt. »Ich weiß nicht, wie du darauf kommst.«

»Du kennst jedes Wort von ›Sara Smile‹.«

»Es ist ein ziemlich populärer Song. Ich schätze, ich kenne Teile davon durch kulturelle Osmose.«

»Und du hast gesungen!« Ich schlage triumphierend mit den Handflächen auf das Lenkrad.

»Hmmm«, macht er und schafft es dabei, immer noch viel zu entspannt für jemanden zu klingen, der gerade dabei erwischt wurde, wie er Spaß an etwas hatte, von dem er behauptete, es nicht leiden zu können. »Ich bin mir ziemlich sicher, das habe ich nicht getan.«

»Hollis, ich habe gesehen, wie sich dein Mund bewegt hat.«

»Ich habe nur verschiedene Formulierungen ausgetestet.«

»Ich habe *gehört*, wie du gesungen hast.«

Aus dem Augenwinkel sehe ich, wie er von seinem Notizbuch aufblickt. »Vielleicht hast du *jemanden* singen gehört, aber das war nicht ich.«

Ich stoße einen unterdrückten Wutschrei aus. »Wer soll es dann gewesen sein?«, verlange ich zu wissen. »Wenn ich es nicht war und du auch nicht, wer hat zu *Hall & Oates* mitgesungen?«

»Vermutlich dieselbe Person, mit der du gestern Abend im Bad gesprochen hast.«

Ich muss nicht einmal aufblicken, um zu wissen, dass seine

Mundwinkel beben, während er gegen ein volles Lächeln ankämpft.

»Wir sollten hier anhalten und tanken«, sagt Hollis, den Blick auf die Tankanzeige gerichtet.

Ich verlasse den Highway und überlege, ob das Angebot, ihm bei der nächsten Tankstelle eine reinzuhauen, nur für die in Virginia galt oder ob ich es auch jetzt noch einlösen könnte.

»Der Song ist okay«, gibt er schließlich zu, als ich an einer Tanksäule halte und auf Parken schalte. »Ich gebe sogar zu, dass der Großteil deiner Musik okay ist. Alles, bis auf …«

»Ich schwöre, Hollis Hollenbeck, wenn du wieder anfängst, Scheiße über Stevie Nicks zu reden, dann …«

»Was dann?«, sagt er, und seine Stimme ist mit einem Mal leise und rau.

»Dann werde ich … Ich werde …« Sonst bringt mein Gehirn in Hollis' Gegenwart so viele schmutzige Gedanken hervor, und doch versagt es jetzt vollkommen. Also warum rede ich überhaupt? »Ich werde Dinge mit dir machen. Dinge, die dir sehr gefallen werden. Viel zu sehr sogar. Und dann wird dich die Lust überwältigen und du zerspringst in eine Million Fitzelchen. Und ich werde sie nicht einsammeln, sodass deine Fitzelchen ganz allein den Launen von Mutter Natur ausgeliefert sind. Vielleicht frisst dich ja ein Seehund.«

»Wow. Ich könnte nicht behaupten, dass ich diesen Twist am Ende vorhergesehen hätte.«

»Ja, nun. Sexy ist nicht meine Stärke.«

»Ist mir noch gar nicht aufgefallen.«

Er räuspert sich und setzt sich auf. Ich erspähe erneut die lange, harte Beule in seiner Hose.

»Junge! Hat es dich wirklich angemacht, dass ich gedroht habe, dich mit Sex explodieren zu lassen, damit ein Seehund dich fressen kann?«

»Es ist nicht wegen des Seehunds«, murrt Hollis.

»Hat das wirklich etwas in dir geweckt?«

»Du weckst alles Mögliche in mir.« Er klingt sehr verstimmt darüber, was mir ein berauschendes Gefühl der Befriedigung verschafft.

Mögen ist nicht Lieben, sage ich mir. Mögen ist nicht Lieben. Sex ist keine Liebe. Sex ist nicht Mögen. Nur, dass es manchmal genau das ist. So wie jetzt. Aber Mögen ist nicht Lieben.

Das wird alles zu verwirrend.

»Ach ja?«, sage ich. »Etwa deine tief in dir schlummernde Liebe für Soft Rock?« Ich strecke die Hand nach ihm aus und drücke leicht zu, wobei ihm der Atem stockt.

»So sehr es mich beinahe buchstäblich schmerzt, das zu sagen, aber ich denke, wir haben gerade keine Zeit dafür.« Hollis entfernt meine Hand und legt sie in meinen Schoß. Er will aussteigen, atmet jedoch bei der Bewegung scharf ein. »Könntest du mir bitte eine Flasche Wasser kaufen, während ich tanke? Ich würde ja selbst gehen, aber äh …«

Ich seufze dramatisch. »Weil du so nett fragst, kann ich dich davor bewahren, deinen von einer Seehund-Fantasie ausgelösten Ständer dem ganzen 7-Eleven vorführen zu müssen.«

»Ich habe dir doch gesagt, es ist nicht der Seehund!«, ruft er mir auf dem Weg zum Eingang des Ladens hinterher.

Ich mache mich schnurstracks auf den Weg zu den Getränken und greife zu den zwei größten Wasserflaschen, die sie haben. Dann schlendere ich durch die Gänge und sammle die verschiedensten Snacks ein, bis wir genug haben, um für einen Atomkrieg gerüstet zu sein. Nach dem Festzug haben wir uns eine Portion Pommes von einem der Foodtrucks geteilt, bis Ryan mit seinen Schülern fertig war und uns die Schlüssel bringen konnte, aber das ist bereits Stunden her. Hoffentlich wird diese Auswahl von Keksen, Chips, Brezeln, Studentenfutter und Bonbons ausreichen, damit wir nicht für das Abendessen anhalten müssen.

Ich türme alles auf den Tresen. Der Kassierer beginnt zu scannen, ohne aufzublicken, bis er das Wasser erreicht. Er hat strähniges grünes Haar und ein Augenbrauen-Piercing, das er jetzt hebt, als er mich erkennt. »Hey, du kommst mir bekannt vor«, sagt er. »Woher kenne ich dich?«

Die Uhr an der Wand sagt, dass es nach vier ist. Ich habe nicht wirklich Zeit – oder, um ehrlich zu sein, Lust –, das ganze *Penelope-in-die-Vergangenheit*-Skript hier in diesem Convenience Store durchzuspielen. Selbst meine Extrovertiertheit hat Grenzen, und ich glaube, die hatte sie bereits vor Stunden erreicht, als ich eine gefühlte Ewigkeit vor mich hinplapperte, wie wunderbar doch die Stadt Gadsley sei, nachdem mich nach dem Festzug Reporter um Reporter überfiel.

»Ich drehe Pornos«, sage ich. »Penelope Alameda.« Ich weiß, das ist nicht die typische Pornonamen-Formel (erstes Haustier plus Straße, in der du aufgewachsen bist), aber irgendetwas sagt mir, dass King Velociraptor Alameda kein ganz so überzeugender Künstlername wäre.

Er nickt, während er meine Kreditkarte ausliest. »Oh, stimmt. Cool. Du bist die mit dem …« Er macht eine Geste mit seinen Fingern, für die ich entweder zu müde oder zu behütet aufgewachsen bin, um sie zu verstehen. »Ich bin ein großer Fan von deinem Zeug. Danke, dass du es machst.«

»Danke, dass du Spaß daran hast«, sage ich und hebe die Tüte vom Tresen. Es ist die einstudierte Antwort, die ich bereits zahlreichen meiner Fans gegeben habe, obwohl sie in diesem Kontext vermutlich ein wenig anders zu interpretieren ist. Passt trotzdem noch.

Jetzt muss ich mich wohl auf eine größere Suche nach meiner Porno-Doppelgängerin machen. Und mir dann genug von ihren Videos ansehen, damit ich weiß, was mit dieser Geste gemeint ist.

Als ich zu dem Wagen zurückkehre, sitzt Hollis wieder auf dem Beifahrersitz und kritzelt etwas in sein Spiral-Notizbuch. Als ich die Tür öffne, klappt er es zu und schiebt es zwischen seine Schenkel. Ich verstaue unsere Wasserflaschen in den Becherhaltern und reiche ihm die Tüte mit Snacks.

Seine Augenbrauen schießen in die Höhe, als er hineinspäht. »Wow. Hast du von allem etwas gekauft?«

»So ziemlich. Bis auf Cheez-Its. Auf dem College habe ich mit jemandem zusammengewohnt, der sie praktisch ständig gegessen hat, und jetzt kann ich den Geruch nicht mehr ausstehen.« Bei der Erinnerung muss ich würgen. Ich versuche, mich mit einem beiläufigen »Wie läuft es mit dem Schreiben?« abzulenken.

Hollis zuckt die Achseln, während er in dem Beutel wühlt. »Okay. Gut. Ich meine, ist nicht wirklich gute Qualität, aber es sind Wörter auf der Seite, und das ist das Ziel einer Rohfassung.«

»Cool. Also, worum wird es in dem Buch gehen?«

»Hmmm?«

»In dem Buch? Worum geht es?«

»Es wird um gar nichts gehen, wenn du nicht aufhörst, mich ständig abzulenken.« Er trommelt mit den Fingern auf sein Bein, als würde er es bereuen, so brüsk gewesen zu sein. »Tut mir leid, es ist nur so, dass ich abgesehen von meinem Agenten nicht gerne über meine Arbeit spreche, bis ich fertig bin. Ich bin ... ein wenig abergläubisch, schätze ich.«

Ich muss zugeben, dass ich seltsam erfreut von diesem erneuten Beweis bin, dass Hollis so völlig anders als Josh ist. Wenn man Josh gefragt hat, worum es in dem Buch geht, an dem er gerade zu schreiben begonnen hatte, hat er Zeug gesagt, wie: *Es ist eine moderne Neuinterpretation Dostojewskis, die sich mit der*

Natur von Leiden und Begehren in einer postindustriellen Gesellschaft auseinandersetzt. Was in der Sprache aller, die keine prätentiösen Literatur-Bros sind, wohl bedeutet: *Es geht um einen Buchhalter, dessen Melancholie nur von seinem Verlangen übertroffen wird, die Barista des Cafés nahe seinem Büro zu vögeln, und aus irgendeinem Grund spielt es im Jahr 2009.*

»Interessant«, sage ich langsam, wickle einen Reese's Cup aus der Verpackung und stopfe ihn mir ganz in den Mund. »Und tu nicht so, als würdest du es nicht mögen, wenn ich dich ablenke.« Die Worte kommen als unverständliche Folge von Vokalen heraus – uu uu i oo aa e uu ee i e ee i ii aee.

»Fahr einfach, Millicent.«

Ein paar Kilometer Richtung Süden, zwei Schokoriegel, eine Packung Chips und eine kleine Schachtel Mini-Donuts später vibriert mein Handy in meinem Rucksack. Es fährt in dem gleichmäßigen Rhythmus fort, der einen Anruf signalisiert. Und dann noch einen und noch einen. Selbst nach zwei Monaten denke ich zuerst an Mrs. Nash an ihrem alten Telefon mit Wählscheibe in ihrem Wohnzimmer. Mir wird erst flau im Magen bei dem Gedanken, dass ich zu weit weg bin, um ihr zu helfen, sollte sie in Schwierigkeiten stecken, und dann wird mir das Herz schwer, als ich mich erinnere, dass es sowohl sie als auch das Telefon nicht mehr gibt.

Aber jemand will mich wohl dringend erreichen. »Kannst du mal für mich nachsehen?«

Hollis greift in den Rucksack neben seinem Bein und findet mein Handy in der vorderen Tasche, gerade, als es wieder zu klingeln beginnt. »Dein Dad«, sagt er. »Willst du, dass ich für dich rangehe?«

»O Gott, nein. Hast du eine Ahnung, was für einen Schrecken es ihm einjagen würde, wenn ein fremder Mann an mein Telefon geht? Stell auf laut.«

Hollis gehorcht, und ich höre meinen Dad bereits »Hallo? Hallo?« schreien, bevor ich auch nur ein Wort sagen kann.

»Hi, Dad«, sage ich. »Ist alles okay?«

Der schwere Long-Island-Akzent meines Vaters, der irgendwie nie verschwunden ist, obwohl er schon seit dreißig Jahren nicht mehr dort wohnt, erfüllt das Wageninnere. »Ist alles okay? Sag du es mir, Millie. Was in aller Welt ist los?«

»Nicht viel. Ich fahre einfach nur.«

»Deine Mutter ist krank vor Sorge.«

»Oh, gib doch nicht Millie die Schuld, dass ich praktisch ans Bett gefesselt war, weil ich mir solche Sorgen gemacht habe, ob es ihr gut geht«, sagt meine Mutter. Bubbe – meine Großmutter väterlicherseits – hätte selbst einem Fisch ein so schlechtes Gewissen einreden können, dass er freiwillig an Land gelaufen wäre, und ich fand es immer faszinierend, wie es ihr scheinbar gelungen war, etwas von diesem Talent an ihre Schwiegertochter weiterzugeben.

»Es gibt nichts, weswegen ihr euch Sorgen machen müsstet. Mir geht es gut. Wie ich euch geschrieben habe.«

»Keine Sorgen machen?«, sagt mein Vater, und es ist halb Frage, halb Ausruf. »Wir hören tagelang nichts von dir, und dann sehen wir dich irgendwo im Nirgendwo, mit Brokkoli im Haar, mit einem Fremden knutschen. Und dann ignorierst du unsere zahlreichen Anfragen …«

Ich verstehe nicht, warum mein Dad klingt wie ein Geldeintreiber, wenn er sich Sorgen macht. »Noch einmal, wie ich bereits in meiner Nachricht sagte, hatte ich mein Handy nicht bei mir.« Um genau zu sein, hatte ich mein Handy überhaupt nicht. Aber das brauchen sie nicht zu wissen.

»Du hast niemandem gesagt, wo du hinwolltest, mit wem du unterwegs bist …«

»Ich habe Dani Bescheid gesagt.«

»Du könntest genauso gut tot in einem Straßengraben liegen, Millie.«

»Das tue ich aber nicht«, merke ich an. »Wie du klar erkennen kannst, weil du gerade mit mir sprichst.«

»Aber es hätte *sein können*«, höre ich meine Mom von weiter weg. Dem lauten Scheppern im Hintergrund entnehme ich, dass sie wohl gerade den Mixer benutzt.

»Also im Moment definitiv nicht«, sage ich. »Ich mache nur Urlaub.«

»Urlaub?« Dad klingt fassungslos. »Urlaub ist, wenn man am Strand liegt, Millie. Einen Nationalpark erforscht. Nicht Gemüseparaden und öffentliche Liebesbekundungen mit Fremden.«

»Öffentliche Liebesbekundungen?«, murmelt Hollis. »Jetzt verstehe ich, woher du deine Ausdrucksweise hast.«

»Wer war das?«, fragt Dad. Scheinbar ist er ein Geldeintreiber mit dem Gehör einer Fledermaus. »Wer ist da bei dir?«

»Das ist Hollis«, sage ich. »Er ist der Typ in dem Video. Und er ist kein Fremder. Wir sind befreundet.«

»Ach, befreundet, ja?«, sagt Dad. »Vielleicht bin ich ja zu altmodisch, aber zu meinen Zeiten hat ein Mann eine Frau nicht so geküsst, wenn sie für ihn nur eine Freundin war.«

»Ja, aber das sind wir nun mal. Also …« Ich beiße mir auf die Lippe und weiß, dass mein Gesicht mittlerweile puterrot sein muss. Ein Teil von mir wünscht sich, Hollis würde sich einmischen und mich irgendwie retten, aber ich weiß auch, dass es mich ärgern würde, wenn er es täte. Das würde bedeuten, dass er denkt, dass ich nicht mit meinen eigenen Eltern fertig werde. Außerdem, was sollte er überhaupt sagen, um sie zu beschwichtigen? »Sie haben recht, Sir. Erst heute Morgen steckte ich bis zu den Eiern in Millie, also ist ›nur Freunde‹ vielleicht nicht die präziseste Beschreibung unserer aktuellen Beziehung?« Das würde sicher gut ankommen. Außerdem, nach allem, was ich über Hollis weiß, sind für ihn Sex und Freundschaft keine unvereinbaren Konzepte.

»Hast du auf laut gestellt?«, reißt mich Dad aus meinen Gedanken.

»Ja, das habe ich«, bestätige ich.

»Gut. Hollis, sag uns, warum sollten wir dir unsere Tochter anvertrauen?«

»O mein Gott«, stöhne ich. Würde ich nicht fahren, hätte ich mir längst die Hände vor das Gesicht geschlagen. Das hier ist schlimmer als damals, als mein Dad meinem Prom-Date eine Broschüre zur korrekten Anwendung von Kondomen gegeben hat. Wie damals weiß ich, dass er es nur gut meint, aber …

Hollis räuspert und setzt sich etwas auf. »Du musst das nicht …«, beginne ich, aber er legt eine Hand auf meinen Oberschenkel und sagt: »Sie sollten mir Millicent anvertrauen, weil *sie* beschlossen hat, mir zu vertrauen. Das sollte ausreichen.«

»Ich verstehe, was du meinst«, lenkt mein Vater ein. »Und Millie ist ein wunderbares Mädchen, versteh mich nicht falsch. Aber sie ist zu freundlich, lässt sich zu einfach manipulieren …«

»Sie ist erwachsen und kann ihre eigenen Entscheidungen treffen«, sagt Hollis. »Sie weiß, was sie tut.«

»Ha.« Irgendwie braucht mein Vater nicht mehr als dieses winzige Wort, um auszudrücken, wie sehr er in diesem Punkt anderer Meinung ist. Es fühlt sich an, als würde jemand an meinem Herz zerren, um herauszufinden, wie dehnbar es ist, bevor es zerreißt. »Wenn sie wüsste, was sie tut«, fährt er fort, »dann hätte sie nicht drei Jahre mit diesem Schwachkopf Josh verschwendet.«

Hollis' Finger auf seinem Bein ballen sich zu einer Faust, und ich habe die leise Vermutung, dass er gleich etwas schrecklich Unhöfliches zu meinem Vater sagen wird. Ich weiß, dass ich diese Unterhaltung beenden muss, bevor sie noch mehr außer Kontrolle gerät. Warum also sitze ich auf metaphorischen Kohlen, während ich darauf warte, dass mein neuer Freund mit gewissen Vorzügen mich verteidigt?

Doch bevor Hollis meinem Vater die Leviten lesen kann, wie er es vermutlich verdient hätte, entdecke ich blaue und rote Lichter in meinem Rückspiegel.

»Tut mir leid, ich muss jetzt auflegen«, sage ich und aktiviere den Blinker.

»Scheiße«, ruft Hollis, der den Streifenwagen hinter uns genau in dem Moment entdeckt, als seine Sirene erklingt. Er drückt meinen Oberschenkel. »Sie haben uns gefunden. Gib Gas, Millicent.«

Ich schlage Hollis mit dem Handrücken gegen den Arm. Er lächelt, als meine Mutter mit zunehmend panischer Stimme fragt, was los sei, und nur mit Mühe kann ich das laute Lachen unterdrücken, das sich in meiner Brust aufbaut.

Hollis hebt das Handy dichter an seinen Mund, damit meine Eltern ihn auch sicher hören können. »Schneller, Schatz, schneller. Ich will nicht zurück ins Gefängnis.«

»Millie!«, kreischen meine Eltern im Chor.

»Ich melde mich später. Ich hab euch lieb. Bye!«, rufe ich schnell, während ich rechts ranfahre. Und ich bin mir ziemlich sicher, dass das Letzte, was meine Eltern hören, bevor Hollis auflegt, mein Gekicher ist – wie das einer billigen mechanischen Deko-Hexe.

16

»Nett von deinem Kumpel Ryan, uns einen Wagen mit kaputtem Rücklicht zu leihen«, sagt Hollis.

»Ich bin mir sicher, es war keine Absicht.«

Ob Ryan es nun wusste oder nicht, die kleine Unterhaltung mit Trooper Rodrigo auf dem Seitenstreifen der I-95 hat uns bereits 45 Minuten Reisezeit gekostet. Gute zehn dieser Minuten haben wir damit verbracht, alles aus dem vollgestopften Handschuhfach zu räumen, um die Fahrzeugpapiere zu finden, die die ganze Zeit über hinter der Sonnenblende auf der Beifahrerseite steckten. Da ich keine Ahnung hatte, wo die Dokumente zu finden waren, mein Führerschein aus einem anderen Bundesstaat stammt und ich Ryans Familiennamen nicht kannte, bis ich ihn von den Fahrzeugpapieren ablesen konnte, beschloss Trooper Rodrigo, ihn anzurufen, um zu bestätigen, dass er uns erlaubt hatte, seinen Wagen zu fahren.

»Meine Eltern machen sich ständig Sorgen, ich könnte das Opfer eines Verbrechens geworden sein, und die Polizei vermutet, ich könnte eines begangen haben«, philosophiere ich, während wir darauf warten, dass der Trooper von seinem Streifenwagen zurückkehrt.

»Oh, ich weiß es nicht. Meinetwegen sind deine Eltern jetzt möglicherweise überzeugt davon, dass wir einen auf Bonnie und Clyde machen.«

Ich schlage die Hände vor das Gesicht und lache. »Ich kann nicht glauben, dass du das getan hast. Vermutlich rufen sie gerade jede Highway Patrol in den Südstaaten an, um herauszufinden, ob wir verhaftet wurden.«

»Tut mir übrigens leid, wenn ich zu weit gegangen bin«, sagt Hollis. »Ich hoffe, es wirkte nicht so, als wollte ich dich deinen eigenen Eltern mansplainen.«

»Nein, *mir* tut es leid, dass meine Eltern dich so festgenagelt haben. Ich bin dankbar, dass du dich für mich eingesetzt hast. Selbst wenn du es nicht so gemeint hast.«

»Ich habe es so gemeint. Ich weiß, ich ziehe dich immer auf, aber in den letzten Tagen ist mir klar geworden, dass du irgendein System hast, mit dem du Risiken kalkulierst. Selbst wenn ich es nicht immer verstehe, muss ich doch zugeben, dass es in den letzten zwanzig-plus Jahren weitgehend funktioniert zu haben scheint.«

»Beinahe dreißig«, sage ich. »Aber bist du nicht auch derjenige, der mir erlaubt hat, mit ihm nach Miami zu kommen, weil er überzeugt davon war, dass ich auf mich allein gestellt mit hundertprozentiger Wahrscheinlichkeit ermordet und zerstückelt ende?«

»Nicht zu hundert Prozent. Vielleicht zu fünfundneunzig Prozent. Außerdem kannte ich da dein System noch nicht«, sagt er. »Du kamst mir vor wie ein fröhliches kleines Boot, das inmitten eines Hurrikans herumschippert und sich nicht im Geringsten bewusst ist, wie nahe dran es ist, gegen die Felsen geschmettert zu werden.«

Bei dem Vergleich muss ich lächeln. »Ich bitte dich. Wenn überhaupt, dann bin ich der Hurrikan.«

»Das weiß ich mittlerweile auch. Und ich habe langsam den Verdacht, dass *ich* das Boot sein könnte.« Er stößt ein schweres Seufzen aus.

»Keine Sorge«, sage ich. »Ich setze meine Superkräfte ein und lenke dich sicher ans Ufer.«

Hollis' Mundwinkel hebt sich. »Ich bin mir nicht sicher, ob du weißt, wie Hurrikans funktionieren.«

Trooper Rodrigo sitzt immer noch mit dem Handy am Ohr in seinem Streifenwagen. Ich hoffe wirklich, dass er Ryan erreicht (der, wie ich jetzt weiß, Dubicki mit Nachnamen heißt). Sonst würde mein zweites Mal in einem Streifenwagen weniger als achtundvierzig Stunden auf mein erstes Mal folgen.

»Waren sie schon immer so übertrieben besorgt um dich?«, fragt Hollis.

»Streifenwagen?«

Er kneift verwirrt die Augen zusammen. »Ich spreche von deinen Eltern.«

»Oh. Klar.« Das ergibt deutlich mehr Sinn. »Nein, nicht immer. Sie waren zwar schon immer fürsorglich, aber die übertriebene Sorge begann erst, als ich in *Penelope in die Vergangenheit* mitgespielt habe. Berühmtheit, selbst geringe Berühmtheit, lockt immer gruselige und seltsame Menschen aus ihren Löchern hervor. Und selbst als ich nicht mehr im Fernsehen war und die gruseligen und seltsamen Menschen nach einer Weile zurück in ihre Löcher gekrochen waren, blieben Mom und Dad in Alarmbereitschaft. Und das sind sie in den letzten fünfzehn Jahren geblieben. Sie meinen es gut, aber es fängt an zu nerven.«

»Wie bist du überhaupt zum Schauspiel gekommen? Ich nehme an, es war nicht die Idee deiner Eltern. Und du bist nicht gerade ein Naturtalent.«

»Wow, danke auch«, sage ich.

Er hebt die Hände. »Ich wiederhole nur, was du selbst mehrmals gesagt hast.«

»Ja, ja, klar.« Seien wir ehrlich, ich kann nicht mal überzeugend so tun, als wäre ich verärgert. »Vetternwirtschaft. Über

Vetternwirtschaft bin ich an meine Chance gekommen. Meine Tante Talia ist Besetzungschefin in Hollywood. Sie hat meine Eltern überredet, mich mit sechs ein paar Werbespots für lokale Unternehmen drehen zu lassen. Jemand von dem Sender sah einen davon, in dem ich zehn war, in einem Möbelhaus in Burbank und fand, ich hätte das richtige Aussehen für die Rolle der Penelope. Also luden sie mich zum Casting ein. Meine Eltern waren nicht begeistert, meine Mom war mit meinem Bruder schwanger, deshalb kamen auf unsere Familie viele Veränderungen auf einmal zu, aber ich hatte Spaß an den Werbespots gehabt und noch nicht erkannt, dass ich nicht sehr viel mehr als ein niedliches Gesicht zu bieten hatte. Ich hoffte, dass *Penelope* allen zeigen würde, wie toll ich bin, und mir zu noch besseren und größeren Chancen verhelfen würde. Ich wollte ein Filmstar sein. Aber ein lustiger. Ich hatte gerade *Alle Mörder sind schon da* zum ersten Mal gesehen und war ein wenig besessen von Madeline Kahn.« Ich schenke Hollis ein schiefes Lächeln. »Ich konnte mir die Skripte gut merken, aber ich musste feststellen, dass es eine ganz andere Sache war, die Textzeilen dann auch zu spielen. Am Ende meiner Schauspielkarriere machte ich mir keine Illusionen mehr über ein Leben als Star. Und die Pubertät gab mir dann den Rest.«

»Was meinst du damit?«

»Du hast die Screenshots gesehen. Der gelbe Bikini. Deshalb wurde die Show eingestellt.«

»Ich verstehe nicht.«

»Nach dieser Folge waren ein paar Leute im Sender vollkommen entsetzt, dass ich es wagte, Brüste zu entwickeln. War mir denn nicht bewusst, dass Penelope ein *familienfreundlicher* Charakter sein sollte?« Ich verdrehe die Augen und hoffe, so zu verbergen, dass die Erinnerung immer noch ein wenig wehtut, wenn ich sie wachrufe, ein bisschen so wie der dumpfe Schmerz des Blutergusses an meiner Stirn.

»Wow, was für Arschlöcher«, sagt Hollis.

»Und dann war da noch die nicht gerade kleine Fraktion, die begeistert war, dass Penelope jetzt über Sex-Appeal verfügte. Sie dachten, dass sich meine neu entwickelten Brüste positiv auf die Quoten auswirken und uns zu neuen Marketing-Chancen verhelfen könnten.«

»Okay, ich habe meine Meinung geändert. *Das* sind die Arschlöcher.«

»Die ganze Geschichte war schrecklich für meine Psyche. In dem Alter war ich ohnehin unsicher wegen meines Körpers. Am Ende der Staffel stand die Erneuerung meines Vertrags an, und Mom und Dad sagten mir, ich würde nicht mehr in der Show spielen. Ich tat so, als wäre ich sauer, weil sie die Entscheidung ohne mich getroffen hatten, aber ich bin mir ziemlich sicher, dass sie meine gespielte Wut durchschauten. Tatsächlich war ich enorm erleichtert, es nicht mehr machen zu müssen.«

Die letzten Folgen zu drehen war ein Albtraum. Ich versuchte, meinen Text zu sprechen und mich genau richtig zu bewegen, während ich mich in meiner eigenen Haut verloren fühlte. Ich wusste mit absoluter Sicherheit, dass man jedes Wackeln und Wabbeln und jede neue Kurve diskutieren würde. Ich zwinge ein Lächeln auf meine Lippen, schließe die Augen und stoße ein langes Seufzen aus. Hollis' Hand legt sich auf meine, warm und beruhigend, aber er zieht sie wieder weg, als Trooper Rodrigo neben meinem Fenster auftaucht.

»Ich habe mit dem Besitzer gesprochen«, sagt er. »Er hat mir bestätigt, dass Sie seine Erlaubnis haben, den Wagen zu fahren. Ich habe ihn auf das Problem mit dem Rücklicht aufmerksam gemacht, und er hat mir versprochen, es reparieren zu lassen, sobald Sie ihm den Wagen zurückbringen, also werde ich Sie nicht persönlich verpflichten, es reparieren zu lassen. Aber bitte erinnern Sie Mr. Dubicki daran, wenn Sie ihn sehen.«

»Danke«, sage ich und nehme unsere Dokumente von ihm entgegen.

»Einen schönen Tag noch.« Trooper Rodrigo klopft zweimal auf unser Dach, ehe er sich auf den Rückweg zu seinem Streifenwagen macht.

Es ist nach sieben, die Tankstellen-Snacks kleben gefühlt auf einer Seite meines Magens, mir ist halb übel und halb habe ich Hunger. Ohne dass einer von uns etwas sagen muss, nehme ich die nächste Ausfahrt und fahre auf den Parkplatz einer Taco-Bell-Filiale. Hollis und ich wechseln die Plätze, damit er das Bestellen beim Drive-Trough übernehmen kann. Ich versuche, kein zu großes Gewese darum zu machen, wie sehr ich es schätze, dass er das jetzt schon automatisch für mich tut. Es ist einfach zu einem weiteren Teil unserer Routine geworden. Ein Burrito mit Reis und Bohnen gleicht die Schieflage in meinem Magen zu einem schweren, aber wenigstens gleichmäßig verteilten Gewicht aus. Ich bin froh, nicht fahren zu müssen, denn der einzige Ort, den ich gerade erreichen will, ist mein Bett.

Ich will das Handy wieder an die Anlage stöpseln, doch Hollis greift nach meiner Hand. »Warte«, sagt er.

»Hollis, bitte. Ich bin müde.« Meine Stimme klingt weinerlicher, als ich beabsichtigt habe.

»Wir haben deine Playlist jetzt bereits zweimal durchgehört. Und es beansprucht deinen Handy-Akku.« Hollis schaltet das Radio an und skippt durch die Kanäle, vermutlich auf der Suche nach dem örtlichen NPR-Sender.

»Aber …«

Bevor ich zu Ende sprechen kann, findet er, was er gesucht hat. Es sind allerdings keine Nachrichten. Es ist »What a Fool Believes« von den Doobie Brothers.

»Ich habe vor ein paar Kilometern eine Werbetafel für einen Classic Rock Sender gesehen«, erklärt Hollis, als wüsste er bereits, was ich fragen wollte. »Ich habe ihn mir für den Fall gemerkt, dass ich plötzlich die Nerven verliere und dein Handy wirklich aus dem Fenster werfe, statt nur in meinen Tagträumen.«

»Oh.« Mehr bringe ich nicht heraus. Michael McDonalds Stimme hüllt mich in eine warme Umarmung. Aus schläfrigen Augen starre ich Hollis' Profil an und versuche nicht einmal, meine Betrachtungen dieses Grummelmonsters zu verbergen, das mich immer wieder mit seinem guten Herzen überrascht. Ich gehe in Gedanken noch einmal die Ereignisse des Tages durch, begonnen bei den stürmischen frühen Morgenstunden, als er mich das erste Mal geküsst hat, und endend mit diesem Moment, in dem in meiner Brust so etwas wie Zuneigung schmerzt. Fast so etwas wie …

Nein. Daran denke ich erst gar nicht. Ich will nicht wie der Dummkopf in dem Song sein, der sich heillos in jemanden verliebt, der kaum an mich denken wird, wenn sich unsere Wege wieder trennen.

Die erschreckende Erkenntnis, dass alles, was zwischen mir und einem zukünftigen gebrochenen Herzen steht, meine eigene berühmt–berüchtigte schwache Willenskraft ist, sollte mir vermutlich den Schlaf rauben, aber irgendwie gewinnt meine Erschöpfung. Ich träume von Michael McDonald in einer Warnweste, der meine Brokkoli-Blumenkrone auf dem Kopf und ein oranges Baustellen-Warnschild in der Hand hat. VORSICHT: GEFAHRENSTELLE Voraus.

17

Was mich aufweckt, ist das Fehlen von Geräuschen. Kein brummender Motor, kein Zischen von vorbeifahrenden Autos. Kein Radio, keine Roadtrip-Playlist, die einen Banger nach dem anderen spielt. Nur Hollis' Atmen auf dem Fahrersitz.

»Was ist los?«, frage ich, und meine Worte strecken sich zusammen mit mir.

Er zieht den Schlüssel aus dem Zündschloss. »Wir machen für den Rest der Nacht Pause.«

»Was? Nein. Hollis, das geht nicht.«

Er nimmt meine Hand. Zuerst denke ich, dass es eine zärtliche Geste ist, bis mir klar wird, dass er nur versucht, mich daran zu hindern, panisch herumzuzappeln. Er versichert sich, dass ich ihm direkt in die Augen schaue, ehe er zu sprechen beginnt.

»Hör mal, Millicent. Wir haben noch eine weite Strecke vor uns, bevor wir in Key West ankommen. Wenn wir weiterfahren, sind wir gegen vier Uhr morgens dort. Aber wenn wir hier Halt machen, können wir schlafen, unsere Wäsche waschen und haben immer noch ausreichend Zeit, um das Heim pünktlich zur Besuchszeit zu erreichen.«

Flatternd erwacht mein Gehirn gerade genug, um zu registrieren, dass wir in der Einfahrt eines Ranch-Hauses mit weißem Stuck gehalten haben. Das flache Tondach im spanischen Stil weist nur über der Doppelgarage eine steile Diagonale auf. »Wo sind wir hier?«

»Boca Raton. Komm.« Hollis steigt aus dem Wagen, bevor ich weiter nachfragen kann. Er holt unser Gepäck aus dem Kofferraum und macht sich auf den Weg zu den Doppeltüren aus Holz. Meine Beine sind noch zu steif von mehreren Stunden aufrechtem Schlaf, um ihm schnell zu folgen.

»Warte«, sage ich, weil mir in meinem benommenen Zustand alles zu schnell geht.

Hollis fummelt an einem Außenthermometer herum, das neben der Tür angebracht ist. Es klappt auf, und dahinter kommt ein Schlüssel zum Vorschein.

»Brechen wir gerade ein?«, flüstere ich.

»Nein, kein Einbruch nötig«, sagt er und zeigt auf den Schlüssel, der sich im Schloss dreht, ehe die Tür sich öffnet.

Ich folge ihm über die Schwelle in einen großen Raum mit gefliestem Boden. Als Hollis das Deckenlicht anschaltet, sehe ich, dass wir uns in einem Wohnzimmer befinden, das in Beige und Schokoladenbraun mit karamellfarbenen Akzenten eingerichtet ist. Wir schlüpfen aus den Schuhen, ehe wir weiter in das Haus vordringen, und die kühlen Fliesen fühlen sich gut unter meinen nackten Sohlen an. »Ist das ein Airbnb?«, frage ich.

»Nein, das Haus meines Dads«, sagt er und stellt unsere Taschen auf dem Boden ab.

»Ist er nicht da?«

»Er ist auf einer Konferenz in Paris.«

»Und es stört ihn nicht, wenn wir die Nacht bleiben?«

Hollis schüttelt den Kopf. »Nein. Ich habe ihm eine Nachricht geschrieben, als wir getankt haben, um ihn zu fragen, ob wir hier, wenn nötig, übernachten könnten. Er sagte, wir sollen uns wie zu Hause fühlen.«

Ich gehe hinüber zu dem Einbau-Bücherregal und gleite mit dem Finger über die in Leder gebundenen Bände darin. Die vergoldeten Lettern auf ihren Rücken sehen aus wie Kyrillisch. »Ist das Russisch?«

»Ja. Mein Dad hat sich auf russische Literatur spezialisiert. Er ist einer der größten Dostojewski-Experten in den USA.«

»Dann möchte ich wetten, dass er Joshs Buch mochte.«

»Was?«

»Joshs Buch. Es soll so etwas wie eine moderne Version von *Aufzeichnungen aus dem Kellerloch* sein.«

»Oh. Das war seine Intention? Für mich war es nur eine einzige große Nabelschau aus der Sicht eines geilen, depressiven Buchhalters.«

Ein Lachen bildet sich tief in meinem Bauch, webt sich zwischen meinen Rippen hindurch und bricht aus meinem Mund.

Hollis sieht mich verstört an. Es muss ihm wie eine absurde Menge Lachen auf das, was er gerade gesagt hat, vorkommen. »Was?«

Wie oft hat Josh behauptet, dass ich sein Werk einfach nicht *verstehe*? Aber Hollis durchschaut seinen Bullshit, und das bedeutet, ich bin nicht allein damit. Das mag ich am liebsten an Hollis: Er gibt mir das Gefühl, dass mit mir alles in Ordnung ist. Obwohl er so viel Getue um meine möglicherweise besorgniserregende Risikobereitschaft gemacht hat, gibt er mir doch das Gefühl, mir selbst vertrauen zu können. Und vielleicht war mir das gar nicht klar, bis er mir dieses Gefühl zurückgegeben hat, aber das ist etwas, das ich in den letzten Monaten nicht besonders oft getan habe.

»Es hat mich einfach nur sehr glücklich gemacht, mehr nicht«, sage ich. Mein Grinsen beginnt in meinen Wangen zu schmerzen, aber es weigert sich, zu verschwinden. Etwas tief in mir fühlt sich an, als würde es leuchten, und dieses dümmliche Lächeln scheint die einzige Möglichkeit zu sein, kontrolliert etwas von diesem Licht und dieser Hitze entweichen zu lassen, bevor ich platze.

Hollis starrt mich an wie eine Katze, die eine Maus ins Visier nimmt. Er kommt zu mir und schlingt von hinten die Arme um mich. Er hat mich noch nie so berührt. Allerdings berührt er mich überhaupt erst seit ein paar Tagen, also muss es noch unzählige Weisen geben, auf die er mich noch nicht angefasst hat.

Das Intimitäts-Level zwischen uns schießt erneut in die Höhe, nicht nur körperlich, sondern auch auf eine andere Art, die ich nicht recht beschreiben kann, und dieses Leuchten in mir wächst, angefacht von seiner Wärme – sowohl im metaphorischen als auch im buchstäblichen Sinne. Und dann löst es sich auf, als ich mich erinnere, dass wir nur Freunde sind. Freunde, die Sex hatten und ihn möglicherweise weiterhin haben werden. Aber immer noch nur Freunde und nicht mehr. Mögen ist nicht Lieben. Das darf ich nicht vergessen.

Mein Blick schweift durch den Raum, auf der Suche nach etwas, das ich kommentieren kann, um das Schweigen zu brechen und meine Gefühle wieder unter Kontrolle zu bekommen. Ich entdecke ein gerahmtes Foto auf einem der Regale vor mir. Darauf ist ein Mann mittleren Alters mit einer jungen Frau zu sehen. Der Mann ist definitiv Hollis' Vater. Sie sehen beinahe identisch aus, nur dass das Haar seines Vaters auf attraktive Weise grau meliert statt schokoladenbraun ist, und seine Augen haben beide die gleiche Farbe – das Blaugrau von Hollis' rechtem. »Wer ist das?«, frage ich und zeige auf den Rahmen. »Dein Dad und deine Schwester?«

»Nein, das ist Verlobte Nummer vier. Madison, heißt sie, glaube ich.«

»Oh. Sie ist … äh … jung.«

»Dreiundzwanzig.« In dieser Position kitzelt Hollis' Atem

beim Reden mein Ohrläppchen. »Mein Vater wird älter, aber seine Freundinnen scheinbar nicht.«

»Oh. Okay. Sie sieht … nett aus.«

»Das ist sie vermutlich auch. Ich habe sie noch nicht kennengelernt. Dad hat erst nachdem ich zu Weihnachten hier war etwas mit ihr angefangen und hat ihr dann vor ein paar Wochen den Antrag gemacht.«

Ich drehe den Kopf, um Hollis in die Augen blicken zu können. Stattdessen verpasse ich ihm beinahe eine Kopfnuss. »Sie haben sich nach weniger als fünf Monaten verlobt?«

»Es war ein Rekord für Dad. Üblicherweise sind es drei Monate vom ersten Date bis zum Antrag. Schätze, er wird auf seine alten Tage besonnener.« Da schwingt etwas Bitterkeit in Hollis' Sarkasmus, und ich bin versucht nachzuhaken, doch ich bekomme nicht die Gelegenheit, denn er spricht weiter: »Komm, lass uns eine Maschine Wäsche starten, damit wir ins Bett können.«

Er schiebt die Hand auf meinen Rücken und führt mich einen Flur hinunter. Wir bleiben vor einer Tür stehen, die aussieht, als befände sich dahinter ein Wäscheschrank, tatsächlich steht dort aber eine Waschmaschine mit einem Trockner darauf. Hollis fischt meinen Beutel mit getragener Kleidung aus meinem Koffer und leert ihn in die Maschine, dann fügte er seine eigenen Sachen aus seiner Reisetasche hinzu.

»Ausziehen«, befiehlt er.

Der Gedanke, mich im Flur eines Fremden komplett auszuziehen, lässt mich für einen Moment zögern. Was, wenn Hollis' Dad gar nicht in Paris in Frankreich ist, sondern in Paris in Mississippi? Und was, wenn er beschließt, früher nach Hause zu kommen? Aber als Hollis mit nichts als seiner Brille und Armbanduhr vor mir steht, ist es beinahe unangenehm, sich nicht auszuziehen. Seinen Sohn nackt mit einer Freundin zu überraschen ist vielleicht unangenehm, aber ihn nackt und die Freundin noch nahezu voll bekleidet vorzufinden, wirft vermutlich mehr Fragen auf.

»Ich brauche Hilfe mit meinem Kleid«, sage ich.

Er öffnet den Reißverschluss, und ich spüre seinen warmen Atem in meinem Nacken, aber sein Mund berührt die Haut dort nicht. Ich erinnere mich an heute Morgen, als er eine Spur aus Küssen meine Schulter entlang zog und mit den Händen über meinen Körper fuhr, während das Kleid zu Boden glitt, und ich bin ein wenig enttäuscht, dass er keine Wiederholung anstößt. Allerdings sind zwei Orgasmen in den letzten vierundzwanzig Stunden schon eine sehr ansehnliche Menge.

Sollte ich mir Sorgen machen, dass ich eben noch Hemmungen hatte, mich im Haus seines Dads auszuziehen und nach nur einer Berührung von Hollis schon will, dass er mich hier auf dem Boden nimmt?

Wie sich herausstellt, darf das Kleid nur in die Reinigung (kein Wunder, dass Connie sich so leicht davon trennen konnte), also stopfe ich es in meinen Koffer, während mein BH und mein Slip mit den Hunden mit Sonnenbrillen in der Waschmaschine landen. Hollis fügt etwas Waschpulver hinzu und stellt die Maschine an.

»Geradeaus und dann nach oben«, sagt er und führt mich durch den Flur. Seine Hand ruht wieder auf meinem jetzt nackten Rücken. Bei der Berührung fühlt sich meine Wirbelsäule an wie halb rohe Spaghetti. Am Ende des Flurs gehen wir eine schmale Treppe hinauf, die uns in ein Schlafzimmer führt. Dem Winkel der Decke nach zu schließen, befinden wir uns über der Garage.

»Das war im Sommer und in den Ferien mein Zimmer«, sagt Hollis. »Und während des Colleges, wenn die Fernbeziehung meines Mitbewohners zu Besuch kam. Sie hat geschnarcht wie eine verdammte Kreissäge.«

Das Zimmer ist sauber, obwohl es nicht genutzt wird, das Bett gemacht, kaum Staub und keine seltsamen Gerüche. Aber davon abgesehen ist es wie eine Zeitmaschine. Ein Diorama in einem Museum mit der Überschrift: ZIMMER EINES MÄNNLICHEN TEENAGERS, MITTE DER 2000ER.

»Das ist ein schöner Raum. Es überrascht mich, dass dein Dad ihn nicht zu einem Gästezimmer oder einer Bibliothek oder so gemacht hat. Es sieht nicht aus, als hätte er auch nur irgendetwas hier drin angefasst.« Ich wühle mich durch einen Stapel Videospiele. »Oh wow, du hast eine PS2? Ich bin super gut in *Guitar Hero*.«

»Ich würde dich komplett zerstören«, sagt er. Es ist keine sehr düstere Drohung, weil er dabei klingt, als würde er gleich einschlafen.

Ich entdecke ein gerahmtes High-School-Diplom. »›Dieses Dokument bescheinigt, dass Frederick Hollis Hollenbeck …‹ Moment mal. *Frederick*?«

»Jep. Der Name meines Vaters.«

»Du bist ein Junior?«

Er wirft sich auf das breite Bett in der Ecke. »Nein. Wir haben verschiedene zweite Vornamen.«

»Willst du mir damit sagen, ich hätte dich die ganze Zeit Freddie nennen können? Oder Fred? Ooooh. Das ist noch besser.«

»Das will ich dir damit ganz bestimmt *nicht* sagen.«

Ich lasse die Finger über die Rücken der Bücher auf dem schmalen Regal neben seinem uralten CRT-Fernseher gleiten. *Wer die Nachtigall stört, 1984, Der Fänger im Roggen*. Die musste er vermutlich für den Englischunterricht an der Highschool lesen. Ich entdecke ein paar Lehrbücher für Uni-Grundkurse, einige von Shakespeares Greatest Hits, ein abgewetztes Exemplar des Neuen Testaments. Es ist interessant zu sehen, was ihm die 1600 Kilometer lange Reise zu den Bücherregalen in seinem Studio in Arlington nicht wert war.

»Hör auf, meine Bücher zu streicheln«, sagt Hollis. Er hat die Arme über der Brust verschränkt, und wenn er so nackt und entspannt auf dem Bett liegt, sieht er aus, als wäre er das Modell für eine Gruppe Kunststudenten.

»Eifersüchtig?«, frage ich und muss mitten im Wort gähnen. Mein Koffer steht am Bettende, und ich mache mich daran, nach meiner Kosmetiktasche zu suchen.

Ich finde sie, lasse mich aber erneut ablenken, bevor ich es ins Bad schaffe. Es gibt einfach zu viel interessantes Zeug in diesem Zimmer. Eine Baseball-Trophäe der Little League. Einen blauen und einen orangen Miniaturrennwagen. Das Bild eines Hollis im Teenageralter in einer Baseball-Uniform (zotteliges Haar, Grimasse, auf eine ungelenke Weise niedlich).

»Ernsthaft?« Ich halte eine DVD von *Showgirls* hoch, die ich neben dem Fernseher finde, eingeklemmt zwischen *Zoolander* und *Super Troopers.*

»Großer Kyle MacLachlan-Fan«, sagt er.

»Ja, genau.«

Ich greife nach einer winzigen handbemalten Holzschildkröte mit Wackelkopf auf dem Nachttisch. Ich versuche, die »Bohemian Rhapsody«-Szene in *Wayne's World* damit nachzuspielen, aber sie rutscht mir aus der Hand und rollt unter das Bett, also knie ich mich auf den Boden. Der beige Berber-Teppich fühlt sich rau an meiner Haut an, während ich mich halb unter das Metallgestell zwänge und die Schildkröte rette.

»Hey, wusstest du, dass hier unten ein Baseballschläger liegt?«, frage ich. »Und eine Taschenlampe? Zumindest hoffe ich, dass es eine Taschenlampe ist.«

»Ich weiß nicht, was du glaubst, was es sonst sein könnte«, antwortet Hollis auf diese gespielt unschuldige Art, die deutlich macht, dass er genau weiß, worauf ich anspiele. »Na ja, so fesselnd es auch ist, dir zuzusehen, wie du dort unten herumwühlst, während du den nackten Hintern in die Luft reckst …«

»Moment mal … was ist das?« Ich ziehe ein dünnes, dunkelgrünes Buch unter dem Bett hervor und lese den Titel. »Walt Whitman. Wusstest du, dass das dort unten ist?«

»Warte«, sagt Hollis und greift so schnell nach dem Buch, dass er beinahe vom Bett fällt. Ich weiche seiner Hand aus und öffne den Buchdeckel. Jemand hat eine Widmung in diese Ausgabe geschrieben: *Für Hollis – Ich liebe dich in deiner ganzen Vielheit. Für immer die Deine, Vanessa.*

Hollis reißt mir das Buch aus den Händen, er ist blass geworden.

»Vanessa«, sage ich und versuche, beiläufig zu klingen. »Wer ist das?«

»Niemand, der der Rede wert wäre«, sagt er, steht auf und wirft Walt Whitman in den leeren Papierkorb neben der Tür.

»Moment mal. Neulich, als ich herumgewitzelt habe, dass du dich nicht mehr auf Beziehungen einlässt, weil dir jemand das Herz gebrochen hat. Hollis, war das tatsächlich so?«

Ich will gerade loslachen, als er sich wegdreht. Seine Rückenmuskulatur ist hart und angespannt. Oh. Das ist kein weiteres Relikt seiner Jugend, das in diesem Zimmer zurückgeblieben ist, als er ins Erwachsenendasein weiterzog. Es ist etwas, das er noch immer mit sich herumschleppt.

Ich schlinge die Arme um seine Mitte und schmiege mich an ihn. Dies ist meine Chance herauszufinden, ob der Grund, warum er sich von der Liebe abgewandt hat, etwas ist, das er jemals bereit sein wird loszulassen. »Was ist so schiefgegangen mit Vanessa, dass du es nie wieder versuchen wolltest?«

Hollis antwortet nicht.

»Sagst du es mir, wenn ich richtig rate?«, frage ich sein Schulterblatt.

Er stößt ein humorloses Schnauben aus. »Ich bin mir ziemlich sicher, dass du das nicht schaffst.«

»Hat sie dich betrogen?« Es ist zu offensichtlich, aber es wäre nachlässig, nicht dort anzufangen. Ich warte einen Moment, doch nur Stille antwortet mir. »Okay, das ist es also nicht. Mochte sie deine Vielheit doch nicht und war nicht einverstanden mit deinen Plänen, Schriftsteller zu werden?«

Nichts.

»Okay. Was dann? Kam heraus, dass sie gedacht hat, die Erde sei eine Scheibe? Hat sie vor deinen Augen deinen Goldfisch verspeist? Hat sie versucht, dir Steuerhinterziehung unterzuschieben? Sag bloß nicht, dieser ganze ›dauerhafte Liebe existiert nicht‹-Unsinn kommt daher, dass ihr letztlich unterschiedliche Dinge vom Leben wolltet.«

Hollis zeigt mir sein schreckliches Gefletschte-Zähne-Lächeln. »Wenn du mit ›unterschiedliche Dinge vom Leben‹ meinst, dass ich sie heiraten und sie sich an meinem Vater rächen wollte, dann ja, ich schätze, dann wollten wir unterschiedliche Dinge.«

»Was?«

Als er ausatmet, sacken seine Schultern nach unten, als könnte er nicht länger verbergen, wie schwer die Sache auf ihm lastet. »Können wir diese Unterhaltung wenigstens im Sitzen führen?« Hollis nimmt meine Hand und führt mich zum Bett. Er setzt sich auf die Kante und zieht mich auf seinen Schoß. Der Haut-an-Haut-Kontakt dauert etwa zehn Sekunden an, ehe er sagt »Gott, die Knochen an deinem Hintern sind vielleicht spitz« und mich runterschubst. Ich quieke, als ich nach hinten auf die Bettdecke falle. Hollis streckt sich neben mir aus, legt einen Arm über meine Hüften, und zieht mich enger an ihn. Sein Blick wandert unstet hin und her, während er mein Gesicht mustert. Es muss eindeutig sein, wie entschlossen ich bin, eine Antwort zu bekommen, denn er fragt resigniert: »Besteht irgendeine Chance, dass ich schlafen gehen kann, ohne dass wir darüber sprechen?«

»Nein. Weil ich nicht glaube, dass *ich* schlafen kann, ohne dass wir darüber sprechen. Du kannst nicht einfach so was sagen und es dann nicht weiter ausführen.«

»Also gut«, sagt er. »Kurzversion. Ich war in meinem letzten Jahr im College und habe bei einer Vorlesung eine Literatur-Doktorandin im zweiten Jahr kennengelernt, mich Hals über Kopf in sie verliebt und gedacht, sie würde ebenso empfinden. Dann brachte ich sie mit nach Hause, um sie meinem Dad und meiner Schwester vorzustellen. Es stellte sich heraus, dass sie die Ex meines Dads und nur mit mir zusammen war, um sich an ihm zu rächen, weil er sie sitzengelassen hatte.«

Meine Augen werden groß, und es dauert eine Weile, bis ich mich wieder daran erinnere zu blinzeln. »Ich habe … so viele Fragen. Wie konntest du das nicht …«

Ich bin mir nicht sicher, ob Hollis' Miene finsterer ist, als ich sie je gesehen habe, oder ob die Krümmung seines Munds nur extremer aussieht, weil wir uns so nahe gegenüberliegen. Aber die Botschaft kommt an: Das ist ein äußerst wunder Punkt. Da ich annehme, dass die Zeit für Fragen begrenzt ist, passe ich meine Strategie an, um das meiste rauszuholen. »Ihr habt euch also getrennt. Was ist danach zwischen dir und deinem Dad passiert?«

»Wir hatten einen Riesenstreit. Über seinen Egoismus, der so viele verletzt hat – was ich übrigens auch heute noch so sehe. Ich habe allerdings ein paar unnötig schreckliche Sachen zu ihm gesagt. Zum Beispiel, dass ich immer enttäuscht sein würde, dass mein Vater kein besserer Mann ist.«

Ich bin versucht, nachzubohren, was er mit dem »Egoismus« seines Vaters meint, denn die Art, wie er das Wort betont, erinnert mich daran, wie er darauf beharrt, dass jede seiner eigenen Entscheidungen von selbstsüchtigen Impulsen bestimmt wird. Vielleicht hat sich Hollis ja eingeredet, dass das Handeln seines Vaters ein Symptom von etwas Genetischem ist, etwas Unausweichlichem, das auch in seiner DNA sitzt. Aber alles, was ich herausbringe, ist: »Autsch.«

»Ich war erst einundzwanzig«, erklärt er. »Jung. Impulsiv. Insgeheim wusste ich, dass ich ihn nicht für Vanessas Handeln verantwortlich machen konnte, und nachdem er es mir erklärte, konnte ich sogar nachvollziehen, warum er sich von ihr getrennt hatte. Trotz all seiner charakterlichen Schwächen ging mein Vater bei seinen Affären immer seltsam moralisch vor. Dies war das erste und letzte Mal, dass er eine Beziehung mit einer Studentin an seiner Fakultät einging. Aber ich war so zornig und verletzt. Und meine Mutter war gerade erst gestorben. Ich brauchte jemanden, auf den ich wütend sein konnte. Jemanden, dem ich die Schuld geben konnte. Er konnte das verstehen, glaube ich. Versteht es noch. Aber es hat unsere ohnehin schon angespannte Beziehung definitiv eine Weile verschlechtert.«

»Da wir uns gerade in seinem Haus aufhalten, nehme ich an, es ist besser geworden?«

»Wir reden wenigstens wieder miteinander. Das haben wir vor allem meiner Schwester zu verdanken. Sie hat darauf bestanden, dass wir uns vor ihrer Hochzeit aussprechen. Also komme ich seit ein paar Jahren jedes Weihnachten, und wann immer sie und Jan ihn besuchen. Und es ist … es ist okay.«

Plötzlich sehe ich Joshs Nachricht an Hollis wieder vor mir. *Du solltest wissen, dass sie dich nur benutzt, um sich an mir zu rä-*

chen. Sie muss gehört haben, dass das alles ist, wofür du gut bist. »Dieser Bastard«, rufe ich.

»Wie bitte?«

»Josh. Er weiß, was damals mit Vanessa passiert ist, oder? Deshalb hat er das in seiner Nachricht geschrieben. Dass ich dich nur benutze. Um die ganzen schlechten Erinnerungen wieder wachzurufen.«

»Ja. Als wir in einem unserer Kurse biografisches Zeug gemacht haben, habe ich ein wenig darüber geschrieben.« Er streicht mir das Haar aus dem Gesicht, wobei er weiterhin darauf achtet, nicht meine Prellung zu streifen. »Es tut mir übrigens leid, dass ich mich von der dummen Nachricht habe provozieren lassen. Du bist nicht wie sie. Du bist sogar eine ziemliche Anti-Vanessa.«

»Und ich *schwöre*, dass ich deinem Dad noch nie begegnet bin.«

Hollis stößt mich spielerisch gegen die Schulter, bis ich auf dem Rücken liege.

»Nicht lustig«, sagt er von seiner neuen Position über mir. Aber sein Mundwinkel hat sich leicht gehoben.

»Es tut mir leid, dass sie dir wehgetan hat«, sage ich, nehme ihm die Brille ab und lege sie auf den Nachttisch. Er hat schon wieder ein lüsternes und ein verärgertes Auge. Aber ihr Ausdruck verändert sich, als er meine Worte verarbeitet hat. Jetzt sehe ich dort Verletzlichkeit und eine Wärme, die mir gänzlich unbekannt ist.

»Mir tut es auch leid.«

Das ist eine so seltsame und unerwartete Antwort, dass ich sie festhalte, ehe sie vorbeizischen kann, ohne näher beleuchtet zu werden.

»Warum tut es *dir* leid?« Als er nicht sofort antwortet, stupse ich ihn mit dem Ellenbogen an. »Wenn du dich für etwas entschuldigen musst, dann ist das dein schrecklicher Filmgeschmack als Jugendlicher.« Sein Blick folgt meinem, als ich ein Poster von *Catwoman* aus dem Jahr 2004 ansehe.

»Du hast meine DVD von *Showgirls* gefunden, und dennoch denkst du, dass ich eine halbnackte Halle Berry in meinem Zimmer hängen hatte, weil ich ein Fan des Films war? Du solltest doch besser als jeder andere wissen, wie männliche Teenager in Bezug auf attraktive weibliche Stars sein können.«

»Igitt«, sage ich.

»Ja, falls es dich tröstet, ich würde lieber sterben, als an einem Flughafen zu Halle Berry zu gehen und ihr zu sagen, dass ich mir täglich einen auf sie runtergeholt habe.«

»Es gibt also doch noch wahre Gentlemen«, sage ich.

Hollis küsst mich mit einer verdächtigen Intensität. Er versucht, mich abzulenken. Aber das wird nicht funktionieren. Wenigstens nicht für mehr als … ein paar Minuten.

»Warum tut es dir leid, dass sie dir wehgetan hat?«, wiederhole ich und drehe den Kopf, um dem nächsten Kuss auszuweichen, als mein Bedürfnis nach seinen Worten schließlich das nach seinem Mund übersteigt. Ich weiß, dass unser Intimitätslevel bereits bei tausend steht. Ich weiß, dass das bereits mehr ist, als Hollis je mit mir teilen wollte. Ich bin begierig auf alles, was darüber hinaus geht. Ich stelle fest, dass ich begierig auf alles bin, was mit ihm zu tun hat.

Hollis zögert kurz und seufzt dann langsam.

»Weil«, flüstert er an meiner Haut, während er die Finger tiefer in meinem Haar vergräbt, »wenn ich noch an Happy Ends glauben würde, hätte ich widerwillig gerne eines mit dir gehabt.«

Hollis blickt auf mich herunter. Wenn er auf eine Antwort wartet, dann werden wir noch sehr lange hier sein. Ich kann keinen zusammenhängenden Gedanken formen und ihn schon gar nicht in Worte fassen. Hollis' Aussage ist wie ein Schwamm, der energisch auf einer Tafel herumwischt, nur dass es sich bei der Tafel um mein Gehirn handelt, das vollkommen leer ist, bis auf ein bisschen Kreidestaub, der daran erinnert, dass dort einmal etwas war.

Ich nehme sein Gesicht zwischen meine Hände und ziehe seinen Mund wieder auf meinen. Es ist die feige Lösung, ich weiß. Aber meine Gefühle für Hollis wachsen so rasant, dass ich kaum mithalten (oder davor weglaufen) kann. Und ich weiß nicht, wie ich das in Worte fassen soll, ohne es gleichzeitig wie eine Klage klingen zu lassen, dass er mir nicht mehr als das hier bieten kann.

Ich bin überrascht und irgendwie auch nicht überrascht, dass ich Enttäuschung empfinde. Sein Geständnis, dass wir unter anderen Umständen eine gemeinsame Zukunft hätten haben können, scheint die kleine mit Hoffnung gefüllte Kiste in meiner Brust, die ich in letzter Zeit ganz tief in meinem Herzen verwahre, aufgestemmt zu haben, nur um dann mit einem Schlag den ganzen Inhalt zu plündern. Den Piraten zu küssen, statt ihn mit seinem Diebstahl zu konfrontieren, kommt mir einfacher vor.

Die Tatsache, dass wir nackt sind, beschleunigt die Dinge, und schon bald schiebt Hollis sich an meinem Körper hinunter und lässt den Kopf auf einer meiner Brüste ruhen, während er die andere mit der Hand umschließt. Sein Daumen streicht über meinen Nippel, hin und zurück, hin und zurück. Ich schließe die Augen und genieße, wie die Berührung an irgendeinem empfindlichen Knoten tief in meinem Bauch zieht und droht, ihn aufzulösen. Ich schiebe die Finger in Hollis' Haar, und er stößt ein kaum hörbares Stöhnen aus, während ich seinen Rhythmus auf seiner Kopfhaut imitiere. Schon bald werden seine Bewegungen langsamer. Die anfängliche Frustration, die ich empfinde, als seine Hand auf der Stelle verharrt, wird abgelöst von der Erwartung, dass er die Seiten wechseln oder möglicherweise seine Zunge einsetzen wird. Nur dass das nicht passiert. Weil er nämlich eingeschlafen ist.

»Hey«, sage ich und stoße seine Schulter an. »Wach auf.«

»Tut mir leid«, murmelt er. »Ich habe nur … eine kleine Pause eingelegt.«

»Ja, ja … schon klar.«

»Wo war ich?« Er drückt einen Kuss auf mein Brustbein und gähnt dann so ausgiebig, dass ich dieses Ding in seinem Rachen baumeln sehen kann.

Ich habe etwa fünf Stunden im Wagen geschlafen, aber Hollis ist schon seit heute Morgen wach. Und die letzte Nacht war auch nicht gerade erholsam. »Zeit fürs Bett«, entscheide ich und rolle mich unter ihm hervor.

»Aber, Mill, ich will dich …«

»Ich werde sehr beleidigt sein, wenn du in mir einschläfst, und es besteht die nicht insignifikante Wahrscheinlichkeit, dass genau das passiert, wenn wir jetzt nicht aufhören. Schlaf jetzt, Hollis.«

Während er schläfrig auf sein Kissen sinkt, murmelt er etwas von der Wäsche und dass dieses Zimmer verflucht ist, weil er es hier nie über das Fummeln hinausschafft. Und dann ist er weggetreten, noch bevor ich ihn nach dem WLAN-Passwort fragen kann.

Chicago, Illinois

September 1950

Rose ging bei dem zweiten Klingeln ran. Die Telefonistin bat sie, dranzubleiben, um ein Ferngespräch mit einer Miss Elsie Brown aus Los Angeles anzunehmen. Ihr Herz hämmerte so sehr gegen ihre Rippen, dass es ihr den Atem raubte, während sie auf Elsies Stimme am anderen Ende der Leitung wartete, eine Stimme, die ihr so vertraut war, obwohl sie sie seit dem Krieg kaum gehört hatte.

In jenem ersten Brief aus dem Jahr 1946 hatte Rose ihr gestanden, dass sie bereute, wie die Dinge zwischen ihnen geendet hatten. Elsie hatte geantwortet: »Dann sollten wir nicht zulassen, dass es das Ende war.« Seitdem schrieben sie sich regelmäßig. Da Rose jetzt verheiratet war und sie über 1600 Kilometer trennten, war aus ihrer Beziehung eher so etwas wie Freundschaft geworden. Und doch spukten die Worte, die sie nicht direkt zu Papier bringen konnten, wie Geister zwischen jeder Zeile. Ihre Liebe füreinander bestand fort, auch wenn sie gezwungen war, neue Formen anzunehmen.

»Wer ist es?«, fragte Dick, der auf dem Sofa saß und die Nase in einem Buch für einen seiner Kurse vergraben hatte.

»Meine Freundin Elsie Brown. Aus der Navy. Sie ruft aus Los Angeles an.«

»Los Angeles? Ich dachte, Elsie wohnt immer noch in Florida?«

Elsie, die gescherzt hatte, nie wieder in einem Staat ohne

Küste leben zu können, hatte sich nach ihrer Entlassung eine Wohnung in Miami gemietet, statt nach Oklahoma zurückzukehren. Rose runzelte die Stirn und verlagerte das Gewicht des Hörers in ihrer Hand. »Das dachte ich auch. Ich habe keine Ahnung, was sie in Kalifornien macht.«

»Richte ihr meine Grüße aus«, murmelte Dick um den Stiel seiner Pfeife herum, als ihm ein Tintenfleck auf seinem Hosenbein auffiel. Er sah exakt wie der Bibliothekar aus, der er nach seinem Studium werden wollte.

»Das werde ich«, sagte sie. Natürlich hatte Rose Dick nie erzählt, dass Elsie so viel mehr als nur eine Freundin war. Manchmal fragte sich Rose, ob ihr Mann eifersüchtig wäre, wenn er es wüsste. Sie fragte sich, ob er das Ausmaß ihrer Liebe für Elsie verstehen würde, und ob er dann Zorn empfinden würde, oder vielleicht Mitleid, oder es – noch schlimmer – als alberne kleine Jugendsünde in Kriegszeiten abtun würde, die seinerseits keiner starken Gefühlsregungen bedurfte.

Obwohl sie sich regelmäßig schrieben, hatten Elsie und sie nur ein paarmal telefoniert: einmal 1947, ein paar Tage, nachdem ein schrecklicher Hurrikan Florida heimgesucht und Rose es nicht ertragen hatte, auf einen Brief zu warten, um zu erfahren, wie es Elsie ergangen war, und letztes Silvester, als Elsie nach ein paar Gläsern Whiskey anrief und ihr geflüsterte Erinnerungen ihrer Liebesnacht am Strand ins Ohr lallte, während das Lärmen ausgelassener Konversation, das Klirren von Champagnergläsern und Mel Tormés »Careless Hands« in ihrem Wohnzimmer um Roses Aufmerksamkeit wetteiferten.

»Rosie.« Als Elsies Stimme wie ein Aufatmen durch den Hörer kam, wusste Rose, dass der heutige Anruf nicht das Resultat eines von Alkohol ausgelösten Nostalgieschubs war.

»Els. Ist irgendwas nicht in Ordnung?«

»Ich wurde aus der Reserve einberufen. Die Navy ist in Korea mit runtergelassenen Hosen erwischt worden. Sie brauchen jedes medizinische Personal, das sie kriegen können.«

Rose blieben die Worte im Hals stecken, was vermutlich besser so war, weil sie an nichts denken konnte, als dass Korea so weit weg war – sogar noch weiter weg als Florida.

»Rosie, Darling? Bist du noch dran?«

»Ja, ja. Tut mir leid. Also schickt die Navy dich nach Korea?«

»Irgendwo in die Gegend. Auf ein Lazarettschiff. Die USS *Haven*. Wir stechen nächste Woche in See.«

Rose kämpfte gegen ihre wachsende Panik an – Elsie am anderen Ende der Welt, der Front so nahe – und suchte nach etwas, das sie tun konnte, um die Sorge zu lindern, die ihr die Kehle zuschnürte. »Soll ich … soll ich zu dir fliegen, um dich zu verabschieden?«

Dick spähte mit plötzlichem Interesse über sein Buch hinweg.

Elsies melodisches Lachen bahnte sich einen Weg durch die Telefonleitungen und kitzelte Roses Ohr, als säße sie direkt neben ihr. »Nein, Rosie. Nein, das wäre schrecklich teuer, und du hast eine Familie, um die du dich kümmern musst. Wie geht es Dick und den Jungs?«

»Es geht ihnen gut, aber Els …«

»Außerdem, wenn du hier auftauchst und ich dich wieder in den Armen halte, weiß ich nicht, ob ich mich überwinden kann, dieses Schiff zu betreten.« Ihre Stimme war voller Emotion. Roses eigene Tränen drohten, sich Bahn zu brechen. Nicht jetzt, dachte sie, nicht vor Dick.

»Weil wir gerade von Dingen sprechen, die schrecklich teuer sind«, fuhr Elsie fort. Ihr Ton war jetzt wieder unbekümmert, auf diese künstliche Weise, die alles nur noch schlimmer machte, »das hier ist ein Ferngespräch, und ich bin jetzt wieder eine bescheidene Operationsschwester der Navy. Selbst mit der Nachtermäßigung läppern sich die Minuten.« Sie schwieg einen Moment. »Hör mal, ich weiß, dass du es vermutlich nicht erwidern kannst – ich bin mir sicher, du bist nicht allein –, aber … ich rufe an, weil ich will, dass du vor meinem Aufbruch weißt, dass ich dich liebe, Rosie. Du bist die Liebe meines Lebens. Und du wirst es immer sein, ganz egal, was auch passiert, wo ich bin oder mit wem. Und für den Fall, dass …«

»Nein, bitte nicht …«

»Nur für den Fall«, wiederholte sie langsamer, »dass mir etwas passierten sollte, möchte ich, dass du weißt, dass ich meine letzten Momente – ob das nun morgen oder in hundert Jahren ist – damit verbringen werde, an dich zu denken. An dein Lächeln, dein Lachen und wie ich dich dort im warmen Sand in meinen Armen gehalten habe.«

Rose warf einen Blick zu ihrem Mann. Dicks volle Aufmerksamkeit galt nun ihr.

»Elsie, bitte pass dort drüben auf dich auf.« Sie hoffte, dass alles, was sie sonst noch sagen wollte, es allein durch diese Worte irgendwie in Elsies Herz schaffen würde.

»Das werde ich. Versprochen. Aber jetzt muss ich wirklich auflegen. Hier möchte noch jemand das Telefon benutzen und wird langsam ungeduldig.«

»Okay.«

»Okay.« Kurz herrschte Stille und Rose sorgte sich, dass die Verbindung vielleicht bereits unterbrochen war. Dann hörte sie erneut Elsies Stimme durch die Leitung, so sanft und süß: »Schick mir eine Taube, Darling, wann immer dir danach ist.«

»Das werde ich, Els. Das werde ich.«

»Auf Wiedersehen, Rosie.«

Dann endete der Anruf, und endlich flossen Roses Tränen. Sie blinzelte, und Dick stand neben ihr und nahm ihre Hand.

»Du hast vergessen, ihr meine Grüße auszurichten«, sagte er leise und drückte einen Kuss in ihre Handfläche, ehe er ging, um nach ihren schlafenden Söhnen zu sehen, und seine Frau ihren Gedanken überließ.

18

Hollis hat die Arme um mich geschlungen, als mich der Alarm meines Handys aufweckt. Nacht zwei, und die »Kein Kuscheln«-Regel, die ich mir selbst auferlegt hatte, ist bereits zerstört. Als die Waschmaschine summte, kümmerte ich mich um die Wäsche, ging aufs Klo und kletterte zurück ins Bett. Ich sah Hollis lange genug beim Schlafen zu, um mich vor mir selbst zu gruseln. Dann dachte ich mir »Warum zur Hölle nicht?« und gab ihm einen Gutenachtkuss auf die Wange. Er regte sich gerade genug, um mich in seine starken Arme zu raffen, und obwohl ich mich nur einen Moment zuvor kein bisschen müde gefühlt hatte, war ich sofort weggetreten.

Ich strecke die Hand aus und bringe das Handy zum Schweigen. Ich kann mich nicht erinnern, den Wecker gestellt zu haben, bin aber dankbar, dass ich es getan habe. Heute ist es so weit. Wir werden Mrs. Nash und Elsie wiedervereinigen. Es könnte auf so viele Arten schiefgehen. Aber ich weigere mich, auch nur an eine einzige davon zu denken. Denn so leer mein Gehirn auch gestern Abend war, summt es heute Morgen wie ein Bienenstock unter Koffeineinfluss. Ich beginne zu verstehen, dass, obwohl Mögen nicht Lieben bedeutet, es zumindest bei mir gefährlich nah dran ist. Vielleicht ist das Einzige, was dieses Gefühl daran hindert, auf Gegenseitigkeit zu beruhen, Hollis' Bedürfnis nach einem Beweis dafür, dass »Auf immer und ewig« etwas ist, das im echten Leben passieren kann und nicht nur im

Märchen. Hat Hollis mir nicht im Wagen gesagt, dass er gerne überzeugt werden würde, dass er falschliegt?

Also sollten wir uns beeilen. Ich muss Mrs. Nash und Elsie zu ihrem Happy End verhelfen. Weil ich glaube, dass ich vielleicht auch eines kriegen kann, wenn es mir nur gelingt.

Ich reibe meinen Hintern an Hollis' Unterleib. »Aufwachen, aufwachen, aufwachen«, sage ich mit einer Roboterstimme.

»Du bist der nervigste erregende Wecker, den man sich vorstellen kann«, murmelt er, und seine Hand gleitet über meinen Bauch in Richtung des kupferroten Haars zwischen meinen Beinen.

»Nichts da. Wir haben keine Zeit zu verlieren.« Ich gleite aus seinen Armen und klettere über meinen Koffer.

Er stöhnt. »Ich wüsste nicht, warum das Zeitverschwendung wäre. Seit gestern Nachmittag war ich viermal steif und bin kein einziges Mal wirklich gekommen. Wenn meine Eier noch blauer werden, kann man sie statt Uranus und Neptun in ein Diorama des Sonnensystems einsetzen.«

Lach nicht, weil er Ur-Anus gesagt hat. Verkneif es dir.

»Tut mir leid«, sage ich. »Diese Fehlstarts waren auch für mich nicht einfach.« Ich öffne eine Schublade und finde darin eine Sammlung von alten, zusammengelegten Socken. »Wenn du nicht in den nächsten dreißig Sekunden aufstehst, dann bewerfe ich dich mit denen hier. Lass dich nicht von ihrer Weichheit täuschen. Ich habe einen großartigen Wurfarm. Ich habe früher Softball gespielt … so um die zweimal. Und einmal hat mein Team sogar beinahe gewonnen. Also fordere mich nicht heraus, Frederick Hollis Hollenbeck.«

Er seufzt und verdreht die Augen wie der Teenager, der mal in diesem Zimmer gelebt hat, aber er steht auf. Ich dusche schnell im großen Bad seines Dads, während Hollis dasselbe in dem kleineren den Flur hinunter tut, damit wir uns nicht ablenken lassen. Wir wechseln kaum ein Wort, während wir die Wäsche falten und die paar Sachen einsammeln, die wir überhaupt erst ausgepackt haben. Ich weiß nicht, ob es daran liegt, was er letzte Nacht gesagt hat, und dass ich nicht darauf reagiert habe, außer ihm die Zunge in den Hals zu stecken, oder daran, dass heute effektiv der letzte Tag unserer Reise ist. Aber auf uns liegt eine merkwürdig nervöse Stimmung wie eine Gewichtsdecke, die meine Anspannung noch verstärkt, statt sie zu lösen.

Sobald wir im Wagen sitzen, öffne ich die Feigenkekse, die wir in der Vorratskammer gefunden haben. Das ist nicht unbedingt mein ideales Frühstück – ich traue Feigen nicht mehr über den Weg, seit ich herausgefunden habe, wie sie befruchtet werden –, aber anders als sein Frauentyp entsprechen die kulinarischen Vorlieben von Hollis' Dad so ziemlich genau seinem Alter, und die Feigenkekse waren immer noch weniger dubios als die Box mit Frühstücksflocken, die aussahen wie winzige Ästchen.

»Gib mir einen«, sagt Hollis und streckt die Hand aus. Ich lege einen der Kekse in seine Hand und sehe zu, wie seine Zähne in der weichen Füllung versinken, während er rückwärts aus der Ausfahrt manövriert.

»Wusstest du, dass Feigen nur wachsen können, wenn wenigstens eine Wespe darin stirbt und von der Frucht absorbiert wird?«, sage ich.

Für einen Moment hört er auf zu kauen. »Das wusste ich nicht. Was für ein wundervoller Fakt, den du mir da mitten im Bissen erzählst.«

Ich knabbere an meinem Keks, stelle aber fest, dass ich keinen besonderen Appetit habe. Nicht wegen der Wespen. Sondern weil ich mit jedem Bruchteil eines Kilometers, den wir uns dem Treffen mit Elsie nähern, ein wenig nervöser werde. Mein Knie wippt. Mein Herz poltert wie ein schwerer Gegenstand, der eine lange Treppe hinunterfällt. Ich bin ein Bündel zutiefst verängstigter Energie. Einen absurden Moment lang überlege ich, aus dem Wagen zu steigen und bis nach Key West zu rennen. Zu fliegen wie ein Vogel oder eine Rakete. Wenn ich meine aufgestaute Energie schütteln würde wie eine Flasche, ehe ich den Deckel öffne und sie explodieren lasse, dann könnte es uns vermutlich als Antrieb für den ganzen Weg bis zu unserem Ziel dienen.

Und wenn ich mir vorstelle, dass dies nur ein Bruchteil dessen ist, was Mrs. Nash empfunden hätte, wäre sie in der Lage gewesen, Elsie mit mir zusammen zu besuchen – lebendig und nicht in meinem Rucksack, meine ich. Wie fühlt es sich wohl an, wenn man den Menschen, den man liebt, nach Jahrzehnten der Trennung wiedersieht? Mein Herz vollführte heute Morgen so eine Art betrunkene Version des *Macarena*, als ich Hollis nach seiner Dusche wiedersah, und das war nach nur zwanzig Minuten Trennung. Nicht dass das, was ich für Hollis empfinde, in irgendeiner Weise der andauernden Liebe ähneln würde, die Mrs. Nash für Elsie hegte. Was wir haben, ist gar keine Liebe, es ist nur Mögen. Sehr starkes Mögen. Und jetzt wippt mein Knie nur noch halb wegen unserer heutigen Mission und halb, weil ich mir Sorgen mache, dass Hollis meine gespielte Gelassenheit durchschauen und herausfinden könnte, dass ich hoffe, seine Meinung bezüglich immerwährender Liebe zu ändern – und zwar nicht nur, weil ich Recht behalten will.

»Wusste Mrs. Nash, dass du Elsie gefunden hast?«, fragt er.

»Nein. Ich habe sie erst nach Mrs. Nashs Tod gefunden.« Ich rutsche auf meinem Sitz herum und bin mir plötzlich jeder unbequemen Stelle bewusst. »Ich wollte mich gleich, nachdem sie mir von ihr erzählt hatte, auf die Suche machen, aber damals hatte ich gerade erst einen Auftrag angenommen, das Fact-checking für ein Drama über den Krieg von 1812 zu übernehmen, und das hat für eine Weile meine ganze Zeit beansprucht.«

Ich spiele an dem Reißverschluss meines Rucksacks herum. »Ich wünschte, ich hätte es zu meiner obersten Priorität gemacht. Manchmal frage ich mich, ob Mrs. Nash vielleicht länger gelebt hätte, wenn ich sie früher gefunden hätte. Hätte sie gewusst, dass Elsie gar nicht in Korea getötet wurde, dann hätte die Aussicht, sie wiederzusehen, vielleicht ausgereicht, dass sie noch ein wenig länger geblieben wäre.«

»Mrs. Nashs Tod ist nicht deine Schuld«, sagt er mit einer warmen, leisen Stimme, die mein schlechtes Gewissen liebkost. »Ich glaube nicht, dass irgendetwas von dem, was du getan oder nicht getan hast, irgendeine Auswirkung auf das Timing hatte.«

Bis zu einem gewissen Grad weiß ich das, aber es ist eines dieser Dinge, die man leicht verstehen, aber nur schwer wirklich fühlen kann. »Du bist ziemlich gut darin, Absolution zu erteilen. Vielleicht hättest du Priester werden sollen.«

»Erstens, ich bin nicht katholisch. Zweitens, sollte ich beleidigt sein, weil es dir lieber wäre, wenn ich keusch lebe?«

»Oh. Stimmt ja. Gut, dann kein Priester.« Mein Gehirn verliert verdammt schnell den Faden dieser Unterhaltung und beschäftigt sich lieber damit, sich Hollis in den verschiedensten Berufsuniformen vorzustellen. »Du wärst ein verdammt heißer Automechaniker«, sage ich.

»Erteilen die Absolution?«

»Nein, aber sie tragen Overalls. Ich glaube, so einer würde dir echt gut stehen.«

Hollis schüttelt den Kopf, und ich entdecke ein kleines Lächeln in seinem Mundwinkel. »Du bist so eine Spinnerin«, sagt er so liebevoll wie Mrs. Nash, wann immer sie mich *albernes Huhn* nannte.

»Und doch liebst du mich«, gebe ich zurück, ohne nachzudenken. Angespannte Stille legt sich über uns. Ich strecke die Hand aus, um das Radio anzustellen, in der Hoffnung einen Ausweg aus dieser Situation zu finden, aber der neue Classic-Rock-Sender, den Hollis für uns gefunden hat, nachdem wir den anderen gestern verloren hatten, spielt im Moment eine endlose Reihe von Werbespots. »Also ... dieser Spätkapitalismus. Ziemlich blöd, oder?«, klammere ich mich an den ersten Themenwechsel, der mir in den Sinn kommt.

Ein kleines Schnaublachen kommt aus Hollis' Nasenlöchern. »Ich wette, du bist der Star auf jeder Party.«

»Das bin ich. Ich bin super auf Partys.« Wenn ich nicht säße, würde ich die Hände in die Hüften stemmen. »Du musst wissen, dass mich die meisten äußerst charmant finden.«

»Daran habe ich keinen Zweifel. Warum dachtest du, das wäre Sarkasmus?«

»Weil du zwei Modi hast, Hollis. Sarkastisch und Cormac McCarthy.«

»Ich glaube, ich sollte mich jetzt beleidigt fühlen«, sagt er. »Aber ich verstehe es mal als Kompliment.«

Ein weiterer Werbespot – dieses Mal für einen Autohändler in Miami – veranlasst Hollis, das Radio leiser zu stellen.

Für einen einzigen Moment huscht sein Blick zu mir. O nein. Er will über etwas reden. Das kann ich daran sehen, wie er sich in die Wange beißt. Ich hoffe wirklich, dass es nicht um meinen »Du liebst mich«-Kommentar geht. Er braucht es wirklich nicht deutlicher machen, dass er das nicht tut.

»Ich würde dich gerne etwas Persönliches fragen«, sagt er. »Du musst nicht antworten.«

»Oh. Äh. Okay?«, sage ich.

»Josh Yaeger. Warum?«

»Du meinst, warum war ich mit ihm zusammen?«

»Warum warst du mit ihm zusammen, hast dir ein Bett mit

ihm geteilt, bist mit ihm zusammengezogen. Ja. All das. Warum?«

Angesichts dessen, was ich über meine Beziehung mit Josh gesagt habe, verstehe ich, warum jemand die Anziehungskraft eines hinterhältigen, egoistischen Arschlochs, das mich die meiste Zeit nicht mal zum Höhepunkt bringen konnte, anzweifeln würde. Und doch schmerzt die Frage. Es ist, als würde Hollis mich fragen, wie ich so dumm sein konnte. Und obwohl ich zugeben muss, dass ich das nach der Trennung mich selbst eine Million Mal gefragt habe, schmerzt es anders, wenn es von ihm kommt.

»Er war nicht immer so ein Volltrottel, weißt du?«, sage ich und kann nicht verhindern, dass ich ein wenig in die Verteidigungshaltung gehe. »Es ist nicht so, als wäre er schon so gewesen, wie er jetzt ist, und ich hätte gedacht, wow, was ein Fang. Er war mal …« Ich schürze die Lippen und neige mich zur Seite, während ich versuche, mich an die guten Zeiten zu erinnern. Frühstück im Bett und der Überraschungs-Trip nach New York, um Dani zu besuchen und meinen Master zu feiern (oder war auch das alles nur für Instagram?). »Er sah gut aus. War ehrgeizig. Ein bisschen verklemmt, ja, aber auf eine charmante, förmliche Art. Es hat Spaß gemacht, ihn aus der Reserve zu locken. Ihn daran zu hindern, sich selbst zu ernst zu nehmen. Aber dann hat er im zweiten Semester seines MFA einen Preis für eine Kurzgeschichte bekommen, und irgendein superwichtiger Autor, den er auf einer Konferenz kennenlernte, hat ihm Zucker in den Arsch geblasen, von wegen er könnte der nächste große amerikanische Romanautor sein. Danach hat er sich verändert. Sein Ehrgeiz war nicht mehr attraktiv. Er war besessen von Erfolg und dass alle ihn für brillant halten müssen und – na ja, du weißt, wie er jetzt ist. Seine Mitmenschen sind für ihn entweder Konkurrenz oder Mittel zum Zweck.«

Hollis sagt nichts und greift nach meiner Hand. Sein Daumen streicht immer wieder über meine Handfläche. Die Bewegung erdet mich, jagt aber auch Funken in meinen Blutkreislauf.

»Josh hat mir einmal gesagt, dass er mich liebte, weil ich ihn immer aus dem dunklen Tief retten konnte, in das er während des Schreibens fiel. Dass ich ihn daran erinnerte, wie wichtig Leben im Licht ist. Ich fand das romantisch. Mir war bis zum Ende nicht klar, dass das so eine *Garden-State*-Geschichte war.«

Hollis löst die Hand von meiner, damit er um einen Camper navigieren kann, und sofort vermisste ich die Berührung. Der kalte Entzug von ihm wird noch ein riesiges Problem werden.

»Also warst du sein ›Manic Pixie Dream Girl‹?«, fragt er.

»Ja. Hey, du hast die Anspielung verstanden.«

»Es hilft, dass eine Nacht in meinem alten Zimmer deine Film-Anspielungen scheinbar in das aktuelle Jahrhundert verschoben hat.«

»Äh, gewöhn dich mal lieber nicht dran«, warne ich ihn.

»Stimmt, die frühen 2000er sind viel zu aktuell für jemanden, der so reif für sein Alter ist wie du.«

»Bäh.« Ich strecke ihm die Zunge raus.

»Was?«

»Dieser Ausdruck. Reif für mein Alter. So ziemlicher jeder, der das bislang zu mir gesagt hat, war ein Mann, der doppelt so alt war wie ich und mir erklären wollte, warum es vollkommen normal ist, dass er mir an die Wäsche will.«

Hollis blickt wieder finster drein. »Ich merke es mir.«

»Jedenfalls«, sage ich, »als offensichtlich wurde, dass ich meine eigenen Ideen und Träume habe und nicht seine Rettung oder ein amüsantes Accessoire sein will, das nur dazu da ist, seine miese Persönlichkeit zum Strahlen zu bringen, hat Josh angefangen, mich zu hassen. Er hat es allerdings gut verborgen.

Mir fiel es erst bei der Instagram-Sache auf. Im Nachhinein gab es Anzeichen, aber … ich weiß auch nicht. Ich dachte, er liebt mich. Ich hatte keinen Grund, das infrage zu stellen.«

»Ja. Ich weiß, wie das ist«, sagt Hollis.

Das tut er wohl. Vielleicht war seine Beziehung mit Vanessa gar nicht so anders als meine mit Josh – nur kurzlebiger und länger her. Wir wurden beide von Leuten benutzt, die uns vormachten, wir lägen ihnen am Herzen. Nur dass Hollis die zerbrochene Ehe seiner Eltern, die Vorliebe seines Vaters, von einer Studentin zur nächsten zu springen, und Vanessas Täuschung erlebte und daraus schlussfolgerte, dass es keine dauerhafte Liebe gibt, während ich drei Esslöffel meiner greisen besten Freundin in einen Rucksack packte und einen Flug nach Florida buchte, um zu beweisen, dass es nicht dumm ist, daran zu glauben, dass ein Mensch wirklich sein Leben lang tiefe Gefühle für einen anderen hegen kann.

Als ich durch mein Fenster das Wasser der Keys in der Morgensonne glitzern sehe, weiß ich, dass es nicht mehr lange dauern wird, bis wir wissen, wer von uns recht hatte.

19

»Du hast schon eine Weile nichts mehr gesagt. Das macht mich nervös«, sagt Hollis, als wir gerade eine weitere Brücke überqueren.

»Tut mir leid«, antworte ich. »Mir ist nicht nach Reden.«

»Ist schon okay. Wir können auch einfach Musik hören.« Wir haben das Radio bereits vor einer Stunde aufgegeben, nachdem der angebliche Classic-Rock-Sender Nickelback gespielt hatte. Überraschenderweise war Hollis darüber empörter als ich, und wir hören stattdessen jetzt wieder meine Roadtrip-Playlist. Da muss die Hölle wohl zugefroren sein.

»Never Going Back Again« ist der nächste Song, und automatisch schirme ich den On/Off-Button mit meiner Hand ab. »Okay, ich weiß, du magst Fleetwood Mac nicht. Aber das hier ist super kurz, und es singt nicht mal Stevie Nicks, können wir also bitte einfach …«

»Millicent«, sagt er. »Ich hatte nicht vor, es abzustellen. Mich stört der Song nicht, und ich weiß, wie sehr du ihn magst.«

»Warte«, sage ich. »Nein. Hör damit auf. Hör auf, *keine* bissigen Kommentare zu meiner Musik abzugeben. Das vermittelt mir das Gefühl, dass du Mitleid mit mir hast, und dafür gibt es noch gar keinen Grund. Tu nicht so, als hätte ich bereits versagt.«

»Ich habe kein Mitleid mit dir, aber Schatz …«

»*Schatz?*« Ich reagiere auf diesen Kosenamen, als hätte er mir in den Arm gekniffen. »Was zur Hölle ist los mit dir? Warum nennst du mich so? Hör auf.«

Hollis wirft mir einen kurzen Seitenblick zu, und sein Stirnrunzeln wandelt sich von seinem üblichen zu einem mittel ausgeprägten, und das bedeutet, dass er frustriert ist. »Nein, hör du auf.«

»Mach doch keinen Affen«, platzt es unwillkürlich aus mir heraus.

»Warum sollte ich einen Affen machen?«, antwortet Hollis. »Ich red ja mit einem.«

»Moment mal. Hollis, hast du gerade nicht nur meine Anspielung verstanden, sondern auch aus *Pee-wees irre Abenteuer* zitiert?«

Ich blinzle heftig, als würde ich versuchen, ein Staubkorn loszuwerden, und als könnte ich nicht glauben, was ich da sehe. Langsam verändert sich Hollis' Mund, die Winkel dehnen und heben, die Lippen teilen sich, und hinter ihnen kommen seine Zähne zum Vorschein. Aber es endet nicht mit diesem atemberaubenden, ehrlichen Lächeln. Nein! Seine Zähne öffnen sich ein wenig und ein dröhnender, fröhlicher Laut steigt aus den Tiefen seines Körpers empor. Heilige Scheiße. Hollis lacht. Kein amüsiertes Schnauben, sondern ein richtiges *Lachen*.

Es trifft meine Brust wie eine riesige, unerwartete Woge, die noch unerwarteter ist, weil ich mir irgendwie eingeredet hatte, dass meine Gefühle für ihn eine Badewanne sind und nicht ein ganzer Ozean.

»Fahr rechts ran.« Meine Stimme klingt kratzig. Vielleicht schlägt mein Herz gerade die Krallen in meine Speiseröhre, während es versucht, aus mir heraus zu klettern.

Das Lachen verblasst zu einer vertrauteren, weniger verheerenden Version. »Was? Warum?«

»Fahr rechts ran«, wiederhole ich. »Bitte.«

Ich habe jegliche Wahrnehmung unserer Umgebung verloren, deshalb ist es pures Glück, dass wir uns auf einer der Inseln befinden, als ich diese Forderung stelle, und nicht in der Mitte einer langen Autobrücke über dem Wasser. Hollis biegt in einen leeren Parkplatz ein, der zu einem Souvenirladen mit dem Namen *The Sea + Shell* gehört, der so früh am Morgen noch nicht geöffnet hat.

»Was ist los?«, fragt er. »Sag nicht, dass du Mrs. Nash bei meinem Dad …«

»Nein, nein. Ich habe sie. Ich brauchte nur, ich brauche …« Ich vergrabe meine Finger in meinem Haar, presse sie fest gegen meine Kopfhaut.

Ich brauche dich. Jetzt und wenn das hier vorbei ist. Weil ich glaube, dass ich mich in dich verliebe, und es tut mir leid. Es tut mir so leid. Ich weiß, dass diese Sache zwischen uns so nicht funktioniert und du nicht offen für Beziehungen bist. Ich erwarte nicht, dass du meine Gefühle erwiderst, ich will einfach nur … scheiße. Es tut mir leid. Ich schwöre, das war nicht meine Absicht.

Das ist, was in etwa drei Sekunden aus meinem Mund kommen wird, wenn ich nicht sofort Gegenmaßnahmen ergreife. Ich weiß, dass jetzt nicht der richtige Zeitpunkt für dieses große Geständnis ist. Die Sorge, dass wir Elsie rechtzeitig erreichen (und dann auch wirklich zu ihr dürfen) nimmt bereits jedes Fitzelchen meiner Panik in Anspruch – außerdem werden Hollis und ich noch für mindestens eine Stunde zusammen in diesem Wagen festsitzen. Ich lehne mich in Richtung Fahrerseite, will den Abstand zwischen uns schließen, aber der Gurt protestiert gegen die plötzliche Bewegung, blockiert und zerrt mich zurück in den Sitz.

»Ich brauche dich …«, ist alles, was mir über die Lippen kommt, bevor Hollis auf den Knopf drückt, der mich von dem Gurt befreit.

Er zieht mich an sich, und sein Kuss rettet uns beide vor meinem Unvermögen, irgendetwas für mich zu behalten. Mein rechter Fuß hat sich im Riemen meines Rucksacks verheddert, und der Schaltknüppel drückt gegen meine Hüfte. Aber so gut habe ich mich nicht mehr gefühlt, seit ich heute Morgen aus seinen Armen geschlüpft bin. Hollis löst seinen eigenen Gurt, damit er den Winkel anpassen kann, und seine Hände sind in meinem Haar, packen zu, ziehen meinen Kopf sanft ein wenig mehr nach hinten.

»Gut«, sagt er an meinen Lippen. Ich habe keine Ahnung, ob das die Antwort auf mein Geständnis ist oder ob er meine Kuss-Performance meint. Egal, was es ist, ich nehme es an.

Ich werfe seine Brille praktisch auf das Armaturenbrett, greife nach dem Saum seines T-Shirts und lasse meine Hand darunter gleiten, um die warme Haut seines Bauchs zu fühlen. Hollis' Zunge verschwindet aus meinem Mund, und ich wimmere protestierend, bis ich sie wieder an der empfindlichen Haut unter meinem Ohr spüre.

»Kondom?«, keuche ich.

Entweder reibt er gerade seine Nase an mir oder er schüttelt den Kopf. »Irgendwo in meiner Tasche im Kofferraum«, sagt er.

Für den Bruchteil einer Sekunde überlege ich, Regel Nummer Zwei in den Wind zu schlagen und zu verkünden, dass es mir egal ist und ich ihn jetzt in mir spüren will. Obwohl dieser Anflug von Wahnsinn nur von kurzer Dauer ist und ich mir ziemlich sicher bin, dass ich nichts davon laut ausgesprochen habe, erstarrt Hollis. »Nein. Wir … Nein, Mill. Auf keinen Fall.«

Regel Nummer Zwei könnte man vielleicht im Rausch der Leidenschaft (oder, seien wir ehrlich: Dummheit) über Bord werfen. Aber Regel Nummer Eins ist nicht verhandelbar. Außerdem weiß ich, dass die Hitze und Anspannung, die sich in meinem Körper winden, mehr emotionaler als körperlicher Natur sind. Sex wird nicht zu ihrer Erleichterung beitragen – nicht wirklich. Und wollen wir wirklich für eine Grundreinigung von Ryans Wagen bezahlen, bevor wir ihn zurückgeben?

Ich lege die Hand an Hollis' stoppeliges Kinn und drehe seinen Kopf, bis unsere Lippen sich erneut begegnen. Unsere Küsse sind langsam, zärtlich. Ein Abkühlen nach einem unbedachten Sprint.

»Es macht mich so nervös, nicht zu wissen, wie es enden wird«, flüstere ich an seinem Mund.

»Mich auch«, antwortet er, während er nach seiner Brille greift. Seine volle Aufmerksamkeit richtet sich jetzt auf einen Fingerabdruck, den er mit dem Saum seines Shirts wegreibt. »Also beeilen wir uns besser und finden es gemeinsam heraus.«

Wir fahren gerade auf den Parkplatz des Pflegeheims, als mir klar wird, dass wir möglicherweise nicht über dasselbe gesprochen haben.

Chicago, Illinois

August, 1952

Der Umschlag war mit so vielen Briefmarken und Stempeln übersät, dass er eher aussah wie etwas, auf dem Richie seine Schreibübungen gemacht hatte, als ein unzustellbarer Brief. Rose hatte Elsie im Laufe der letzten zwei Jahre viele geschickt, und jeder davon hatte sie direkt und ohne Zwischenfälle erreicht (bis auf den einen vor ein paar Monaten, von dem Walter eine der Briefmarken abgeknibbelt hatte, als sie gerade nicht hinsah). Das Porto auf diesem hier reichte, aber vielleicht hatte sie ja einen anderen dummen Fehler gemacht. Wenigstens kam er gerade rechtzeitig zurück. Ab morgen würden sie nicht mehr in Chicago wohnen. Sie brachen nach Washington DC auf, wo sie bei einem alten Armee-Freund von Dick wohnen würden, bis sie eine eigene Wohnung gefunden hatten. Sie freute sich, dass ihr Mann Arbeit an der George Washington University gefunden hatte, aber die Logistik des Umzugs erwies sich als kleine Bestandsprobe für ihre Ehe.

Sie starrte den Umschlag in ihren Händen an. Wenn sie die ganzen dicken roten Linien und die verblasste schwarze und rotbraune Tinte nur deuten und herausfinden könnte, warum dieser Brief es nicht zu Elsie geschafft hatte. Wenigstens waren Richie und Walter endlich eingeschlafen, sodass sie sich ganz darauf konzentrieren konnte.

Sie stand in ihrem Wohnzimmer zwischen Dutzenden Umzugskisten, teilweise bis zu drei aufeinandergestapelt, und versuchte, das Durcheinander aus Markierungen auf dem Umschlag zu deuten. Und endlich sah sie es, auf der Vorderseite unter der Adresse und den diversen Linien, mit denen sie durchgestrichen war – in einem Dunkelgrau mit Rosastich, ausgeblichen von der langen Reise, die Lettern grob und anstößig direkt in ihrer Botschaft.

EMPFÄNGER VERSTORBEN

Rose fiel auf die Knie und presste den Brief an ihre Brust wie bei einem zwecklosen Versuch, die Blutung einer tödlichen Wunde zu stoppen. So fand Dick sie, als er eine halbe Stunde später nach Hause kam – auf dem Teppich kniend, hinter einem Turm aus Kisten, die Augen schmerzhaft geschwollen, die Haut ihrer Wangen unangenehm gespannt, nachdem ihre Tränen getrocknet waren, ihr Körper bebend und jeglicher Flüssigkeit beraubt.

»Rose? Was ist passiert? Geht es den Jungs gut?«, rief er und ging neben ihr auf die Knie.

»Sie ist fort. Elsie. Sie … sie ist tot.«

Dick raffte Rose in seine Arme und trug sie zu ihrem Bett wie in ihrer Hochzeitsnacht. Sie saß auf der Bettkante und ließ zu, dass ihr Ehemann ihr Schuhe und Strümpfe auszog, die elf Knöpfe ihres Kleids öffnete und ihr den Stoff von den Schultern strich. Ihre Unterwäsche stellte eine leichte Herausforderung dar, aber Dick entlockte seiner Frau ausreichend Kooperation, um sie von dem einengenden Büstenhalter und Mieder zu befreien. Er zog ihr eines seiner Pyjama-Oberteile an, da es sich um eines der wenigen Stücke Nachtkleidung handelte, die sie noch nicht eingepackt hatten. Als er das Flanell über ihre Arme und Schultern zog und zuknöpfte, fühlte Rose sich wie ein kleines, hilfloses Kind. Dann zog Dick ihr die Decke bis an das Kinn und glitt neben ihr in das Bett.

Er zog Rose an sich, und für den Bruchteil einer Sekunde

hasste sie den Klang seines Herzschlags, der so stark in seiner Brust pochte, während Elsies für immer verstummt war. Der Scham, die sie bei diesem Gedanken verspürte, gelang es, einen bislang unentdeckten Tränenvorrat aufzuspüren, und sie schluchzte erneut an der warmen Brust ihres Mannes.

»Shh«, flüsterte er in ihr Haar. »Ich weiß, mein Herz. Ich weiß.«

Rose bezweifelte das stark. Wie konnte er wissen, wie es war, jemanden zu verlieren, der sich wie ein Teil von ihr anfühlte, wenn er doch nicht einmal ahnte, dass seine Frau ihm nie ganz gehört hatte?

»Dick, ich … ich …« Sie konnte nicht aussprechen, dass sie Elsie liebte. Es weigerte sich, ihr über die Lippen zu kommen, nach all den Jahren der Übung, es für sich zu behalten. Erneut überkam sie Scham, dieses Mal, weil sie vermutete, dass Elsie schon immer gewusst hatte, dass Rose nicht den Mut hatte, sie lautstark zu lieben.

Dick schob Rose zurück, bis er ihr Gesicht in beide Hände schließen konnte. »Elsie war mehr als nur eine Freundin für dich, oder?« Seine Stimme war leise, und seine Augen glitzerten, als wäre auch er den Tränen nahe.

Rose gelang es, das Kinn zu senken, ein winziges Nicken.

»Du hast sie geliebt«, sagte Dick. Es war keine Frage.

»Ja«, flüsterte Rose und kniff die Augen zu, versuchte, den Schmerz zu lindern, der sich in jedem Winkel ihres Körpers einnistete. »So sehr.«

»Oh, mein Herz. Wie sehr ich mir wünschte, sie für dich zurückholen zu können.«

Dick zog Roses bebenden Körper erneut an sich und drückte die Lippen an ihre Schläfe, während sie sich in den Schlaf weinte.

20

Von außen sieht das *The Palms at Southernmost* aus wie ein Hotel – drei Stockwerke, buttergelber Stuck mit smaragdgrünen Fensterläden, die perfekt auf das tropische Buschwerk auf dem Gelände abgestimmt sind. Ein einstöckiger Anbau, in dem sich eine Schwimmhalle befinden könnte. Aber im Inneren lässt sich nicht mehr leugnen, dass dieser Ort kein Hilton ist. Es ist ein getarntes Krankenhaus. Fluoreszierende Beleuchtung, abgewetztes Linoleum, das rhythmische Piepen einer Maschine irgendwo den Flur hinunter. Der Geruch nach billigem Ahornsirup von den Frühstückstabletts, die auf einem Wagen in der Nähe aufgestapelt sind, beißt sich mit irgendeinem Desinfektionsmittel auf Bleiche-Basis und dem unterschwelligen Geruch nach menschlichen Exkrementen. Eine Krankenpflegerin marschiert mit vollen Armen energisch durch die Lobby. Ein Bewohner sitzt an einem Tisch und puzzelt, und seine Augen werden schmal, während er so tut, als würde er die beiden Frauen in Rollstühlen, die sich neben ihm unterhalten, nicht belauschen.

»Hey«, sagt Hollis. »Alles in Ordnung?«

»Ja, warum?«

Er streicht über meinen Arm. »Du zitterst.«

»Vermutlich niedriger Blutzucker. Ich hatte nur einen halben Feigenkeks zum Frühstück«, sage ich.

Hollis sieht nicht so aus, als ob ihn das überzeugt hätte, aber er widerspricht nicht. Er schiebt seine Finger zwischen meine, als wir an die halbkreisförmige Rezeption in der Mitte der Lobby treten.

Die Frau telefoniert gerade und balanciert den Hörer zwischen Ohr und Schulter wie ein Profi. Sie schenkt uns ein Lächeln, um uns wissen zu lassen, dass sie gleich für uns da ist. Als sie in den Hörer spricht, erkenne ich ihren leichten jamaikanischen Akzent wieder. Das muss also Rhoda sein, die Rezeptionistin, mit der ich neulich gesprochen habe.

»Hallo«, sagt sie und legt den Hörer auf. »Wie kann ich Ihnen helfen?«

Ich sehe Hollis an und bettle mit den Augen, dass er für mich sprechen soll. Er schüttelt unauffällig den Kopf und drückt meine Hand. Er hat recht. Ich bin so weit hierfür gereist, also muss ich diejenige sein, die es tut. Für mich. Und für Mrs. Nash.

»Wir sind hier, um eine Bewohnerin zu besuchen. Elsie Brown«, zwinge ich mich, zu sagen. »Ich kenne ihre Zimmernummer nicht, aber ich glaube, sie befindet sich in der Hospizversorgung.«

Das Lächeln der Rezeptionistin fällt in sich zusammen, und ich weiß es. Ich *weiß* einfach, was jetzt kommt. Es ist, als stünde ich mitten auf einer alten Brücke, und das verrottete Holz und die ausgefransten Seile, die verhindern, dass ich hinunter in den dunklen, nassen Abgrund stürze, zersetzen sich in Rekordgeschwindigkeit vor meinen Augen.

»Sie sind die junge Dame, die am Mittwoch angerufen hat, nicht wahr?«, fragt Rhoda.

Ich nicke. Ich kann mit diesem Kloß im Hals nicht sprechen. Meine Nase brennt, als sich die Tränen ansammeln, bereit zu fließen.

»Es tut mir so leid, Herzchen. Ich wollte es Sie wissen lassen, aber ich hatte keine Möglichkeit, Sie zu erreichen. Miss Elsie ist Donnerstagmorgen verstorben.«

»Nein«, höre ich mich sagen. »Nein, das kann nicht sein. Mein Flug war für Donnerstag*nachmittag* angesetzt. Ich hätte Freitag hier sein sollen. Sie konnte also nicht … Sie muss …«

Plötzlich befinde ich mich nicht mehr in meinem Körper, sondern außerhalb. Hollis hat die Arme um die Taille einer kleinen rothaarigen Frau geschlungen und hält sie an sich gedrückt, damit sie nicht als weinendes Häufchen Elend auf das kalte Linoleum sinken kann. Die »Shhh«s und »Alles wird gut«s, die er ihr ins Ohr flüstert, sind überraschend hörbar dafür, wie weit weg ich bin. *Es muss schön sein, so getröstet zu werden*, geht mir durch den Kopf, ehe ich mich erinnere, *dass* ich so getröstet werde. Und dann kommen alle Empfindungen mit einem Mal zurück. Starke Arme, die meinen schlaffen Körper beinahe schmerzhaft quetschen. Hollis' Lippen an meinem Ohr, während er versucht, mich mit einer Flut von Worten zu trösten, die mein Gehirn nicht verarbeiten kann. Heiße Tränen, die über meine Wangen strömen. Eine extrem eklige Rotzblase, die sich im Rhythmus meines hektischen Atems immer wieder ausdehnt und zusammenzieht.

»Millicent«, sagt Hollis.

Ich hebe das Gesicht und begegne seinem Blick. Glitzert da Feuchtigkeit im Winkel seines blaugrauen Auges, oder sieht das nur so aus, weil ich selbst durch einen nassen Schleier blicke?

»Ich bringe dich zurück zum Wagen, in Ordnung?«

Der Versuch eines Nickens wird zu einem erneuten, schlimmeren Heulanfall. Ich vergrabe mein Gesicht an seiner Brust und mache dabei die Baumwolle seines T-Shirts nass.

»Halt dich an mir fest«, sagt er.

Als ob ich je loslassen könnte. Zum Glück denkt mein trauertrunkenes Gehirn das zwar, kann meinem Mund aber nicht den Befehl erteilen, es auszusprechen. Was gut ist, denn scheinbar meinte er das wörtlich. Er hebt mich in seine Arme und trägt mich wie eine Braut. Ich schlinge meine Arme um seinen Hals und klammere die Faust um den Stoff seines T-Shirts.

Ich höre einen dumpfen metallischen Laut, als Hollis gegen den automatischen Türöffner tritt, der tief unten in den Rahmen eingelassen ist, gefolgt von dem leisen Surren und Zischen der sich öffnenden Tür. Die leichte Brise fühlt sich auf meinem tränennassen Gesicht an wie Eis, genau wie in jener Nacht vor dem Restaurant in Georgetown. Aber hier in Key West drückt Hollis die Lippen gegen meine Schläfe und ruft damit die Wärme zurück.

»Ich setze dich jetzt ab«, sagt er.

Er beugt sich hinunter, bis die Sohlen meiner Sandalen den Asphalt berühren, und lässt langsam los, um sich zu versichern, dass ich nicht sofort zusammenbreche, sobald er sich von mir löst. Schließlich stehe ich auf meinen eigenen zwei Beinen.

»Es tut mir leid, Mill«, sagt er und umschließt mein Gesicht mit den Händen. »Es tut mir so leid.«

»Nein«, sage ich. »Das ist ein Fehler. Es muss ein weiterer Fehler sein.«

»Millicent.« Da ist so viel Mitleid in Hollis' Stimme, dass es meinen Kummer zerreißt und ihn mit Wut kittet.

Ich stoße ihn von mir. »Nein! Das ist nicht das erste Mal, dass sie das gemacht hat. Sie ist nicht wirklich tot. Wir müssen sie nur finden. Ich habe sie schon mal gefunden, ich kann sie wieder finden …«

»Mill, sie ist tot. Es tut mir leid, aber sie ist wirklich tot.«

Wieder bin ich eingehüllt in Hollis' Arme, seine Hand ruht an meinem Hinterkopf. Tief in mir drin weiß ich, dass er recht hat, und meine Schultern zucken mit jedem Schluchzen.

»Ich setze dich jetzt in den Wagen, und dann gehe ich noch mal rein. Kommst du eine Minute allein zurecht?«

Ich verstehe nicht, warum Hollis noch einmal reingeht, was er zu erreichen hofft. Wir sind zu spät. Und ich wäre auch zu spät gekommen, wenn alles nach Plan gelaufen wäre. Ich hatte niemals eine Chance, oder?

Ich nicke schwach und lasse mich in den Beifahrersitz bugsieren, wo Hollis meinen kleinen Lederrucksack in meinen Schoß fallen lässt. »Ich lasse euch beide allein, damit ihr reden könnt«, sagt er auf eine Art, die klingt, als wäre er überrascht davon, dass er diese Aussage nicht absurd findet. Er drückt mein Knie, ehe er die Tür zuschlägt.

Es ist gut, dass er geht, denn mir wird klar, was für ein Wrack ich bin, und oh nein, ist das peinlich. Er musste mich *raustragen*. Ich bin mir sicher, das *The Palms at Southernmost* hat bereits eine Menge trauernder Freunde und Familien gesehen, aber etwas sagt mir, dass die Bewohner und Angestellten noch eine ganze Weile über die hysterische kleine Rothaarige sprechen werden.

»Oh, Mrs. Nash. Es tut mir leid. Es tut mir so leid. Ich habe so eine Szene gemacht. Ich weiß, dass ich kein Recht habe, so aufgebracht zu sein, weil sie tot ist – ich bin Elsie ja noch nicht mal begegnet –, aber …« Ich unterdrücke ein weiteres Schluchzen. »Ich wollte das wirklich. Und mehr als das, ich musste es für Sie tun. Ich habe Sie enttäuscht. Ich habe Sie im Stich gelassen.«

Ich weiß, Mrs. Nash hätte mir nicht die Schuld gegeben. Achtundneunzig Jahre auf Erden bedeuten, dass man eine Menge Menschen verliert, die man sehr geliebt hat. Sie hat ihren Mann, einen Sohn, ihre Eltern, die meisten ihrer Geschwister, unzählige Freunde und – wie sie glaubte – auch Elsie überlebt. Sie begriff besser als die meisten, dass der Tod sich nicht um Dinge wie Flugpläne schert. Aber das zu wissen bedeutet nicht, dass ich es in diesem Moment auch glauben kann.

Als Hollis später zum Wagen zurückkehrt, habe ich den Rucksack an meine Brust gepresst und bin halb am Schlafen.

Er beugt sich über mich, um mir einen Kuss auf die Schläfe zu drücken, dann streicht er mir das Haar mit dem Daumen hinters Ohr und presst einen weiteren, federleichten Kuss an den Rand meines violett-goldenen Blutergusses. »Lass uns zum Hotel fahren«, sagt er. Seine übertriebene Zärtlichkeit fühlt sich zu sehr an wie Mitleid – eine Erinnerung an mein Versagen –, und ich will gleich wieder anfangen zu weinen.

Das Hotel – das bei jedem der drei Male, die ich während der Fahrt angerufen habe, um meine Reservierung zu ändern, extrem zuvorkommend war – befindet sich in der Nähe des *The Palms at Southernmost.* Bevor ich weiß, wie mir geschieht, stehe ich mit rotem Gesicht und geschwollenen Augen vor einem riesigen weiß gebeiztem Rezeptionstresen, während Hollis sich um alles kümmert.

Wie hätte ich das alles geschafft, wäre er nicht bei mir gewesen? Ich will glauben, dass ich auch allein zurechtgekommen wäre. Ich bin eine kompetente erwachsene Frau, die mit allem umgehen kann, was das Leben ihr entgegenschleudert. Aber ich bin so froh, dass ich das im Moment nicht beweisen muss.

In unserem Zimmer sitze ich in einem Da-aber-nicht-wirklich-da-Zustand auf der Bettkante und nehme vage das Rauschen des Wassers im Bad wahr. Die Zeit dehnt sich aus und zieht sich wieder zusammen, und ich bin mir nicht sicher, wie viel vergangen ist, als Hollis zurückkommt und sich vor mich kniet.

»Die Badewanne wartet«, sagt er. »Sehen wir zu, dass wir dich aus diesen Klamotten bekommen, ja?«

Ich bringe ein Nicken zustande, für mehr fehlt mir die Energie. Hollis entfernt zuerst Schuhe und Socken und drückt mir einen sanften Kuss an den Knöchel, ehe er mir das Shirt, die

Shorts und die Unterwäsche auszieht, während er mir zuflüstert, die Arme oder die Hüften zu heben oder aufzustehen. Seine Berührungen sind zärtlich und warm, intim, ohne etwas zu verlangen. Und so wäscht er mich auch. Die Art, wie er mit dem Waschlappen über meine Haut fährt, ist gründlich, ohne sich klinisch anzufühlen, zärtlich, ohne etwas Sexuelles an sich zu haben. Irgendwann hört seine Fürsorge auf, mir gegen den Strich zu gehen, sie kommt mir nicht länger erzwungen oder von Mitleid getrieben vor, sondern wie ein geheimer Teil von ihm, den ich entriegelt habe. Ich fühle mich umsorgt. Verehrt.

Mit der Wiedervereinigung von Elsie und Mrs. Nash wollte ich mir vor Augen führen, dass Liebe ein Leben lang andauern kann. Dass »für immer« auch für mich möglich ist, solange ich nur daran glaube. Aber als Hollis mich in einen der flauschigen weißen Bademäntel einwickelt, die an der Badezimmertür hängen, mich zum Bett führt und mich in seine Arme schließt, wird mir mit einem Mal klar, dass es nicht das »für immer« ist, an das ich beinahe aufgehört habe zu glauben. Es sind die Millionen Augenblicke auf dem Weg dorthin.

21

Nach ein paar Stunden beginne ich, mich wieder wie ich selbst zu fühlen. Die Welt hört auf zu flackern wie ein schlecht produzierter Film und … existiert einfach nur. Wir sitzen auf dem Bett, ein gutes Dutzend flauschiger Hotelkissen im Rücken, mein Kopf an Hollis' Schulter. Er macht den Fernseher an und ruft das Menü auf.

»Was willst du gucken?«, fragt er.

»Mir egal«, murmle ich in sein Shirt. Ich krächze und meine Stimme klingt nasal, als wäre ich eine Kröte mit starkem Heuschnupfen.

»Oh, schau mal«, sagt er. »*Die Blues Brothers.* Das ist doch der Film, über den du mit Mike gescherzt hast, oder?«

Wow. Mike und der Flughafen fühlen sich an wie eine ferne Erinnerung, aber das war erst vor vier Tagen. Seit vier Tagen bin ich mit Hollis unterwegs. Seit vier Tagen ist Elsie tot. Wie kann sich in weniger als einer regulären Arbeitswoche so viel verändern?

Ich versuche, mich auf Jake und Elwood Blues und ihr dreckiges Mundwerk und ihre schlechten Manieren zu konzentrieren. Hollis lacht an einigen Stellen leise, und das Auge, das mir am nächsten ist – das blaugraue –, funkelt bei den vollkommen überflüssigen Verfolgungsjagden. Normalerweise wäre ich begeistert, dass es ihm gefällt, aber im Moment ist es eine Herausforderung, irgendetwas zu fühlen, ohne wieder in die tiefe, dunkle Trauer zu verfallen, die mich nach meinem Bad erneut überwältigte, bis ich wieder an Hollis' Brust schluchzte. Statt eine Wiederholung davon zu riskieren, zwinge ich meine Aufmerksamkeit auf Hollis' Finger, die meinen Arm auf und ab streichen und dabei gerade genug Druck ausüben, dass ich seine Berührung durch den dicken Frottee-Stoff des Bademantels spüren kann.

»Es tut mir leid«, sage ich.

»Was genau?«

»Dass ich so ein Theater mache.«

Er regt sich, bis seine Lippen an meinem Kopf ruhen. Es fühlt sich an wie kleine Küsse an meinem Haaransatz, als sein Mund sich bewegt. »Du darfst ein Theater machen. Du trauerst.«

»Ich habe keinen Grund, so aufgebracht zu sein. Ich kannte sie nicht mal. Nicht wirklich.«

»Man kann definitiv um jemanden trauern, den man nicht kannte«, sagt Hollis. »Aber ich glaube nicht, dass du um Elsie trauerst.«

»Tue ich … nicht?«

»Nein. Also, ja, vielleicht ein wenig. Aber deshalb bist du nicht so aufgebracht.«

»Was ist dann der Grund?«

»Ich glaube, du trauerst um Mrs. Nash«, sagt er.

»Das ergibt keinen Sinn«, widerspreche ich. »Sie ist vor über zwei Monaten gestorben.«

»Ja. Und was hast du getan, als das passiert ist?«

»Na, als sie nicht aufwachte, habe ich den Notruf angerufen …«

»Nein, ich meine nicht unmittelbar danach. Ich möchte wissen, ob du dir je wirklich Zeit genommen hast, ausgiebig um sie zu trauern. Um alles, was du verloren hast?«

»Sie war sehr alt«, sage ich. »Ihre Zeit war gekommen, und ich weiß, dass sie keine Angst hatte …«

»Es spielt keine Rolle, ob es zu erwarten oder ob es ein plötzlicher Unfall war. Ihr standet euch sehr nahe.« Als ich ihn lediglich verständnislos anstarre, fährt er fort: »Millicent, du hast mit deinem Freund Schluss gemacht, bist aus eurer gemeinsamen Wohnung ausgezogen, hast deine beste Freundin verloren und musstest dir wieder einen neuen Ort zum Leben suchen, und das alles innerhalb von sechs Monaten. Das ist eine ganze Menge zu verarbeiten. Sehr viel Verlust und Veränderung. Und hast du? Hast du es wirklich verarbeitet?«

Sofern man es nicht als Verarbeiten bezeichnen kann, Mrs. Nashs Asche mit mir herumzuschleppen, während ich verbissen versuche, ihre große Liebe aufzuspüren, um mir selbst zu beweisen, dass der Wunsch nach jemandem, der mich für den Rest meines Lebens so sehr will wie ich ihn, nicht sinnlos ist, dann nein. Nein, das habe ich nicht.

»Es ist okay«, sagt er, als ich immer noch keinen Mucks von mir gebe. »Ich kritisiere dich nicht. Von allen möglichen Bewältigungsstrategien war das alles hier eine der besseren Optionen. Als meine Mom gestorben ist und mich gleich darauf Vanessa …«, er wedelt mit den Händen, was wohl so viel heißt wie *auf ihrem Rachefeldzug komplett zerstört hat*, »habe ich versucht, gar nichts mehr zu fühlen, indem ich zu viel getrunken habe und zu allen ein Arschloch war.«

»Du bist immer noch zu allen ein Arschloch«, sage ich mit dem besten Lächeln, das mein erschöpftes Gesicht zustande bringt.

»Was soll ich sagen? Ich fand, dass es gut zu mir passt. Zumindest besser als das Trinken. Du wirst das vermutlich nicht glauben, aber ich bin ein sehr anhänglicher Betrunkener.«

Mein Schädel fühlt sich an, als wäre er mit Beton gefüllt, der langsam aushärtet, als ich den Kopf von Hollis' Schulter hebe, um ihn anzusehen. »Bist du nicht«, sage ich. »Niemals.«

»Doch. Vor allem bei Tequila verspüre ich einen absurden Drang nach Gruppenknuddeln. Freunde, Feinde, Bekannte, Fremde. Alles und jeder in der Nähe muss dabei sein.«

»Das muss ganz schön schwierig gewesen sein. All die harte Arbeit, dir die Leute mit deiner mürrischen Art vom Hals zu halten, ruiniert durch deine Vorliebe für ein ordentliches Massenquetschen.«

»Massenquetschen«, wiederholt er mit einem winzigen Lächeln. »Das ist ein echter Millicentismus.«

Ich lege die Arme um Hollis' Hals und reibe mich an seinem Kinn wie eine nach Aufmerksamkeit heischende Katze. Er schließt mich in eine enge Umarmung. »Ich bin nur eine Person«, sage ich an seiner Kehle. »Aber reicht das für dich?«

»Ich brauche mehr Arme.«

»Tut mir leid, dass ich kein Oktopus bin«, sage ich.

Sein Atem lässt die Härchen an meiner Schläfe flattern, als er seufzt. »Niemand ist perfekt.«

Ich klettere auf seinen Schoß und schlinge auch noch meine Beine um ihn. »Besser?«

»Ich kann mich nicht beklagen.«

Wir bleiben eine Weile so, ich, an ihn geklammert, als wollte ich mit ihm verschmelzen, und er, mich haltend, als hätte er nicht wirklich etwas dagegen.

»Falls ich es noch nicht gesagt habe, danke, dass du dich um mich gekümmert hast, als ich meinen peinlichen öffentlichen Zusammenbruch hatte.«

»Jederzeit«, antwortet er.

Hollis' Brust hebt und senkt sich an meiner. Sein Puls schlägt an meinem Ohr. Wir sind bei Intimitäts-Level hunderttausend angelangt, so viel mehr, als ich je zuvor verspürt habe – mit

Hollis oder mit irgendjemandem sonst. Es fühlt sich nicht an, als wäre es zu viel. Es fühlt sich nicht an, als wäre es nicht genug. Es fühlt sich an, als wäre es genau richtig für diesen Moment.

»Wie geht es weiter?«, frage ich.

»Wahrscheinlich mit Essen. Du hast heute kaum etwas gehabt.«

Wie aufs Stichwort beginnt mein Magen, ausgiebig und laut zu knurren wie eine anrollende Lawine.

»Ich habe Rhoda deine Handynummer gegeben, damit sie sie an Elsies Angehörige weitergeben kann«, sagt er und zeigt damit, dass er meine Frage durchaus verstanden hat. »Ich habe ihr gesagt, dass wir noch ein bis zwei Tage in der Stadt sein werden. Dachte, vielleicht können wir wenigstens jemanden treffen, der Elsie kannte, und möglicherweise bekommst du auf diese Art ein paar Antworten.«

»Danke. Danke, dass du daran gedacht hast. Dass du das getan hast.«

Ich erwarte, dass er abwiegeln und erneut behaupten wird, egoistisch motiviert gewesen zu sein, aber er sagt nichts außer: »Gern geschehen.«

Mögen ist nicht Lieben, erinnert mich mein Gehirn. Aber das ist eine Menge Aufwand für jemanden, den er nur sehr gerne mag.

»Hollis«, flüstere ich und neige den Kopf zur Seite, damit ich ihm in die Augen sehen kann. Er hat sie wieder auf den Fernseher gerichtet, fasziniert von einer weiteren Verfolgungsjagd wie ein kleiner Junge.

»Hmmm?«

»Warum bist du hier?«

Er bewegt seine Arme, bis sie tiefer um meinen Rücken ruhen, und sieht mich wieder an. »Ich nehme an, du meinst das nicht auf eine existenzialistische Weise?«

»Nein. Warum hast du mich nach Key West begleitet?«

»Damit du nicht allein bist«, sagt er.

»Aber warum hat dich das gekümmert?«, frage ich. Die Vergangenheitsform fühlt sich falsch an, wenn man die letzten Stunden bedenkt, also berichtige ich: »Warum *kümmert* dich das?«

Er sieht mich an, als wäre ich ein besonders kniffliges Kreuzworträtsel, und die einfachen Fragen sind aus, deshalb muss er sich wieder mit den schwierigeren befassen, die er für später aufgehoben hat. Das blaugraue Auge wirkt frustriert. Das braune nachdenklich. Zusammen allerdings wirken sie leicht neugierig.

Vielleicht wird er mir keine Antwort geben. Vielleicht sind seine Beweggründe für alles, was er tut, so selbstsüchtig, wie er behauptet. Aber etwas in mir drin, dieser Teil von mir, der ihm sagen will, dass ich mich in ihn verliebe, glaubt, dass mehr an der Sache dran ist. Mehr an *uns* dran ist. Und ich will, dass er es zugibt.

Stattdessen sagt er: »Meine Schwester heißt Rhiannon.«

»Was?«

»Meine Eltern hatten einen Deal. Dad durfte die Vornamen für die Jungs aussuchen. Mom für die Mädchen. Also gab Dad mir seinen eigenen Namen, und meine Mutter hat meine Schwester nach ihrem Lieblingssong benannt.«

»Fleetwood Mac«, flüstere ich.

Hollis zeigt mir ein kleines Lächeln, ein neues, das ich nur als wehmütig beschreiben kann. »Es ist jetzt über zehn Jahre her, und ich ... Schau mal, ich höre mir keine Songs an, bei denen ich meine Mom vermisse, okay? Ich spreche mit meinem Vater über nichts anderes als Baseball und Bücher, und ich habe nur Sex mit Leuten, die nicht mehr von mir wollen als ein wenig Spaß und oberflächliche Freundschaft.«

Der letzte Satz fühlt sich an wie ein Vorwurf. Als wüsste er, dass ich ernsthafte Gefühle für ihn entwickle, und er wollte dem einen Riegel vorschieben, mich daran erinnern, dass es nicht Teil des Deals war, den wir eingegangen sind, als wir etwas miteinander angefangen haben. Ich bin nur eine weitere Freundin, mit der er manchmal ins Bett geht – eine weniger kurvige, viel blassere, rothaarige Yeva Markarian. »Ich erwarte nichts«, sage ich schnell. »Ich weiß, dass du nicht willst … dass du kein … aber Hollis, du hast recht. Ich habe in letzter Zeit so viel verloren, und ich habe es nicht wirklich verarbeitet. Und jetzt werde ich bald auch noch dich verlieren, und ich will nicht so tun, als würde ich nichts dabei empfinden. Denn wenn ich so tue, als würde es nicht wehtun, und mich in Arbeit vergrabe oder so etwas, dann ist es nur eine Frage der Zeit, bevor ich mitten in der Library of Congress die Nerven verliere, und lautes Heulen im Lesesaal wird dort wirklich nicht gerne gesehen. Und mit Heulen meine ich Weinen. Nicht Heulen wie eine Sirene … mit Blaulicht und so, wobei das auch …«

»Millicent«, flüstert Hollis. »Hör auf zu reden. Bitte.«

Seine Lippen streifen meine, einmal hoch, einmal runter, ehe sie sich ganz herabsenken. Der Kuss ist keiner der feigen Art wie meiner in seinem Kinderzimmer. Er ist kein Versuch, das Thema zu wechseln, vielmehr ist er ein Gespräch ohne Worte. Aber ich bin mir nicht sicher, ob meine Übersetzung zutreffend ist. Denn es ist, als wollte er sagen, dass er es versteht, dass auch er sich in mich verliebt, und das kann nicht sein. Hollis geht keine Beziehungen ein. Er glaubt nicht an ewige Liebe, und nichts, was an diesem schrecklichen Tag heute passiert ist, hat ihm irgendeinen Grund gegeben, diese Überzeugung anzuzweifeln. Und doch … *Ich fühle, was du fühlst,* sagt sein Mund zu mir. *Du wirst mich nicht verlieren,* behauptet er. Vielleicht übersetze ich auch nicht falsch, sondern missverstehe ihn bewusst. Oder ich glaube einer Lüge. Wenn es nicht mehr als das ist, dann ist es verdammt überzeugend. Aber Hollis ist auch ein sehr viel besserer Lügner, als ich es bin.

Meine Glieder sind immer noch um Hollis' Oberkörper gewickelt, als wäre ich ein Koala und er ein Baum. Nur dass der Koala und der Baum miteinander herummachen, also schätze ich, passt der Vergleich doch nicht so gut. Er lässt mich los, und seine Hände gleiten zwischen uns. Er schiebt sie unter meinen Bademantel, folgt meinen Kurven. Seine Berührungen hinterlassen eine Spur aus Hitze, und der Effekt ist irgendetwas zwischen tröstlich und sinnlich.

»Was ich damit sagen will, Millicent, ist, dass ich große Gefühle nicht mag«, sagt er. »Mein ganzes Erwachsenenleben – meine ganze Persönlichkeit – ist darauf ausgerichtet, sie zu vermeiden.«

Ich öffne den Mund, um mich dafür zu entschuldigen, dass ich ihn mit meinen großen, chaotischen Gefühlen überschüttet habe. Aber er drückt mir einen weiteren Kuss auf die Lippen. Dass er mich zum Schweigen bringt, bevor ich auch nur ansetzen kann, etwas zu sagen, zeigt, wie gut er mein Gehirn schon kennt, obwohl wir erst so wenig Zeit miteinander verbracht haben. Ich werde nach hinten gekippt, immer weiter und weiter, bis ich parallel zur Matratze bin und Hollis über mir ist. Meine Arme und Beine geben der Schwerkraft nach, und ich falle auf das Bett. Die kühle Luft der Klimaanlage bläst dort gegen meine Haut, wo der Bademantel offen steht, und macht mir den plötzlichen Abstand zwischen uns noch einmal besonders bewusst. Ist das das Ende? Der Moment, in dem er mir sagt: Sorry, aber das ist mir zu viel und gar nicht, was wir abgemacht hatten, viel Glück noch, auf Wiedersehen?

Er blickt mit diesem Ausdruck niedlich verwirrter Frustration auf mich herunter. »Aber dich kann man nicht vermeiden, oder? Ich habe es anfangs versucht. Wirklich. Ich saß am Flughaften *in* meinem Wagen, den Schlüssel im Zündschloss, aber ich konnte nicht anders, als wieder hineinzugehen und dich zu suchen. Ich meine, scheiße, ich habe sogar versucht, dich wegzuschicken, damit du Sex mit einem anderen hast, in der Hoffnung, dass mir das helfen würde, Abstand zu wahren.«

Sein Gesichtsausdruck verändert sich, als hätte er die letzte Antwort gefunden und das Rätsel gelöst. »Mir wird gerade klar, dass du unvermeidbar bist, Millicent. Es ist, als hättest du mir im Moment unserer ersten Begegnung die Schnürsenkel zusammengebunden, und der Knoten wird immer enger und enger, je länger ich versuche wegzulaufen. Es ist nur … ich habe keine Ahnung, was ich mit diesen intensiven Gefühlen, dieser Sehnsucht, diesem … irgendwie schmerzhaften Ding in meinem Herzen, das sich anfühlt wie Hoffnung und Angst und *Verlangen*, anfangen soll. Die Muskeln, die solche großen Gefühle tragen, sind schon vor langer Zeit verkümmert, und ihr Gewicht erdrückt mich.«

Mir ist nicht einmal bewusst, dass mein Mund offensteht, während ich versuche, diese unerwarteten Worte zu verarbeiten, bis Hollis meine Aufmerksamkeit auf meine Unterlippe lenkt. Er fährt mit dem Daumen ihre geschwungene Form nach, während er sagt: »Du willst wissen, warum ich dich nach Key West begleitet habe? Weil dir zuzusehen, wie du in dieser Welt existierst, mit deinem ganzen Vertrauen, deiner Liebe und deiner wunderschönen Merkwürdigkeit … es macht diese Gefühle noch schwerer, aber gleichzeitig sind sie auch irgendwie leichter zu ertragen.«

Heilige Scheiße. Hollis hat große Gefühle für mich. Er will sie vielleicht nicht, aber er *hat* sie. Natürlich ist die Aussage, dass er es leid ist, gegen sie anzukämpfen, kein Versprechen, dass wir für immer zusammen sein werden (oder auch nur ein Eingeständnis, dass er an ein »für immer« mit jemandem glaubt).

Wenn es hart auf hart kommt, dann ist ein Versprechen nur wenig mehr als eine ernsthafte Absicht. Ich musste lernen, dass das Universum darüber nur lachen kann und dann tut, was es will. Vielleicht bin ich deshalb so sehr bereit, immer das Beste im Menschen zu sehen. Ich will keine Bösartigkeit unterstellen, wenn wir doch alle nur Opfer der Launen des Universums sind.

»Habe ich dich erschreckt?«, fragt Hollis, als ich nichts sage, und sein Daumen verharrt auf der Stelle.

Ein Lächeln breitet sich langsam auf meinem Gesicht aus, während ich hinauf in diese verschiedenfarbigen Augen blicke. »Nein. Ich denke nur gerade, dass wir alle angesichts eines unbeständigen Universums nur unser Bestes geben.«

»Klar«, sagt er. »Das ergibt Sinn.«

»Und dass du nicht so viel anhaben solltest.«

Als er dieses Mal den Mund auf meinen presst, besteht keine Notwendigkeit für Übersetzungen oder Zweifel. Er könnte sich nicht eindeutiger ausdrücken, wenn er ein Flugzeug anheuern würde, das seine Absichten in dicken, bauschigen Lettern an den Himmel schreibt. Ich verspüre ihn auch, diesen Drang, Worte in Taten umzusetzen. Nachdem ich ihm die Brille abgenommen habe, packe ich sein Shirt und ziehe es ihm über den Kopf, was ihn zwingt, mich lange genug loszulassen, um sich aufzusetzen und die Arme aus den Ärmeln zu ziehen. Meine Hände gleiten über seine Brust, und ich vergrabe die Nase an der Stelle, wo sein Hals in seine Schulter übergeht, wo sein Regnerischer-Tag-mit-einem-guten-Buch-Duft besonders stark und tröstlich ist. Seine Finger an meiner Haut verursachen ein prickelndes, sehnsüchtiges Gefühl, das mir durch die Adern fließt und meine Finger ungeschickt werden lässt, während ich versuche, ihm aus Jeans und Unterwäsche zu helfen, die immer noch an seinen Knöcheln hängen, als ich die Hände nach ihm ausstrecke.

Hollis gibt ein kleines belustigtes Schnauben von sich, während er mit den Hüften ausweicht und meine Hand packt. Ich höre ein protestierendes Wimmern, das von mir kommen muss, obwohl ich mich nicht erinnern kann, dass mein Gehirn meinen Stimmbändern den Befehl dazu erteilt hätte.

»Moment«, sagt er und schiebt mir den Bademantel von den Schultern, sodass wir beide nackt auf dem Bett knien. »Es besteht keine Eile. Wir haben alle Zeit der Welt.«

Es bedeutet vermutlich gar nichts. *Wir haben alle Zeit der Welt* – sagt man ständig, ohne dass man es wörtlich nehmen soll. Aber im Moment will ich so dringend daran glauben, dass »für immer« eine Option ist, dass Hollis seine Meinung über ewige Liebe ändern und beschließen könnte, dass was auch immer das zwischen uns ist, nicht mit diesem Trip enden muss. Obwohl ich keine konkreten Beweise habe, will ich glauben, dass Mrs. Nash und Elsie sich bis zum Schluss geliebt haben, und ich will glauben, dass Hollis sagt, dass er uns die Chance für einen Anfang geben will. Also antworte ich ihm mit einem langsamen, ausgiebigen Kuss und erlaube mir, daran zu glauben. Das unkontrollierbare Verlangen, das mich auf die Befriedigung meiner körperlichen Bedürfnisse zutreibt, verschwindet daraufhin zwar nicht ganz, doch es fährt vom Highway ab und tuckert eine malerische Nebenstraße entlang.

Hollis flüstert, dass er gleich wieder zurück ist, und verlässt das Bett, um die Schachtel mit Kondomen aus seiner Reisetasche zu holen. Als er zurückkommt, rollt er eines davon über seine Erektion und holt mich zurück auf seinen Schoß. Ich lasse mich auf ihn sinken, schlinge die Arme um seinen Nacken und die Beine um seine Mitte, damit so viel wie möglich von meinem Körper seinen umgibt. Er beugt den Kopf, lässt seine Stirn an meiner ruhen, und für lange Zeit regt sich keiner von uns. Dies ist die maximale Stufe auf der Intimitätsskala. Ich weiß nicht, wie ich sie beziffern soll. Siebenundzwanzig Fantaszillionen vielleicht? Aber das muss das Limit sein, weil ich mir nicht vorstellen kann, wie wir uns einander noch näher fühlen könnten als in diesem Moment.

Hollis bewegt die Hüften nach vorn und oben. Ich folge ihm, und wiege mich mit einem trägen Rhythmus an ihm, der an das Hereinbrechen der Flut über einen Strand erinnert. Die Bewegung ist so subtil, dass uns Gelegenheit bleibt, jede Empfindung wahrzunehmen, jedes Detail jedes Atemzugs, jeden Zentimeter Gleiten, jeden Kuss auf verschwitzter Haut. Spannung baut sich langsam und beharrlich auf, und ich bin mittlerweile überzeugt, dass das die beste Art ist, diese Art von Rennen zu gewinnen. Nur, dass ich in diesem Moment gar nicht gewinnen will. Ich will, dass es niemals endet.

»Du kannst loslassen, Mill. Ich bin da. Ich werde immer für dich da sein«, flüstert Hollis.

Das klingt ausreichend nach einem Versprechen, dass ich es als Erlaubnis verstehe, von der ich gar nicht wusste, dass ich sie brauchte, um in tausend Stücke zu zerspringen, und es ist, als ob all meine Trauer und meine Sorgen in die tiefsten Winkel meines Gehirns fliehen, um Platz zu machen für einen himmlischen Moment, in dem es nichts anderes gibt als Freude und Liebe und Erlösung. Hollis hält mich fester, während er weiter in mich stößt und mir jeden süßen und schmutzigen Gedanken ins Ohr flüstert, der ihm in den Sinn kommt, und mein Herz klopf-klopft im Rhythmus mit seinen Bewegungen. Die Zuckungen seines Höhepunkts fühlen sich an, als ob jemand ein herzförmiges Feuerwerk in meiner Brust gezündet hätte. Die Funken regnen zischend herab, und ich bin nicht einmal überrascht, als eine leise, etwas raue Stimme in meinem Kopf sagt: *Du liebst ihn, du albernes Huhn*. Weil ich es weiß.

Ich weiß es bereits.

Washington, District of Columbia

Oktober 1953

Es hatte über eine Stunde gedauert, aber endlich waren beide Kinder im Bett und gaben Ruhe oder schliefen sogar. Und Ruhe war wirklich alles, was Rose sich nach einem Tag wie diesem wünschen konnte. Zuerst war Richie aufgewacht und hatte sich über Bauchschmerzen beklagt. Dann hatte Walter, der eifersüchtig war, weil die Aufmerksamkeit seiner Mutter seinem großen Bruder galt, vorgegeben, von dem gleichen Leiden heimgesucht zu werden, was er dann auch sofort demonstrierte, indem er sich den Bauch hielt, über den Boden rollte und so überzeugend heulte, dass der Familienhund, eine männliche Promenadenmischung, den die Jungs aus unerfindlichen Gründen unbedingt Lady nennen wollten, eingestimmt hatte. Dann war Dick in das Zimmer gekommen – scheinbar unbeeindruckt von dem sich gerade entwickelnden Chaos –, um Rose zu fragen, ob sie seine Lieblingskrawatte gesehen habe. Was bedeutete, dass sie ihn daran erinnern musste, dass es ihm irgendwie gelungen war, ein gutes Viertel davon in der Tomatensoße zu versenken, als er sich letzte Woche am Herd heruntergebeugt hatte, um sie zu küssen, und sie sich deshalb noch in der Reinigung befand. Was dazu führte, dass Dick die Erinnerung noch einmal durchlebte, sich wieder über seine Ungeschicklichkeit ärgerte – was Rose ehrlich gesagt ziemlich liebenswert fand –, und daraufhin zu spät zur Arbeit aufbrach. Und der Rest des Tages verlief ähnlich.

Nun ließ Rose sich in ihren Lieblingssessel sinken – beige

Polster mit rostorangen Palmen, die sie an die Sonnenuntergänge und die Wärme in Key West erinnerten – und schlüpfte aus ihren Schuhen. Dick würde jeden Moment zu Hause sein, solange sein Bus nicht im Verkehr steckenblieb, und sie freute sich schon darauf, sich mit ihm zum Abendessen hinzusetzen, gemeinsam etwas zu trinken und dann vielleicht noch Liebe zu machen, wenn er nicht zu müde war. Sie hatten über ein mögliches Baby Nash Nummer drei geredet, aber Richie und Walter liefen ohnehin schon Amok, und Dick unterrichtete in diesem Semester, weshalb sie nie wirklich die Zeit oder Energie zu haben schienen. Außerdem würde ein weiteres Kind mehr Platz erfordern, als sie hatten, und Rose und Dick waren sich einig, dass sie lieber in ihrer Zweizimmerwohnung nahe Dupont Circle sterben würden, als sich noch einmal dem Stress eines Umzugs auszusetzen.

Roses Gedanken drifteten zu Elsie, wie sie es oft in ihren seltenen Momenten der Stille taten. Die Trauer um sie war ein Prozess gewesen, der das ganze letzte Jahr angedauert hatte. Durch die Wut und den Kummer und die Schuldgefühle hindurch hatte Rose sich immer wieder an jenen Tag in dem Bungalow in Key West erinnert, als Elsie ihr das Versprechen abverlangt hatte, dass sie versuchen würde, glücklich mit Dick Nash zu werden. *Bemüh dich, glücklich mit diesem Leben zu sein. Für sie,* erinnerte sie sich, wann immer sie der Alltag zu überwältigen drohte. Aber heute Abend, als Rose sich in ihrem Wohnzimmer umsah, mit dem verirrten Spielzeugsoldaten, der gefallen auf dem Wohnzimmertisch lag, mit Lady, der neben dem Sofa schnarchte und dem neuesten Sears-Katalog mit den vielen Eselsohren, die mögliche Weihnachtsgeschenke markierten, ertappte sie sich dabei, wie sie zufrieden seufzte. Irgendwann, erkannte Rose, hatte sie sich nicht mehr darum bemühen müssen – sie war es einfach.

22

Ich muss eingeschlafen sein. Was nicht überraschend ist, da wir heute Morgen noch vor Sonnenaufgang aufgestanden sind. Und ich mir in aller Öffentlichkeit die Augen aus dem Kopf geheult habe, und dann noch einmal im Hotel, ehe ich Hollis das Geständnis abringen konnte, dass er in etwa so empfindet wie ich, um dann den überirdischsten Sex meines Lebens zu haben. Dieser Tag war eine lange, erschöpfende Achterbahnfahrt.

Hollis liegt nicht neben mir im Bett. Ich höre nichts aus dem Bad, obwohl er geduscht haben muss, da die Luft leicht feucht und der zitronige Duft des Hotelshampoos ins Zimmer gewabert ist. Ich rufe nach ihm, bekomme aber keine Antwort. Ein kleiner Teil von mir gerät in Panik. Was, wenn ihm diese neue Intensität zwischen uns Angst gemacht hat und er abgehauen ist? Aber dann entdecke ich den Zettel auf dem Schreibtisch, zwischen meinem Handy und Hollis' Notizbuch. Es ist ein Stück Hotelpapier mit einer Nachricht in einer lockeren, eiligen Schreibschrift.

Ich hole uns was zu essen. Bin gleich wieder da. H

Im Flachbildfernseher neben dem Schreibtisch entdecke ich das riesige Lächeln, das den Großteil meines Gesichts einnimmt. Es ist komisch, so glücklich auszusehen, während ich immer noch so viel Enttäuschung und Trauer in mir habe, doch da ist auch ein freudiger Funke, der zu einem Lagerfeuer angefacht wird, wann immer ich an Hollis und seine Worte denke. Die Verärgerung in seiner Stimme, als er mich »unvermeidbar« nannte, hätte nicht so niedlich sein sollen, aber von ihm kommend war es wie ein Pfirsich direkt vom hochsommerlichen Baum.

Gott, färbt er wirklich auf mich ab? Ich bin praktisch überzogen mit seiner Tendenz, alles in schwülstige Prosa zu verwandeln. Und mit so viel getrocknetem Schweiß. Ich rieche wie ein Haufen frittierter Zwiebeln, der es mit einer Grapefruit getrieben hat.

Der Wasserdruck in der Dusche ist eher schwach, mehr ein träges Nieseln als der versprochene Wasserfall, aber ich genieße es dennoch. Es ist, als würde ich die Traurigkeit des Tages wegspülen, aber auch seinen kleinen Triumph. Ich zögere etwas, den salzigen Schmodder des Liebemachens abzuwaschen, aber ich sage mir, dass es noch mehr davon geben wird. Warum sollte Hollis mir all das gestehen, wenn er vorhat, diese Geschichte zu beenden, sobald wir wieder in DC sind?

Da muss noch mehr kommen. Dies mag das Ende für Mrs. Nash und Elsie sein, aber es ist ein Anfang für mich und Hollis. Wenn es das nicht ist, dann war alles, was wir durchgemacht haben, bedeutungslos. Und das kann ich nicht akzeptieren.

Selbst das Universum mit seinen berüchtigten wechselhaften und grausamen Launen würde mir so etwas nicht antun.

Irgendwann werden wir eine richtige Unterhaltung führen müssen. Eine, während der wir beide die Hosen weit genug runterlassen, um in klarer und deutlicher Sprache äußern zu können, was wir voneinander wollen und brauchen und für wie lange. Küssen und Anfassen ist toll, versteht mich nicht falsch. Aber das hier wird niemals funktionieren, wenn wir nicht aufhören, uns darauf zu verlassen, dass unsere Körper für uns sprechen. Aber das ist ein Problem für später. Vielleicht auf der

Rückfahrt im Auto. Jetzt, in diesem Moment werde ich die Aussicht genießen, dass meine Pechsträhne, alles zu verlieren, das ich behalten möchte, endlich ein Ende haben könnte.

Als ich mein nasses Haar zu einem Zopf flechte, vibriert mein Handy auf dem Schreibtisch. Ich habe mich seit gestern nicht mehr bei meinen Eltern gemeldet, also drehen sie vermutlich gerade durch. Ich bin mir nicht sicher, ob ich gerade die Energie habe, um ihnen alles zu erklären. Aber als ich die Hand ausstrecke, um den Anruf auf die Mailbox gehen zu lassen, sehe ich, dass es nicht meine Eltern sind. Es ist eine Nummer aus Florida. Ich erinnere mich, dass Hollis erwähnt hat, dem Pflegeheim meine Nummer für Elsies Angehörige gegeben zu haben, greife blitzschnell nach dem Handy und schaffe es, noch vor dem letzten Klingeln ranzugehen.

»Hallo?«

»Hi, ist da Millicent?«

»Ja, hi. Wer ist da?«

»Mein Name ist Tammy Hines. Ich bin Elsie Browns Großnichte. Ich habe Ihre Nummer von Rhoda im *The Palms at Southernmost*. Sie sagte, Sie würden gerne mit mir sprechen. Sind Sie noch in der Stadt?«

»Ja! Ja. Hi. Ja.«

»Oh, super. Gut. Ich glaube, ich habe ein paar Briefe für Sie. Vorausgesetzt, Sie sind die … äh … Möwe oder so?«

»Taube«, berichtige ich sie.

»Ja. Stimmt. Tante Elsie sagte Taube. Tut mir leid, ich kann gerade nicht richtig denken. Jedenfalls bin ich gerade mit einem Klienten fertig und sollte in äh …« Es entsteht eine kurze Pause, »zwanzig Minuten Zeit haben. Oh, wo sind Sie untergekommen?«

»Äh … wir sind im *New Town at the* …«

»Oh, gut. Nicht weit von meinem Büro also. Es gibt einen

Starbucks an der Ecke Seventh und North Roosevelt. Können wir uns gegen sechs dort treffen? Oder würden Sie lieber bis morgen warten?«

»Nein, heute um sechs ist perfekt«, sage ich. Hollis und ich werden schnell essen müssen, wenn er zurückkommt, aber ich werde auf keinen Fall länger warten, als ich muss. Briefe! Das Bündel von Elsies Briefen an Mrs. Nash steckt gleich neben der Holzschatulle mit ihrer Asche. Also sind das vermutlich Mrs. Nashs Briefe an Elsie. Die Vorstellung, Mrs. Nashs schöne, geschwungene Handschrift wiederzusehen, treibt mir Tränen in die Augen. Aber dafür habe ich keine Zeit – Tammy sagt gerade etwas.

»Tut mir leid, könnten Sie das noch einmal wiederholen?«, frage ich.

»Haben Sie was zum Schreiben? Das hier ist mein Bürotelefon, ich würde Ihnen gerne meine Handynummer geben, falls etwas dazwischenkommt.«

»Oh, okay. Einen Moment.« Ich drehe Hollis' Zettel auf die leere Seite. Papier habe ich schon einmal. »Stift, Stift, Stift«, murmle ich in mich hinein. Ich sehe mich nach dem billigen Plastikkuli um, der normalerweise neben Hotelnotizblöcken liegt, aber da ist keiner. »Sorry«, sage ich. »Ich suche gerade noch nach einem Stift.« Da muss irgendwo einer sein, weil Hollis ihn benutzt hat, um seine Nachricht zu schreiben, und – bingo. Es ist nicht der Hotelkugelschreiber (keine Ahnung, wohin der verschwunden ist), sondern der, mit dem Hollis immer herumklickt, und er steckt wie ein Lesezeichen zwischen den Seiten seines Notizbuchs. Ich schiebe meinen kleinen Finger als Platzhalter zwischen die Seiten, während ich mir Tammys Telefonnummer und die Kreuzung mit dem Starbucks notiere.

»Dann sehen wir uns um sechs«, sagt sie, nachdem wir noch einmal die Details abgeglichen haben.

»Ja. Vielen herzlichen Dank. Bis gleich.«

Ich schlage Hollis' Notizbuch auf, um den Stift wieder hineinzustecken. Mein Herz vollführt ein kleines aufgeregtes Wackeln, ein wenig wie das Hinterteil eines Corgis, als ich die Seite voll mit seinen hastig niedergeschriebenen Worten vor mir sehe. Doch als meine Augen aufhören, sie als Ganzes wahrzunehmen und sich auf tatsächliche Buchstaben und die Lücken dazwischen fokussieren, plumpst mein Herz im freien Fall durch meinen Brustkorb und verkantet sich irgendwo in meinem Bauch.

Denn Mrs. Nashs Name steht auf dieser Seite. Ihre Söhne, ihr Mann, ihr *Hund* – all ihre Namen stehen hier. Warum stehen sie in Hollis' Notizbuch? Eilig lese ich den Abschnitt, vermutlich im gleichen Tempo, wie er ihn geschrieben hat. Und dann noch einmal, langsamer diesmal, in der Hoffnung, dass etwas ganz anderes dort steht.

Washington, District of Columbia
Oktober 1953

Es hatte über eine Stunde gedauert, aber endlich waren beide Kinder im Bett und gaben Ruhe oder schliefen sogar. Und Ruhe war wirklich alles, was Rose sich nach einem Tag wie diesem wünschen konnte. Zuerst war Richie aufgewacht und hatte sich über Bauchschmerzen beklagt. Dann hatte Walter, der eifersüchtig war, weil die Aufmerksamkeit seiner Mutter seinem großen Bruder galt, vorgegeben, von dem gleichen Leiden heimgesucht zu werden, was er dann auch sofort demonstrierte, indem er sich den Bauch hielt, über den Boden rollte und so überzeugend heulte, dass der Familienhund, eine männliche Promenadenmischung, den die Jungs aus unerfindli-

chen Gründen unbedingt Lady nennen wollten, eingestimmt hatte. Dann war Dick in das Zimmer gekommen – scheinbar unbeeindruckt von dem sich gerade entwickelnden Chaos –, um Rose zu fragen, ob sie seine Lieblingskrawatte gesehen habe …

23

Seite um Seite. Wäre die Entdeckung, dass Hollis über mich, über uns, und über Mrs. Nash und Elsie geschrieben hat, nicht so unglaublich, dann wäre ich vielleicht beeindruckt gewesen. Es müssen sich Tausende Wörter in diesem Notizbuch befinden, die alle in den vergangenen vier Tagen geschrieben wurden. Sie sind als Vignetten gedacht, schätze ich, und sie springen durch Raum und Zeit, von der Vergangenheit in die Gegenwart und wieder zurück.

Ich lese von jeder den ersten Satz, in der Hoffnung, dass die Realität dessen, was ich hier vor mir habe, sich irgendwie ändern wird. Aber egal, wie viel ich blättere, es ist immer das Gleiche. Teile der Dialoge zwischen Mrs. Nash und Elsie basieren auf dem, was ich ihm erzählt habe, oder sie stammen aus den Briefen in meinem Rucksack. Er muss sie gelesen haben, als ich geschlafen habe oder duschen war (das allein ist schon grenzüberschreitend genug). Manches dagegen sind nur Vermutungen, wie sich eine Unterhaltung abgespielt haben könnte. Ich weiß nicht, ob ich wütender darüber bin, dass er Mrs. Nash Worte in den Mund und Gedanken in den Kopf gelegt hat oder dass jemand, der sie nicht einmal kannte, Teile ihres Wesens einfangen konnte, während sie sich mir mit jedem Tag, der vergeht, immer mehr zu entziehen scheint.

Und dann sind da Abschnitte über mich. Über uns.

Es ist wie eine Neuauflage von Josh und dem Instagram-Account. Dieses Notizbuch ist voll mit unseren privaten Momenten, hübsch verpackt für den Massenkonsum, und es ist so viel schmerzhafter als ein paar Fotos im Internet, weil Hollis mich, im Gegensatz zu Josh, scheinbar von Anfang an benutzt hat. Wenigstens war das mit Josh zumindest anfänglich echt. Aber mit Hollis …

Ich blättere zurück zu den ersten Seiten.

Wir sind nördlich von Richmond, als mir klar wird, dass Millicent nicht verrückt ist. Sie ist lediglich eine Romantikerin.

Es ist leicht, das eine mit dem anderen zu verwechseln, vor allem wenn die winzige rothaarige Frau auf deinem Beifahrersitz eine Schatulle mit der Asche ihrer älteren Freundin bei sich im Rucksack trägt. Aber je mehr Millicent spricht, desto deutlicher treten die subtilen Unterschiede hervor. Wahnsinn ist unberechenbar, er taumelt und trudelt wie eine betrunkene Biene. Romantikerinnen wie Millicent jedoch streben entschlossen auf ihr Ziel zu, stets einem unendlichen Pfad der Hoffnung folgend. Optimistische Brotkrümel, die ein Happy End versprechen. Und Millicents Brotkrümel, so hat sie mir mitgeteilt, führen nach Key West.

Sie starrt in die Ferne, als wäre die Windschutzscheibe ein Portal in eine andere Zeit. Und dann teilen sich ihre breiten, vollen Lippen, und sie beginnt, mir eine Liebesgeschichte zu erzählen:

In Key West stationiert zu sein war wie ein Geschenk des Universums. Rose McIntyre hatte sich durch achtzehn kalte, dunkle Winter in Wisconsin gequält, doch Ende November 1944 schenkte ihr die US Navy so viel Sonne und Wärme, dass sie kaum etwas damit anzufangen wusste …

Ich blättere zu einem neuen Abschnitt, weiter hinten im Notizbuch.

Sex mit Millicent ist wie ein Spaziergang durch einen Garten im Hochsommer. Ihr minziger Mund ergreift Besitz von jedem Zentimeter, den er erreichen kann. Sie liegt grün und süß auf meiner Zunge, wie Kirschtomaten direkt von der Staude. Und wenn sie kommt, dann ist es, als würde man einer Rose im Zeitraffer beim Erblühen zusehen, ihre samtigen, blassrosa Schenkel öffnen sich wie überhitzte Blütenblätter. Der Schweiß, der mein Haar benetzt und mir über den Rücken rinnt, könnte auch von einem endlosen Julitag in der Sonne stammen, den ich damit verbracht habe, im Garten meiner Großeltern herumzurennen, bis die Glühwürmchen das Einbrechen der Dämmerung ankündigten. Millicent zu berühren, sie zu schmecken, in ihr zu sein, das ist, als würden sich alle himmlischen Erinnerungen meines Lebens auf einmal in meiner Seele abspielen, und …

»Scheiße«, höre ich Hollis von der Tür. Er hat eine braune Papiertüte im Arm. »Mill, ich …«

»Lass es«, sage ich.

Er kommt zu mir und stellt die Tüte mit dem Essen auf dem Tisch ab. »Ich wollte nicht, dass du es so herausfindest. Ich wollte es dir sagen, und zwar bald. Aber mit allem …«

»Ich sagte, *lass es.*« Meine Worte sind leise und heftig, und er schaudert sichtlich. Gut. Kälte ist gut. Kälte schafft Distanz.

»Das ist das neue Projekt, über das du mit deinem Agenten gesprochen hast, oder? Du hattest vor, das zu veröffentlichen?«

Für den Bruchteil einer Sekunde sieht es so aus, als wolle er lügen. Seine Augen bewegen sich zur Seite, als würde er darüber nachdenken. Aber vermutlich erkennt er, dass die Grube, die er sich gegraben hat, bereits tief genug ist. »Ja, aber …«

»Ich habe dir vertraut«, sage ich und stoße ihm den Zeigefinger gegen die Brust. »Und ich weiß, dass es so aussieht, als würde ich jedem vertrauen, also fühlt es sich für dich vielleicht nicht wie eine große Sache an. Aber für mich ist es eine.«

Hollis runzelt die Stirn. »Natürlich ist es eine große Sache. Ich wollte nie …«

»Du *wolltest* nie? Ein Buch schreibt man nicht aus Versehen, Hollis!«

»Es ist nicht … es ist eher ein Fünftel von einem Buch. Höchstens ein Viertel.«

»Ja. *Genau das* ist jetzt wichtig. Dass du immer noch eine Menge Worte in petto hast, mit denen du mich verraten kannst.«

»Millicent, bitte lass es mich erklären.«

»Okay, gut, schieß los«, sage ich und gebe ihm mit einer Geste zu verstehen, dass die Bühne ganz ihm gehört. Seine Lippen öffnen sich, und ich warte. Aber nichts kommt heraus.

»Genau. Ich denke, es ist ziemlich simpel. Du hast mich benutzt«, fahre ich fort. »Du hast aufgeschrieben, was ich dir über Mrs. Nash und Elsie erzählt habe, damit du Geld damit machen kannst.«

»Ich schreibe nicht nur über Mrs. Nash und Elsie. Es geht auch um dich. Es geht vor allem um dich, wie sich herausgestellt hat.«

»Wundervoll. Also beutest du *drei* Frauen aus, anstatt zwei. Das macht es so viel besser.«

Er fährt sich mit beiden Händen durch das Haar, bis es ihm zu Berge steht, und stöhnt. »Ich drücke mich falsch aus.«

»Ja. Sieht so aus.«

»Es ist nicht gerade hilfreich, dass du mich ansiehst, als wolltest du auf meinen Eiern herumtrampeln. Können wir einfach … Können wir essen und später darüber reden, wenn du weniger emotional bist?«

Ich kneife die Augen zusammen. Ich fasse es nicht … »Was hast du gerade zu mir gesagt?«

»Was Falsches. Ich habe was Falsches gesagt.« Er setzt sich auf das Bettende und vergräbt das Gesicht in den Händen. »Himmel, ich hasse Streiten«, murmelt er. »Genau deshalb führe ich keine Beziehungen.«

»Ja, dann ist ja gut, dass wir keine haben, oder?« Ich greife nach dem Blatt mit Tammys Nummer und stopfe es in meinen Rucksack, ehe ich den Riemen über meine Schulter werfe und zur Tür marschiere.

»Millicent, warte. Du hast …«

»Ich habe einen Termin. Auf Wiedersehen, Hollis.«

Die Tür fällt mit einem lauten Klicken ins Schloss, und ich blicke hinunter auf meine nackten Füße auf dem Hotelteppich. Oh, verdammt. Ich habe nichts an, außer dem verdammten Hotel-Bademantel. Sein »Du hast …« sollte wohl ein »Du hast nichts an« werden. Hinter mir öffnet sich die Tür, und Hollis steht dort und mustert mich von oben bis unten auf eine Art, bei der ich ihm wahlweise gegen das Schienbein treten oder ihn bewusstlos küssen will. So viel zum Thema dramatischer Abgang.

»Sag jetzt *nichts*«, warne ich ihn und stoße ihn beiseite, um zurück in das Zimmer zu gelangen.

»Hast du die Teile, die von dir handeln, überhaupt gelesen?«, fragt er. »Darüber, welche Gefühle du in mir weckst?«

Ich lasse den Bademantel von meinen Armen gleiten, und er bildet ein flauschiges weißes Häufchen auf dem Boden. Nackt zu streiten sollte ein Gefühl von Verletzlichkeit in mir wecken, doch stattdessen bin ich wie eine knallharte Kriegerin, die eine Last abgeworfen hat und sich in den Kampf stürzt. »Du meinst, als du dachtest, ich sei verrückt, bis dir klar wurde, dass ich einfach nur dumm bin?«

»Das ist nicht … Millicent, das ist nicht, was ich geschrieben habe. Das würde ich niemals sagen. Leg mir keine Worte in den Mund.«

»Oh, so wie du es bei Mrs. Nash und Elsie getan hast?« Ich bin so angepisst, dass der Berg von Klamotten, den ich auf dem Bett aufgetürmt habe, immer wieder unter meiner Wut und meinen hektischen Bewegungen umkippt. Meine zusammengeknüllte Unterwäsche fällt auf den Boden. Ich hebe sie auf und werfe sie zurück auf das Bett, wo sie prompt wieder abstürzt. »Verdammt noch mal«, knurre ich und stoße ein frustriertes Stöhnen aus, das mehr ein unterdrückter Schrei ist.

Hollis hebt die Unterwäsche auf und legt sie behutsam auf dem Kleiderberg ab. Ich weiß, dass er versucht, mir zu helfen, aber die Art, wie ihm meine Unterwäsche gehorcht, macht mich rasend. Er ist so ruhig, und meine Emotionen sind das reinste Chaos. Tränen der Frustration strömen mir über die Wangen, ehe ich mir ihrer überhaupt bewusst bin. Ich bin nackt, ich heule, und ich bin *stinkwütend.*

»Hör auf, mir zu helfen!«, schreie ich. »Ich habe dich nie um deine Hilfe gebeten. Ich habe dich nie gebeten, dass du so tust, als wäre dir all das hier wichtig, als wäre ich dir wichtig.«

»Du bist mir wichtig! Wie kannst du denken, dass ich … Millicent, ich habe jedes Wort, das ich vorhin gesagt habe, ernst gemeint. Wenn du den Rest liest, dann wirst du sehen, dass ich …«

»Du bist aufgeflogen, Junge«, sage ich und schlüpfe in meine Unterwäsche. Zum Glück finden meine Beine ohne Probleme in die richtigen Öffnungen, denn jetzt ist absolut nicht der richtige Moment, um beim Anziehen hinzufallen. »Du kannst also aufhören, so zu tun, als wäre ich mehr als eine Informationsquelle und ein praktischer Bettwärmer.«

Ich schließe meinen BH und schlüpfe in ein Maxi-Kleid. Es ist zu lang, und ich muss einen Knoten in den Saum machen, damit es nicht über den Boden schleift. Ich brauche drei Versuche, bis mir der Knoten gelingt, weil mein Gehirn nicht in der Lage ist, gleichzeitig meine Bewegungen und Emotionen zu koordinieren.

»Verdammt noch mal, Mill, hör mir zu. Du weißt, dass ich dich nicht so sehe.« Er umfasst meine Oberarme und blickt mir in die Augen. Es wäre romantisch, wenn ich ihm nicht eine Kopfnuss verpassen und ihm dann das Knie zwischen die Beine rammen wollen würde. »In den letzten vier Tagen hast du mich auf Pfade gezerrt, an deren Erforschung ich mich fast zehn Jahre lang nicht gewagt habe. Du gibst mir das Gefühl, dass ich jeden davon beschreiten kann, solange du bei mir bist und mir den Weg leuchtest.«

»Wie klischeehaft«, sage ich, schüttele den Kopf und schnalze missbilligend mit der Zunge. »Nicht Ihre beste Arbeit, Mr. Hollenbeck. Aber vielleicht fällt dir ja was Besseres ein, wenn du diese Szene in dein dummes Buch schreibst.« Ich winde mich aus seinem Griff und gehe zu meinem Koffer. Ich brauche nicht wirklich etwas daraus, aber darin zu wühlen beschäftigt meine Hände und lässt mich den Blickkontakt vermeiden. »Siehst du, das ist das Problem. Ich bin nicht deine verdammte Laterne. Ich bin nicht dafür da gewesen, Josh zu ändern, und ich bin nicht dafür da, dich zu ändern. Ich bin nicht in dein Leben spaziert, um Inspiration für deine verdammte Kunst zu sein oder dir ein

Gefühl von Freiheit zu geben oder was für einen Scheiß du dir einreden willst.«

Ich drehe mich zu ihm um und breite mit einem weiteren kehligen Schrei durch zusammengebissene Zähne die Arme aus. »Ich bin seltsam, Hollis. Das ist, wer ich bin. Ein seltsamer Mensch. Und das hat rein gar nichts mit dir zu tun. Wenn ich allein bin, bin ich noch genau dieselbe. Ich fahre nicht herunter wie Spielzeugroboter und warte, bis du wieder mit mir spielen willst. Ich bin nicht das drollig verschrobene Mädchen, deren einzige Aufgabe es ist, ein wenig Farbe in das traurige, langweilige Leben eines leidenden Künstlers zu bringen. Ich habe meine eigenen Probleme, und in dieser Geschichte ist der leidende Künstler die Nebenfigur.«

»Ernsthaft? Du willst also behaupten, dass ich dich wie ein Manic Pixie Dream Girl behandle?« Hollis presst die Finger an die Schläfen, als wäre *ich* es, die *ihm* Kopfschmerzen verursacht. »Himmel, hör auf, deinen ganzen Josh-Yaeger-Ballast auf mir abzuladen und zu verlangen, dass ich mich einem Haufen Scheiße stelle, den ich nicht verursacht habe.«

Verdammt, er hat recht. Genau das tue ich. Ich projiziere so viele meiner vergangenen Verletzungen auf ihn. Vielleicht, weil es einfacher ist, etwas zu wiederholen, von dem ich bereits weiß, dass ich darüber hinwegkommen kann, als diesen neuen Schmerz näher zu betrachten, der mich vielleicht wirklich in Stücke reißt. Meine Stimme ist nur noch ein Flüstern. »Wie ich vorhin gesagt habe, ich habe einen Termin. Ich muss jetzt los, sonst komme ich zu spät.«

Als ich an Hollis vorbeigehe, greift er nach meinem Handgelenk. Seine Hand ist warm und kräftig, und er zieht mich sanft an sich, wie er es vor zwei Nächten in diesem dunklen Zimmer in einer Frühstückspension in South Carolina getan hat. »Warte, Millicent. Bitte.«

Seine Augen flehen mich an, und das startet einen Countdown tief in mir. Er tickt, zählt die Sekunden, bis ich es mir erlaube, ihm seinen Verrat zu vergeben, und ihn bitte, mich zu lieben. *Verlass mich nicht*, werde ich sagen. *Es ist mir egal, ob du mich nur benutzt hast, solange wir nur weiter so tun, als wäre da mehr zwischen uns.* Das ist es, was ich in einer dunklen Ecke meiner selbst fühle, und ich hasse es. Ich hasse, dass mein Instinkt mir immer sagt, weniger zu verlangen, als ich verdiene. Dass ich zulasse, dass das Unvermögen oder die mangelnde Bereitschaft eines Mannes, mich voll und ganz zu akzeptieren und zu respektieren, zu meiner persönlichen Scham und Bürde wird, die ich ständig mit mir herumschleppe. Wie oft habe ich das bei Josh getan, ohne mir ganz bewusst zu sein, welchen Kompromiss ich mit meinem eigenen Stolz eingegangen bin? Schluss damit. Ich kann das nicht mehr. Vor allem nicht mit jemandem, der mir in so kurzer Zeit so wichtig geworden ist.

Der Countdown ist jetzt im einstelligen Bereich. Ich spüre, wie mein Herz weicher wird, wie es sich biegsamer macht, angetrieben von Hollis' flehendem Blick und der tröstlichen Berührung an meinem Handgelenk. Es gibt nur einen Ausweg aus dieser Sache, bevor es mir zu leichtfällt, zu bleiben: Ich werde ihm auch wehtun müssen, damit er will, dass ich gehe.

Jede blöde Streiterei mit Josh hat mich genau auf diesen Moment vorbereitet. *Ziel dahin, wo es wehtut. Mach der Sache ein Ende.*

»Weißt du, was Josh zu mir gesagt hat, kurz bevor ich in jener Nacht weinend aus dem Restaurant kam? Er sagte, wenn ich unbedingt durchgeknallt sein will, dann soll ich wenigstens durchgeknallt und wieder berühmt sein, damit er nicht umsonst mit mir zusammen ist.« Die Worte sind noch schmerzhafter mit der Erkenntnis, dass ich so dringend glauben wollte, dass Hollis mich ohne Hintergedanken will, dass ich auf die gleichen Tricks hereingefallen bin – gespielte Freundlichkeit und Fürsorge.

»Der Mistkerl hatte dich nicht verdient«, sagt Hollis. »Aber ich bin nicht er.«

»Nein, das bist du nicht. Als Josh dabei erwischt wurde, wie er mich ausbeutete, war er wenigstens so freundlich, nicht so zu tun, als sei er ein besserer Mann, als er war.«

Ich sehe ihm den Moment an, in dem ihm bewusst wird, dass ich das Gleiche zu ihm gesagt habe, wie er vor zehn Jahren zu seinem Vater. Mit nur wenigen weiteren strategischen Sätzen könnte ich diese Wut in Schmerz umkippen lassen, so einfach wie ein Metalllöffel in einem leeren Joghurtbecher. Und wenn ich mir selbst dabei auch ein wenig wehtue, na ja … an diesem Punkt ist das nur ein weiterer Tropfen in einen ganzen Ozean.

»Ja, ich weiß«, fahre ich fort, »ich sollte nicht so überrascht sein. Alles, was du tust, ist egoistisch. Du hast mich von Anfang an gewarnt – mehrmals gewarnt –, und es ist meine Schuld, dass ich nicht darauf gehört habe. Ich hätte dir glauben sollen, statt mir einzubilden, dass da mehr unter der Oberfläche schlummert. Wenigstens verstehe ich jetzt, dass du genau das bist, was du immer behauptet hast zu sein. Du bist selbstsüchtig und herzlos. Du bist deines Vaters Sohn. Du bist verbrannter Toast, mit nichts darunter als noch mehr verbranntem Toast.«

Hollis' Nasenflügel blähen sich, während er versucht, seinen Atem unter Kontrolle zu bekommen. Seine Augen starren brennend in meine – das blaugraue ist wütend, das braune auch. Es ist eine Erleichterung, zu sehen, dass unser Wut-Level gleichauf ist. Jetzt bin ich nicht die Einzige, die verletzt ist. Wir werden diesen Ort beide ein wenig zerstört verlassen, und das ist auf eine perverse Weise beruhigend. Er lässt mein Handgelenk los, lässt es fallen, als wäre es ein Stück Obst, an dem er erst jetzt die ganzen Feuerameisen bemerkt hat.

»Kommst du nachher wieder?«, presst er irgendwie durch Kiefer, die so angespannt sind, dass seine hinteren Backenzähne vermutlich zu verschmelzen drohen.

»Ich bezweifle es«, sage ich.

»Gut. Dann hinterlege ich deinen Koffer an der Rezeption.«

»Das wäre nett. Danke.« Ich zögere für den Bruchteil einer Sekunde, als ich nach der Klinke greife. Zum Teil, weil ich diesmal einen prüfenden Blick auf meine Füße werfe, ob ich auch wirklich Sandalen trage, aber auch, weil ich weiß, dass es immer noch nicht zu spät ist, sich zu entschuldigen und sich auszusprechen. Möglicherweise gibt es einen Weg, wie wir weiterhin Freude sein können, wenn schon nicht … was auch immer wir in den letzten Tagen waren. Was auch immer ich *dachte*, das wir wären. Aber ich muss Tammy treffen. Ich habe keine Zeit, mich durch die Trümmer zu wühlen, um zu sehen, ob ich etwas finde, das noch zu retten ist, und selbst dann bin ich mir nicht völlig sicher, ob ich es überhaupt wollen würde.

»Also dann, Tschö mit Ö«, sage ich und marschiere, ohne zurückzublicken aus der Tür und knalle sie hinter mir zu. Ich bin mir ziemlich sicher, dass dieser Satz nie zuvor so voller Wut gesagt wurde. Er klingt zugegebenermaßen ziemlich lächerlich, weshalb er vermutlich nicht sehr beliebt als Spruch für einen wütenden Abgang ist.

Ich bin schon halb den Flur hinunter, als ich hinter mir eine Tür höre. Ich drehe mich nicht um, aber ich spüre Hollis hinter mir herkommen. Es ist etwas Körperliches, die Luft lädt sich auf, wann immer er sich mir nähert, und alle meine Ionen machen sich bereit.

»Was willst du?«, sage ich und wirble herum. Er steht so dicht hinter mir, dass mein schwerer, noch feuchter geflochtener Zopf ihm einen Schlag verpasst. Und das ist … *gut*.

»Du hast schon wieder Mrs. Nash vergessen«, sagt er mit

meinem Rucksack in einer Hand, während er sich mit der anderen die Stelle an seiner Schulter hält, an der ihn mein Haar attackiert hat.

»Danke.« Ich lege so viel Wut wie möglich in das Wort und reiße ihm den Rucksack heftiger als nötig aus der Hand. Das mag kindisch wirken, aber ich weiß, dass ich keinen Zentimeter nachgeben darf, sonst wird mein armes, dummes Herz darauf bestehen, ihm zwölftausend Kilometer zu geben.

Hollis kommt näher und umfasst mein Gesicht mit den Händen. Mein Drang, zurückzuzucken, wird von meinem Instinkt, mich an seine Handfläche zu schmiegen, übermannt. Ich glaube, er weiß, dass mein Zorn wie einer dieser Elektrokamine ist – eine Menge Hitze, aber keine echten Flammen. Ich kann ihn zum Schwitzen bringen, kann ihm das Gefühl vermitteln, dass er besser auf Distanz bleiben sollte. Aber ich werde ihn nicht wirklich verbrennen, wenn er den Mut hat, sich mir zu nähern. Und das hat er. Er drückt seine Lippen auf meine Stirn. »Es tut mir leid«, sagt er. »Es tut mir so schrecklich leid, Mill. Ich weiß, das ist vermutlich nicht genug, und ich verstehe, warum du nicht bleiben willst. Aber bitte, sag mir wenigstens, wo du hingehst.«

Ich schüttle den Kopf, und seine Hände fallen zurück an seine Seiten. »Du hast es nicht verdient, zu erfahren, wie es endet«, sage ich und gehe.

24

Hätte ich bessere Laune gehabt, dann hätte ich es vielleicht lustig gefunden, dass ich den ganzen Weg nach Key West zurückgelegt habe, um jetzt in einem stinknormalen Starbucks auf Elsies Großnichte zu warten. Aber selbstverständlich habe ich schreckliche Laune, also bin ich vor allem genervt. Tammy ist eine Viertelstunde zu spät. Unter normalen Umständen wäre das keine schreckliche Verfehlung gewesen, aber ich hatte einen wirklich schlimmen Tag. Kurz nach meiner Ankunft stopfte ich eine Scheibe Bananenbrot in mich hinein und leerte in Rekordzeit einen großen Iced Mocha. Jetzt besteht meine gesamte Antriebskraft aus Zucker, Koffein, Nervosität und dem Schmerz des Verrats. Das ist nicht gerade die ideale Mischung für geduldiges Warten.

Eine zierliche Frau in einem mauvefarbenen Leinen-Hosenanzug schlendert in das Café und schiebt sich ihre Sonnenbrille auf den Kopf, wobei sie unabsichtlich ein paar blonde Strähnen aus ihrem Chignon zieht. Ihre Haut ist beinahe so blendend weiß wie meine. Ich würde sie nicht für eine Einheimische halten, sähe sie Elsie nicht zum Verwechseln ähnlich. Ein paar Tage in der Sonne, und es wäre schwer, ein Foto von Tammy von dem ihrer Großtante zu unterscheiden, das ich bei meinen Recherchen in den Naval History and Heritage Command Archives gefunden habe. Was besonders beeindruckend ist, da Elsie Anfang zwanzig war, und Tammy knapp fünfzig sein dürfte.

Unsere Blicke treffen sich, und ich winke ihr kurz.
»Millicent?«, fragt sie.
»Mhm. Hi, Tammy.«
»Es tut mir schrecklich leid, dass ich Sie habe warten lassen. Ich habe nur noch ein Angebot fertig gemacht – ich bin in der Immobilienbranche tätig – und wollte auf zusätzliche Informationen von den Klienten warten, doch am Ende hat es sehr viel länger gedauert, als ich dachte, und, wie dem auch sei, jetzt bin ich hier.«
Ich zwinge mich zu einem Lächeln, obwohl mir nicht danach ist. »Kein Problem«, sage ich.
»Also sind Sie Roses Urenkelin?«
»Nein, ich …«
»Sorry, merken Sie sich Ihre Antwort. Ich bestelle mir nur eben was. Möchten Sie etwas? Nein?«
Sie eilt zum Tresen. Ich stoße ein Seufzen aus. Das läuft nicht, wie ich es mir vorgestellt habe. Allerdings trifft das auf so ziemlich alles an diesem Tag zu, also warum sollte genau das hier anders sein?
»Okay«, sagt sie und lässt sich, sobald sie ihren Kaffee hat, einmal mehr mir gegenüber nieder. Sie nimmt einen Schluck von ihrem Venti Iced Double Shot, vor dem sie, wie ich belauschen konnte, der Barista gewarnt hat, weil er *fünf* Shots Espresso enthält. Allein bei dem Anblick von so viel Koffein rast mein Herz. Offenbar ist Tammy aus härterem Holz geschnitzt. »Was meinten Sie bezüglich Ihrer Urgroßmutter?«
»Oh, nein, wir waren nicht verwandt. Ich habe bis zum Ende ihres Lebens bei Mrs. Nash gewohnt. Wie eine Betreuerin.« Wenn Mrs. Nash gehört hätte, dass ich mich so bezeichne, hätte sie einen Anfall bekommen. Sie hasste jegliche Andeutung, dass sie nicht selbst für sich sorgen konnte. Hätte ich nicht aus meiner gemeinsamen Wohnung mit Josh auszie-

hen müssen, dann hätte sie wohl nie jemanden bei sich wohnen lassen. Ich wurde Ärzten, Verwandten und wem immer wir sonst begegneten, wenn wir gemeinsam unterwegs waren, immer als Mrs. Nashs »gute Freundin Millie« oder »Mitbewohnerin« vorgestellt. (Einmal, als sie böse auf mich war, weil ich Hafermilch statt ihrer bevorzugten Mandelmilch gekauft hatte, nannte sie mich sogar ihre »temporäre Untermieterin«.) Aber Mrs. Nash ist nicht hier, um zu protestieren, und ich habe mich wie eine Betreuerin um sie gekümmert, also ist es die einfachste Erklärung.

Außerdem keimt in mir der Verdacht, dass Tammy sich nicht wirklich für die Einzelheiten interessiert. Meine Vermutung bestätigt sich, als sie mir mit einem schmallippigen Lächeln antwortet: »Ich muss ehrlich mit Ihnen sein, Millicent. Als Tante Elsie meinte, dass sie mir Briefe für Roses Taube geben will, dachte ich, die Schmerzmittel, die sie ihr dort geben, hätten sie etwas wirr im Kopf gemacht. Erst als Rhoda anrief und mir erzählte, dass Sie im *The Palms* waren, um Elsie zu besuchen, wurde mir klar, was sie damit meinte. Es ist nur, na ja, sie sprach kaum von Rose.«

Ich schlucke den Kloß in meinem Hals hinunter. Tammy muss es aufgefallen sein, denn für einen Moment legt sie ihre Hand auf meine, um mich zu trösten. Stattdessen ist es eher verkrampft.

»Aber sie hat generell nicht viel über die Vergangenheit geredet«, sagt sie. »Tante Elsie hat sich sehr bedeckt gehalten. Früher dachte ich, sie wäre einfach nur eine alte Jungfer, die mit ihrer Karriere verheiratet ist. Als sie dann 1983 in den Ruhestand ging und sich keine Gedanken mehr machen musste, was man über sie dachte, begann sie ehrenamtlich in einer AIDS-Klinik zu arbeiten und ganz offen eine Beziehung mit Martina zu führen. Als Teenager habe ich damals den Sommer bei ihnen verbracht, und ich erinnere mich an den *Ohhh*-Moment.« Tammy lacht ein wenig.

»Martina?«, frage ich. Es ist nicht so, dass ich erwartet habe, dass Elsie den Rest ihres Lebens allein bleiben würde – Mrs. Nash hatte ja auch Mr. Nash. Aber der Gedanke, dass da jemand anderes war, der Elsie etwas bedeutet hat, lässt an Mrs. Nashs Stelle eine schamvolle Woge der Eifersucht in mir aufwallen.

»Martina war eine OP-Schwester in dem Krankenhaus, in dem Elsie arbeitete. Sie waren fast dreißig Jahre lang ein Paar.«

»Was ist aus ihr geworden?«

»Sie ist zurück nach Bulgarien gezogen, um näher bei ihrer Familie zu leben. Das war … vielleicht 2005? Elsie wollte Key West nicht verlassen, also haben sie sich getrennt. So wie ich das verstanden habe, gab es keinerlei böses Blut. Sie haben Kontakt gehalten. Martina wollte zur Trauerfeier kommen, aber sie ist zu alt für eine derartige Reise.« Tammy blickt in die Ferne, und ihre Lippen bewegen sich lautlos, als würde sie etwas im Kopf ausrechnen. »Sie war ein wenig jünger als Tante Elsie, aber sie ist mittlerweile vermutlich auch Ende achtzig.«

Dass Elsie jemand anderen als Mrs. Nash geliebt hat, fühlt sich gefährlich danach an, als könnte Hollis recht haben. Und Frederick Hollis Hollenbeck ist der letzte Mensch, dem ich in diesem Moment recht geben will.

»Sie erwähnten eine Trauerfeier?« Ich kreuze buchstäblich die Finger unter dem Tisch, dass sie noch nicht stattgefunden hat.

»Ja. Wir haben gestern Nachmittag im *The Palms* etwas organisiert. Nur eine kleine Zusammenkunft der engsten Familie und ihrer Freunde aus der Einrichtung.«

»Oh? Ist sie hier in der Nähe begraben?« Vielleicht kann ich mit der Sache abschließen, wenn ich ihr Grab besuche. Mehr hatten Mrs. Nash und ich von Anfang an nicht geplant.

Tammy lehnt sich in ihrem Stuhl zurück und schlägt die Beine übereinander. »Tante Elsie hat ihren Körper der Wissenschaft gespendet. Scheinbar kann es sein, dass sie ihn bis zu zwei Jahre benutzen, und dann sollen sie verbrennen, was übrig ist, und die Asche im Golf verstreuen.«

»Das ist nett«, versuche ich mir einzureden. »Ich weiß, dass sie das Meer geliebt hat.«

»Hat sie das?« Tammy sieht mich zweifelnd an.

Kannte sie ihre Tante überhaupt? Oder ist das Wenige, das ich weiß, nicht einmal wahr? Ich räuspere mich. »Wissen Sie etwas über den Vorfall während ihres Diensts in Korea? Als man sie für tot erklärte?«

»Oh, *darüber* hat sie gesprochen. Tante Elsie liebte es, allen zu erzählen, wie sie einmal für kurze Zeit tot war. Es war eine ihrer Lieblingsgeschichten.«

»Vielleicht kann das einige meiner Lücken füllen«, sage ich. »Während meiner Recherchen konnte ich herausfinden, dass es sich um irgendein Bürokratieproblem handelte, aber wissen Sie, wie es genau passiert ist?«

»Es gab einen Helikopter-Unfall. Tante Elsie und einige andere Schwestern flogen ein, um ein Krankenhaus mit Personalmangel zu unterstützen. In ... wie hieß der Ort noch mal? Inky ... Ichy ... Incheon! Das war es. Jedenfalls hat sie sich bei dem Absturz das Bein und ein paar Rippen gebrochen, aber der Pilot und eine andere Schwester starben. Die verstorbene Pflegerin hieß Elise Bruhn. Elise Bruhn und Elsie Brown zusammen in einem abgestürzten Helikopter, eine tot, die andere verletzt. Irgendwo gab es dann eine Verwechslung, und Elsie war für eine Woche oder so offiziell tot, bis der Fehler jemandem auffiel.«

Elsie Brown und Elise Bruhn, beides Krankenschwestern bei der Navy, die auf dem gleichen Schiff dienten und in dem gleichen Helikopter saßen, der dann abstürzte. Irre. Am College kannte ich drei Andrews, die alle im gleichen Wohnheimzimmer lebten, und ich dachte, *das* wäre verwirrend gewesen.

Tammy lächelt höflich. »Bringt das etwas Licht ins Dunkel?«, fragt sie.

Ich nicke. »Einer von Mrs. Nashs Briefen an Elsie kam mit einem Stempel zu ihr zurück, der besagte, dass sie verstorben sei. Sie hat nie erfahren, dass Elsie noch am Leben war.« Erneut packt mich ein vertrautes schlechtes Gewissen. Hätte ich mich doch früher darum gekümmert. Hätte ich Elsie doch nur vor Mrs. Nashs Tod gefunden, vielleicht …

»Ich verstehe nicht. Hat Tante Elsie ihr nicht geschrieben, um sie wissen zu lassen, was passiert ist?«

»Mrs. Nashs Mann nahm eine neue Stelle an, und sie sind von Chicago nach DC gezogen. Elsie hat also nie ihre neue Adresse erhalten. Vermutlich hatte sie keine Möglichkeit, herauszufinden, was aus Mrs. Nash geworden ist. Keine Möglichkeit, herauszufinden, wohin sie verschwunden ist.«

»Wie traurig«, sagt Tammy und dreht ihre Tasse ein paar Grad im Uhrzeigersinn. »Wenn sie sich wirklich so nahestanden, wie Sie anscheinend glauben.«

Ich schätze, als Tammy mich anrief und so erleichtert schien, dass ich die Stadt noch nicht verlassen hatte, hoffte ich, dass sie mit mir weinen und in Erinnerungen schwelgen wollen würde. Dass wir gemeinsam um unseren jeweiligen Verlust trauern könnten. Ich hoffte, sie könnte es gar nicht erwarten, mir alles über Elsie zu erzählen, genau wie ich ihr alles über Mrs. Nash erzählen wollte, und dass wir unsere jeweiligen Erinnerungen benutzen könnten, um ein vollständigeres Bild der Liebesgeschichte zu zeichnen, die uns nur durch Zufall zusammengeführt hat. Aber Tammy ist anscheinend nicht der Typ für Weinen und in Erinnerungen zu schwelgen. Sie ist nicht besonders interessiert daran, mehr über die Frau zu erfahren, die ihre Großtante so sehr und für so viele Jahre liebte. Unser Austausch fühlt sich geschäftsmäßig und steif an, egal, wie oft sie nickt und lächelt.

Ich will hier raus. Ich weiß nicht, wo ich hinsoll, jetzt, da ich nicht zurück zu Hollis kann. In ein anderes Hotel schätze ich, irgendwo anders auf der Insel.

»Sie sagten, Sie hätten Briefe für mich.« Es ist als Frage gedacht, doch es kommt als Feststellung heraus, die etwas unhöflich klingt. Um ehrlich zu sein, sind meine Emotionen ziemlich am Ende. Da ist nicht mehr viel Energie für Höflichkeit, und Tammy weckt auch nicht den Wunsch in mir, mich darum zu bemühen.

Zum Glück scheint es ihr auch egal zu sein. »Ja, stimmt«, sagt sie und zieht einen großen hellbraunen Umschlag aus ihrer Aktentasche. »Hier. Das ist alles, von dem Elsie wollte, dass ich es Roses Taube gebe.«

Bei dieser Verpackung fühle ich mich, als wären wir Spione beim Austausch vertraulicher Dokumente und dies die offensichtlichste Übergabe der Welt. Meine Finger zittern, als ich die Metallklammer öffne und die Klappe des Umschlags nach oben ziehe. Ich starre den Inhalt stumpf an, versuche zu verstehen, was ich hier vor mir habe. Ich habe einen Stapel verknickter, offener Briefumschläge erwartet oder Bündel altes, gefaltetes Papier wie das in meinem Rucksack. Aber da ist nur ein versiegelter Briefumschlag und ein kleines Büchlein mit abgestoßenem Ledereinband.

Ich ziehe den Umschlag heraus. Er ist schneeweiß und sieht brandneu aus. Als hätte man ihn erst heute Morgen aus der Schublade mit dem Büromaterial gezogen. »Ich verstehe nicht«, sage ich. »Sagten Sie nicht Briefe, also Plural? Ich dachte, Sie würden mir die Briefe geben, die Rose Elsie geschrieben hat.«

»Oh, tut mir leid, nein. Ich glaube nicht, dass Elsie sie aufbewahrt hat. Jedenfalls habe ich sie nie gesehen.«

»Oh«, sage ich. »Okay. Und, äh, was ist das hier?« Ich halte den braunen Lederband hoch.

»Die Briefe«, sagt sie. »Die, von denen sie wollte, dass Sie sie haben.«

Das ergibt für mich absolut keinen Sinn, und Tammy nervt mich zusehends. Und das ist vermutlich nicht einmal ihre Schuld.

Wenn jemand daran Schuld trägt, dann ist es Hollis. Wenn er mich nicht benutzt, mich nicht verraten hätte, dann wäre er jetzt hier mit mir. Wir würden das hier gemeinsam machen. Ich glaube, das ist das Schlimmste. Der Teil der Geschichte, der meine Laune besonders tief sinken lässt. Ich dachte, dass ich das hier nicht allein durchstehen müsste. Aber hier bin ich jetzt. Allein. Und ich habe mich in meinem ganzen Leben noch nie so einsam gefühlt.

»Nun«, sage ich und stehe auf, »ich bin Ihnen sehr dankbar, aber ich muss jetzt gehen.«

»Kein Problem. Ich hoffe, Sie haben eine gute Heimreise.«

»Danke.« Ich drehe mich zum Gehen um, doch dann fällt mir plötzlich ein, warum wir überhaupt hier sind. Ich war so mit meiner eigenen Trauer beschäftigt, dass ich ganz vergessen habe, dass ich nicht die Einzige bin, die einen geliebten Menschen verloren hat. »Äh, mein Beileid übrigens. Nach allem, was ich über Elsie weiß, war sie ein toller Mensch.«

»Danke«, sagt Tammy. »Das war sie wirklich.« Sie schenkt mir ein sprödes Lächeln, und das ist vermutlich das Ehrlichste, was in den letzten zehn Minuten zwischen uns passiert ist. »Sie auch. Ich meine, auch Ihnen mein Beileid.«

Für einen kurzen Moment glaube ich, sie redet von Hollis. Dieser Verlust ist noch frisch und präsent. Aber nein, das ergibt keinen Sinn. Mrs. Nash. Sie meint Mrs. Nash.

Ich entferne mich schnell von dem Starbucks, um Tammy nicht noch einmal versehentlich über den Weg zu laufen, und finde mich irgendwann auf dem Bordstein vor einem Nagelstudio sitzend wieder. Eine Taube landet neben mir und pickt in Richtung eines alten Kaugummis auf dem Bürgersteig. Als ihr klar wird, dass er nicht der erwartete Leckerbissen ist, stolziert sie enttäuscht von dannen.

»Ich weiß, wie das ist, Kumpel«, sage ich und blicke hinunter auf den hellbraunen Umschlag, den ich auf meinen Knien balanciere. »Mein Tag ist nicht viel besser.«

Sie antwortet mir mit einem Gurren.

An einem wunderschönen Freitag im Frühling, kurz vor ihrem Tod, als wir die Leute am Dupond Circle beobachteten, erklärte mir Mrs. Nash die beste Methode, einen Vogel einzufangen, die sie während ihrer Zeit als Pigeoneer gelernt hatte. »Beide Hände und von oben«, sagte sie. »So kannst du sie immer noch fangen, auch wenn sie wegfliegen will.« Die Erinnerung spielt sich in meinem Kopf ab, als sich die Taube nähert, und ich hebe beide Hände über sie. Doch sie duckt sich, rennt über den Bürgersteig und fliegt dann weg.

*

Ich weiß nicht, wie lange ich auf dem Parkplatz des Einkaufszentrums herumlaufe, als wäre er mein persönliches Meditations-Labyrinth. Ich überlege, ob ich zurück zum Hotel gehen soll, um herauszufinden, ob noch ein anderes Zimmer frei ist. Oder vielleicht hole ich auch mein Gepäck und finde eine andere Bleibe. Vielleicht zahle ich einem Lyft-Fahrer eine exorbitante Summe, damit er mich nach Miami fährt, wo ich den nächsten Flug nach DC nehmen kann. Ich überlege – länger, als ich vermutlich sollte –, ob ich mich mit einem alten reichen

Mann mit Segelboot anfreunden könnte, der mit mir die Ostküste entlangschippert, damit ich meine Rückkehr ins echte Leben noch ein wenig hinauszögern kann und gleichzeitig so schnell wie möglich von hier wegkomme.

Ich frage mich, ob Mrs. Nash die Keys ebenso dringend verlassen wollte. Wenn sie von ihrer Entlassung aus der Navy im Spätsommer 1945 sprach, meinte sie nur, dass sie immer noch hoffnungslos in Elsie verliebt gewesen sei, obwohl sie ihr gleichzeitig die Schuld für das Ende ihrer Affäre gab. Dass ein Verlobter und ein neues Leben in Chicago auf sie warteten, verschlimmerte den Herzschmerz nur.

An dem Morgen, als sie mir das erste Mal von Elsie erzählte, saß ich vor ihrem Sessel im Schneidersitz auf dem Boden wie ein Kindergartenkind bei der Vorlesestunde. »Bitte glaub nicht, dass ich meinen Mann nicht geliebt hätte«, sagte sie. »Ich hatte schon in unserer Jugend immer zärtliche Gefühle für ihn, und während unserer Ehe habe ich ihn lieben gelernt. Dick war mir ein wundervoller Partner und mein bester Freund auf der ganzen Welt. Doch als ich ihn heiratete, war es, als würde er mich aus dem Leben reißen, das ich wirklich leben wollte. Das mit Elsie. Ich habe lange geglaubt, dass sie mir erlaubt hätte, bei ihr zu bleiben, hätte ich nach dem Krieg nicht andere Optionen gehabt, und für eine Weile nahm ich das beiden von ihnen übel. Aber mittlerweile glaube ich, dass Elsie nie ganz überzeugt davon war, dass ich sie wirklich liebe, und nichts hätte das ändern können. Sie wusste nicht, wie sie glauben sollte, dass ich mich immer für sie entschieden hätte, koste es, was es wolle. Nach allem, was sie mir über ihre Kindheit in Oklahoma erzählt hat, weiß ich nicht, ob ihr jemals das Gefühl gegeben wurde, etwas wert zu sein. Ich hoffe, dass irgendeine glückliche Frau es schließlich getan und Elsie es zugelassen hat.«

Ich blicke hinunter auf mein Handy. Es summt, weil mich jemand anruft. Mein Herz flattert, bis ich Danis Namen sehe.

»Hey«, sage ich. »Was gibt's?«

»Du musst dich bei deinen Eltern melden, Millie. Sie rufen mich jede Stunde an und fragen, ob ich etwas von dir gehört habe. Aus irgendeinem Grund glauben sie, du könntest im Gefängnis sein?«

»Tut mir leid. Ich sage ihnen, dass sie sich abregen sollen. Ich war einfach nur beschäftigt.«

»Oh, ja, das warst du«, sagt Dani mit einem verbalen Zwinkern.

»Nicht das. Wir haben … das ist jetzt vorbei. Er hat mich nur benutzt.«

»Ach du Scheiße. Gib mir die Adresse, und ich trete ihm in den Arsch.«

»Du bist noch kleiner als ich«, merke ich an.

»Hey. Ich hatte Kickbox-Training. Aber wenn du schwerere Geschütze brauchst, dann schicke ich Van runter. Der Mann ist gebaut wie Jason Momoa, und ich übernehme heute Abend seine Schicht, also schuldet er mir was.«

»Nein, ich vergesse lieber alles und fahre nach Hause.«

»Im Ernst jetzt, geht es dir gut? Du klingst … traurig.«

»Ich bin traurig. Ich bin traurig und enttäuscht.«

»Weißt du, wer auch traurig und enttäuscht war? Pee-wee, als er herausfand, dass das Alamo keinen Keller hat. Aber das war nicht das Ende seiner irren Abenteuer, und es ist auch nicht das Ende von deinen.« Ich höre, wie Dani bei jedem Wort zur Bekräftigung auf die Bar schlägt. »Oh nein, der Boss ist gerade reingekommen, und er sieht richtig angepisst aus. Ich muss weg. Hab dich lieb, Cousinchen. Ich bin mir sicher, du findest dein Fahrrad.«

Sie legt auf, bevor ich ihr danken kann. Irgendwie hat Dani

immer die richtigen Worte parat, obwohl ich ihr nie erzählt habe, warum ich überhaupt in Florida bin. Während ich meinen Eltern eine kurze Nachricht schreibe und ihnen versichere, dass ich am Leben und weder im Gefängnis noch auf der Flucht bin, damit sie meine arme Cousine wenigstens für ein paar Stunden in Ruhe lassen, wird mir klar, dass mein Problem nicht ein verschwundenes Fahrrad ist. Vielmehr habe ich vergessen, was es *repräsentiert*. Oder besser: was von meinem Fahrrad repräsentiert wird.

Die ganze Sache ist schon jetzt verwirrend, und die Passivkonstruktion hilft auch nicht gerade. Der Punkt ist, dass ich mir in Erinnerung rufen muss, wonach ich eigentlich gesucht habe, als ich Geoffrey Nash um etwas Asche von seiner Großmutter bat. Es war kein Beweis für immerwährende Liebe, um eine Diskussion zu gewinnen. Und es war definitiv nicht meine eigene Chance auf ein Happy End.

Es war das Vertrauen, das ich in mich selbst verloren hatte.

Ich bin hierhergekommen, um mir bestätigen zu lassen, dass es sich immer noch lohnt, mich von meinem Optimismus leiten zu lassen. Ich wollte die Bestätigung meines mir innewohnenden Glaubens, dass ewige Liebe all den Schmerz und die Fehlstarts wert ist, die es braucht, um sie zu finden, und dass es nicht dämlich ist, so zu denken. Es ging nie wirklich darum, Elsie zu treffen oder eine Beziehung mit Hollis anzufangen oder einen Stapel Briefe von einer mit Koffein vollgedröhnten Immobilienmaklerin entgegenzunehmen. All das wäre ein willkommenes Extra gewesen, aber nichts davon war je mein metaphorisches Fahrrad.

Dani hat also recht – ich darf meine Suche noch nicht aufgeben. Und ich glaube, ich weiß, wo ich als Nächstes nachsehen sollte.

25

Boca Chica Beach ist nicht die Art Strand, die ich gewohnt bin. Zum einen ist Bekleidung hier anscheinend optional, was ich feststelle, als ich an zwei sonnengebräunten alten Männern vorbeikomme, die Zigarre rauchend und splitterfasernackt auf zwei umgedrehten Zwanzig-Liter-Eimern sitzen. Sie winken mir freundlich zu, und ich winke zurück. Während ich auf der Suche nach der richtigen Stelle den Strand entlanglaufe, finde ich immer wieder detailreiche Gebilde und Skulpturen aus Treibholz und Steinen. Auf einem kurzen gepflasterten Abschnitt, der aussieht, als hätte sich hier einmal eine Straße befunden, entdecke ich eine aufwendige Straßenmalerei. Kleine Boote wippen am Horizont. Zwei Hunde wälzen sich in der Brandung am anderen Ende des Sandstreifens, während ihre vermutlichen Besitzer in der Nähe Yoga machen.

Ich finde eine Stelle unter einem großen Baum, der mich an die Geschichten über Mrs. Nashs und Elsies Treffpunkt erinnert, und winde das Kleid um meine Beine, um so gut wie möglich den Sand von meiner Poritze fernzuhalten, als ich mich hinsetze. Lange Zeit starre ich nur hinaus auf das Meer und lasse mir von Mrs. Nashs Stimme in meinem Kopf ihre Geschichten nacherzählen – über ihre Liebe zu Elsie, aber auch über andere Aspekte ihres Lebens. Es fällt mir schwer, mir die Mrs. Nash, die ich kannte – mollig, ein wenig gebeugt, mit runzeliger Haut und langsamen Bewegungen, Hosen mit Gummibund und grellem pinkfarbenem Lippenstift –, hier am Nacktbadestrand in den Keys vorzustellen. Aber ich habe Bilder von ihr während des Kriegs gesehen, und es fällt mir sehr leicht, mir hier *diese* Version von ihr vorzustellen. Die junge Rose McIntyre, zum ersten Mal weg von zuhause und unendlich verliebt in eine Frau, die nicht wusste, wie sie an ein mögliches »Für immer« glauben sollte. Sie hätte so gut an diesen Strand gepasst, wie ich es jetzt tue. Und da mich niemand beachtet, füge ich mich hier wohl ganz gut ein.

Ich lasse den Rucksack von meiner Schulter gleiten und lege ihn in meinen Schoß. Ich habe den dicken hellbraunen Umschlag am Einkaufszentrum entsorgt, das strahlend weiße Kuvert in das braune Lederbuch gesteckt und beides in meinen Rucksack gestopft. Als ich jetzt den Reißverschluss öffne, grüßt mich eine Ecke des zwischen die Seiten geklemmten Briefs.

Ach, was soll's.

Ich greife nach der Ecke und ziehe den Umschlag heraus. Er setzt sich etwas zur Wehr, als wollte er mich fragen, ob ich mir sicher bin. Ja, das bin ich.

Weil mir klar wird, dass sein Inhalt mir nichts mitteilen kann, das ich nicht bereits tief in meinem Herzen weiß. Ich spüre es an der Art, wie es schlägt, trotz der verblassten Narben, die Joshs Abgebrühtheit dort hinterlassen hat, trotz des tiefen Einschnitts, der mit dem Tod meiner geliebten besten Freundin einherging, und trotz der frischen Wunde, die nach Hollis' Verrat darin klafft wie eine tiefe Schlucht und vielleicht nie wieder vollständig heilen wird. Ich bin nicht so naiv, zu glauben, dass ich auf dem Weg zu meinem eigenen Happy End nie mehr verletzt werde, aber ganz egal, was in Elsies Brief steht, ich weiß, dass ich meinen Glauben behalten werde. Mein Herz hält das aus. Im Kern meines Wesens bin ich ein Mensch, der sich an die Hoffnung klammert und darauf vertraut – mir selbst vertraut –, dass es die ganze Mühe und den Kummer wert ist.

Ich fahre mit dem Nagel den oberen Teil des Umschlags entlang, bis er aufreißt. Darin befindet sich ein Stück Kopierpapier, das ebenso schneeweiß ist. Die Handschrift besteht aus schnörkeligen Druckbuchstaben, die mehr meiner ähnelt als der vertrauten Schreibschrift in den alten Briefen in meinem Rucksack. Vielleicht konnte sie gegen Ende keinen Stift mehr halten und hat jemand anderem diktiert. Rhoda, der Rezeptionistin, oder einem jungen Ehrenamtlichen vielleicht.

Meine liebste Rosie, steht dort.

Sie sagten, du wirst mir eine Taube senden. Warum erst jetzt? Ich möchte glauben, dass du noch am Leben bist, aber ich muss zugeben, dass ich das nicht sicher weiß.
Ich rede mir ein, dass ich den Moment deines Todes irgendwo tief in meinen Knochen gespürt hätte. Vielleicht habe ich das auch, aber habe es für den gleichen stechenden Schmerz gehalten, den ich jeden Tag verspüre, seit ich dich verloren habe.
Meine jahrelange Erfahrung stimmt den milchgesichtigen Ärzten hier zu, dass meine eigene Zeit gekommen ist. Für den Fall, dass ich nicht mehr am Leben oder außer Gefecht gesetzt sein sollte, wenn deine Taube hier ankommt, schreibe ich diesen Brief als eine Einführung für die anderen.
Dabei ist es ganz einfach: Obwohl meine Briefe an dich ungeöffnet zurückkamen, konnte ich scheinbar nicht aufhören, sie zu schreiben. Ich habe immer daran geglaubt, dass ich dich eines Tages wiederfinden könnte, und vielleicht würden wir stundenlang im Bett liegen, und ich würde den Kopf an deiner Schulter ruhen lassen, während du darüber liest, was ich mit

meiner Zeit ohne dich angestellt habe. Du würdest über meine melodramatische Art lachen, und es würde mir nichts ausmachen, denn jetzt, da mein Leiden vorbei ist und du wieder bei mir bist, wäre es wirklich ziemlich lustig, wie sehr ich ohne dich gelitten habe.
Ich schätze, ich habe die Hoffnung nie aufgegeben, dass dieser Tag einmal kommen würde. Also habe ich immer weitergeschrieben und schreibe noch immer weiter.
Ich weiß, dass ich nicht neben dir liegen werde, wenn du das hier liest. Aber du kannst ruhig lachen, wenn dir danach ist, süße Rosie. Mein Leiden ist vorüber, und du bist endlich wieder bei mir.

Ich sende dir all meine Liebe, in diesem Leben und im nächsten
Elsie

Ich dränge die Tränen zurück, die mir in die Augen steigen wollen, weil ich weiß, dass ich mit verschwommenem Blick nicht in dem braunen Lederbüchlein lesen kann.

Ich blättere durch Elsies Leben und erfahre mehr über sie auf den Tagebuchseiten, die wie Briefe verfasst sind, die nie versendet wurden.

*

Mein letzter Brief kam ungeöffnet zurück, mit einer kleinen roten Hand darauf, die den Finger ausstreckte und erklärte: ZURÜCK AN DEN ABSENDER. Scheinbar bist du umgezogen und hast keine Adresse für die Weiterleitung hinterlassen. Ich habe ein paar Gefallen eingelöst, um dich anzurufen, aber die Telefonistin sagte, die Leitung sei nicht mehr vergeben. Vielleicht warst du so wütend darüber, dass ich mich habe töten lassen, dass du in ein Flugzeug gestiegen bist und nach Tokyo kommst, um mir die Leviten zu lesen?

*

Seit über einem Monat habe ich keine Nachricht von dir erhalten. Ich glaube, du denkst, ich sei tot. Das, oder du hast beschlossen, dass du keine Gefühle mehr für mich hast. Ich wäre lieber tot, als zu glauben, dass ich nicht wenigstens noch deine Freundschaft habe.

*

Ich wurde für dienstunfähig erklärt und entlassen. Jetzt bin ich zurück in den Staaten, aber du erscheinst mir weiter entfernt denn je …

*

Ich friere mir hier in Neuengland die Titten ab. Warum habe ich mir keinen wärmeren Ort für mein Medizinstudium ausgesucht?

*

Manchmal sehe ich in der Stadt eine Frau mit deinem dunklen Haar, deinem Gang, deinen perfekten Kurven. Ich glaube, du bist es, doch sie dreht sich um – eine Fremde. Dabei könntest du genauso gut in New Heaven sein wie sonst wo. Vielleicht grüßt mich eines Tages dein Lächeln …

*

Mir geht es gut in Fort Lauderdale. Ich habe ein Haus direkt am Strand und schwimme jeden Morgen, wenn das Wetter es zulässt. Das Einzige, was meinem Leben fehlt, bist du, süße Rosie.

*

Ich habe heute einen Patienten verloren. Ein Kind im gleichen Alter, wie dein Walter jetzt sein muss.

*

Ich bin mit einer der Schwestern aus dem Krankenhaus ausgegangen. Sie heißt Martina. Zwischen uns besteht eine recht innige Zuneigung, die durch das Wissen verstärkt wird, dass wir füreinander nicht die große Liebe sind. M weiß, dass du immer in meinem Herzen und meiner Seele sein wirst. Sie hat ihre eigene Liebste letztes Jahr an Krebs verloren. Wir laufen beide herum und vermissen einen Teil unserer selbst, aber zusammen haben wir das Gefühl, wieder etwas vollständiger zu sein. Ich frage mich, ob du so auch für deinen Mr. Nash empfindest, diese Liebe, die so anders ist als das, was wir füreinander fühlten, und doch besonders …

*

Heute ist die Tatsache, dass du nicht hier bist, wieder mit aller Macht über mich hereingebrochen – wie es manchmal passiert. Ich wünschte, ich wäre kein solcher Feigling gewesen und hätte dich gewählt, als du mich wählen wolltest. Mehr als das wünschte ich, ich wäre mutig genug, um jetzt auf die Suche nach dir zu gehen.

M und ich sind in den Ruhestand gegangen und nach Key West gezogen. Ich war heute zum ersten Mal seit dreißig Jahren wieder am Boca Chica Beach. Ich weiß, du wirst mich für albern halten, aber ein Teil von mir hat erwartet, dass du dort sein würdest, an unserem Baum, dein Gesicht strahlend und deine Haut warm von der Sonne und voller Sand. Aber natürlich warst du nicht dort. Aber eines Tages vielleicht wirst du wieder dort auf mich warten.

26

Mein Glaube an ein Leben nach dem Tod basiert nicht auf irgendwelchen religiösen Lehren. Es ist eher ein Gefühl, das mich im Laufe der Jahre überkam, während ich mehr Lebenserfahrung sammelte und mehr Verluste hinnehmen musste. Irgendwie weiß ich, dass es Mrs. Nash und Elsie gut geht. Vermutlich liegen sie nicht buchstäblich auf Wolken, während ein Engel die Harfe spielt, aber sie haben ihren Frieden gefunden und sind glücklich. Und sie sind zusammen. Oder werden es sein – ich weiß nicht, wie das genau funktioniert. Also kann ich es auch so einfach wie möglich für die beiden machen, sich zu finden.

Ich greife nach einem Stöckchen und buddle ein Loch. Nach wenigen Minuten werde ich ungeduldig, weil ich zu wenig Fortschritte mache, und grabe die Finger in den feuchten Sand. Eine winzige Krabbe krabbelt heraus und sieht mich böse an. Ich entschuldige mich bei ihr, während sie davonkrabbelt. Schließlich habe ich ein Loch, das gerade tief genug ist, um dort exakt drei Esslöffel menschlicher Überreste unterzubringen.

Die kleine Holzschatulle, in dem jetzt das Beutelchen mit Mrs. Nashs Asche liegt, stand früher auf ihrem Nachttisch. Als ihre Söhne im Schulalter waren, arbeitete sie in Teilzeit als Sekretärin für einen Professor der Östlichen Religionen. Er brachte ihr die Schatulle als Souvenir von einer seiner Indienreisen mit, und sie bewahrte darin ihren alltäglichen Schmuck und ihre Handcreme auf. Ich würde ja das ganze Ding vergraben, doch mit Ausnahme von Elsies Briefen ist es das einzige Erinnerungsstück, das mir von ihr geblieben ist. Außerdem bin ich, ehrlich gesagt, müde und will nicht ein noch größeres Loch graben. Ich öffne die Schatulle, und der Geruch nach Zitronen und Schmuckreiniger steigt auf, ehe er sich mit der Meeresluft vermischt und dann vollkommen verschwindet. Ich atme tief durch und ziehe die Schatulle zum Schutz tiefer in meinen Schoß.

»Hey, Mrs. Nash. Hier ist, äh, Millie. Aber das … das wissen Sie vermutlich.« Ich rede mit dem Aschebeutelchen, aber ich weiß, dass sie nicht da drin ist, nicht wirklich. Das ist nicht Rose McIntyre Nash. Es mögen ihre Überreste sein, aber ihre Essenz ist es nicht und ist auch nicht hier. Aber ich bin mir trotzdem sicher, dass sie mir zuhört.

»Ich wollte Sie eigentlich direkt zu Elsie bringen. Aber das hat nicht so richtig geklappt. Also glaube ich, dass das hier vermutlich das Nächstbeste ist. Elsie wird Sie hier finden, wenn sie es nicht schon getan hat. Da bin ich mir ziemlich sicher. Wenn nicht, dann können Sie mich zur Rache als Geist heimsuchen. Seien Sie ruhig richtig gruselig dabei. Ich habe es vermutlich dafür verdient, ein Stück von Ihnen vom Rest getrennt und Sie die ganze Ostküste runtergeschleppt zu haben. Jedenfalls …«, der schmerzhafte Kloß in meinem Hals schnürt mir ein wenig die Luft ab, »ich schinde nur Zeit. Das weiß ich. Es ist nur … so schwer, sich zu verabschieden.«

Ich warte darauf, dass mir der Wind mit Mrs. Nashs Stimme irgendeine geheime Weisheit zuflüstert. Natürlich tut er das nicht. Also lache ich über mich selbst und erlaube es ein paar Tränen, aus meinem Augenwinkel zu rinnen. Während ich das Beutelchen öffne und den Inhalt vorsichtig in das Loch schütte, beginnen sie schneller zu fallen.

»Sie waren meine allerbeste Freundin«, sage ich, während

ich Mrs. Nashs Asche mit Sand bedecke, bevor die Meeresbrise sie wegwehen kann. »Und ich habe Sie sehr, sehr lieb.« Als das Loch aufgefüllt ist, entdecke ich an meinem Fuß eine relativ große spiralförmige braun-weiße Muschel. Es scheint nichts darin zu leben, also lege ich sie als hübschen provisorischen Grabstein auf den kleinen Grabhügel und flüstere: »Auf Wiedersehen, Mrs. Nash.«

Ich sitze lange da, existiere einfach nur an diesem Ort. Nach all den Geschichten, die ich über Boca Chica Beach gehört habe, fühlt es sich beinahe heilig an – inklusive nackten Einheimischen und so. Meine Bemühungen, mir die Tränen mit den Unterarmen wegzuwischen, erweisen sich als nutzlos, weil immer neue die ersetzen, die ich gerade aus dem Weg geräumt habe, und alles um mich herum verschwimmen lassen. Die Männer mit ihren Zigarren auf den Eimern sind rostrote Flecken, die Hunde im Wasser sind schwarze Schlieren in einem großen Streifen aus blassem Türkis. Die unscharfe Säule, die sich mir nähert, könnte praktisch jeder auf diesem Planeten sein. Zumindest, wenn man nach meiner verschwommenen Sicht geht. Aber so wie mein Herz rast und jeder Nerv in meinem Körper prickelt, weiß ich, dass es nur einer sein kann.

»Ich hatte gehofft, dich hier zu finden«, sagt Hollis und lässt sich neben mir im Sand nieder.

Die leichte Ähnlichkeit zu Elsies Worten reicht aus, um mich nur noch heftiger zum Weinen zu bringen, und so wütend ich auch auf Hollis bin, kann ich nichts anderes als Dankbarkeit empfinden, als er einen Arm um mich legt und meinen Kopf an seine Schulter zieht. Er reibt mit der Hand meinen Rücken auf und ab, tröstet mich mit seiner Berührung, während ich in seine Halsbeuge schluchze.

»Sie ist weg«, sage ich, als ich keine Tränen mehr habe. »Sie ist wirklich weg.«

Obwohl das gerade alles bedeuten könnte, fragt Hollis nicht, wer »sie« ist oder auf welche Art sie weg ist. Er küsst einfach nur meinen Scheitel und zieht mich enger an sich.

Nach ein paar Minuten mache ich mich los und sehe ihn an. Mein Zorn ist wieder da, sowohl wegen seines Verrats als auch darüber, wie er dieses ganze Unterfangen von Anfang an angezweifelt hat. »Ich bin immer noch böse auf dich«, sage ich.

»Ich weiß, und dazu hast du jedes Recht. Aber ich will mit dir reden. Wann immer du bereit dafür bist.«

»Ich weiß nicht, worüber wir reden könnten. Du hattest vor, dich an zwei toten queeren Frauen zu bereichern. Und an deinem … Verhältnis mit mir.« Ich verschränke die Arme und hoffe, dass sie eine Barriere bilden, die, was auch immer er sagen will, von meinem Herzen fernhält, bevor es sich dort ablagern kann wie Sediment.

Hollis seufzt. »Ich will dich nicht anlügen, Millicent. So kam das Buch anfänglich zustande, ja. Ich fand die Geschichten um Rose und Elsie interessant. Die Reise mit dir und von ihnen zu hören war seit Langem das erste Mal, dass ich wieder den Drang zum Schreiben hatte. Ich habe Freitagmorgen angefangen, und die Worte sind einfach so auf das Papier geflossen. Und ich habe mich mit meinem Agenten besprochen, und er meinte auch, dass der Lektor, mit dem ich an meinem ersten Buch zusammengearbeitet habe, Interesse haben könnte. Nur, je mehr ich schrieb, desto klarer wurde mir, dass es nicht Elsies und Roses Geschichte war. Also, irgendwie schon. Aber es war auch unsere Geschichte. Zunächst habe ich nur über dich als eine Art Rahmenerzählung geschrieben, aber als du … nun ja, irgendwann warst du alles.«

Hollis zieht das Notizbuch aus seiner Gesäßtasche und schlägt damit in seine Hand.

»Am Samstag, als ich Gadsleys Hauptstraße entlanglief,

während du quälend langsam die Route der Parade entlanggefahren bist, wurde mir klar, dass ich das niemals veröffentlichen kann. Ich habe meinem Agenten geschrieben, um ihm zu sagen, dass aus der Sache nichts wird. Ich wusste, dass du mir zu wichtig warst, um dich so zu verraten.«

»Und doch hast du weitergeschrieben«, sage ich. »Ich habe es gesehen. Und da ist … so viel. Zeug, das ich dir danach erzählt habe. Zeug, das wir danach gemacht haben.«

»Ja, ich habe weitergeschrieben. Die Worte flossen immer noch, und es ist nicht so, als hätte ich eine andere Idee gehabt. Text hervorzubringen, selbst wenn er nicht dazu bestimmt war, mein zweites Buch zu werden, fühlte sich besser an, als wieder zu stagnieren.« Hollis reibt sich das Ohr und sieht mich verlegen an. »Als ich anfing, dachte ich wirklich, es ginge um Rose und Elsie. Dass ihre Geschichte als das perfekte Beispiel dienen kann, wie bittersüß das unvermeidliche Ende einer Liebe ist. Ich habe versucht, sie so zu erzählen, dass es so aussieht, als hätte Elsie keine andere Wahl gehabt, als Rose ziehen zu lassen. Aber in Wahrheit wollte ich mich lediglich selbst davon überzeugen, damit ich dich nach dieser Reise gehen lassen, und mir einreden konnte, dass es auch notwendig war. Und dann würde ich mich mit dem Gedanken trösten, dass es Flüchtigkeit und nicht Beständigkeit ist, die menschliche Verbindungen so besonders macht.« Er fährt gedankenverloren mit den Fingern durch den Sand und hinterlässt ein wellenförmiges Muster, ehe er mich wieder ansieht. »Aber je tiefer ich in ihre Geschichte eintauchte und je mehr Zeit wir miteinander verbrachten, desto klarer wurde mir, dass es nicht immer auf ein unvermeidliches Ende hinauslaufen muss. Ich weiß nicht und mir wird jetzt bewusst, dass es mir wahrscheinlich nicht zusteht, Vermutungen anzustellen, ob Elsie das Gefühl hatte, dass sie eine andere Entscheidung hätte treffen können, damals oder später, oder ob sie es je bereut hat …«

»Das hat sie. Es bereut, meine ich. Bereut, es nicht zugelassen zu haben, dass Rose sich für sie entschied. Das hat sie in ihr Tagebuch geschrieben.«

»Tagebuch?«, fragt er.

»Ja. Ich habe mich mit Elsies Großnichte getroffen. Ich weiß nicht, ob ich sie besonders mochte, aber sie hat mir das hier gegeben.« Ich zeige Hollis das braune Lederbüchlein. »Elsie hat darin all die Jahre weiter Briefe an Mrs. Nash geschrieben. Hat immer gehofft, dass sie sich eines Tages wiederfinden würden.«

»Da hast du deinen Beweis«, sagt Hollis. »Elsie und Rose haben einander die ganze Zeit über geliebt, genau wie du gesagt hast. Ewige Liebe existiert.«

»Ich glaube, du warst der Einzige, der einen konkreten Beweis dafür wollte«, sage ich und verschränke erneut die Arme. »*Ich* habe es die ganze Zeit gewusst.«

»Du hast recht. Und selbst wenn Elsie nicht all diese Briefe hinterlassen hätte, hättest du einen Weg gefunden, deine Hoffnung am Leben zu halten. Denn das ist, was du bist – eine Optimistin. Aber ich bin ein Pessimist, Millicent, und das werde ich immer sein. Ein egoistischer, mürrischer Pessimist, der Unbewiesenes nicht glauben kann. Deshalb habe ich weitergeschrieben. Zuerst wollte ich beweisen, dass ich recht hatte, und dann musste ich mir beweisen, dass ich Unrecht hatte – mich glauben machen, dass manchmal, wenn wir sehr viel Glück haben, Anfang und Ende Entscheidungen sind, die wir selbst treffen dürfen. Ich dachte, ich würde in Roses und Elsies Geschichte finden, was ich brauche, aber es hat sich herausgestellt, dass ich am falschen Ort gesucht habe.« Hollis reicht mir sein Notizbuch und markiert dabei mit den Fingern eine bestimmte Seite. Ich lege es offen auf meinen Schoß, reiße meinen Blick von seinem Gesicht los und lese.

Ich habe diese Reise als Skeptiker begonnen und werde sie als Skeptiker beenden. Eine viertägige Tour – selbst eine, die so ereignisreich ist wie unsere –, kann jemanden nicht von Grund auf ändern. Dafür bin ich dankbar. Ich bin dankbar dafür, dass Millicent nach unserer Rückkehr nach DC immer noch ein Mensch sein wird, der an Dinge wie immerwährende Liebe glaubt, ungeachtet der Enttäuschung, die uns hier in Key West erwartet hat. Ich jedoch werde immer noch jemand sein, der einen Beweis braucht, um sich einer derart furchterregenden und wundervollen Möglichkeit öffnen zu können. Aber jetzt, da ich hinüber zu Millicent blicke, die neben mir in diesem Hotelzimmer schläft, wird mir klar, dass man Beweise nicht am Ende der Geschichte eines anderen findet. Ich werde sie in unserer finden, in jedem Moment eines jeden Tages, den ich an ihrer Seite verbringen darf.

»Hollis …«, sage ich und spreche nicht weiter, als mir klar wird, dass ich keine wirkliche Antwort habe.

»Das habe ich geschrieben, bevor ich losgegangen bin, um uns Essen zu holen. Die Schuld dessen, was ich getan hatte, nagte an mir. Also beschloss ich, dir heute Abend alles zu gestehen und dir das Notizbuch zu geben. Dann, vorausgesetzt, du hättest mir verziehen, müssten wir in vierzig, fünfzig, achtzig Jahren nicht irgendeine arme Frau nach Key West schicken, damit sie sich versichern kann, dass sie keine Närrin ist, weil sie daran glaubt, dass Liebe ein Leben lang andauern kann. Sie könnte einfach zu Hause bleiben und die Geschichte über all die glücklichen und frustrierenden Jahrzehnte lesen, die ich an deiner Seite war und meine Beweise gesammelt habe.«

Hat er gerade »Jahrzehnte« gesagt? Hollis will Jahrzehnte mit mir verbringen. Das sind mehrere Zehnen hintereinander. Mein Herz schlägt besonders schnell, als wollte es zählen, mit wie vielen Tagen und Nächten und Lächeln und Orgasmen wir so viel Zeit füllen können. Wie viele Partys damit enden werden, dass ich nicht weine, aber Hollis mich nach Hause fährt.

»Wenn diese ganze Geschichte mich eines gelehrt hat, dann, dass es ein unglaubliches Glück ist, dass wir eine Wahl haben, Millicent. Deshalb bin auf der Suche nach dir hierhergekommen. Wir haben immer noch die Wahl, ob das hier ein Anfang oder ein Ende ist«, sagt er. »Und vielleicht bin ich einfach nur wieder egoistisch, doch ich will einen Anfang. Ich will dich. Ich will uns.« Er fährt sich durch das Haar und starrt das Notizbuch an. »Aber du hattest recht. Obwohl mir schon früh klar wurde, dass ich das hier nicht veröffentlichen kann, habe ich dennoch dein Vertrauen missbraucht, als ich ohne deine Erlaubnis über die Geschichten, die du mir erzählt hast, und die Dinge, die wir getan haben, geschrieben habe. Und ich bin mir sicher, dass du herausgefunden hast, dass ich am Freitagmorgen in deinem Rucksack gewühlt und Elsies Briefe an Mrs. Nash gelesen habe, während du unter der Dusche warst. Auch das war eine enorme Verletzung deiner Privatsphäre.« Hollis steht langsam auf. »Es tut mir so unendlich leid, Mill. Und ich glaube, nur so kann ich es dir beweisen.« Er schnappt sich das Notizbuch in meinem Schoß, reckt es über seinen Kopf, holt aus, macht ein paar riesige Schritte und *schleudert das verdammte Ding ins Meer.*

»Warum hast du das gemacht?«, rufe ich und springe auf.

Er legt den Kopf schräg und sieht mich an, als wäre die Antwort offensichtlich. »Ich bin vielleicht egoistisch, aber ich will nicht, dass du je denkst, dass meine Karriere und ich mir wichtiger sind, als du es bist. Du wolltest nicht, dass ich es veröffentliche, und so musst du dir keine Sorgen machen …«

»Aber du hast gerade so viel Zeit darauf verwendet, mir zu erklären, dass es im Grunde eine romantische Geste war! Deinetwegen wollte ich es behalten, und dann hast du es *ins verdammte Meer geworfen!*«

»Oh. Stimmt. Scheiße. Fuck. Vielleicht kann ich ja …« Hollis ist so schnell aus seinen Klamotten, dass er einen Weltrekord aufgestellt haben muss. Er und sein prachtvoller nackter Hintern rennen ins Wasser, auf die Stelle zu, wo das Notizbuch in etwa gelandet sein muss.

»Warte!«, rufe ich, als er untertaucht und verschwindet. Er taucht nicht wieder auf. »Hollis!«, rufe ich über das Wasser.

Oh, verdammt noch mal. Wenn er jetzt bei dem Versuch stirbt, dieses dumme Notizbuch zurückzuholen, das er zuvor ins Meer geschleudert hat wie ein verdammter olympischer Diskuswerfer, dann werde ich mächtig sauer auf ihn sein. Ich schüttle meine mit Sand gefüllten Sandalen ab, dann mein Kleid, meine Unterwäsche und meinen BH. Ich werfe sie alle auf meinen Rucksack. Wenn mich all die Leute mit ihren Ansichten zu Penelope und ihrem gelben Bikini jetzt sehen könnten. Danke, einbrechende Dämmerung, dass du alles verbirgst, was bei meinem Sprint ins Wasser an mir wackelt und wabbelt.

Das Meer ist zunächst ein Schock für meinen Landrattenkörper – es ist Jahre her, seit ich in irgendetwas anderem als einem stark gechlorten Pool geschwommen bin. Aber schon bald gewöhne ich mich daran, wie die Wellen mich spielerisch herumschubsen, und ich wage mich so weit hinaus, wie ich kann, ohne den Sand unter den Zehenspitzen zu verlieren. »Hollis!«, rufe ich noch einmal. »Hollis! Wo bist du?«

Etwas streift mein Bein. O Gott. Das war's. Ich wusste schon immer, dass ich durch die Hand (oder besser Flosse) eines in den Schatten lauernden, beschämend kleinen Hais sterben werde. Nur dass dieser Hai starke Männerarme hat und mich an seine nasse Brust zieht?

»Ich kann es nicht finden«, sagt der Hai an meinem Ohr. »Tut mir leid.«

(Hollis ist der Hai.)

»Warum zur Hölle hast das gemacht?«

»Ich weiß es nicht! Ich war impulsiv, und ich wollte einfach, dass du weißt, dass es mir leidtut.« Er stöhnt. »Ich hasse das. Dich zu lieben macht mich so verdammt dumm.«

Ich drehe mich in seinen Armen zu ihm um und kann die salzige Luft beinahe schmecken, weil mir der Mund offensteht. »Moment mal, was? Was macht dich dumm?«

»Dich zu lieben«, sagt er und klingt sehr verstimmt darüber.

»Mich zu lieben.«

»Ja. Falls das mittlerweile nicht extrem offensichtlich ist, ich liebe dich, Millicent.«

»Du liebst mich.«

»Ja«, sagt er. »Ich liebe dich. Ich weiß, dass das nach nur vier Tagen albern klingt, aber …«

»Zwei Jahren«, berichtige ich ihn, obwohl ich mich vermutlich gerade am falschen Teil seiner Aussage festbeiße. »Wir kennen uns bereits seit zwei Jahren.«

»Du erinnerst dich nicht einmal, dass wir uns bei der Lesung kennengelernt haben.«

»Doch, das tue ich. Ich erinnere mich, dass ich mich ein wenig in deinen Augen verloren habe, als wir uns die Hände geschüttelt haben. Was immer noch mehr ist als das, was du noch von Joshs Party über mich weißt.«

»Ich erinnere mich an alles in dieser Nacht. Deshalb habe ich am Flughafen auch so getan, als würde ich dich gar nicht kennen.«

»Mm, okay, über diese Logik müssen wir später noch sprechen. Aber der Punkt ist, es sind zwei Jahre«, sage ich. »Wir kennen uns im Prinzip seit zwei Jahren. Es ist also nicht zu früh.«

Er fährt durch sein nasses Haar, streicht es zurück und aus seinem Gesicht. »Mag sein. Mir wurde jedenfalls erst in den letzten vier Tagen bewusst, dass ich dich liebe.«

Ich muss lachen, weil er es sagt, als käme ihm das wirklich äußerst ungelegen. »Du klingst, als würde dich das mächtig ärgern.«

»Das tut es auch. Denn wenn du mich auch liebst, dann erwartet mich ein schreckliches Leben. Du wirst mich an den Wochenenden in Plattenläden schleifen, und ich werde weiterhin so tun müssen, als würde ich *Hall & Oates* bestenfalls tolerieren, obwohl ich insgeheim total auf *Hall & Oates* stehe. Ich habe sogar schon Tickets für uns gekauft, für ein Konzert später in diesem Sommer, und ich werde so tun müssen, als würde ich mich nicht darauf freuen, in der Arena neben dir zu tanzen wie ein Volltrottel ...«

Meine Lippen streifen das Lächeln, das sich langsam einen Weg auf seine finstere Miene bahnt. Sein Mund schmeckt salzig vom Meer.

»Es tut mir leid, dir das mitteilen zu müssen«, sage ich, »aber deine Zukunft sieht verdammt düster aus.«

»Oh nein«, sagt er, und endlich siegt sein wunderschönes, seltenes, ehrliches Lächeln. »Ich werde schrecklich viele 80er-Comedy-Filme schauen müssen, oder?«

»Hast du *Ghostbusters* gesehen? Wenn nicht, dann ist das definitiv der nächste auf der Liste.«

Ich weiß, dass ich nicht aussprechen muss, dass ich ihn auch liebe. Er versteht es auch ohne Worte, weil er *mich* versteht. Trotzdem schlinge ich die Arme um seinen Hals und flüsterte ihm alles ins Ohr, was ich seit heute Morgen zurückgehalten habe: Die »Ich liebe dich«s, die »Ich brauche dich«s, die »Ich will dich für immer«s, die er alle mit kleinen *Mm*-Lauten verschlingt, als wären es klebrige Flughafen-Zimtschnecken.

Als ich mich löse, zieht er mich wieder an sich. Seine Stimme ist tief und voller Schalk. »Sag, Millicent Watts-Cohen. Was hast du heute Abend noch vor? Ich habe im Hotel eine Schachtel Pralinen, die ich unbedingt mit jemandem teilen muss, bevor sie schmelzen.«

Wow, er hatte recht, das *ist* ein guter Spruch. Aber noch ehe ich antworten kann, schwemmt eine Welle etwas gegen meine Hüfte. »Autsch, was zur Hölle?«

Dann sehe ich, was es ist. Hollis' rotes Notizbuch. Es will davontreiben, doch Hollis packt es rechtzeitig bei seinem spiralgebundenen Rücken. Wir sehen uns an, als fragten wir uns beide, ob Mrs. Nash und Elsie etwas mit diesem enormen Glücksfall zu tun haben. Ich schlage es auf und, na ja, wenn Mrs. Nash und Elsie es irgendwie zu uns zurückgebracht haben, dann, um sich über uns lustig zu machen, denn es ist vollständig durchweicht, und die Tinte ist so stark verlaufen, dass man die Worte nicht mehr lesen kann.

»Ich wusste, es war zu gut, um wahr zu sein«, seufze ich. »Und ich konnte kaum etwas davon lesen.«

Er küsst mir einen Wassertropfen von der Schulter. »Vielleicht schreibe ich es noch mal für dich«, sagt er. »Du musst dich allerdings gedulden, es könnte eine Weile dauern.«

Oh, stimmt ja. Hollis ist einem vollständigen Manuskript für sein zweites Buch keinen Schritt näher als an dem Tag, an dem wir uns am Flughafen über den Weg gelaufen sind. »Du musst wohl mit etwas Neuem anfangen, nachdem das hier ein Reinfall war, hm?«

»Auch, ja. Aber ich meinte vor allem, dass ich nicht glaube, dass unsere Geschichte so bald enden wird.«

Das ist so süß, dass ich es kaum aushalte. Also küsse ich ihn auf die Nasenspitze, ich sehe ihm an, dass er das insgeheim liebt, und sage: »Das bist du, aber was bin ich?«

»Das ergibt keinen Sinn«, sagt er.

»Das bist du, aber was bin ich?«

Er knurrt auf eine Weise, bei der es sich anfühlt, als würde ich aus Schmetterlingen bestehen. »Millicent, wenn du schon Pee-wee zitieren willst, dann sollte es wenigstens …«

Ich blicke in seine verschiedenfarbigen Augen und schenke ihm ein herausforderndes Lächeln. »Das bist du. Aber. Was. Bin. Ich?«

»Gleich da draußen im Meer wie das verdammte Notizbuch«, sagt er und stemmt mich an sich hoch.

Mein Lachen wird zu einem beschämenden Kreischen, als er so tut, als wollte er mich tatsächlich in die Wellen schleudern. Aber stattdessen werde ich enger an ihn gepresst und an jeder Stelle geküsst, die sich gerade nicht unter Wasser befindet, und ich weiß es, ich weiß es schon jetzt: Ihm für immer auf die Nerven zu gehen wird so ein Spaß.

Washington, District of Columbia

Januar 2021

Der Song, der durch Roses Wohnzimmer waberte, versetzte sie zurück in das Jahr 1973. Als sie die ersten Takte von Hall & Oates' »She's Gone« hörte, waren die Erinnerungen so intensiv, dass sie beinahe in das Schlafzimmer der Jungs gegangen wäre, um Walter anzuflehen, dass er doch bitte endlich etwas anderes hören solle. Natürlich war Walter nicht da, und er war auch nicht gerade erst aus Vietnam zurückgekehrt und trauerte um seine erste große Liebe, die einen anderen Mann geheiratet hatte. Roses jüngster Sohn hatte längst eine andere Frau gefunden, war in die Vorstadt gezogen und hatte selbst Kinder – und jetzt sogar Enkel. Der alte Song musste aus der Wohnung nebenan kommen.

Wie seltsam, dachte Rose. Gestern bei ihrem Einzug hatte sie einen kurzen Blick auf ihre neuen Nachbarn erhascht, und es war ein Paar – ein steifer junger Mann mit einer Buddy-Holly-Brille, der ihrer Meinung nach dringend einen Haarschnitt benötigte, und eine kleine Rothaarige mit einem strahlenden Lächeln und einer faszinierenden Aura chaotischer Energie um sich herum. Rose vermutete, dass sie vielleicht Mitte zwanzig sein mussten. Sicherlich nicht alt genug, um schon am Leben gewesen zu sein, als diese Musik populär war.

Als ein weiterer Song durch die Wand tönte – etwas von Elton John (und, oh, sie hatte diesen Mann und seine flamboyanten Brillen immer sehr gemocht) –, fragte sich Rose, ob vielleicht eine Zeitreisende neben ihr eingezogen war.

Und wie sich später herausstellte, war das in gewisser Weise auch der Fall.

Danksagung

Ich muss immer wieder an eine Szene im Film *Roxanne* von 1987 denken. Es ist einer meiner absoluten Favoriten. Ich werde euch nicht mit der Beschreibung der ganzen Szene langweilen (die könnt – solltet! – ihr euch selbst ansehen), aber darin hält Steve Martin einen kleinen Monolog darüber, wie unzulänglich Worte sein können, wenn man versucht, große Gefühle auszudrücken.

»Sie wurden alle verschwendet auf Shampoo-Werbungen und Reklame und Geschmacksrichtungen«, sagt er (obwohl ich hier ein wenig paraphrasiere, weil die Szene in Wirklichkeit ziemlich chaotisch ist). »Leere, schöne Worte. Ich meine, wie kann man Bohnerwachs lieben? Wie kann man eine Windel lieben? Wie kann ich dieselben Worte für dich verwenden, die jemand anderes für eine Polsterung benutzt?«

Und ungefähr so fühle ich mich, wenn ich mich hinsetze, um diese Danksagung zu schreiben. Wie kann ich darauf hoffen, das Ausmaß meiner Wertschätzung mit denselben Worten auszudrücken, die auf Einkaufstüten und Reklameschilder gedruckt werden, auf denen ein Laden hofft, dass man ihn bald wieder besucht?

Aber die Sache mit Worten wie »Liebe« und »Danke« ist, dass sie, obwohl vielleicht banal unzulänglich, doch auch *knapp und präzise* sind. Während sie also unmöglich alles ausdrücken können, was ich empfinde, mache ich sie mir zunutze, um das meiste aus dem Platz herauszuholen, den ich habe.

Danke an meine Agentin Taylor Haggerty, dafür, dass sie meinen Traum verwirklicht hat und noch so viel mehr. Deinetwegen hat sich mein Leben auf die wundervollste Weise verändert, und dafür bin ich auf ewig dankbar. Danke auch an Jasmine Brown und an meine Agentin für Auslandslizenzen Heather Baror-Shapiro und meine Filmagentin Alice Lawson.

»Maybe this is how it starts« würde es ohne mein wundervolles Team bei Berkley buchstäblich nicht geben, allen voran meine großartige Lektorin Sareer Khader. Sareer, die Liste der Dinge, für die ich dir meine Dankbarkeit schulde, ist vermutlich unendlich, aber im Kern des Ganzen ist es vor allem deine unermüdliche Begeisterung. Danke, dass du dieses Buch liebst und es so sanft wie möglich zu seiner besten Version geführt hast. Großer Dank geht auch an: Jessica Mangicaro, Kim I, Kristin Cipolla und Stephanie Felty, ohne die lediglich zehn Personen – die alle mit mir verwandet sind – das hier lesen würden. Erica Horisk für die wirklich brillante Redaktion, George Towne dafür, dass er das Buch von innen hübsch gemacht hat, und Anthony Ramondo und Vikki Chu, die für ein schönes Äußeres gesorgt haben. Außerdem danken muss ich: Ivan Held, Christine Ball, Jeanne-Marie Hudson, Claire Zion, Craig Burke, Cindy Hwang, Christine Legon, Megha Jain, Jessica McDonnell, Emilie Mills, Tawanna Sullivan und allen anderen bei Penguin Random House, deren harte Arbeit hinter den Kulissen dazu beigetragen hat, dass Leser dieses Buch jetzt in den Händen halten können.

Meine Schreibpartnerinnen, Amber Roberts und Regine Darius, kennen meinen Arbeitsprozess mittlerweile besser als ich und bleiben weiterhin meine Freundinnen, selbst während der unerträglichen Teile. Danke, dass ihr mich und dieses Buch die ganze Zeit über angefeuert habt, dass ihr mich bis zum Grunzen zum Lachen gebracht habt und für das Privileg, über die Jahre so viele von euren unglaublichen Worten lesen zu dürfen.

Meine enorme Dankbarkeit gilt auch Sarah T. Dubb, Nikki Hodum, Alexandra Kiley, Ambriel McIntyre, Elissa Petruzzi, Stephanie Ronkier, Jenn Roush, Angelina Teutonico und Amanda Wilson für ihr Feedback zu den ersten Fassungen des Manuskripts. Außerdem: Meredith Schorr, die das erste Kapitel vor allen anderen gelesen und mir gesagt hat, dass ich weitermachen soll. Stephanie McKellop, die meine Fragen zu Pflegeheimen und zum Datenschutz im Gesundheitssystem beantwortet hat. Sarah Hogle dafür, dass sie meine weise Eule war. India Holton dafür, dass sie die liebenswerteste Seele ist. O. Dada und Melissa Scholes Young für ihren weisen Rat, als ich mich auf diese Reise begab. Jessica Joyce, weil sie die merkwürdigen Gefühle, die mit einem Debüt einhergehen, mit mir geteilt hat. Jessica Payne, Sara Read und alle aus dem #MomsWritersClub für ihre Unterstützung. Die Berkletes, die großzügig ihr Wissen und ihre Erfahrungen mit mir geteilt haben, und die Mitglieder von SF2.0, weil sie da waren, wann immer ich Hilfe brauchte, um zu bestimmen, ob das, was ich schreibe, heiß oder einfach nur merkwürdig ist.

»Maybe this is how it starts« ist mein Debütroman, aber es war das dritte Manuskript, dass ich abgeschlossen habe. An alle, die mittlerweile archivierte Geschichten von mir gelesen oder im Rahmen eines Workshops besprochen und alle, die über die Jahre meine Fragen zu den wildesten Themen beantwortet haben (z. B. korrekte walisische Übersetzungen, die Zuteilung von Kavalleriepferden während des Bürgerkriegs, wie man ein Wirtschaftsverbrechen begeht, ob der Zaubertrick, den ich mir ausgedacht habe, wirklich funktionieren könnte), die es vermutlich niemals in eine Buchveröffentlichung schaffen werden – ihr sollt wissen, dass ich auch euch sehr schätze!

Buchhändler, Bibliothekare und all diejenigen, die Zeit und Mühen darauf verwenden, ihre Liebe zu Büchern in Blogs und den Sozialen Medien zu teilen – ich bin so immens dankbar für eure Leidenschaft und eure Unterstützung. Danke!

Alle aufzulisten würde viele Seiten füllen und einige bereits erwähnte Namen wiederholen, also werde ich es nicht tun, aber ein großes Dankeschön geht an die anderen Autoren und Autorinnen – vor allem im Romance-Genre –, deren Werke (veröffentlicht und unveröffentlicht) mich inspiriert und meine eigenen Erzählkünste verbessert haben.

Ich habe das große Glück, wundervolle Eltern zu haben, die mich voll und ganz unterstützen, und ohne ihre Hilfe hätte ich die letzten Jahre wirklich nicht bewältigen können. Vielen, vielen Dank, vor allem an meine Mom, die immer Interesse an meinem Leben und meiner Arbeit zeigt und viele Stunden damit verbracht hat, meine Tochter zu beschäftigen, damit ich schreiben konnte. Vielen Dank auch an Chuck und Joyce, Nan, Ariel (die 2019 zu mir gesagt hat »fang einfach an zu schreiben und schau was passiert«, obwohl sie jetzt behauptet, sich nicht daran zu erinnern), Madeline, Meganana und der Rest meiner Familie und Freunde, die mich von Anfang an ermutigt haben.

Mein Weg zum Autorendasein ist eng verbunden mit meiner Rolle als Elternteil, und meiner Tochter beim Aufwachsen und Lernen zuzusehen hat mich sowohl zu einem besseren Menschen als auch einer besseren Autorin gemacht. Hazel, mehr als alles andere bin ich so dankbar, deine Mom sein zu dürfen.

Houston, ich hätte mir keinen besseren Lebenspartner wünschen können, und nichts hiervon wäre ohne dich möglich. Du warst mein vertrauter erster Leser und hast mir geholfen, dieses Buch vom Frühstadium an zu formen (einschließlich der Idee für den Titel!). Danke, dass du mich unterstützt, darauf achtest, dass ich immer Zeit zum Schreiben habe, mir sagst, wenn meine Ideen nicht gut sind, mit mir im Auto Plot-Probleme besprichst und immer an mich glaubst. Du hast mir mein eigenes Happy End gegeben, und ich bin so unendlich dankbar für alles, was wir miteinander aufgebaut haben.

Wenn du jemand bist, dem ich hätte danken sollen, aber vergessen habe, weil mein Gehirn dieser Tage nicht mehr ist als ein Viertelpfund roher Shrimps, die in meinem Kopf herumpurzeln, bitte akzeptiere meine Entschuldigung und sei versichert, dass auch dir meine Dankbarkeit gilt.

Und an meine Leser: Ohne euch wäre all das bedeutungslos. Ich kann meine Wertschätzung und absolute Ungläubigkeit darüber nicht in Worte fassen, dass ihr beschlossen habt, etwas von eurer wertvollen Zeit und geistigen Energie darauf zu verwenden, meine Worte zu lesen. Danke, danke, danke. ♥